3

L'ŒIL DE GALILÉE

LES BÂTISSEURS DU CIEL

***

DU MÊME AUTEUR :

Les Trous noirs, Belfond, 1987 ; Le Seuil, coll. Points Sciences, 1992.

Noir soleil, poèmes, Le Cherche-Midi, 1993.

La Physique et l'infini, Flammarion, 1994.

Les Poètes et l'Univers, Le Cherche-Midi, 1996.

Figures du Ciel, avec M. Lachièze-Rey, Le Seuil, BNF, 1998.

Éclipses, les rendez-vous célestes, avec S. Brunier, Bordas, 1999.

Le Rendez-vous de Vénus, roman, Lattès, 1999 ; Livre de poche, 2001.

L'Univers chiffonné, Fayard, 2001, et 2005 ; Gallimard, coll. Folio Essais, 2005.

Le Bâton d'Euclide, roman, Lattès, 2002 ; Livre de poche, 2005.

Le Feu du ciel, Le Cherche-Midi, 2002.

Itinéraire céleste, poèmes, Le Cherche-Midi, 2004.

L'Invention du big bang, Le Seuil, coll. Points Sciences, 2004.

De l'infini, avec M. Lachièze-Rey, Dunod, 2005.

Astéroïde, Le Seuil, coll. Points Sciences, 2005.

Le Destin de l'Univers, Fayard, 2006.

Dans la série Les bâtisseurs du ciel :

Le Secret de Copernic, tome 1, Lattès, 2006 ; Livre de poche, 2008.

La Discorde céleste, tome 2, Lattès, 2008 ; Livre de poche, 2009.

À PARAÎTRE : *La Perruque de Newton*, tome 4, Lattès.

...

www.editions-jclattes.fr

Jean-Pierre Luminet

L'ŒIL DE GALILÉE

LES BÂTISSEURS DU CIEL

***

JC Lattès
17, rue Jacob 75006 Paris

ISBN : 978-2-7096-2902-7

Première édition janvier 2009.

« Grâce à la rigueur des calculs, sont
honorés à demeure, sur la barre de bois
du Trapèze, cerveaux et corps célestes :
Copernic, Galilée, Kepler, Newton. »

René Char

« Où sont des morts les phrases familières,
L'art personnel, les âmes singulières ? »

Paul Valéry, *Le Cimetière marin*

Les bâtisseurs du ciel

Le roman que vous tenez en main a été écrit pour divertir, mais aussi pour instruire. Instruire en divertissant, tel était déjà le projet d'Alexandre Dumas lorsqu'il conta l'Histoire de France dans ses romans inimitables.

L'histoire des sciences, et surtout celle des grands hommes qui l'ont forgée, reste quant à elle largement ignorée du public. Elle fourmille pourtant de grandes et de petites âmes, de héros et de traîtres, de princes et de gueux, d'aventuriers et de craintifs, bref d'hommes et de femmes animés de passions célestes autant que terrestres, intellectuelles autant que matérielles, spirituelles autant que charnelles. Dans la grande quête des mystères de l'univers, jalousie, soif de pouvoir et de reconnaissance, cupidité, lâcheté voisinent avec hauteur de vue, désintéressement, abnégation, fulgurances de l'esprit.

Au cours des XVIe et XVIIe siècles, une poignée d'hommes étranges, des savants astronomes, ont changé de fond en comble notre façon de voir et de penser le monde. Ils ont été des précurseurs, des inventeurs, des inspirateurs, des agitateurs de génie... Mais pas seulement. Ce qu'on ignore généralement – peut-être parce que leurs découvertes sont tellement extraordinaires qu'elles éclipsent les péripéties de leur existence –, c'est qu'ils ont été aussi des personnages hors du commun, des caractères d'exception, de véritables figures romanesques dont la vie fourmille en intrigues, en suspenses, en coups de théâtre...

La série « Les bâtisseurs du ciel » illustre et développe l'aphorisme que lance Shéhérazade au sultan en leur 849e nuit : « Mais les savants, ô mon seigneur, et les astronomes en particulier, ne suivent pas les usages de tout le monde. C'est pourquoi les aventures qui leur arrivent ne sont pas celles de tout le monde. » Elle redonne chair, sang et esprit à ces héros de l'humanité que sont Nicolas Copernic, Tycho Brahé, Johann Kepler, Galilée, Isaac Newton et quelques autres figures de moindre renom... En façonnant une nouvelle vision de l'univers, tous ont contribué à bâtir le socle de notre civilisation moderne, au même titre que Christophe Colomb ou Gutenberg.

Pourquoi ce choix plutôt que Darwin, Pasteur, Maxwell ou Einstein ? Parce que les XVIe et XVIIe siècles marquent une étape essentielle de l'histoire des sciences, de l'astronomie en particulier et de la civilisation en général.

Quelles étaient les connaissances et les polémiques sur la nature et l'organisation du monde à cette époque ?

La cosmologie d'Aristote, perfectionnée par l'astronomie de Ptolémée, a été aménagée au Moyen Âge pour satisfaire aux exigences des théologiens. L'Univers antique et médiéval est considéré comme fini, très petit, centré sur la Terre. Le pouvoir temporel et spirituel trouve naturellement sa place au centre de cette construction, de sorte que ce modèle d'univers s'impose et conserve une indiscutable suprématie jusqu'au XVIIe siècle.

La première faille apparaît avec le chanoine polonais Nicolas Copernic (1473-1543). Il propose un système « héliocentrique », c'est-à-dire dans lequel le Soleil est au centre géométrique du monde tandis que la Terre tourne autour de lui et sur elle-même. Mais il conserve l'idée d'un cosmos clos, borné par la sphère des étoiles.

Copernic ne sera pas compris ni lu de son vivant. Plusieurs décennies s'écouleront avant que de nouvelles failles lézardent l'édifice aristotélicien. En 1572, une étoile nouvelle est observée par le Danois Tycho Brahé (1546-1601), qui démontre qu'elle est située dans les régions célestes lointaines, jusqu'alors présumées immuables. Il observe aussi des comètes, fait bâtir le premier observatoire européen – un incroyable palais baroque nommé Uraniborg –, et accumule pendant trente ans les meilleures observations sur le mouvement des planètes.

L'Allemand Johann Kepler (1571-1630) est le grand artisan de la révolution astronomique. Utilisant les données de Tycho Brahé, il découvre la nature elliptique des trajectoires planétaires et renverse le dogme aristotélicien du mouvement circulaire et uniforme comme explication des mouvements célestes.

En Italie, à partir de 1609, les observations télescopiques de Galileo Galilei (1564-1642) ouvrent définitivement la voie à une nouvelle vision de l'univers, construite sur la base d'un espace infini. Son contemporain et compatriote Giordano Bruno (1548-1600) paiera de sa vie sa passion de l'infini et son obstination à ne pas abjurer sa philosophie devant l'Inquisition. En France, René Descartes (1596-1650) élabore un système philosophique nouveau d'une portée considérable, qui prône la mathématisation des sciences physiques et la séparation du corps et de l'esprit. Selon lui, l'Univers s'étend dans toutes les directions jusqu'à des distances indéfinies et est entièrement rempli d'une matière continue et tourbillonnaire.

Ce changement radical de conception cosmologique est achevé par l'Anglais Isaac Newton (1642-1727). Il explique la mécanique céleste en termes d'une loi d'attraction universelle, agissant au sein d'un espace infini, selon lui « l'organe sensible » de Dieu.

Cette succession d'idées a révolutionné l'astronomie et la science en général. Mais surtout, par imprégnation dans les autres domaines de l'activité humaine, elle a conditionné l'éclosion et l'évolution de notre société occidentale moderne.

L'enjeu de la fiction

Chaque volume narre donc la vie exceptionnelle de l'un de ces aventuriers du savoir, chacun restitué dans sa personnalité profonde à travers son œuvre, bien sûr, mais aussi et surtout par ses relations passionnées et conflictuelles avec ses proches, la société, la politique, les mœurs et les conventions de son temps. Chaque étape du savoir se situe en effet dans le contexte bien précis de la société de l'époque ; le génie de quelques individus entre en résonance avec l'histoire politique, religieuse et culturelle de leur temps, et ce processus engendre un progrès soudain et décisif des connaissances.

Dans ces romans biographiques en forme de réflexion sur la science, ce n'est pas de vulgarisation qu'il s'agit, mais de sensibilisation. La fiction permet de mettre de la chair sur des personnages historiques et des concepts à première vue abstraits, parce que « scientifiques ». La fiction humanise le propos et démontre que le savoir n'est jamais séparé de l'émotion.

Les récits restent profondément ancrés dans la réalité historique et scientifique de l'époque. Le lecteur parcourt l'Europe toutes voiles dehors en compagnie de savants-aventuriers, liés au pouvoir politique et religieux. Intrépides, érudits, intègres mais habiles négociateurs, carriéristes parfois, les savants sont avant tout humanistes. Tous sont universalistes, en contact avec d'autres cultures, tous ont conscience d'œuvrer au progrès de l'humanité. Ainsi, au fil des pages, le lecteur découvre à la fois les avancées de la science mais aussi les progrès des idées d'une Europe en train de se faire.

La série « Les bâtisseurs du ciel » est un hymne à la science, au plaisir et à la hardiesse d'esprit. Car c'est à ces hommes d'exception que nous devons la première image d'un cosmos qui est toujours le nôtre – celle d'un univers démesuré, et cependant mesurable par l'intelligence et l'imagination créatrice.

L'œil de Galilée

« Kepler, élève de la Terre, prend d'assaut le ciel.
Ne cherchez pas l'échelle :
C'est la Terre elle-même qui prend son envol. »

J. Seussius (épigramme à *L'Astronomie nouvelle*)

I.

Le prophète de l'empereur

1.

Le cortège était précédé d'un grand cheval blanc, à la queue et à la crinière blondes, tressées de rubans rouges. Rouges également la bride que tenait un vieux serviteur et le tapis de selle. Les étriers étaient d'or. On eût pu croire que je n'assistais pas aux funérailles de Tycho Brahé, pape de l'astronomie, mais à celles d'Hamlet, prince du Danemark. Nous n'étions pourtant pas à Elseneur, mais à Prague, en ce 4 novembre 1601.

— Pauvre Tycho, ironisa Edmund Bruce. Un destrier! Lui qui avait horreur de monter, tant il souffrait du vertige... La dernière fois qu'on l'a vu juché sur une selle, c'était lors de sa première venue à Prague, quand l'empereur lui-même l'avait accueilli au pied de son cheval.

J'avais rencontré Edmund Bruce sur le bateau qui nous menait d'Angleterre sur le continent. Il affirmait voyager pour son plaisir, comme beaucoup de mes compatriotes fortunés aiment à le faire. Pour ma part, je ne pouvais lui dissimuler, puisque tout le monde en avait parlé à Londres, que le roi d'Écosse Jacques VI m'avait chargé de visiter les cours d'Europe afin de les assurer que, quand la vieille reine Elisabeth disparaîtrait, son successeur mènerait avec les autres nations la même politique de paix et d'entente. Il y avait bien sûr, en France, en Espagne, dans le Saint Empire romain germanique et ailleurs, des diplomates bien plus expérimentés que l'homme de vingt-quatre ans que j'étais alors, mais je devais, officiellement, redonner un peu de sang neuf à ces relations. Cela, c'était pour la façade.

En réalité, j'avais toutes les raisons de me méfier de Bruce. Je le savais féru, comme moi, des arts astronomiques, mathématiques et maritimes, et je le soupçonnais d'être à la solde de l'Honorable Compagnie des Indes orientales, tout juste fondée. Pour ma part, la mission secrète que m'avait confiée Sa Majesté était d'œuvrer au développement d'une autre compagnie marchande, qui venait de se voir accorder une charte sous le nom de Compagnie londonienne de Virginie. Le Parlement ne lui avait donné pour territoire qu'une petite portion du littoral nord-américain sous le quarante et unième parallèle, où une première colonie anglaise venait de mettre le pied, laissant à ses concurrents britanniques le Canada à fourrures et la recherche du passage du Nord-Ouest. En vérité, l'objectif de la Compagnie de Virginie était de coloniser un Nouveau Monde anglais pour damer le pion aux Espagnols, et accessoirement à nos alliés hollandais. Mon rôle n'était certes pas de devenir un autre Raleigh, mais d'aller glaner ailleurs tout ce qui pourrait aider aux progrès de la navigation et de la géographie. Or, aussi étrange que cela paraisse, les meilleurs cartographes, astronomes et mécaniciens, appartenaient à des pays germaniques qui ne possédaient pas la moindre grève océanique…

Bruce, qui ne m'avait précédé que de deux mois dans la capitale de l'empire, semblait déjà tout connaître de la cour pragoise et de ses secrets d'alcôve. Il m'avait convaincu de ne pas suivre les funérailles avec le reste de la délégation anglaise, mais au balcon de la demeure d'un de ses amis, d'où nous pourrions mieux contempler le déroulement de la cérémonie.

Derrière le destrier, tandis que les tambours roulaient sombrement, passa le cercueil soutenu par douze gentilshommes d'armes de haute lignée. Bruce les connaissait tous par leur nom, et m'affirma qu'ils haïssaient la dépouille qu'ils portaient. Ils l'appelaient « l'âme damnée de l'empereur », car jamais aucun d'eux n'avait reçu autant de faveurs que celles déversées par Rodolphe II sur son mathématicien et astrologue. Puis vint la famille de Tycho, du moins ses deux fils, son gendre Tengnagel et trois de ses filles ; la quatrième était, disait-on, en train d'accoucher, assistée par sa mère. Mais, à en croire Bruce, la veuve avait été jugée indésirable par les gens du protocole, cette fille de paysans n'ayant jamais été unie religieusement au défunt.

Succédaient à la famille les représentants de l'empereur Rodolphe II de Habsbourg. Son Auguste Majesté aurait aimé suivre pour la dernière fois son cher Tycho qu'il avait tant vénéré, mais cela aurait été mis sur le compte de ses extravagances. J'avais déjà rencontré la plupart de ces conseillers intimes, comtes, chambellans, ministres et autres barons. Parmi eux, pas un seul représentant de l'Église apostolique et romaine : malgré toute cette pompe, l'inhumation aurait lieu selon les rites luthériens.

Toges noires et rouges, bonnets carrés sur la tête, le bataillon des universitaires, savants et artistes attachés au service de l'empereur passa à son tour sous nos fenêtres.

— Ah, voilà le successeur de Tycho, dit Bruce. Johann Kepler, le futur mathématicien impérial.

— Lequel est-ce ? demandai-je sur le ton indifférent de celui qui ne s'intéresse pas aux astrologues, alchimistes et autres philosophes.

— Il est entre le recteur de l'Université, Martin Bachaczek, et le doyen de la faculté de médecine, Jan Jesensky alias Jessenius, le fameux anatomiste. Voyez, c'est l'homme à la barbe noire, qui semble aussi maigre que la grosse canne sur laquelle il s'appuie.

— Johann Kepler, l'auteur du *Mystère cosmographique*, murmura alors Thomas Harriot. Il m'a écrit naguère pour…

J'envoyai à l'astronome un coup de pied discret dans le mollet : inutile de livrer le moindre renseignement susceptible de mettre la puce à l'oreille d'un agent de la Compagnie des Indes orientales. Thomas Harriot, qui avait alors quarante ans, était sans doute le premier mathématicien des temps modernes à avoir navigué pour pratiquer son art. Professeur à Oxford, il était parti sous les ordres de son ancien élève, le fameux Raleigh, le « chien de mer » d'Elisabeth, à la découverte de la côte nord du Nouveau Monde, dans une contrée qu'ils appelèrent Virginie en l'honneur de notre monarque, « la reine vierge ». Harriot en avait relevé une carte, y avait planté du tabac des îles, et rapporté un intéressant journal de voyage. Il était donc la personne la mieux appropriée pour m'aider à récolter toutes ces informations qui permettraient aux navires de Sa Majesté Elisabeth de devenir la marine la plus savante, donc la plus puissante du monde, et à la Compagnie de Virginie, la plus prospère de nos guildes marchandes.

Nous abandonnâmes notre balcon afin de rejoindre la délégation anglaise, et de nous trouver en bonne place devant le caveau pour écouter l'oraison funèbre. Sur le seuil, Bruce me retint par le bras et s'exclama :

— Par exemple ! Parsberg ! Manderup Parsberg ! Voilà tout ce que le roi du Danemark et de Norvège a cru bon d'envoyer pour le représenter aux funérailles du plus illustre de ses sujets ! Christian IV a décidément la rancune tenace…

— Qui est ce Mandetruc ? demanda mon médecin, l'Écossais Robert Fludd.

— On ne vous a donc pas appris cela, à Oxford, docteur ? répliqua Bruce. Manderup Parsberg est l'homme qui, il y a bien longtemps de cela, coupa le nez à Tycho au cours d'un duel.

— Et quel était le motif de ce duel ? demandai-je, alors que je m'étais parfaitement renseigné sur la vie de feu l'astronome danois.

— Une dispute sur un point d'astrologie. J'avoue, mon cher, que je me délecte de ces chamailleries entre savants, qui peuvent se terminer par mort d'homme.

— Et vous iriez même jusqu'à les provoquer, n'est-ce pas ? répliqua Fludd. Étrange genre d'hommes en vérité, qui, faute de pouvoir construire, s'acharnent à détruire ce que d'autres mettent toute une vie à ériger.

— Ça suffit, docteur, intervins-je, ce n'est ni le lieu ni le moment de polémiquer... Allons plutôt rejoindre nos amis.

Ma charge de conseiller d'ambassade itinérant m'avait obligé à m'adjoindre une suite digne de mon rang. Harriot faisait office de mathématicien et Fludd de médecin. Ce dernier, âgé de vingt-sept ans, avait été l'un des étudiants de Harriot au collège Saint John d'Oxford. Il n'avait pas encore les diplômes suffisants pour pratiquer son art ; de plus, la fougue avec laquelle il défendait les thèses de Paracelse avait indisposé ses maîtres, d'autant qu'il avait imité l'extravagant alchimiste, mort soixante ans auparavant, en brûlant publiquement les livres de Galien. Devenu indésirable à Oxford, Fludd avait accepté la proposition de son ancien professeur de mathématiques de se joindre à nous. Comme son dieu Paracelse, il était féru des grands initiés antiques : Hermès Trismégiste, Pythagore, Moïse, Arius et quelques autres. Harriot et moi, en bons Anglais sceptiques, étions au contraire des esprits pratiques, tournés vers les choses concrètes et leur utilité éventuelle. Mais nous avions besoin de lui, pour nous aider à entrer dans la confiance de Tycho et de l'empereur.

Hélas, ma mission diplomatique officielle nous avait retenus longtemps à la cour de Henri IV de France, puis en Bavière. En chemin, nous nous étions arrêtés dans le Wurtemberg, non que ce grand-duché fût une pièce majeure sur l'échiquier du monde, mais Harriot et moi tenions à rencontrer cet éminent astronome qu'était le professeur de mathématiques à l'université de Tübingen, Michael Maestlin. L'homme était affable et fort savant, toutefois il n'avait guère de notions de navigation astronomique. De plus, son université avait été rudement remise dans l'orthodoxie luthérienne : la chaire des humanistes et des coperniciens qui professaient dans ses murs pouvait être supprimée à la moindre dénonciation. C'est par lui, pourtant, et non par Harriot, que j'entendis parler pour la première fois de l'assistant de Tycho, Johann Kepler, qui avait été son disciple.

La deuxième fois, ce fut à l'étape suivante, chez le grand chancelier de Bavière, qui avait avec le même Kepler une correspondance assidue sur la chronologie biblique et la Kabbale. Cela, c'était plutôt du ressort de Fludd, et je ne m'y attardai pas. Mais durant le trajet, je lus l'ouvrage de Kepler, le *Mystère cosmographique*.

Enfin, nous arrivâmes à Prague le 15 octobre. Tycho étant mort la veille, ma mission avait échoué : jamais je ne pourrais obtenir de lui ses observations astronomiques, utiles aux projets américains de la Compagnie de Virginie. Je ne pourrais pas non plus profiter de son génie de la mécanique pour concevoir avec lui de meilleurs instruments de navigation, reproduisant en miniature les sextants, octants et autres astrolabes géants d'une précision parfaite, qu'il avait fabriqués et améliorés durant toute une vie entièrement consacrée à l'art cosmographique.

Ma tâche, il est vrai, aurait été ardue. Pour punir Tycho de l'arrogance dont celui-ci avait fait preuve vis-à-vis de son roi Christian IV, celui-ci étant mineur, alors que le roi d'Écosse visitait le fameux observatoire danois de Venusia – je faisais partie de sa suite, comme je l'ai raconté par ailleurs – Jacques VI voulut attaquer le pape de l'astronomie sur son terrain. Mon suzerain avait ordonné à son médecin personnel, qui faisait également office d'astrologue, de partir en guerre, non contre le prince Brahé, mais contre le philosophe Tycho. Mal lui en prit ! Le brave médecin s'attaqua au bastion le plus solide de l'astronome danois : sa théorie des comètes. Tycho avait en effet démontré que les erratiques voyageuses ne passaient pas dans ce bas monde, car jamais on n'en avait vu une occulter la Lune, mais qu'elles suivaient leur course bien plus haut, outrageant ainsi l'ordre parfait et l'harmonie des sphères cristallines qu'Aristote et ses exégètes chrétiens avaient attribuées aux astres errants ou fixes. Affirmation scandaleuse, mais vraie.

Pour entrer dans les bonnes grâces de Tycho, qui était devenu l'astrologue de l'empereur, il m'aurait fallu lui démontrer que les Britanniques n'étaient pas tous ses ennemis. C'est pourquoi j'avais demandé à Harriot de lui communiquer ses observations faites en Virginie, et à Fludd de l'interroger sur des questions d'alchimie et de divination. Mais nous arrivâmes trop tard. Il ne me restait plus que Kepler.

2.

— Je vous le garantis, cher maître et ami, vous serez chez vous dans cette maison, et non chez moi. D'ailleurs, ce n'est pas chez moi, car cette demeure appartient à l'Université. Mais je dois vous confesser que mes privilèges de recteur m'ont fait abuser quelque peu de ces lieux. Le seul loyer que je vous demanderai sera de m'inviter sur le modeste observatoire que j'ai construit, quand apparaîtra un phénomène céleste digne d'intérêt.

Le recteur Martin Bachaczek s'en tenait peut-être mordicus au système de Ptolémée revisité par Tycho, il n'empêche, c'était un excellent homme, un humaniste authentique, obligé par sa fonction d'afficher des opinions romaines qui ne trompaient personne. Kepler ne l'avait rencontré que deux ou trois fois, durant les quelques mois où il avait vécu dans le palais de Tycho. Deux jours après la mort de l'astronome danois, alors que Kepler lui faisait part de sa crainte d'être chassé par les héritiers et de se retrouver à la rue avec sa femme Barbara et sa belle-fille Régine, son ami Jessenius, lui-même doyen de la faculté de médecine, l'avait emmené à souper chez le recteur Bachaczek, qui lui avait proposé cette jolie maison sur les hauteurs de Prague.

— Je vous suis infiniment reconnaissant de votre hospitalité, monsieur le recteur, mais que se passera-t-il si l'empereur ou son entourage ne suivaient pas les dernières volontés de Tycho et nommaient quelqu'un d'autre de plus, disons… politique que moi à la charge de *mathematicus* impérial ? Ce ne sont pas les candidats qui manquent.

— Rassure-toi, Johann, intervint Jessenius, ta nomination ne fait aucun doute. J'en ai eu la confirmation ce matin même par le conseiller Barwitz. Tu as également le soutien du chancelier Corraduc. Ta pension coûtera trois fois moins cher au Trésor impérial que celle du défunt. Désolé de t'apprendre que tu ne seras pas choisi pour tes seuls mérites… qui sont immenses !

Kepler eut un sourire malicieux.

— Le fils de l'aubergiste de Leonberg – connaissez-vous cette charmante bourgade souabe, messieurs ? – aurait mauvaise grâce de s'en plaindre. Cela fait déjà une coquette somme. Et puis, vous ignorez la fameuse loi mathématique que j'ai découverte : trois fois moins d'argent signifie trois fois plus de travail, trois fois plus de singeries horoscopiques, divinatoires et zodiacales. Or je suis, par au moins trente fois, de plus basse naissance que Tycho ; je devrai donc payer trente fois plus de ma personne. Ce sont les vilains qui doivent accomplir les corvées que le prince leur impose. Pas les seigneurs.

À l'annonce de la mort de Tycho, qui avait eu lieu trois heures après leur ultime entretien, Kepler avait ressenti un soulagement lâche, dont il avait eu honte immédiatement. Ils avaient travaillé ensemble durant près de deux ans, mais deux années de discorde, ponctuées de querelles, de séparations, de réconciliations, d'absences. Ces passes d'armes n'avaient eu que peu de rapport avec leur art, même si leurs conceptions de l'univers étaient radicalement différentes l'une de l'autre. C'était deux hommes, deux caractères qui s'opposaient, bien plus que deux écoles de la philosophie de la nature. Le seigneur Brahé voulait faire plier le roturier Kepler à son autorité ; ce dernier, bien que modeste professeur de province, voulait être considéré par son confrère en astronomie comme un égal. Dès lors, ce qui aurait dû être belle et fructueuse disputation sur la marche des astres ne fut que chamailleries de garnements attardés à propos d'une place à table, de bois de chauffage et autres queues de cerise.

L'enjeu, pourtant, était autrement considérable que des questions d'intendance ou de protocole. Tycho, durant plus de trente ans, avait accumulé les observations astronomiques les plus précises qui aient jamais été faites depuis que l'humanité avait tourné les yeux vers le ciel pour en percer le mystère. Autrement dit, depuis le Déluge. Kepler voulait obtenir ces observations afin d'étayer sa thèse, et celle de Copernic avant lui, d'un Soleil immobile et d'une Terre tournant autour de lui, comme les autres planètes. Tycho, quant à lui, se refusait à lui confier la totalité du travail de toute sa vie, craignant sans doute de voir s'effondrer d'un coup, par la virtuosité calculatrice de son assistant, le système céleste qu'il avait conçu : celui d'une Terre immobile, au centre de l'univers, et d'un Soleil tournant autour d'elle, tandis que les planètes tournaient autour de lui. Un compromis rassurant, en somme, entre l'effrayant héliocentrisme de Copernic, qui induisait des vides vertigineux dans l'univers, et le vieux géocentrisme de Ptolémée, mécanique rouillée qui ne fonctionnait plus qu'au moyen d'artifices invraisemblables. Sur son lit de mort, enfin, Tycho comprit que seul Kepler pourrait lui succéder en usant de ses observations, comme Ptolémée, justement, avait usé de celles de Hipparque. Il lui légua donc son œuvre et s'éteignit avec l'espoir avoué que dans l'Au-delà, il constaterait qu'il ne s'était pas trompé.

Deux jours après le décès du Danois, dans la coquette maison qui serait désormais la sienne, Kepler racontait à ses amis le recteur et le doyen son dernier entretien avec Tycho. Comme à son habitude, il ne dissimula rien des derniers propos du défunt, dont cette « *ultima verba* » à la manière des empereurs romains : « *Ne frustra vixisse videar!* », « Que je ne semble pas avoir vécu en vain ! »

— Tel est le vœu que nous formulons tous, philosopha le recteur Bachaczek : avoir été, durant notre bref séjour ici-bas, un peu utile au bonheur des hommes et à la gloire de Dieu. Avoir posé ne serait-ce qu'une brique du grand temple de la Vérité…

— Certes, répliqua Jessenius, mais il se murmure que durant ces trois ou quatre dernières années, Tycho se délectait plus dans la boisson que dans les livres, et qu'il est mort en laissant tous ses travaux inachevés. Dis-moi, Johann, a-t-il apporté à l'édifice une seule brique, ou une pleine charretée ?

— Il est encore trop tôt pour le savoir. Il ne nous a laissé qu'un amoncellement de matériau. Pardonnez ma vanité, mes amis, mais je crois bien être le seul à pouvoir en faire quelque chose. Sinon, pourquoi me l'aurait-il légué ? Hélas, ce testament n'est que verbal. Aussi, j'aurai bien du mal, dans les jours qui suivent, à prendre possession de mon héritage. Je vais être obligé de le voler. Et, au nom de la Vérité cosmique, messieurs, je vous demande d'être mes complices !

La dépouille de Tycho fut exposée une semaine aux hommages et à la curiosité des Praguois. Sa résidence ne désemplissait pas. On voulait voir une dernière fois l'inventeur d'un élixir qui aurait sauvé l'empereur lui-même d'une épidémie de peste, élixir à base de corail, de mercure et d'or liquide, distribué à profusion par tous les apothicaires de la ville, pour faire la fortune du fils cadet du défunt, George Brahé, qui se piquait de pharmacopée et d'alchimie. La foule avait donc envahi le palais Curtius, du nom latinisé d'un certain chancelier Kurtz qui en avait été le bâtisseur. Pour prévenir la rapine, voire le pillage, l'empereur avait envoyé sur place un fort contingent de sa garde personnelle.

De son côté, le chevalier Tengnagel, gendre de Tycho qui s'était décrété lui-même nouveau chef de famille, veillait à ce que la domesticité du palais Curtius ne détourne à son compte la moindre miche de pain. Il avait consacré tant d'efforts et tant d'années à investir la maison Brahé ! L'aventurier saxon n'était parvenu à ses fins que sur le fil, en mettant enceinte l'une des filles de son hôte, Elisabeth, obligeant ainsi Tycho à lui donner sa main, trois mois avant la naissance. Certains diront que le mariage forcé de son enfant préférée avec son secrétaire avait provoqué la mort du plus célèbre astronome de l'époque, en le plongeant dans le désespoir et l'ivrognerie.

La situation de Tengnagel restait fragile dans le clan Brahé, mais aussi à la cour impériale. Certes, il avait réussi à faire sa créature de l'aîné Tyge, en entraînant dans la débauche ce garçon indolent à l'esprit faible, mais le cadet George et au moins deux des trois autres sœurs lui étaient farouchement hostiles. À la cour, il s'était fait également de nombreux ennemis, en particulier parmi ses coreligionnaires réformés offusqués par le scandale de son mariage, et surtout dans tout ce que l'entourage de l'empereur comptait d'artistes et de philosophes, convaincus que cet écornifleur de haut vol avait ruiné le génie de Tycho.

Durant la longue agonie de son beau-père, Tengnagel fit l'inventaire de ses biens et constata que la fortune du prestigieux mourant était bien moindre que son train de maison laissait supposer. Une fois sa considérable pension de *mathematicus* impérial supprimée, et ses belles collections vendues, il ne resterait plus grand-chose, le royaume du Danemark ayant confisqué depuis longtemps les domaines de la famille Brahé. Seul bien négociable avec le Trésor impérial, les prodigieux instruments de mesure astronomique, qui avaient contribué plus que tout à la gloire de Tycho. Le plus simple aurait été de les vendre à Rodolphe II, mais finalement Tengnagel jugea de meilleure économie de lui en louer l'usufruit à prix d'or. Une fois cette décision prise, il demanda audience à l'archevêque Berka pour l'informer qu'après la période de deuil, il renoncerait à l'hérésie luthérienne et entraînerait toute la famille Brahé dans le giron de l'Église catholique. Cette conversion valait bien en échange une charge solidement rémunérée dans l'administration de l'empire, n'est-ce pas, Monseigneur ?

Quant à Kepler, Tengnagel le tenait pour quantité négligeable. Dès la mort de Tycho, il flanquerait à la porte le « petit prof styrien » comme il l'appelait. Il ne put le faire car le lendemain du décès, la plus âgée de ses belles-sœurs, Madeleine, la seule fille Brahé qu'il n'ait pas accrochée à son tableau de chasse, proposa devant le conseil de famille que l'assistant de son père procédât au classement et au rangement des écrits astronomiques du défunt. Tengnagel, qui voyait l'ensemble de l'humanité à son image, objecta que Kepler pourrait bien en profiter pour s'emparer des précieux documents. Mais les deux représentants de l'empereur présents à cette réunion où devaient s'organiser les funérailles, le conseiller Barwitz et le baron Hoffmann, tranchèrent en faveur de la proposition de Madeleine, qui n'était que du simple bon sens. Tengnagel se jura alors de tenir « le petit prof » à l'œil.

Malgré dix années passées dans l'ombre de Tycho, l'aventurier saxon n'avait que de vagues notions de l'art astronomique. Il était sûr cependant que les milliers d'observations consignées par son beau-père devaient avoir une forte valeur marchande. Et l'empereur ne lésinerait pas pour les acheter. Mais comment négocier quelque chose dont on ignore le prix ? Kepler, en revanche, le connaissait à coup sûr. Aussi, Tengnagel décida-t-il de mettre un espion à ses basques.

Matthias Seiffart n'était entré au service de Tycho, comme second assistant astronome, que quelques mois auparavant, alors qu'on ignorait si Kepler reviendrait d'un voyage en Styrie où il tentait de récupérer un héritage. Dans l'esprit tortueux de Tengnagel, il ne faisait aucun doute que le nouveau venu avait très mal vu le retour de celui dont il aurait rêvé de prendre la place. Il prit donc Seiffart à part, lui demanda d'épier les faits et gestes de Kepler et de les lui rapporter en lui faisant miroiter que, grâce aux puissants appuis qu'il se flattait d'avoir, il lui obtiendrait la charge de *mathematicus* impérial, succédant ainsi à Tycho.

La première chose que fit Seiffart fut de rapporter cet entretien à Kepler. Les deux astronomes rirent beaucoup de la sottise du chevalier, incapable d'imaginer qu'on puisse vivre autrement que pour le seul appât du gain ou la course aux honneurs. Et ils se mirent au travail. Toute la journée, ils classaient et répertoriaient. Au soir, Kepler rentrait paisiblement dans la maison que lui avait ouverte le recteur, sans serviette ni mallette sous le bras, mais appuyé sur la grosse canne léguée par Tycho dans ses derniers instants, et que l'on appelait le bâton d'Euclide. Cependant, Seiffart, qui logeait encore au palais Curtius, faisait son rapport à Tengnagel, lui racontant par le menu leurs activités de la journée, l'accablant de chiffres, d'angles, d'occultations, d'oppositions, bref l'ensevelissant littéralement sous une pluie d'étoiles. Au matin, Kepler revenait, l'air épuisé comme s'il n'avait pas dormi de la nuit, les habits maculés d'encre.

Ce manège dura les douze jours qui séparèrent la mort de Tycho de ses funérailles. Le lendemain de cette grandiose cérémonie, accompagné par l'aîné des Brahé, Tengnagel pénétra dans le cabinet désert où s'étaient déroulées les mystérieuses occupations des deux astronomes. Les trente-huit années d'observations de Tycho avaient été soigneusement classées dans des dossiers, par dates mentionnées sur la couverture. Il lui fut donc facile de croire que pas un seul papier ne manquait. Tengnagel en fut un peu déçu. Il aurait tant aimé prendre Kepler la main dans le sac.

— À ton avis, Tyge, demanda-t-il, combien nous donnera l'empereur pour tous ces papiers ?

— Jamais, Franz, jamais, entends-tu, je ne me séparerai de ce qui est l'œuvre de toute une vie, de la gloire de mon père. Et cette œuvre, je la poursuivrai. J'érigerai avec ces « papiers », comme tu dis, le plus grandiose des mausolées, la pyramide de Tycho. Ne me parle plus de cela, je te l'interdis.

Tengnagel s'abstint de répondre. Il connaissait trop l'aîné des Brahé, pour l'avoir façonné. Tyge avait été bouleversé par les funérailles de la veille et l'oraison funèbre prononcée par Jessenius. Cela avait été pour lui comme une révélation. Le doyen de la faculté de médecine n'avait pas évoqué le père tyrannique qui avait forcé son fils aîné, durant toute son enfance et son adolescence prisonnières dans cette île sinistre de Hven, à apprendre des mathématiques qui le rebutaient jusqu'à la nausée, à passer des nuits glaciales en plein vent, l'œil fixé sur des étoiles muettes, ou à manipuler des règles graduées, lui interdisant la vie insouciante et querelleuse des jeunes Danois de bonne naissance.

Dans son oraison, Jessenius avait érigé la statue de bronze et d'or d'un héros, d'un dieu du Savoir que le monde entier connaissait et vénérait. Tyge se sentit alors investi de la mission sacrée de poursuivre cette œuvre grandiose, de devenir enfin ce que Tycho avait toujours voulu qu'il fût : son successeur, son prolongement, sa postérité.

« Dans un an, se dit Tengnagel, il n'y paraîtra plus. Prague possède trop de tentations pour ce velléitaire. Voilà Tyge qui se veut gardien du temple, mais il abandonnera vite sa guérite. Quant aux vestales, je m'en charge. »

Jessenius et le recteur Bachaczek s'étaient bien amusés à servir de complices au « voleur » Kepler, comme lui-même se désignait. Il faut dire que les deux hommes avaient un certain contentieux vis-à-vis du défunt Tycho. Le premier pour avoir subi, un an durant, l'humiliation d'être ravalé au rang de médecin personnel du grand seigneur danois, l'autre parce que la pension reçue par feu le *mathematicus* impérial grevait lourdement le budget de l'université. « Complices » était d'ailleurs un bien grand mot. Copistes aurait été mieux approprié. En effet, chaque soir, Kepler leur distribuait à chacun un rouleau de manuscrits qu'ils passaient la nuit à reproduire. Au matin, leur ami revenait, reprenait les originaux et repartait pour le palais Curtius. Cette tâche fut achevée la veille des funérailles. Juste à temps.

— En bonne rémunération de mon travail, dit alors Jessenius, je vais te demander, cher Johann, une nouvelle nuit blanche. Aide-moi à rédiger cette oraison funèbre dont je ne me sors pas. Mon peu de connaissances en astronomie risque de me faire proférer quelques âneries.

— Mais… Tu n'as pas encore soumis ton discours à l'empereur ?

— Bien sûr que si, et Sa Majesté a même daigné faire quelques corrections de sa main. Toutefois…

— Toutefois, tu voudrais que j'y glisse quelques perfidies à ma façon. Ne compte pas sur moi pour embellir la pensée du défunt. Tycho fut le plus grand et le plus scrupuleux des observateurs, mais jamais il ne put tirer la leçon de cette accumulation de matériau, c'est-à-dire construire l'édifice.

— Eh bien, dis cela… à ta façon. On n'y verra que du feu.

L'oraison funèbre fut un petit chef-d'œuvre de doubles sens et de nuances. En l'écoutant, je ne le perçus pas. Il me fallut l'interprétation de mon compagnon de voyage Thomas Harriot pour comprendre qu'en quelques phrases, Kepler avait détruit le système géo-héliocentrique de Tycho Brahé.

Quand Kepler et Jessenius eurent fini, le médecin anatomiste, après avoir dégusté une gorgée d'un breuvage fort en vogue car venant des Amériques, le cacao, demanda à son ami :

— Dis-moi, maintenant : comment as-tu fait pour sortir du palais une telle quantité de manuscrits, puis les avoir remis à leur place sans être pris la main dans le sac ?

— Dans le sac, vraiment ? répliqua Kepler avec un drôle de sourire. Très facile… Il suffisait de calculer le volume d'un cylindre. Je n'ai fait que résoudre un petit problème de stéréométrie à la façon d'Euclide.

Puis, de son index ganté, il caressa le pommeau d'ivoire de la grosse canne creuse léguée par Tycho, qui représentait une tête de sphinx.

3.

Deux jours après les funérailles de Tycho, Kepler fut convoqué chez le conseiller Barwitz, qui lui notifia officiellement sa nomination à la charge de *mathematicus* impérial. Sa Majesté, en proie au plus grand désespoir, s'était refusée à recevoir pour le moment le successeur de l'homme qu'il avait tant aimé et admiré. Aussi, l'événement passa-t-il inaperçu.

La mort de Tycho était fort mal venue, du moins pour la santé mentale de l'empereur. Les deux années qui avaient précédé, en effet, avaient été terribles pour Rodolphe II. On avait même cru qu'il allait sombrer définitivement dans la folie. Et le nonce Spinelli, que le pape avait envoyé à Prague pour aider à ce naufrage, avait annoncé que l'empereur était possédé par le Diable. Arriva un exorciste, le supérieur d'une communauté de capucins qui avait envahi le palais impérial, pour pallier la prétendue complaisance des Jésuites vis-à-vis des mages, kabbalistes, astrologues et autres alchimistes pullulant autour du souverain. Plusieurs mois durant, terrorisé par ces moines mendiants, Rodolphe refusa de recevoir l'exorciste. On commença alors à raconter qu'il était pris de tremblements incontrôlables chaque fois qu'il se rendait à la messe, qu'il avait hurlé de douleur quand quelqu'un avait subrepticement glissé un bréviaire dans sa poche. Tycho n'avait rien fait pour calmer les choses, bien au contraire. Lui-même étant d'humeur saturnienne, il faisait partager à son maître toutes ses craintes et ses superstitions, lui prédisant au pire une fin de règne épouvantable, ou le convainquant, au mieux, qu'il y avait des jours néfastes où il fallait s'abstenir de toute activité. L'empereur obéissait et restait cloîtré, tandis que les affaires de l'État allaient tant bien que mal leur train. Les plus loyaux serviteurs du monarque se disaient que, si un démon avait possédé l'âme de Rodolphe, ce démon-là, c'était Tycho.

Dans le même temps, l'empereur s'était aperçu que l'un de ses principaux ministres le trahissait au profit de son frère Matthias. Il chercha à l'étrangler. On le retint, mais Rodolphe retourna sa fureur contre lui-même et voulut se trancher la gorge avec l'éclat d'un miroir qu'il avait brisé.

Puis, d'un coup, quelques mois avant la mort de Tycho, les choses se calmèrent. L'astronome danois venait d'apprendre que sa fille préférée Elisabeth avait été mise enceinte par le seul homme en qui il avait entière confiance : son secrétaire Franz Tengnagel. Le scandale fut immense et Tycho, délaissant ses tâches de *mathematicus*, se laissa aller à ses penchants de gloutonnerie et d'ivrognerie. Rodolphe le réclamait sans cesse à ses côtés, en vain. Or, ce fut pendant ces mois-là que la situation de l'empire s'améliora. Une grande ambassade du roi de France Henri IV était venue sceller à Prague une paix aussi éternelle que toutes les autres. Contrairement à son père, Philippe III d'Espagne ne semblait plus vouloir se mêler des querelles de ses cousins Habsbourg. Enfin et surtout, les envahisseurs ottomans s'étaient repliés loin des remparts de Vienne; dès lors, la Transylvanie rentrait dans le giron de l'Empire, son libérateur Michel le Brave, qui se sentait pousser des ailes, ayant été discrètement éliminé par un couteau venu de Vienne et aiguisé par le frère de l'empereur, Matthias.

Puis Tycho mourut. Il serait exagéré de dire que la cour en fut affligée. En tout cas, mages, devins et astrologues n'attendirent pas que son cadavre refroidisse pour voir un heureux présage dans cette disparition; ils annoncèrent à l'empereur de longues et prospères années de règne, un âge d'or où couleraient le lait et le miel sur des tapis de roses. Rodolphe avait trop d'intelligence pour croire à ces sornettes, mais également une âme trop mélancolique pour imaginer l'avenir autrement que sous les couleurs les plus sombres. Les succès diplomatiques et guerriers l'avaient entraîné dans une sorte d'exaltation fébrile ; la mort brutale de Tycho le fit sombrer dans un chagrin exagéré chez un monarque censé être le plus puissant d'Europe. Il fallut beaucoup de force de conviction à ses conseillers pour qu'il reçoive enfin le nouveau *mathematicus* impérial, Johann Kepler.

L'audience eut lieu un mois après les funérailles de l'astronome danois, période de deuil en principe réservée à une impératrice défunte ; mais Rodolphe s'était toujours refusé à prendre épouse, malgré tous les partis qui s'étaient présentés à lui, dont Elisabeth d'Angleterre. Ils furent peu nombreux à assister à l'entretien, qui eut lieu dans un petit salon des appartements privés du monarque. La foule lui faisait horreur, tant il craignait qu'un tueur régicide en surgisse. En l'occurrence, outre ses deux principaux médecins personnels, Tadeus Hajek, tenant de l'alchimie pratique, et Michel Maier, fervent de l'alchimie spirituelle, son nouveau confesseur le père jésuite Jean Pistorius, ancien réformé converti au catholicisme, le peintre vénitien Cosme de Castelfranco dont l'empereur s'était entiché, n'étaient présents que le grand Chambellan Corraduc et le président de la Chambre des finances Unverzagt. Ce dernier redoutait que, pris d'un de ses accès d'enthousiasme, Rodolphe n'aille déverser sur Kepler une pension aussi mirobolante que celle de son prédécesseur.

Kepler savait l'empereur très attentif à l'apparence extérieure des gens. Il avait donc pris soin de la couleur et de la coupe de ses vêtements. Il ne s'agissait pas d'apparaître comme un Tycho maigre, dont les habits écarlates, les fraises extravagantes et l'épée d'apparat rappelaient toujours le grand seigneur. Il ne voulait pas non plus d'une toge sombre au collet blanc, à peine rehaussée par l'épitoge en fourrure, comme si l'austérité et la noirceur de la mise étaient proportionnelles au savoir de celui qui la portait. Bref, avec la petite fraise en dentelle, qui était encore de mode à l'époque, le chapeau plat à plumet, il avait l'allure d'un simple gentilhomme de province sur lequel personne ne se serait retourné, s'il n'y avait eu ce regard noir, intense, au léger strabisme divergent, dans le visage creux qu'allongeait encore la barbe dense et noire à la pointe très longue, laissant glabres les joues creuses.

— Hélas, monsieur Kepler, soupira Rodolphe en guise de paroles d'accueil, en perdant Tycho, j'ai perdu un trésor.

Kepler s'inclina très bas et répondit :

— Le monde du savoir et de la philosophie l'a perdu en même temps que Votre Auguste Majesté.

Tout en disant cela, il songeait que du trésor en question, il avait volé la meilleure part.

— Notre ami disparu, poursuivit l'empereur, ne cessait de me répéter qu'un seul astronome au monde pourrait le remplacer : vous, Kepler. Il vous aimait, mon garçon, même s'il blâmait en vous le colérique n'ayant guère le sens des valeurs hiérarchiques.

— Le seigneur Tycho était donc un aussi remarquable observateur de l'âme humaine que des phénomènes célestes.

— Joliment répondu, dit Rodolphe avec un sourire. Tu me plais, Kepler. Je préfère un mauvais caractère à pas de caractère du tout. N'est-ce pas, Corraduc ?

Le chambellan se mordit les lèvres. Il n'y avait pas plus flagorneur que lui à la cour, abondant et renchérissant toujours sur le moindre propos de son maître, au point que ce dernier disait de lui : « Quand je pète, Corraduc pue. »

— Tout ce que j'exige de toi, brave Kepler, poursuivit l'empereur, ce sont les éphémérides les plus complètes et les plus précises, pour l'ensemble de l'empire. Oh, je sais que ce n'est pas une tâche très réjouissante. On te trouvera bien un assistant, n'est-ce pas ?

— Le docteur Matthias Seiffart nous donne entière satisfaction, intervint le président de la Chambre des finances, je ne vois pas la nécessité d'en changer.

— Mouais ! Ah, Unverzagt, si la compétence des savants se jugeait aux économies qu'ils procurent au Trésor, on ne dirait plus « académie », mais écurie remplie d'ânes.

— M. Seiffart est un homme plein de talent, et aussi heureux de son sort que votre humble serviteur, dit Kepler.

Il n'en était pas aussi sûr que cela, mais il ne s'agissait pas pour lui de s'aliéner l'homme qui avait la haute main sur les finances, et qui le paierait. D'ailleurs, l'empereur se désintéressa de cette question et continua :

— J'ai demandé à ce qu'on me communique les horoscopes que vous aviez rédigés quand vous étiez *mathematicus* des États de Styrie. Ils sont absolument remarquables et annoncent avec précision les événements qui se sont déroulés durant ces quatre années-là. Pour une fois, mon pieux cousin Ferdinand a manqué de jugement en vous laissant partir. Pour une fois, je dis bien.

Le père Jean Pistorius ébaucha un sourire. Tous savaient la haine que Rodolphe portait à l'archiduc d'Autriche Ferdinand de Habsbourg, qui n'avait pas « laissé partir » Kepler, mais l'avait chassé, ainsi que tous les luthériens, de son fief de Styrie.

— Votre Majesté me comble, répliqua Kepler. Mais je crois que la chance et la déduction ont été pour beaucoup dans l'exactitude de mes prédictions. Les astres ont sans nul doute une influence sur les hommes et les nations. Toutefois, tant qu'on n'aura pas démontré *comment* fonctionne l'univers, on ne saura pas *pourquoi* il fonctionne ainsi, et donc ce qu'il nous annonce. Il semble fort dangereux qu'un gouvernement tienne compte des prédictions des astrologues avant de prendre une décision.

— Ne dit-on pas pourtant, dit le chambellan, que gouverner c'est prévoir ?

La réponse vint du tac au tac :

— Certes, Votre Excellence, mais prédire n'est pas gouverner.

La repartie eut au moins le mérite d'éclairer le visage sévère du président des finances Unverzagt. En revanche, l'empereur semblait fort embarrassé par cet échange. Il fourrageait l'épaisse barbe en éventail destinée à masquer le monstrueux menton commun aux Habsbourg depuis Charles Quint. Malgré sa vive intelligence et l'inexactitude des sombres prophéties que lui avait assénées Tycho pendant les quatre années où celui-ci avait été son astrologue, il sentait qu'avec Kepler, les choses allaient changer. Et Rodolphe était comme un enfant : il n'aimait pas que les choses changent. Alors, il en eut assez de cette audience, pris de l'irrépressible envie de se retrouver seul avec sa morosité, sa mélancolie et ses collections d'horloges.

— Monsieur Kepler, dit-il d'un ton las, nous désirons que vous poursuiviez l'œuvre de Tycho. Vous aviez, je crois, de graves divergences avec lui sur le fonctionnement du monde, mais vous avez toute liberté d'exprimer par écrit, ou de mettre en pratique vos opinions sur le sujet, qui sont celles de Copernic à ce qu'on m'a dit. Tant que je régnerai, vous ne serez jamais inquiété. Mais, de grâce, poursuivez l'œuvre de Tycho. Vous avez le plein usage de ses merveilleux instruments et ce sera un grand plaisir pour moi de vous assister.

Le président de la Chambre des finances toussota.

— Vous voulez dire quelque chose, Unverzagt ? demanda l'empereur.

— Les instruments en question, Votre Majesté, sont la propriété des héritiers du seigneur Tycho. Ils se proposent de vous les vendre ainsi que les écrits du défunt pour la somme de vingt mille thalers.

— Eh bien, qu'attendez-vous pour acheter ?

— Les coffres sont vides !

— Empruntez !

— Nous sommes insolvables. Pas un banquier dans tout l'empire ne nous fera créance.

— Alors, trouvez avec ses enfants un arrangement quelconque ! Je veux cet observatoire.

Unverzagt s'inclina. Il lui faudrait âprement négocier avec ce rapace de Tengnagel, flatter sa vanité stupide, lui lâcher quelques miettes, en espérant que Rodolphe, aussi capricieux que fantasque, oublierait bientôt et passerait à d'autres lubies que l'étude des astres.

Kepler sortit de cette audience très fier de lui. Il avait réussi, lui, le fils de l'aubergiste d'une petite ville oubliée du Wurtemberg, là où le maître du Saint Empire romain germanique avait échoué : s'emparer du trésor de Tycho.

4.

Le père avait bu. La mère aussi. Ils s'injuriaient. Tous les élèves du collège de Maulbronn faisaient cercle autour d'eux pour les encourager à se battre. Le principal de l'établissement, ou peut-être Tycho, vint alors dire à Johann qu'il venait de rater son dernier grade en théologie. Il lui faudrait le repasser. La main du père s'abattit sur la joue de la mère et Kepler se réveilla en sursaut.

Barbara dormait paisiblement à son côté. Elle était enceinte. L'enfant, cette fois, survivrait-il ? Par deux fois, en cinq ans de mariage, le nourrisson était mort au bout de quelques semaines. Et Barbara, dès lors, avait tout fait pour se dérober à ses devoirs d'épouse. Elle n'y était revenue de son plein gré, dans leur nouvelle maison, que le soir où le conseiller Barwitz avait annoncé à son mari sa nomination officielle à la charge de *mathematicus* impérial.

Johann s'assit au bord du lit et se peigna la barbe avec deux doigts, attendant que le cauchemar se dissipe. N'en resta bientôt plus comme souvenir qu'un Kepler adulte, obligé à trente ans de repasser ses examens scolaires. « Si j'avais à le faire, pensa-t-il, je ne suis pas sûr d'obtenir le moindre diplôme. » Il se leva. Maintenant que sa lucidité revenait, il songeait malgré lui, durant ses ablutions, aux tables de réfractions de la lumière élaborées par Tycho et qu'il avait étudiées attentivement la veille. Installé devant son bureau, en trempant un quignon de pain dans un bol de soupe aux choux, il décréta que c'était par cela qu'il fallait commencer : la lumière.

Matthias Seiffart, son assistant, entra dans le cabinet de travail. Il n'avait eu à subir la tyrannie de Tycho que durant les derniers mois, alors que Kepler tentait de régler, en Styrie, la succession de son beau-père, et que Longomontanus, pourtant le plus fidèle disciple du « pape de l'astronomie », avait fui définitivement le despotisme de son illustre compatriote et était rentré dans son Danemark natal : là, au moins, il était sûr de ne pas retomber sous la coupe de son bourreau.

— Matthias, dit Kepler, nous faisons les choses à l'envers. Nous sommes comme des architectes qui élèveraient les colonnes du temple avant d'en avoir creusé les fondations. Or les fondations, c'est la lumière.

Seiffart faisait partie de ces trop rares personnes qui, quand elles ne comprennent pas quelque chose, ont le courage d'avouer :

— Je ne comprends pas.

— Mais si, voyons ! Réfléchis un peu ! Tycho a consacré sa vie à observer les astres. Quel est le premier instrument d'observation qu'il a utilisé ?

— Un bâton de Jacob qu'il avait fabriqué de ses mains, à en croire la légende.

— Non, son œil ! L'astre que nous observons n'existe que par la lumière qu'il nous envoie. J'en sais quelque chose, moi qui suis myope comme une taupe !

— Les Anciens disaient pourtant, avec Aristote, que la vue va vers l'objet, tandis que les odeurs et les sons vont vers nous, puisque le nez et l'oreille sont des cavités, concaves donc, tandis que l'œil est convexe, et qu'il ne peut donc pas recevoir.

— Foutaises dignes d'un bachelier en première année de rhétorique, Matthias, et tu le sais très bien. Ne te fais pas plus bête que tu n'es. Tu aurais dû assister à la petite séance d'anatomie privée à laquelle m'a convié l'autre jour ce cher Jessenius. Il y a disséqué un œil humain… Eh bien j'en ai analysé le fonctionnement : l'œil fonctionne comme une chambre noire. L'image ne se forme pas en avant sur le cristallin, comme on le croit, mais en arrière sur la rétine. Et elle est à l'envers.

— Je ne vous vois pas la tête en bas et les pieds en l'air !

— Si, mais tu corriges. Enfin, ton cerveau corrige. L'œil est une émanation du cerveau…

Kepler ôta ses épaisses bésicles qui grossissaient ses yeux de myope tout en accentuant son strabisme. Il en essuya soigneusement les verres avec son collet.

— Ah, Matthias, poursuivit-il en imitant comiquement un vieux professeur grincheux, quand sortiras-tu enfin de ton univers de pure mathématique pour entrer dans celui de la physique ? Ce n'est pas parce que Tycho se servait de toi comme d'un abaque que tu dois continuer avec moi. La lumière ne tombe pas en ligne droite du soleil ou des astres, comme le ferait un objet lourd. Encore que pour les graves, on m'a dit qu'à Padoue, ce foutu Galilée, qui n'a jamais daigné répondre à mes lettres, aurait trouvé quelque chose là-dessus… La lumière ne peut chuter ainsi, car l'air qui entoure la Terre forme un obstacle qui la dévie dans sa course. Du même coup, la position dans laquelle nous croyons voir tel ou tel astre n'est pas celle dans laquelle il se trouve réellement.

— Oui, tout cela, je le sais, s'impatienta Seiffart. Je sais également que Tycho a établi des tables établissant selon quel angle la lumière des astres déviait en perçant cette couche d'air.

— Tycho ? ricana Kepler. Tu plaisantes, mon cher ! Comme d'habitude, il n'a fait que reprendre à son compte ce que d'autres avaient découvert bien avant lui. Il y a six cents ans de cela, un Babylonien du nom d'Alhazen en avait déjà découvert tous les principes. Je passe sur les travaux du « Docteur admirable », Roger Bacon, et j'en viens à cet obscur philosophe polonais du nom de Vitellion, qui, il y a plus de deux siècles, inventa cette branche de la physique que l'on peut appeler « optique ». Alors, bien sûr, les scoliastes de Paris eurent tôt fait de mettre ces deux œuvres sous le boisseau, pour que l'on revienne à ton œil convexe et à tes narines concaves. Quand on pense que ces messieurs à la vue basse scribouillaient leurs volumes d'âneries avec au bout du nez des culs de bouteille au moins aussi épais que les miens ! Et puis, voilà trente ans de cela, en 1572 très précisément, une traduction de l'arabe de l'œuvre d'Alhazen et un écrit de Vitellion qui n'avait par bonheur nul besoin d'être traduit du polonais, puisque rédigé en latin, apparurent simultanément à la foire de Francfort.

— Juste un an après votre naissance, rigola Seiffart. Voilà une conjonction qui a dû réjouir l'âme de l'astrologue impérial que vous êtes !

— Imite-moi en ce que je fais de bien, Matthias, et pas en ce que je fais de mal. Le sarcasme est mon domaine. Ne va pas y empiéter.

Seiffart s'inclina ironiquement avec toute la déférence que le disciple doit à son maître. Kepler le déroutait. Cet homme-là se comportait avec lui comme s'ils étaient camarades de collège. Le nouveau *mathematicus* impérial ne semblait pas avoir réalisé qu'avec cette nomination, il était devenu le philosophe le plus écouté de tout le monde chrétien, et peut-être même jusqu'à la cour du sultan, à Constantinople. Savait-il au moins que quand il répondait, comme à un égal, à la lettre d'un obscur petit pasteur érudit de Pilsen ou de Strasbourg, son texte était lu en public et analysé jusqu'à la cour du prince de cette province ? Non, sinon il n'userait pas avec son correspondant de cette ironie dont il se servait aussi bien pour lui-même que pour autrui et qu'il appelait « sarcasmes ».

— Donc, en 1572, ces deux ouvrages fondamentaux de l'optique sortirent du tombeau où les sorbonnards les avaient ensevelis. Ou plutôt du fleuve dans lequel ils avaient également noyé le grand Ramus, cette année-là, à la Saint-Barthélemy. Voilà une conjonction de dates un peu plus intéressante que le premier anniversaire d'un marmot prématuré du Wurtemberg, ne crois-tu pas ?

— Maître, par pitié, trêve de digressions, je vous en supplie !

— Tu as raison. Et je te sais gré de ramener dans le droit chemin le cheval fou qui piaffe dans ma cervelle. Où en étais-je ? Oui… Tycho, encore Tycho, toujours Tycho ! Qu'il me pèse ! Qu'il me dévore ! Plus encore mort que vivant !

— Vous le haïssiez donc tant que cela ?

— Qui te parle de haine ? Il ne s'agit pas de cela, même si j'ai quelques raisons d'avoir du ressentiment à son encontre. Non, il s'agit de… de sa sottise. Il est mort sottement, en faisant volontairement de la rétention d'urine. Il a vécu aussi sottement, en retenant avec autant d'obstination que son eau dans sa vessie, ses observations dans ses coffres.

— Drôle d'oraison funèbre, mon maître, et que n'aurait jamais prononcée le docteur Jessenius.

— J'y avais glissé quand même quelques perfidies de ma façon. Mais où en étais-je ?

— Tycho et l'optique.

— Ah oui, Tycho et l'optique. Eh bien, ses tables de réfractions sont parfaites, précises, comme tout ce qu'il faisait. Un outil formidable pour donner la position réelle des planètes et non leur position apparente. Mais crois-tu qu'il aurait rendu le moindre hommage à Alhazen ou à Vitellion ? Pas du tout ! Lui qui posait partout des statues et des tableaux de Ptolémée, Hipparque ou Copernic, fort laids d'ailleurs, il les niait à tout instant. « Moi, Tycho », « Ego, ego, ego ! » il n'avait que cela à la bouche. Un jour, je lui ai demandé en prenant volontairement l'air stupide : « Qui est donc ce monsieur Ego, dont tu parles tout le temps ? Il me semble bien savant en toute chose. » Eh bien il n'a pas compris l'ironie et m'a répondu que le Ego en question, c'était lui !

Kepler savoura un instant son propre bon mot, qui était peut-être apocryphe. Il ne mentait jamais, sauf quand il s'agissait de faire rire son auditoire.

— Cependant, moi Kepler, *ego Keplerus*, qui n'avais jamais étudié l'optique, car mon maître Maestlin n'y portait aucun intérêt, j'eus l'occasion de m'y atteler lors d'un de mes nombreux séjours dans cette nouvelle Alexandrie qu'est la capitale immortelle de la Styrie. Nous avions décidé, Tycho et moi, *ego Keplerus*, d'observer, lui de Prague, moi de Graz, l'occultation du soleil de l'an mil six cent. J'en tirai un petit ouvrage, une modeste étude sur la chambre noire comme simulation de l'éclipse, et tentai d'y résoudre l'apparente diminution de la circonférence de la Lune quand elle passe devant l'astre des jours. Quand Tycho put le consulter, je craignis un éclat. Mais il fit plutôt bonne figure, me taquinant même un peu sur mon intérêt subit pour les fantaisies de la lumière. Toutefois, il ne me parla ni d'Alhazen ni de Vitellion, ni même de ses propres travaux. Et je suis persuadé que s'il avait survécu, cet ogre glouton se serait approprié sans scrupule mon petit essai.

— Vous lui prêtez des intentions…

— On ne prête qu'aux riches. Et de richesses, Tycho n'en manquait pas. Sa vie durant, il les a accumulées sans jamais se demander à quoi elles serviraient, sans savoir comment les dépenser. Eh bien moi, *ego Keplerus*, je sais. Seulement, j'avais pris le problème à l'envers. Âne bâté que j'étais ! Je pensais qu'il suffirait de mettre en bon ordre la somme considérable de ses observations et hop ! l'univers nous apparaîtrait dans toute sa vérité. Nous découvririons enfin le parcours exact, moi de Mars, toi, de la Lune. Ainsi, tous les éléments de la Création s'emboîteraient parfaitement les uns dans les autres. Le Grand Architecte nous propose, à Tycho, à moi, mais aussi à toute l'humanité, de reconstituer, comme un jeu, le grand temple de la Nature qu'il a construit.

— Un jeu ?

— Oui, un jeu ! Je t'en prie, n'essaie pas de m'entraîner sur le terrain de la théologie. Les choses sont déjà suffisamment difficiles à expliquer comme cela. Or, qu'a fait Tycho pour la reconstruction de ce temple ? Il s'est contenté d'entasser n'importe comment les briques, les tuiles, les poutres, le marbre et le plâtre, et de les entreposer en vrac dans une grange bien fermée. Certes, il a fabriqué pour cela les outils les plus perfectionnés qui soient ; mais ses sextants, ses octants, ses horloges, ses compas sont autant de palanches, de poulies, de paniers, de brouettes, qui, une fois le transport du matériau terminé, ne servent plus à rien. Pour construire le temple, il faut d'autres outils. Et pour le moment, d'outil, je n'en vois qu'un, qu'il n'est nul besoin de fabriquer avec du laiton, du cuivre et des essences précieuses, nul besoin de le construire en plus grand que les Anciens, comme le fit Tycho. Cet instrument primordial, avec lequel l'Éternel a tout bâti, il est là, il est partout…

Ses mains, toujours gantées pour masquer les cicatrices de la petite vérole qui avait failli le tuer à l'âge de sept ans, se mirent à palper le vide comme pour attraper d'invisibles mouches. Puis il récita, pris d'une sorte d'extase :

— Dieu dit : « Que la lumière soit ! » Et la lumière fut.

Puis, d'un ton moins grandiloquent :

— Une lumière, mon bon Matthias, qui s'écoule dans toutes les directions à partir de sa source, comme un flux, et jusqu'à l'infini, selon ses droits rayons…

Seiffart se voulait un jeune homme pondéré, et les emportements exaltés de Kepler l'embarrassaient autant que sa manière caustique de tourner les choses en dérision.

— Si je comprends bien, mon maître, vous comptez abandonner la mise en ordre du « trésor de Tycho », vous comptez faire patienter Sa Majesté, qui attend que vous lui offriez « ses » Tables Rodolphines que vous lui avez promises, vous me demandez d'oublier la Lune tandis que vous oublierez Mars, pour nous consacrer aux phénomènes optiques…

— Qui te parle d'abandonner quoi que ce soit ? Tout est lié dans la nature, comme les rouages d'une horlogerie qui s'entraînent mutuellement. C'est la mécanique tout entière que je me propose d'examiner désormais, et non plus tel ou tel de ses ressorts. Allez, au travail, Matthias, au travail !

— Et dire qu'il n'y a pas une minute, vous traitiez le défunt Tycho d'ogre et de glouton ! soupira l'assistant.

— Lui s'empiffrait et se soûlait à la table des dieux ; moi, mon cher, je savoure le nectar que nous offre la nature.

5.

Comme l'avait prévu l'horoscope que lui avait fait Johann Kepler, mon ami Thomas Harriot mourut « de la bouche » à l'âge de soixante ans, une quinzaine d'années après son retour dans notre pays natal. Le *mathematicus* impérial avait observé la fâcheuse habitude de son confrère anglais de sucer ses instruments en cuivre, de sorte que le vert-de-gris avait fini par provoquer un mauvais chancre à la lèvre, dont il souffrit atrocement les dernières semaines.

L'astrologue de l'empereur Rodolphe m'aurait-il prédit une aussi longue vie que celle dont je vois la fin aujourd'hui ? Je m'étais refusé à lui acheter mon portrait zodiacal ; il m'en sut gré, malgré la sempiternelle gêne financière dans laquelle il vivait. Et j'y gagnai, je crois, son estime. Aujourd'hui, je le regrette.

— L'astrologie, me dit-il un jour, est la fille folle qui nourrit sa pauvre mère sans le sou qui s'appelle l'astronomie. Tout mathématicien impérial que je suis, l'empereur oublie perpétuellement de me verser mon salaire. Ce sont les horoscopes qui me font vivre. Si vous saviez combien est lourde, pour un amant de la philosophie, cette obligation de faire des prophéties !

Avant de rédiger un de ces horoscopes, il multipliait les avertissements à son commanditaire, lui répétant que la part de chance et de hasard y était énorme. Toutefois, à force de commettre ce qu'il appelait ses charlataneries, il avait acquis une immense acuité de jugement qui lui permettait de déceler rapidement les traits de caractère de son solliciteur. De plus, il était convaincu que celui qui croyait son destin inscrit dans les astres se conformait, plus ou moins en conscience, au portrait voulu par sa configuration astrale. Ainsi, le saturnien se comporterait comme doit le faire un saturnien, parce qu'il savait être sous l'influence de Saturne, ou le lion comme un lion, la balance comme une balance... Ce procédé lui réussissait fort bien quand ses clients lui demandaient, pour le piéger, un horoscope « à l'aveugle », c'est-à-dire sans donner leur nom et leur qualité, mais seulement signe et ascendants.

Pourtant, moi l'esprit fort, je reste convaincu que cet homme-là avait le don de voir les choses qui sont derrière les choses. Poète, devin, prophète ? Qu'importe le nom ! Je suis sûr que Kepler était un visionnaire.

Il se refusa toutefois très longtemps à émettre la moindre prédiction concernant les affaires d'État, la politique ou la guerre. Nul besoin d'être voyant pour comprendre que les importants personnages qui venaient le consulter sur ces sujets voulaient peser sur le cours des choses. Il finit même par convaincre l'empereur que ce n'était pas le rôle d'un astrologue de se mêler de cela. Rodolphe, qui s'était déjà fait berner par des armées de mages et de devins, et qui avait eu à subir trois ans durant les prédictions catastrophiques de Tycho, approuva cette recommandation. D'ailleurs, Sa Majesté semblait désormais se désintéresser des mystères de l'astrologie et de l'alchimie, presque autant que de ceux de la politique. Il préférait monter et démonter des horloges, collectionner des gemmes, des médailles et des monnaies antiques, ou encore s'enfermer des journées entières dans son cabinet des curiosités, à contempler des veaux à cinq pattes et des momies égyptiennes. Parfois, quand la mélancolie le prenait ou quand les affaires de l'empire se faisaient trop pressantes, il pouvait rester des heures devant la cage de son lion favori, avec lequel il avait de longs dialogues silencieux. Tycho lui avait prédit que sa mort coïnciderait avec celle de ce vieux fauve, pelé et édenté.

Rodolphe ne fit jamais son deuil de Tycho. L'âme errante de l'astronome vint rejoindre celles des Arcimboldo, des John Dee et autres Edward Kelly, les fantômes des artistes, philosophes, mages et devins qu'il avait tant aimés et qui rôdaient avec lui dans le château en compagnie des ombres des rois bibliques et homériques, ainsi que de celles des Grands Initiés, réels ou légendaires.

Que son maître vécût ainsi au milieu des morts fut la chance de Kepler. Jamais l'empereur ne le compara à Tycho, puisqu'à ses yeux, Tycho restait incomparable. Son nouveau *mathematicus* aurait pu lui faire les prédictions les plus exactes possible, cela n'y aurait rien changé. Pourtant, Kepler rédigeait ses horoscopes, almanachs, calendriers et autres éphémérides avec de plus en plus d'application, alors que son scepticisme sur ce genre de pratiques divinatoires se transformait en incrédulité. Et il se défendait en riant d'être un charlatan, disant qu'il ne mentait pas avec sa conscience, qu'il essayait dans ses horoscopes d'expliquer aux gens ce qu'ils semblaient incapables de comprendre par eux-mêmes ; par exemple, qu'ils feraient mieux de faire la paix religieuse, sinon toutes ces disputes conduiraient à la guerre. Quoi qu'il en soit, tout Prague et toute la Bohême y croyaient. Ses éphémérides s'arrachaient et, s'il en avait été le bénéficiaire, il aurait fait fortune.

Peu après mon retour du couronnement de Jacques Ier d'Angleterre, un huissier me guidait parmi les allées du jardin vers un pavillon où l'empereur devait me remettre mes lettres de créances. Un gros nuage noir s'élevait derrière la colline. Me désignant du doigt la nuée orageuse, l'huissier s'exclama :

— Tiens, v'là le Kepler !

Jamais on n'aurait dit jadis « V'là le Tycho », même si les prévisions climatiques du défunt avaient été exactes, ce qui était plutôt rare, car en une fin de mois d'août comme celle-là, le sombre Danois aurait préféré annoncer une tempête de neige ravageant les vignes, juste avant des vendanges prometteuses. Tandis qu'annoncer un gros orage en une fin d'été très chaud… Le bon sens pouvait-il avoir cours dans un monde insensé ? C'était en tout cas la meilleure protection dont Kepler usait face aux sollicitations les plus extravagantes dont il faisait l'objet. Outre l'astrologie, on le consultait des quatre coins de l'empire sur la divination par les nombres, les écrits apocalyptiques, la kabbale, l'architecture pharaonique, l'alchimie spirituelle… Il y répondait avec la plus grande courtoisie et le plus grand sérieux, tout en avertissant ses correspondants ou ses interlocuteurs que ce n'était qu'un jeu de l'esprit, fondé sur la logique interprétative, et qu'il était inutile d'y chercher une quelconque explication des phénomènes naturels. Ces avertissements, il se les servait aussi à lui-même ; ces barrières, il les dressait contre la propension de sa pensée poétique à s'emballer comme un cheval fougueux à la moindre trouvaille qu'il estimait jolie ou amusante.

Jamais pourtant, ces « jeux » ne le détournèrent du but qu'il s'était fixé : reconstituer la mécanique de l'univers, à partir du matériau considérable laissé par Tycho, et exclusivement selon des démonstrations. Cet esprit profondément mystique s'appliqua, en vain, à ne pas s'écarter du domaine de la physique étayée sur de solides démonstrations mathématiques. En étudiant les rapports de l'optique et de l'astronomie, il pensait y arriver, mais comment ne pas être tenté, en songeant que le soleil dégage trois forces : la lumière, la chaleur et une troisième d'ordre magnétique, de rapprocher cela de la sainte Trinité ? Il n'en fallait pas plus pour que Kepler se lance dans une de ses étonnantes digressions, qui feront de toute son œuvre un feu d'artifice dont les étincelles multicolores explosent encore dans tous les sens.

Ce bouillonnement, tant dans sa pensée que dans son écriture, n'interdisait pas la plus grande rigueur. Tout en achevant la rédaction de son livre sur l'optique, il avait poursuivi ses calculs sur l'orbite de Mars, en se fondant sur les tables de Tycho. L'optique n'était que la fondation du temple qu'il voulait ériger à la nature. Fondation qu'il jugeait désormais assez solide pour y asseoir les colonnes du monument : l'astronomie nouvelle.

La clé de tout, c'était Mars. Vue de la Terre, la planète rouge semblait suivre une orbite erratique, tantôt trop haute, tantôt trop basse, tantôt en avance, tantôt en retard par rapport au moment prévu de son apparition, semblant reculer, ou accélérer sa vitesse. Pour sauver les apparences d'une course parfaitement circulaire et régulière autour du Soleil, Copernic et son disciple Rheticus avaient imaginé que le centre du cercle sur lequel elle voyageait n'était pas le Soleil, mais un point « équant » situé non loin de l'astre des jours. Et l'orbite de chaque planète, dont la Terre, aurait été dotée de son propre centre invisible. Sûr désormais que c'était du Soleil qu'émanait la force faisant mouvoir les planètes, de même que celle diffusant la lumière et la chaleur, Kepler décida de se débarrasser de cet absurde centre équant. Absurde en effet, car il comparait cette force à celle de la main faisant tourner la fronde au bout de la courroie : une main qui est bel et bien au centre du cercle parcouru par l'arme de David. Par ailleurs, cet équant ne résolvait pas tout des aberrations dans le parcours martien. Aussi, le chanoine polonais et son disciple avaient-ils imaginé que le cercle dessiné par l'orbite de Mars oscillait un peu comme une assiette sous laquelle on aurait placé une bille. Pour un Kepler persuadé de la parfaite harmonie de la divine mécanique, ces mouvements aléatoires étaient non seulement absurdes, mais monstrueux.

Observer Mars, la belle affaire ! Non seulement la planète n'était pas là où on l'attendait, mais en plus, quand on la regardait, formant là-haut une belle composition triangulaire avec Vénus et la Lune, elle n'était pas *réellement* à l'endroit où on croyait la voir, puisque la masse atmosphérique qui nous séparait d'elle faussait sa position effective. Comme un caillou déposé au fond d'un vase rempli d'eau. Vider l'eau, ou plutôt l'air séparant la Terre de Mars, était chose impossible. Tycho avait dû se livrer à un grand nombre de calculs pour déterminer la position réelle de tout astre observé par rapport à sa position apparente. Qu'en conclure, sinon que la Terre était le plus exécrable des observatoires, du moins pour le calcul des autres graves ? Il fallait donc déménager. Il fallait aller poser ses instruments sur Mars. En pensée, tout au moins.

La Terre est ronde. On le sait depuis... Depuis toujours ou presque. Depuis Pythagore, depuis Platon, depuis Ptolémée. On l'a démontré mathématiquement et astronomiquement, mais cela n'a jamais empêché quelques cervelles obtuses de l'imaginer comme une rondelle de pain flottant sur un bouillon. Or, depuis que les caravelles de Magellan avaient suivi la course du Soleil pour revenir à leur point de départ, aucun esprit, même le plus fumeux, n'aurait prétendu que la Terre était un disque.

Tycho avait appris au moins une chose à Kepler : toute théorie ne vaut que lorsqu'elle est étayée par l'expérience. Partir s'installer sur Mars et observer de là-haut le fonctionnement de la mécanique céleste était une manière d'expérience, simple et pratique. Et Kepler s'étonnait que personne n'y eût songé avant lui. Il était convaincu que Dieu était le premier spectateur de Son œuvre et qu'Il conviait l'homme à la contempler avec Lui, à condition que Sa créature fît l'effort de trouver une meilleure place qu'ici-bas.

Il s'agissait donc de changer de perspective. Quand Le Gréco choisissait de représenter une crucifixion vue d'en dessous du Supplicié, pour en obtenir l'effet, il devait peindre des jambes exagérément grandes et une tête trop petite. C'eût été le contraire si l'artiste s'était placé au-dessus de son sujet. Les proportions n'auraient été bonnes que si le peintre avait posé son chevalet au niveau de son modèle. Vue de Mars, Kepler en était convaincu, la Terre n'aurait plus cette belle orbite parfaitement circulaire dont l'avait dotée Copernic, mais s'agiterait dans tous les sens, réclamant nombre d'artifices mathématiques.

Il se ramassa sur lui-même pour prendre son élan et bondir sur la capricieuse planète. Mais deux petites mains le retinrent un moment par les basques : un fils, Friedrich, venait de lui naître. Certes, deux années auparavant il y avait eu Suzanne, qui l'avait rassuré sur sa capacité à faire des enfants survivant plus de quelques semaines.

— Mais quoi ! Un garçon ! C'est quand même autre chose…

Je ne pus m'empêcher de rire en entendant cette exclamation pleine de candeur. Kepler écarquilla les yeux, crut qu'il s'était ridiculisé dans son enthousiasme et bougonna :

— Comme si je n'avais que ça à faire, moi ! Ce garnement manque vraiment d'éducation pour s'inviter ainsi à l'improviste, alors que j'étais sur le point de déterminer l'orbite de Mars. Une bonne fessée en guise de baptême et il ne recommencera pas de sitôt à déranger son père en plein travail !

— Oh, maître ! s'offusqua Robert Fludd en se signant, il ne faut pas dire des choses pareilles d'un enfant innocent.

Tout Anglais qu'il était, mon médecin n'avait aucun sens de cette humeur particulière à mes compatriotes, et que partageait bizarrement le Souabe Kepler. Déjà, l'œil de notre hôte pétillait de malice. Il allait renchérir ; il fallait que j'intervienne :

— L'orbite de Mars, dites-vous ? Vous y êtes enfin parvenu, après toutes ces années ?

Trop tard ! Quand Kepler avait décidé de composer une farce à sa manière, rien ne pouvait l'arrêter. Celle-ci aurait pu s'intituler « Le fils de l'astronome et la planète Mars ». Dans son cabinet de travail, où il nous avait conviés, Fludd, Bruce et moi, car il aimait la compagnie des Britanniques avec lesquels il pouvait parler en toute liberté et manier son humeur, il se métamorphosa en caricature de philosophe tel qu'Aristophane les avait dépeints : œil exorbité – il forçait sur son strabisme –, barbe en bataille, geste désordonné, parole décousue.

— Si la force qui meut les planètes vient du Soleil, pourquoi ne serait-il pas le centre autour duquel elles tournent ?

Parce qu'une autre force l'en écarte. Et cette autre force vient de la planète elle-même.

J'allais l'interrompre pour qu'il en tire la conclusion : dans ces conditions, l'orbite des planètes ne serait pas un cercle parfait. Mais les autres riaient trop de son imitation de l'astrologue extravagant, et lui-même se prenait au jeu. Il couina comme un nouveau-né, puis fit la servante affolée :

— « C'est un garçon, monsieur Kepler, vous avez un garçon ! » « J'ai demandé qu'on ne me dérange pas ! » Mais le pire était encore à venir, messieurs. Voici Mme l'ambassadrice des Provinces-Unies, voilà la comtesse de ceci, la baronne de cela et une dizaine d'autres grandes dames qui se précipitent au chevet de la jeune accouchée, qu'elles abreuvent de conseils, et que le malheureux père doit recevoir, complimenter, horoscoper, gaver de friandises tout en leur laissant miroiter l'infini honneur, pour leur époux, de devenir le parrain du petit-fils de la vieille aubergiste de Leonberg et du meunier de Graz. « Vous avez, on le dit, cher maître, de nobles origines. Peut-on vous appeler chevalier ? » « Ce serait pour moi, madame la marquise, le comble du bonheur, même s'il faut aller fort loin dans le passé pour y dénicher ces ancêtres aristocratiques. » Et le choix des parrains, ah messieurs ! Quel casse-tête ! Faut-il un ami très cher, mais obscur et pauvre, qui n'aurait pas les moyens de protéger la veuve et le filleul orphelin ? Ou au contraire un homme riche et puissant qui aura tôt fait de vous oublier ? Si vous choisissez le très cher ami, l'homme riche, vexé, risque de tourner sa puissance contre vous. En revanche, quelle perte que celle d'un ami très cher, amer d'avoir été délaissé par intérêt !

Cette farce, qui faisait rire Bruce et offusquait Fludd, m'agaçait. J'avais compris comment fonctionnait le génie de cet homme étrange, qu'un observateur négligent aurait pu croire brouillon, mais qui était touffu, foisonnant d'une formidable énergie. Toute digression, toute anecdote, toute plaisanterie était une manière de reconstituer pas à pas sa démarche, car, disait-il, la recherche de la Vérité était aussi passionnante que sa découverte. Or, en cette soirée de la mi-octobre 1604, alors qu'il avait invité chez lui ceux qu'il appelait ses « amis anglais » pour fêter avec eux, non pas tant la naissance de son Friedrich, mais l'assurance de sa survie, je pensais que sa joie l'égarait, et que ses bouffonneries sur les devoirs de paternité l'entravant dans sa tâche n'avaient aucun rapport avec l'astronomie.

— Dois-je comprendre, dis-je alors, que l'apparition de cette jolie lune rose dans votre orbite vous a fait demander une trêve à Mars, votre ennemi ?

— Pas du tout, cher monsieur, ce n'était de la part de la planète qu'une manœuvre de diversion, que j'ai su retourner à mon avantage. En regardant l'enfant dormant paisiblement dans son couffin, je songeais à ces expressions populaires : joues rondes, cercle de famille, sans oublier les ronds de jambes que je faisais aux visiteuses de ma femme... Bref, je tournais en rond. Le cercle, la sphère, ces figures parfaites, divines, n'existent pas dans la nature. La Terre elle-même n'est pas une sphère, puisque hérissée de montagnes et creusée de vallées...

— Bien sûr, s'exclama Fludd, car Ici-bas est le domaine de la confusion, du chaos, alors que les cieux sont le royaume de l'harmonie et de la perfection, donc de la sphère, donc de Dieu.

Le visage doux et austère de Kepler se crispa à cette interruption. Mon médecin personnel était devenu en effet un partisan farouche du système de Ptolémée, après avoir été, sous l'influence de son ancien professeur Thomas Harriot, un copernicien convaincu. Il était pourtant médiocre mathématicien. Mais Prague, la folle ville en proie à toutes les tentations hérétiques vers les pratiques occultes, païennes parfois, n'avait eu aucun mal à contaminer mon compatriote, déjà persuadé qu'il était la réincarnation de Paracelse.

Quelques jours avant cet entretien, Fludd était venu voir Kepler sans me consulter, car il venait d'apprendre qu'on avait découvert à Tübingen, où le mathématicien impérial avait suivi ses études, la tombe couverte de signes ésotériques d'un mage souabe, un certain chevalier de Rosenkreuz, Rose-Croix. Comme Fludd croyait également que le docteur Faust avait vécu longtemps dans l'ancien couvent de Maulbronn, collège où Kepler était devenu bachelier, il ne lui en avait pas fallu plus pour déduire que ce grand-duché du Wurtemberg était une terre magique, et que certains hommes qui y naissaient, comme Faust, Rose-Croix et bien sûr Kepler, étaient de grands initiés à tu et à toi avec les forces mystérieuses qui régentaient le monde, les génies, les anges, les démons et les dieux. Kepler l'avait poliment éconduit, en lui expliquant qu'il avait déjà assez de mal à garder raison en essayant de déterminer l'orbite de Mars. Je sermonnai Fludd et présentai mes excuses à Kepler, qui me souhaita, mi-figue mi-raisin, de rester le plus longtemps possible en bonne santé, pour ne pas avoir à user de la pratique de mon médecin.

Fludd, apparemment, ne comprenait pas que Kepler, ce soir-là, par ses manières détournées, voulait nous informer de quelque chose de nouveau dans sa méthode et dans ses découvertes. Il ne fallait surtout pas lui faire quitter le terrain de la philosophie naturelle, pour l'entraîner vers les pays mouvants de la métaphysique, du symbole et de l'ésotérisme. Si Fludd ne saisissait pas cela, je pourrais bien me passer de sa pratique, au demeurant inutile : je me portais comme un charme.

— On pourrait croire que le chaos que vous évoquez, répliqua alors Kepler, existe aussi dans le ciel, si l'on considère ces comètes qui viennent de nulle part, en droite ligne, et disparaissent. Et puis, cette fichue orbite de Mars qui, selon vous monsieur Fludd, tourne autour de la Terre, selon moi et quelques autres hurluberlus autour du Soleil, se meut comme Bacchus le ferait, et non le dieu de la guerre. Le pauvre Rheticus s'est jadis frappé la tête contre les murs, rendu à moitié fou par le comportement capricieux de la planète rouge. Une nuit, il a interrogé son Dieu familier afin qu'Il lui dévoile le secret de ses mouvements. Et celui-ci, exaspéré par toutes ses questions, a saisi l'astronome par les cheveux et l'a plaqué alternativement au plafond et au sol, en hurlant : « Le voilà, le mouvement de Mars ! »

Un éclat de rire général parcourut notre petite assemblée – à l'exception de Fludd, bien entendu. Désireux de ramener un peu de sérieux dans cette discussion, je me tournai vers Fludd :

— Dire que le cercle est une figure parfaite n'est qu'un raisonnement de théologien, me semble-t-il.

— Ou de géomètre, corrigea Kepler. Et sans fausse modestie, je crois pouvoir tenir ma partie dans ce domaine du savoir. Mais si je dois poursuivre ma lutte contre Mars, il faut que je me trouve des armes nouvelles, il faut que je me débarrasse des vieilles cuirasses de la théologie. Gare, messieurs les physiciens ! Je viens empiéter, moi le jongleur d'hypothèses, dans votre domaine de matière, minéral, végétal, corporel, mécanique. Je m'en vais étudier le ciel comme mon ami Jessenius dissèque un corps humain…

Puis il reprit son rôle de l'astrologue papa.

— Là-dessus, mon petit Friedrich ouvre les yeux. Voir ma face velue et mon regard louche aurait dû le faire pleurer. Pas du tout ! Il sourit ! Merveilleux éveil à la vie ! Mystère de la fécondation… L'œuf, messieurs, l'œuf ! L'ovale ! Forme imparfaite pour l'émule d'Euclide, mais pas pour le physicien qui la trouve partout dans la nature, en particulier dans le poulailler.

Fludd se dressa hors de son siège, pris d'une grande excitation :

— L'Univers, un œuf ! Hermès Trismégiste avait déjà écrit…

— Calmez-vous, cher ami, calmez-vous, répliqua un Kepler hilare. Je n'ai fait que vous narrer le cheminement tortueux de ma pensée, tandis que mes calculs pour déterminer l'orbite de Mars se trouvaient dans un cul-de-sac, et que je contemplais mon fils s'ouvrir à la vie. Une orbite ovale n'est qu'une hypothèse de travail, qui, peut-être, me permettra d'en revenir un jour au cercle. Voire me résigner à admettre que le Soleil n'est pas le centre exact des orbites planétaires. Le métaphysicien que je prétends être aussi affirme avec Ficin que Dieu est un cercle dont la circonférence est partout et le centre nulle part. Mais l'astronome observe que les planètes s'éloignent et se rapprochent alternativement du Soleil. Le mathématicien renchérit que si l'orbite est circulaire et que le Soleil est le centre, le rayon de ce cercle est toujours égal quel que soit le point de la circonférence où elle se situe. Le physicien constate alors que, plus les planètes sont loin du Soleil, donc de sa force attractive, plus leur vitesse est lente.

Éberlué qu'il ose ainsi briser le cercle, fasciné par sa manière qu'il avait de se décomposer ainsi en plusieurs rôles, je ne m'aperçus pas qu'il était en train de nous énoncer ce qui serait plus tard appelé « la deuxième loi de Kepler ». D'autant qu'il conclut, ôtant le masque du métaphysicien, puis celui de l'astronome, du mathématicien et celui du physicien :

— Alors, le poète intervient et, pour consoler le métaphysicien, leur suggère à tous d'essayer la forme ovoïde, tant chargée de sens.

Ravi de nous avoir joué cette saynète, il nous regarda tous comme s'il attendait des applaudissements. Je demandai alors :

— Avez-vous déjà quelques résultats confirmant ces orbites ovales ?

Il fronça les sourcils et sa voix se mit à vibrer, comme si je l'avais mis en colère :

— Savez-vous, monsieur, que depuis que je me suis attelé au problème de Mars en prenant quatre observations de Tycho quand la planète était en opposition au Soleil, pour calculer, par approches successives, l'orbite, la direction de l'axe et la position des trois points centraux sur cet axe, j'ai entassé plus de cinq cents feuilles de calcul d'une écriture bien serrée, car les oublis du trésor impérial à me payer m'obligent à économiser le papier ? Là-dessus, je tombe gravement malade, à l'agonie, puis me vient un fils et…

La porte d'entrée de la petite salle où nous bavardions s'ouvrit ; la bise d'octobre nous fit frissonner. L'assistant de Kepler, Matthias Seiffart, entra ; il avait une tête à faire peur et sa santé me sembla bien plus ébranlée par leurs travaux herculéens que celle de son sempiternel agonisant de patron. Derrière lui, un jeune professeur à l'université, qui aidait parfois les deux autres dans leurs calculs.

— Pardonnez-nous, maître, de vous importuner en si noble compagnie, dit ce Brunowski, mais il y a tout juste une semaine, j'ai observé un phénomène qui m'a semblé une illusion de ma part, et c'est pour cela que je ne vous ai pas prévenu. Le ciel était bouché le lendemain et le surlendemain. Mais durant les trois nuits qui suivirent, le phénomène était toujours là. J'ai demandé ce soir à mon ami Seiffart de venir l'observer avec moi, et...

— ... Et, conclut l'assistant, nous avons découvert qu'une étoile nouvelle vient d'apparaître dans la constellation du Serpentaire.

Une *stella nova*, trente-deux ans après l'apparition de celle qui avait fait la gloire de Tycho ! Je jetai un œil au visage de Kepler. Il restait aussi flegmatique que celui de Francis Drake annonçant à la reine Elisabeth le naufrage de l'Invincible Armada.

— Ne vous emballez pas, mes enfants, dit-il d'un ton uni. Une semaine, c'est bien peu pour conclure à un tel événement, qui, à notre connaissance, ne s'est produit que deux fois dans toute l'histoire de l'astronomie, la première au temps de Hipparque, et la seconde, un gros millénaire et demi après, du temps de Tycho, c'est-à-dire hier... Allons voir.

En cette nuit du 17 octobre 1604, nous montâmes dans la tourelle de bois qui lui faisait office d'observatoire. En voyant disposés là-haut quelques petits instruments de cuivre, je ne pus m'empêcher de songer aux énormes machines de l'île de Venusia, même si je savais que Tycho n'y avait pas encore construit le Château des Étoiles lorsque « sa » Nova était apparue.

Atteignant presque l'éclat de Vénus, l'inconnue semblait de vibration très rapide, lançant des feux variés comme ceux d'un diamant au soleil, blond crocus, violets, rouges, le plus souvent d'un blanc éclatant. Pareille à une torche agitée par le vent, sa flamme tantôt s'allongeait, tantôt se résorbait. Dans ses agitations, dont Kepler nous expliqua aussitôt qu'elles n'étaient dues qu'à celles de l'atmosphère terrestre, l'étoile nouvelle paraissait souffrir comme un fiévreux, un combattant, un homme qui étouffe ou se noie… Or, c'est à la sphère des Fixes que cette flamme empruntait son combustible. En effet, elle resta dans le ciel durant dix-huit mois, déclinant jusqu'à disparaître en mars 1606.

Aidé de son assistant à l'excellente vue, Kepler accumula les observations avec une avidité digne de l'ogre des étoiles qu'avait été Tycho. Il put vérifier que, tout comme l'étoile du Danois, la « sienne » ne changea pas sa position d'un iota par rapport aux Fixes voisines du Serpentaire, prouvant ainsi son appartenance à ladite sphère des Fixes. Laquelle, de nouveau, ne s'avérait pas si fixe que cela, mais au contraire changeante et altérable, en dépit d'Aristote !

On sollicita Kepler de tous côtés. De toutes les universités du vieux monde, on lui écrivit pour lui faire part de ses propres observations et de ses interprétations. On vint le voir, on le questionna, on était inquiet. Les demandes les plus pressantes vinrent du palais impérial : la cour l'accabla de demandes d'horoscopes personnels, de prédictions sur le destin des royaumes et de l'empire. Tous voulaient connaître sa traduction de ce message divin, qui semblait vouloir s'inscrire dans un contexte bien particulier. Un an plus tôt en effet, en 1603, avait eu lieu dans le ciel une conjonction planétaire exceptionnellement rare entre Jupiter, Saturne et Mars. Ce « trigone flamboyant » avait déjà suscité, chez les astrologues ordinaires de l'Empire et d'ailleurs, toutes sortes de prédictions, comme la conversion des Indiens d'Amérique, une émigration généralisée vers le Nouveau Monde, la chute de l'Islam ou encore, comme toujours dans ces cas-là, le retour du Christ. L'apparition de la Stella Nova, surgissant un an après le trigone et dans la même région céleste, fit craindre le pire. On apprit les prophéties d'un certain Albinus Mollerus, astrologue allemand de grande réputation : « *Cette étoile prodigieuse* », affirmait-il, « *nous présage de bien plus terribles calamités qu'une simple comète, car elle surpasse en grandeur toutes les planètes connues, et n'a pas été observée par les savants depuis le commencement du monde. Elle annonce de grands changements dans la religion, puis une catastrophe sans précédent qui doit atteindre les calvinistes, la guerre turque, de terribles conflits entre les princes. Des séditions, des assassinats, des incendies nous menacent et sont à notre porte.* »

Dès lors, dans les églises, le peuple se confondit en prières et en pénitences. Kepler fut très agacé par ces débordements. S'il accepta d'émettre quelques opinions, il refusa de faire la moindre prophétie : il croyait au message divin, certes, mais se jugeait indigne de pouvoir l'interpréter. S'appuyant sur le premier ouvrage de Tycho, *Stella Nova*, vieux d'une trentaine d'années, il se contenta dans un premier temps d'affirmer que les étoiles nouvelles, comme les comètes, n'avaient que valeur d'avertissement du ciel, mais non point d'annonce d'événements à venir. Il eut plus de chance que Mollerus, car ces années-là, il n'y eut ni plus ni moins de guerres, pestes, meurtres, tremblements de terre ou inondations que les années précédentes. Peut-être même un peu moins.

Lorsque l'étoile nouvelle disparut, Rodolphe convoqua son *mathematicus* et eut un long entretien avec lui. Kepler lui avoua franchement son incapacité à prédire quoi que ce soit à partir de cette étoile nouvelle, sinon qu'elle formait une croix brillante avec d'autres étoiles. Mais l'empereur, qui semblait provisoirement apaisé de ses démons mélancoliques, lui demanda si la Stella Nova n'était pas un phénomène astral revenant périodiquement après un très long délai. Kepler lui répliqua que ni lui ni Tycho n'avaient pu voir leurs étoiles respectives changer de position durant l'année et demie où elles avaient été visibles. Il était donc vraisemblable qu'elles fussent situées dans la sphère des Fixes, et rien ne permettait de penser que ce phénomène eût une quelconque périodicité.

— Il est pourtant, dit l'empereur, un proverbe qui affirme : nouvelle étoile, nouveau roi.

— Certes, Majesté, mais il y a eu dans l'histoire bien plus de nouveaux rois que de nouvelles étoiles. Il s'agit sans doute d'une confusion avec les comètes, mêlée au souvenir de l'étoile de Bethléem. D'ailleurs, cette dernière était-elle une Nova ou une comète ? Il me serait fort utile de le savoir dans mon essai de datation de la naissance du Christ. Mais, entre Hipparque et Tycho, on ne s'est guère soucié de relever avec précision, en temps et en heure, et à sa position exacte, toute nouvelle apparition, s'il y en eut. Durant ces deux millénaires où l'on croyait pourtant la fin des temps si proche, qui sait combien de phénomènes célestes se sont déroulés sans que nul ait songé à les mentionner ? Aujourd'hui, une nouvelle théologie et une nouvelle jurisprudence ont été constituées, les suiveurs de Paracelse ont renouvelé la médecine et les coperniciens l'astronomie. Mais, entre la nouvelle étoile de Tycho et celle qui vient de disparaître, si peu de temps s'est déroulé ! Que Votre Majesté me pardonne, mais je ne vois pas ce qu'un ouvrage écrit de ma main apporterait de plus à la *Stella Nova* de Tycho.

— Eh bien, mon bon Kepler, répliqua Rodolphe, écris donc ce que tu viens de me dire. Raconte que la civilisation des arts et de la philosophie s'est réveillée après le long sommeil des siècles obscurs, raconte aussi comment et pourquoi la sapience antique s'est dissoute durant tous ces siècles, et comment et pourquoi, durant ces cent cinquante dernières années, des hommes aussi courageux que savants sont allés bien plus loin que les Anciens. En écrivant cela, toi et cette étoile nouvelle servirez mes desseins, qui sont de décréter qu'au moins dans le royaume de Bohême, mes sujets catholiques, réformés et juifs, puissent vivre et pratiquer leurs cultes en paix. Tu es libre d'exprimer tes idées comme tu l'entends. Je te demanderais simplement de m'épargner, et d'éviter de me traiter de nouveau Caligula.

Kepler se jeta à genoux devant Rodolphe :

— Oh, Sire, comment le pourrais-je ? Vous êtes tout à la fois Mécène, Auguste et Salomon !

Cela n'empêcha pas Kepler, au retour de cette audience, de grogner et de pester contre l'étoile nouvelle, contre l'empereur – même si ce dernier l'avait enfin remboursé d'une partie de ses arriérés –, contre sa femme, ses enfants et la terre entière, qui s'étaient ligués contre lui pour l'empêcher de calculer l'orbite de Mars. Cependant, la remarque de l'empereur sur la possible récurrence d'un tel phénomène fit secrètement son chemin dans sa pensée, toujours portée vers l'hypothèse et les rapports harmoniques… *« Doit-on tenir pour fortuite ou pour intentionnelle la coïncidence chronologique et spatiale de cette étoile avec la Grande Conjonction ? »*, se demanda-t-il en endossant pour une fois le rôle officiel d'astrologue que lui avait assigné son employeur. Astrologue à rebours toutefois car, plutôt que de prophétiser sur les temps futurs, il plongea dans la nuit des siècles passés… Et si l'étoile des Mages avait aussi été une étoile nouvelle, similaire à celle qu'il venait d'observer, annoncée un an auparavant par un trigone flamboyant ? Il calcula que la conjonction des trois planètes supérieures obéissait à un cycle de 804 ans. Ce cycle pouvait-il ponctuer les grandes phases de l'histoire ? Après tout, 1604 marquait l'apogée du règne de Rodolphe, l'an 800 le couronnement de Charlemagne et la naissance du Saint Empire romain germanique. L'an 5 avant l'ère chrétienne pouvait logiquement avoir trait à la conception du Christ…

Son *Stella Nova*, rapidement écrit et publié en 1606, n'apportait pas grand-chose à l'astronomie ; mais sa deuxième partie était un chef-d'œuvre de réflexion philosophique sur la marche de l'Histoire. Et surtout, Kepler avait désormais son étoile, lui aussi. Alors, il prit son envol, comme délivré du pesant fantôme de Tycho.

De Tycho, certes, mais pas de sa famille…

6.

Ses dix années praguoises furent pour Kepler les plus heureuses et les plus fécondes de sa vie. Son épouse Barbara lui avait donc donné une petite Suzanne, qui survécut, contrairement aux malheureux avortons qu'ils avaient eus à Graz, cité de misère et de persécution. Quand, moins de deux ans après, naquit son Friedrich, il fut au comble de la joie. Cette fois, la malédiction était brisée. Comme Barbara avait eu un enfant de l'un de ses deux premiers mariages, il s'était jusqu'alors persuadé, zodiaque à l'appui, que lui et ses ancêtres étaient seuls responsables de ces morts prématurées.

Johann Kepler se révéla un bon père. Lui qui, naguère encore, ne pouvait supporter le moindre bruit, vaisselle cassée, pleurs de nourrisson lui évoquant sa propre enfance faite de disputes et de coups entre ses parents avinés, il découvrit la sollicitude et la patience, s'émerveillait de la moindre risette, au bord des larmes quand un peu d'ivoire perçant la gencive rose faisait crier Suzanne, puis Friedrich. Et Barbara disait au docteur Jessenius que, s'il pouvait coudre des seins à son mari, celui-ci leur donnerait la tétée.

Car la fille du meunier était loin d'être une oie stupide ou une affreuse mégère, telle que son époux s'était complu à la décrire après son mariage contraint. Certes, ce n'était pas Uranie, mais cette grasse paysanne aux bonnes joues roses et aux yeux d'un bleu très pâle respirait la gentillesse. Elle avait tout en somme de la « bonne fille » que l'on a envie de culbuter dans les champs, au temps des moissons, dans les odeurs de foin et d'herbe foulée, avant de reprendre la route. Elle savait en tout cas tenir sa maison, mitonner à ses hôtes de fameux petits plats de la campagne, et possédait surtout ce grand mérite, rare chez les gens de peu de savoir et de cervelle : se taire. Son mari l'avait-elle éduquée pour cela ? Peut-être… En tout cas, je n'ai jamais vu, dans leur couple, la moindre trace d'hostilité, voire d'agacement réciproque. Bien sûr, ils étaient loin de roucouler comme deux pigeons éperdus d'amour, mais de temps en temps, j'ai pu surprendre de bons gros gestes d'affection bien rustiques comme, pour elle, d'ébouriffer la lourde tignasse noire de Johann ou, pour lui, de claquer vigoureusement les fesses rebondies de Barbara. Une famille de braves gens, en somme.

En ce temps-là, la paix régnait dans le Saint Empire romain germanique, à l'exception de quelques batailles tantôt gagnées, tantôt perdues contre les Ottomans. Pour le reste, l'empereur Rodolphe II, que la politique ennuyait, avait eu la pertinence de laisser les affaires de l'État à des gens de grande compétence, qu'ils fussent dignitaires de l'Église romaine ou gentilshommes et bourgeois de confession luthérienne ou calviniste, que l'on appelait désormais « protestants ». Même l'Espagne, qui s'embourbait en Flandres aux portes des Provinces-Unies, ne dévorait plus qu'elle-même sur ses bûchers. Cependant, Prague s'éclairait d'autres lumières, celles de l'art et de la philosophie, sous la protection de l'impérial mécène Rodolphe II de Habsbourg, de plus en plus mécène, de moins en moins impérial.

La paix, le bonheur… Voilà une situation bien embarrassante pour le plumitif que je suis et qui aimerait tant évoquer ces bâtisseurs du ciel qu'étaient les Tycho, les Kepler, les Galilée, sous les traits de héros d'une épopée antique, ou de ceux du théâtre de Shakespeare en un récit plein de bruit et de fureur. Pourtant, c'est dans la paix que l'on bâtit le mieux, sinon dans le bonheur, lequel n'est jamais que l'attente angoissée que ce bonheur cesse, et qu'on se dit qu'il faut se hâter.

Kepler se hâtait. Il mit deux ans à écrire son ouvrage sur l'optique, qu'il appela humblement *Paralipomènes à Vitellion*. Un simple supplément à l'œuvre de l'obscur moine dominicain mort deux siècles auparavant ! Humilité de façade, fausse modestie chez cet orgueilleux qui connaissait sa propre valeur. Pour preuve, les titres de ses autres maîtres ouvrages : *le Mystère cosmographique, l'Astronomie nouvelle, l'Harmonie du Monde*... Pourquoi pas alors, par exemple, le *Secret de la Lumière* ? Quand on lui posait la question, il caressait sa barbe avec un air faussement perplexe, avant de déclarer que ses *Paralipomènes* n'étaient qu'une compilation des auteurs anciens, qu'il n'avait appris l'optique qu'au fil de la plume, juste avant son lecteur et, qu'en plus, il n'était pas mécanicien.

En réalité, les *Paralipomènes* traitaient non seulement des deux problèmes posés à l'observation astronomique par la réfraction de la lumière des astres et la diminution du diamètre de la Lune dans les éclipses du Soleil, mais encore de bien d'autres phénomènes, comme l'arc-en-ciel, le grossissement ou le rétrécissement de la vision à travers des lentilles convexes ou concaves. Étudiant en particulier les lentilles de forme conique, Kepler nomma « foyers » les points où convergent tous les rayons émis par un autre « foyer » de cette courbe, soupçonnant déjà que les foyers d'une ellipse avaient des propriétés particulières, tant pour la propagation des rayons lumineux que pour la trajectoire des planètes... Il répertoriait également les instruments de mesure, dont ceux de Tycho bien sûr, critiquait ou étayait les conceptions des Anciens, dans une longue suite de définitions, propositions et descriptions. Il utilisait la même manière qui lui avait si bien réussi pour son premier ouvrage, *Le Mystère cosmographique* : raconter sa démarche, ses doutes, ses erreurs, ses repentirs ; mais aussi et surtout, il y glissait des considérations métaphysiques et théologiques, qu'une lecture superficielle aurait pu estimer comme des digressions, mais qui étaient pour lui la finalité de sa quête de la vérité divine. Quête vaine, pour des esprits forts comme le mien ou celui de Harriot, mais qui révélait des réalités physiques. Ainsi, selon lui, le monde était l'image de la Trinité : le Père, le centre, le Fils la surface intérieure de la sphère des étoiles Fixes, et le Saint-Esprit tout ce qui est entre le centre et la surface, en sorte que les trois ne font qu'un. À l'intérieur de ce grand Tout – et Kepler retournait, comme par mégarde, de la métaphysique à la physique – les corps planétaires se mouvaient. Il expliquait alors que du fond de ces corps émanait une attraction magnétique, la plus puissante étant celle sortant du Soleil, d'où jaillissait une autre force : la lumière, écoulement partant de l'astre du jour et suivant un infini de lignes droites, qui étaient autant de rayons d'une sphère immensurable.

Je ne voulais certes pas le lancer sur le terrain théologique, en ce jour du début 1605 où, à l'occasion de la parution de son ouvrage d'optique, il avait réuni quelques érudits étrangers l'ayant déjà lu, dans une petite salle de la faculté de médecine de Prague, dont moi-même, l'astronome Thomas Harriot que j'avais fait revenir de Londres en toute hâte, et l'inévitable Edmund Bruce, de retour d'Italie. La présence de l'espion de la Compagnie des Indes orientales embarrassait beaucoup le digne agent de la Compagnie de Virginie que j'étais. À la lecture de cet extraordinaire livre d'optique, je commençais à me demander si le plus simple n'était pas d'attirer Kepler à Londres, où le roi Jacques et son proche conseiller Francis Bacon l'auraient accueilli sur un pont d'or tapissé de soie.

En effet, toute la partie sur les rapports entre l'optique et l'astronomie concernait de très près ma mission secrète : trouver pour mes commanditaires des instruments de mesure capables de déterminer, en mer, la position d'un navire ou d'un écueil, instruments autrement fiables que les rustiques sextants, boussoles, astrolabes et autres bâtons de Jacob, qui n'avaient guère évolué depuis Christophe Colomb. Rien dans les *Paralipomènes* n'évoquait, bien sûr, la meilleure manière de piloter un navire marchand. Dans sa quête exclusive de la Vérité, Kepler ne laissait pas de place aux progrès du négoce. Au fond, lui comme ses pairs philosophes de la nature pensaient la même chose que leurs lointains prédécesseurs grecs : ceux qui gagnaient leur vie avec leurs mains, sinon avec leur sueur, devaient être exclus de la cité. L'amener sur le terrain des applications pratiques de l'optique astronomique serait donc une affaire délicate. D'autant qu'il ne fallait pas attirer l'attention de cette canaille de Bruce, toujours aux aguets du moindre de mes propos.

Après avoir tenté de résumer son œuvre, en s'excusant mille fois de ses digressions sur des sujets qui n'avaient guère à voir avec l'astronomie, mais qui pourraient susciter d'autres recherches dans d'autres domaines, Kepler prétendit, jouant non sans ironie à la modeste violette, que tout ce qui concernait son art n'était jamais que de la compilation et de la mise en ordre du matériau brut que Tycho avait bien voulu lui laisser.

— Une compilation, maître ! intervins-je. Vous n'écrivez pourtant pas la même chose dans votre préface à Sa Majesté impériale. Je vous cite : « *J'ai accompli ce travail immense et austère, en creusant jusqu'au noyau des questions négligées depuis des siècles qui chacune aurait pu donner un livre particulier.* »

— Avez-vous au moins lu la suite de la dédicace ? me répondit-il malicieusement.

— Oui, vous vous comparez à un général d'armée partant en guerre contre les Turcs.

— … Et comme tout général, je supplie mon prince de me donner des munitions et des hommes pour m'aider à triompher. Plus trivialement, je suis comme le valet qui dit à son fermier : « Voyez, patron, le travail que j'ai accompli. Cela mérite au moins qu'on me paie mon dû. » Car, messieurs, quand je ne rédige pas l'horoscope de tel ou tel, je passe le plus clair de mon temps à pleurer famine, de bureau en bureau, de secrétaire en secrétaire. Ce n'est pas l'appétit de richesse qui me fait courir ainsi, mais la peur de la pauvreté.

Comme à chaque fois qu'il recevait des visiteurs, Kepler allait recommencer ses récriminations sur la pingrerie du Trésor, et les retards permanents dans le versement de ses émoluments. Espérait-il que l'un de nous aille intercéder en sa faveur auprès de Rodolphe, ou que nous le débauchions en l'attirant à Londres ? Je me jurai de lui en faire la proposition, mais en tête-à-tête. Je jetai un œil à mon compatriote, l'astronome Thomas Harriot. Il comprit ce que je lui demandais et, s'adressant à Kepler :

— Mon cher confrère, accomplir une œuvre pareille dans des conditions financières aussi déplorables est positivement admirable.

— Venant de vous, monsieur Harriot, ce compliment me touche au cœur. Car je ne suis pas bien sûr que si mon « patron » venait à être emprisonné, je le suivrais dans sa geôle jusqu'à sa mort.

L'allusion était claire : Harriot avait été longtemps le pensionné du comte de Northumberland, Henry Percy, grand protecteur de la philosophie et des arts. Mais ce haut personnage avait eu le mauvais goût de s'opposer à Elisabeth d'Angleterre. On l'avait également accusé d'athéisme, ce qui n'était pas forcément faux, si l'on en juge par ces mystérieuses réunions qu'il avait avec des gens comme Harriot et l'auteur de ces lignes, au sein de cette société appelée « Collège de la Nuit ». Percy avait été enfermé à la tour de Londres où il décéda au bout de longues années. Par fidélité à leur protecteur, Harriot et deux autres savants se firent volontairement emprisonner avec lui et recueillirent son dernier souffle. On les appela les trois mages du comte Percy.

J'observais Bruce pendant que Kepler faisait cette allusion. Il me sembla très gêné. Lui qui disait voyager pour son plaisir, il s'était abstenu de revenir dans notre île un an et demi auparavant, pour les funérailles d'Elisabeth et le couronnement de Jacques Ier, comme nous l'avions tous fait. Avant de reprendre une charge diplomatique plus importante à Prague, j'avais tenté d'en savoir plus sur Bruce mais, comble de l'humiliation pour quelqu'un qui se flatte d'obtenir en moins de temps qu'il faut pour le dire le plus petit renseignement sur toute personne que je désire, je n'appris, pour lui, que ce que je savais déjà : il passait pour un riche fils de famille ayant fait fortune dans le commerce des épices avec les Indes orientales, et dépensant son héritage à parcourir le monde pour y rencontrer les personnages les plus illustres du temps. J'en fus presque convaincu quand je revins en Bohême, où j'appris qu'il s'était rendu en Italie. Mais, à le voir aussi embarrassé à l'évocation fugitive de la longue détention du comte de Northumberland, j'en conclus qu'il avait eu à voir avec cette affaire.

Le débat entre Harriot et Kepler languissait maintenant autour des arcs-en-ciel. Je croisai les mains devant ma bouche pour faire croire à mon attention profonde, et dissimuler un bâillement. Bruce interrompit grossièrement les deux savants :

— Il est tout de même curieux que dans un livre aussi épais, et qui veut couvrir tous les phénomènes optiques, vous ne consacriez que quelques lignes aux lentilles de verre convergentes pour les comparer au cristallin de l'œil. On trouve pourtant dans toutes les foires de l'Empire des lunettes grossissant jusqu'à quatre fois. Voilà, je crois, de la magie naturelle qui aurait dû vous intéresser.

— C'est que, monsieur, répliqua sèchement Kepler, au temps de mes études, il n'y avait pas de professeur de magie naturelle pour m'apprendre à sortir un lapin de mon chapeau. Par ailleurs, je n'ai guère le loisir de fréquenter les foires. Enfin, ces bésicles, je les porte en permanence pour lire et écrire. Je dois être comme le commun des mortels. Je suis capable d'expliquer un phénomène qui se produit au fin fond de l'univers, mais pas celui qui est au bout de mon nez.

Et, d'un geste comiquement théâtral, il chaussa ses verres, ce qui rendit son regard extraordinairement globuleux, tout en accentuant le strabisme de son œil gauche. L'assistance éclata de rire. Bruce se mordit les lèvres. Il faisait partie de ces gens sarcastiques et cruels avec les autres, mais détestant qu'on leur serve la moindre taquinerie. Toutefois, je commençais à comprendre où l'espion de la Compagnie des Indes orientales voulait en venir, avec ces lentilles. Et je désirais qu'il comprenne que j'avais compris. Il abattait son jeu, j'abattis donc le mien :

— J'ai pour ma part, docteur Kepler, une excellente vue. Tout le monde n'a pas la chance comme vous, hélas, d'être à la fois Homère et Calchas.

— Je ne suis ni devin, ni poète, ni aveugle, me répondit-il. Pourtant, vous avez en partie raison. Mes yeux déficients me permettent peut-être de voir les choses d'une autre manière, par le chemin de la pensée. Tycho avait une vue très perçante. Il observait à la perfection, mais il ne savait pas regarder derrière les apparences. Où voulez-vous en venir ?

— Il y a quelques jours, j'ai eu la curiosité de regarder dans cette nouveauté que le marchand appelait non sans cuistrerie « télescope ». J'avais demandé à l'un de mes laquais de se placer à quelque deux cents coudées de moi. À l'autre extrémité du tube, je distinguai le visage de cet imbécile comme s'il était tout près de moi. J'aurais pu le souffleter, car l'insolent, croyant être hors de vue, me tirait la langue et me faisait des gestes obscènes.

Kepler rit de bon cœur à mon anecdote et ajouta :

— Vous l'avez corrigé comme il le méritait, je l'espère ?

— Pardi ! J'avais ébauché malgré moi le geste d'un soufflet, derrière la lunette, tant l'illusion de sa proximité était parfaite.

— Parfaite en apparence, car la distance, c'est-à-dire l'air, qui vous séparait n'était pas suffisante pour faire dévier, je veux dire réfracter, la lumière envoyée par son image. Même si, à vous entendre, ce garçon n'en était pas une, de lumière. Mais, pour en revenir à l'astronomie, Son Auguste Majesté m'a convié récemment à observer la Lune à travers ce télescope, comme vous l'appelez. J'y ai vu des choses bien étranges. Je doute fort de leur réalité, tant la masse atmosphérique, qui nous sépare de l'astre des nuits, est épaisse. L'appareil doit en effet grossir également les aberrations dues à cette couverture translucide et tourbillonnante. Horizontalement donc, et à courte distance, votre télescope peut être fort utile. Verticalement, dans cet univers que Giordano Bruno disait infini, c'est une autre antienne. Sa Majesté fut fort déçue par cette remarque. Est-ce la raison du retard de mon salaire ?

Il s'interrompit et ôta ses bésicles, comme naguère Tycho ôtait son nez postiche sous l'effet d'une grande émotion. Son regard se fit plus étrange encore, comme tourné vers l'intérieur de lui. Il murmura :

— Mars, bien sûr… je dois repartir sur Mars. De la Terre, je ne verrai rien…

Il s'était déjà envolé vers la planète rouge. Notre conversation s'étiola rapidement, tant son impatience à nous quitter était devenue flagrante, et peu coutumière chez cet homme d'ordinaire d'une exquise courtoisie. L'assistance se leva pour sortir. Je m'approchai de Kepler. Bruce m'avait précédé, mais je pus entendre ce qu'il chuchotait à l'astronome :

— Je reviens d'Italie. J'y ai rencontré Galilée.

Le visage de Kepler s'illumina :

— Galilée ! Cela fait bien dix ans qu'il m'a laissé sans nouvelles. Contez-moi cela !

S'apercevant que j'étais à portée de voix, Bruce répliqua :

— J'aimerais, maître, passer chez vous pour que vous me fassiez mon horoscope. J'en profiterai pour vous raconter mon voyage. Demain, cela vous va-t-il ?

Bruce avait gagné une manche. Mais pas la partie. J'avais entendu parler de ce Galilée, professeur de mathématiques à l'université de Padoue. Il y étudiait, m'avait rapporté un émissaire anglais à Venise, la question de la chute des corps. Visiblement, Kepler avait l'air d'en faire grand cas. Il faudrait quand même que je me décide à visiter cette cité que l'on disait la plus belle du monde.

7.

Sitôt hors de la faculté, j'entraînai Harriot jusqu'à l'ambassade. Je demandai à mon mathématicien de rentrer en Angleterre en faisant un détour par les Provinces-Unies. Là-bas, disait-on, les lunetiers hollandais avaient pourvu l'armée de ces longues-vues qui leur permettaient d'observer le moindre mouvement des troupes ennemies, tandis qu'en face, les Espagnols s'étaient vu interdire par l'Inquisition ces engins qu'ils croyaient créés par le Diable, pour plonger l'humanité dans le mensonge et l'illusion.

Nous étions, Harriot et moi, en train de prendre les dernières dispositions pour son voyage de retour, quand l'huissier m'annonça qu'un certain Simon Marius, mathématicien de l'Électeur du Brandebourg Joachim Frédéric de Hohenzollern, demandait à être reçu en audience. Cela semblait urgent ; le nom de Hohenzollern étant un sauf-conduit largement suffisant, je demandai qu'on l'introduise. Entra un homme d'une trentaine d'années, tout de noir vêtu, dont la mine sévère, comme prise toujours d'une froide colère, lui donnait l'allure d'un prêcheur calviniste. Il portait sous le bras le nouvel ouvrage de Kepler. Pourtant, je n'avais pas remarqué sa présence à la réunion de tout à l'heure. Il est vrai que Simon Marius, alias Simon Mayer, n'avait rien de remarquable. Il salua en moi le représentant de sa Gracieuse Majesté Jacques Ier d'Angleterre en s'excusant, avec tout juste ce qu'il fallait de politesse, de n'avoir pas demandé à l'avance un rendez-vous. Naturellement, en réponse, je ne l'invitai pas tout de suite à s'asseoir.

— Ainsi, lui dis-je, vous êtes le *mathematicus* du Brandebourg. La santé du grand-duc Joachim Frédéric s'est-elle améliorée depuis la dernière audience qu'il m'a accordée à Königsberg ?

— Je l'ignore, Votre Excellence. Je suis de retour d'un voyage en Italie. J'ai séjourné trois ans à Padoue pour y étudier la médecine.

— Vous avez en Son Altesse le plus accommodant des patrons, pour vous laisser voyager aussi longtemps…

Je comptais par cette remarque troubler ce personnage plein d'assurance et de suffisance. J'en fus pour mes frais. Il me répondit avec aplomb :

— Je n'ai appris ma nomination que lors de mon récent passage dans ma ville natale de Nuremberg.

Cela se tenait, les Hohenzollern du Brandebourg ayant encore des liens familiaux très forts avec la Franconie. J'invitai enfin Simon Marius à s'asseoir.

— J'ai entendu tout à l'heure, dit-il alors, votre excellente intervention durant la leçon du maître Kepler.

— À quel sujet ?

— La lunette grossissante.

— Puis-je vous demander le motif de cette visite impromptue ?

Son visage, qui me faisait irrésistiblement penser à un portrait de Savonarole par Botticelli entrevu dans les nombreuses collections de peinture de l'empereur Rodolphe, s'éclaira d'un sourire aux rares dents jaunes. Son austérité de façade se transforma en une obséquiosité plutôt répugnante.

— Votre Excellence m'a paru s'intéresser aux mathématiques appliquées à la mécanique. Or, je viens de rapporter d'Italie un petit ouvrage décrivant un instrument qui pourrait intéresser votre gouvernement : un compas, qui permet de calculer très vite une infinité de choses, dont, en particulier la masse et la qualité d'un boulet de canon.

— Depuis Léonard de Vinci, intervint Harriot, les Italiens sont passés maîtres dans l'invention de ce genre d'appareils. J'utilise moi-même un de ces compas, qui me permet d'éviter un certain nombre d'opérations fastidieuses.

Marius toisa Harriot comme un professeur cathédratique le plus stupide des bacheliers ayant proféré une ânerie :

— Ce compas, énonça-t-il avec mépris, dépasse de cent coudées en ingéniosité tout ce qui a pu être fabriqué jusqu'ici. Compare-t-on les instruments de Tycho à l'arbalète de Copernic ?

Harriot avait pris de son voyage au Nouveau Monde quelques manières rugueuses de marin. J'intervins avant qu'il ne s'avise de mettre notre visiteur à mal :

— Si ce que vous me dites est vrai, l'inventeur ne peut être que le fameux Galilée de Padoue.

À ce nom que j'avais lancé un peu au hasard pour l'avoir entendu une heure avant de la bouche de Bruce, mon visiteur perdit de sa superbe. Il blêmit, ou plutôt verdit, tant son teint naturel était déjà blafard ; puis il répliqua avec aigreur :

— Galilée ? Cet homme-là ne sait que voler les inventions des autres. Non, il s'agit de mon ami Balthazar Capra, comte palatin et médecin personnel du capitaine général comte Pedro Enríquez de Acevedo, gouverneur de Milan et Grand d'Espagne…

— Diable ! Acevedo, le plus dévoué des familiers de la Sainte Inquisition, le boucher du Piémont… Vous avez là d'étranges relations, monsieur Marius, pour quelqu'un qui s'apprête à servir le très réformé grand Électeur de Brandebourg ! Mais… Je suppose que cette description du fameux compas de votre « ami » comte palatin Coppola ou Capra, je ne sais, vous l'avez apportée avec vous ?

Il ouvrit le livre de Kepler et en sortit une petite brochure qui servait de marque-page. Je lui fis signe de le donner à Harriot, qui entreprit de le feuilleter. Cependant, je poursuivis :

— Il y a une chose que je ne comprends pas, monsieur Mayer. Si ce compas est d'un intérêt militaire aussi grand que vous le prétendez, pourquoi le confier à la couronne d'Angleterre, et non à votre nouvelle patrie, le Brandebourg ?

— Je compte bien le faire. Ainsi qu'en Suède, au Danemark et même en France, pour son monarque relaps. Même si l'Église d'Angleterre n'est pas telle que je la souhaiterais, elle reste malgré tout la plus puissante de nos alliées contre Rome et Madrid.

— … Par ailleurs, puisque cette brochure est imprimée, il ne fallait pas vous donner la peine de venir me l'offrir, ou me la vendre ; mes services en auraient eu connaissance un jour ou l'autre. À propos, Harriot, où ce traité a-t-il été publié ?

— À Nuremberg, répliqua mon mathématicien sans lever les yeux de sa lecture.

— N'y a-t-il donc pas d'imprimeur, à Milan ? Ou la description d'un instrument de mesure y méritait-elle le bûcher ? Jouez franc-jeu, monsieur Mayer !

Sans se départir de sa sévérité marmoréenne, mon visiteur approuva et commença son récit. Simon Mayer, alias Marius, faisait partie de ces gens qui, se croyant investis d'une cause juste et sacrée, étaient prêts à tout pour la faire triompher. Et cette cause, c'était la défaite définitive du catholicisme romain. Or, la situation qui prévalait ces années-là, de Londres à Prague en passant par Paris, semblait être celle d'un statu quo entre les différentes religions, chaque camp semblant toutefois fourbir ses armes. Dans les chancelleries, nous savions combien la paix était fragile. Il suffisait de quelques boutefeux, fanatiques des deux bords, pour que l'Europe devienne une mer de sang.

Mayer, calviniste farouche, astronome appliqué mais sans génie, avait décidé de contribuer à la chute de l'Antéchrist, autrement dit du pape d'alors, Clément VIII si j'ai bonne mémoire, le bourreau de Giordano Bruno. Une fois son doctorat de médecine en poche, il était parti à l'université de Padoue, sous le masque d'un très catholique étudiant bavarois. Son intention était de récolter le plus d'informations possible sur les engins militaires, domaine de la mécanique où les Vénitiens étaient passés maîtres. Ce fut d'ailleurs dans l'université de la Sérénissime, à Padoue, qu'il trouva celui qu'il cherchait, celui que l'on disait le successeur de Léonard, une réincarnation d'Archimède, inventeur d'une prodigieuse pompe à eau, d'un appareil à mesurer la température et, selon la rumeur, d'autres engins que la République tenait secrets : le professeur de mathématiques Galileo Galilei.

Mayer suivit donc les cours du maître. Le catholique Galilée à Padoue, comme son homologue luthérien Maestlin à Tübingen, enseignait officiellement une astronomie géocentrique et aristotélicienne, ne réservant qu'à quelques-uns choisis par lui les théories de Copernic, avec l'approbation du sénat. En réalité, les patriciens de la Sérénissime lui imposaient ceux de leurs fils, la plupart destinés à la carrière ecclésiastique, qui assisteraient à ces sulfureuses leçons. Comme toujours dans ce genre de procédures hypocrites, il fallait sauver les apparences. Aussi, Galilée avait-il le droit de sélectionner deux ou trois auditeurs aptes à admettre le bouleversement héliocentrique, qui d'ailleurs ne devait être enseigné que comme une hypothèse pouvant servir à l'élaboration d'éphémérides. Mayer, bien qu'Allemand, donc soupçonné d'hérésie, fut de ces étudiants choisis par le professeur, car il s'était recommandé de Maestlin. En effet, le professeur de Tübingen avait jadis, lors d'un voyage en Italie, révélé au jeune Galilée le monde conçu par Copernic.

À ce moment de son récit, mon visiteur s'arrêta un instant, baissa les paupières, joignit les mains et prit un ton de repentance :

— J'ai mal agi. J'ai même péché gravement. De plus, j'ai calomnié tout à l'heure en prétendant que Galilée était un voleur. C'est que, voyez-vous, Votre Excellence, lutter pour la vraie foi exige parfois de commettre des actions qui, en d'autres circonstances, me vaudraient la damnation éternelle…

— Le métier d'espion réclame bien des arrangements avec sa conscience, répondis-je malignement.

Espion… Il plia sous l'insulte comme sous un nouveau coup de fouet à sa mortification, et poursuivit son récit.

Mayer circula deux ans d'université en université, telle diable de Paul de Tarse cherchant qui dévorer. Sa chasse fut facile : ses proies se déchiraient entre elles. La jalousie et la compétition entre les astronomes italiens étaient telles que la plus petite médisance chuchotée à l'un ou l'autre pouvait déclencher des duels à mort.

— Galilée compte de nombreux ennemis de Bologne à Rome, et même dans son fief de Padoue, me raconta-t-il. Son mauvais caractère, la franchise brutale avec laquelle il parle de ses collègues, y sont pour beaucoup. Mais surtout, dans leur art, il les domine tous. En revanche, il a quelques soutiens importants, grâce à ses inventions, tant au Sénat de Venise que chez les Médicis de sa Toscane natale, et surtout à Rome, parmi les Jésuites, qui espèrent que cet habile mécanicien leur fabrique des armes nouvelles pouvant écraser les vrais croyants. Or, vous le savez mieux que moi, Votre Excellence, le soutien des gens de la politique est loin d'être le plus solide. Si Galilée le perdait, il pourrait être contraint à l'exil et se réfugier en pays réformé. Pour cela, il faudrait qu'il commette une imprudence.

Cette imprudence, Galilée la commit lors de l'apparition de la Stella Nova de l'année passée et qui brillait encore, à la même place, dans le Serpentaire. Galilée prit la visiteuse comme thème de son cours à Padoue, en 1605, et attira les foules. Pour la première et la dernière fois de sa vie, il aborda les rives dangereuses de la théologie et de la métaphysique. Se fondant sur les écrits de Tycho, Maestlin et Kepler – trois Réformés ! –, il balaya avec fougue et virulence un millénaire et demi d'aristotélisme, jetant comètes vagabondes et novae éphémères dans la sphère des Fixes jusqu'alors réputée immuable. Sur sa lancée, il pulvérisa la vieille Terre immobile et chaotique de Ptolémée, pour la remplacer par le ballet copernicien des planètes autour du grand Soleil.

Du fond de la salle où se tenait cette leçon, Mayer remarqua un homme qui se levait et s'en allait, scandalisé. Il sortit discrètement, le suivit et l'aborda alors que celui-ci descendait les premières marches menant au jardin botanique. L'extravagant signor Capra était un médecin venu à Padoue, prétendument pour y étudier les simples. En réalité, et Mayer le comprit vite, ce Milanais résidait en Vénétie pour les mêmes raisons que lui, mais pas pour les mêmes commanditaires : les armées espagnoles occupant son Piémont natal désiraient, elles aussi, profiter des inventions de Galilée. Or, tout le monde connaît la formule de la Sérénissime : « Vénitien d'abord, catholique ensuite. »

Capra était aussi farouchement papiste que Mayer réformé, mais il fut vite convaincu que son interlocuteur était un très catholique Bavarois : il ne pouvait imaginer qu'un hérétique oserait s'aventurer en terre catholique. Il se livra donc en toute confiance. Servant de médecin au gouverneur général espagnol du Milanais, il avait été hissé au titre de comte palatin, comme tous ceux qui servaient l'occupant avec zèle. Cette dignité martiale lui fit oublier le serment d'Hippocrate ; il ne rêva plus que d'aider à massacrer tout ce qui avait quelque répugnance à baiser la mule du pape.

Mayer renchérit sur ce beau projet, puis revint aux théories impies de Galilée, laissant entendre que le professeur était de connivence avec Kepler, allant même jusqu'à lui livrer des plans d'engins de guerre qui auraient dû être destinés à la guerre contre les infidèles, qu'ils fussent ottomans, réformés ou humanistes. Les fanatiques sont les jaloux, donc les cocus, de l'humanité : ils voient des infidèles partout. Capra lui évoqua alors l'invention de ce compas aux multiples usages, dont celui de mesurer la qualité d'un boulet de canon. Sur la demande insistante du Sénat vénitien, Galilée n'en avait publié la description qu'à un nombre réduit d'exemplaires, et en italien. Capra avait réussi à s'en procurer un, qu'il avait envoyé en lieu sûr, chez lui, à Milan.

— Ainsi, cet appareil était entre les mains des armées espagnoles, poursuivait Mayer. Si je n'intervenais pas, il donnerait un avantage considérable à leur artillerie. Il aurait été trop dangereux de chercher à m'en procurer un dans la République de Venise. Il me fallut une seule après-midi pour convaincre Capra de l'accompagner dans le Piémont. Il me suffit de lui peindre Galilée sous des traits plus affreux encore à ses yeux qu'un luthérien, un calviniste... ou un anglican : celui d'un sorcier athée, qui, telle docteur Faust, avait vendu son âme au Diable. J'en suis d'ailleurs persuadé. Arrivé à Milan, ce nid de vipères jésuites, je l'incitai à traduire le petit traité en latin, car je possédais mal l'italien, tandis que moi, autrement plus compétent que lui en astronomie, je rédigerais une réfutation du cours copernicien de Galilée sur la Stella Nova. Ces deux ouvrages seraient bien sûr signés de son nom. Ainsi, je faisais d'une pierre deux coups : en répandant le compas en pays réformé, je rééquilibrais les forces et, en l'attribuant à Capra, je pouvais provoquer un nouveau sujet de discorde entre Venise et les Habsbourg.

J'approuvai de la tête cet interminable verbiage, tout en songeant que les affaires internationales, de la diplomatie à la guerre en passant par l'espionnage, ne devraient pas être confiées à des amateurs, surtout quand ceux-ci étaient des imbéciles fanatiques. Je lançai un regard à Harriot qui venait de parcourir la brochure. Sa mimique me signifia que le compas de Galilée était une invention très importante.

— Combien en voulez-vous, de votre brochure? demandai-je alors brusquement à Mayer.

Il prit un air offusqué et protesta qu'il n'avait fait cela que pour renforcer les nations ennemies de l'Espagne et de Rome avant la bataille finale précédant la défaite de l'Antéchrist. Je songeai alors aux tractations qui agitaient nos ambassades en vue d'une paix entre Madrid et Londres, après dix-neuf ans de guerre. Puis, je lui rédigeai une chaleureuse lettre de recommandation auprès du Grand Électeur de Brandebourg, que je doublerais, après son départ, d'un avertissement à la chancellerie berlinoise, lui signifiant de se méfier du nouveau médecin et mathématicien de son Altesse Joachim Frédéric.

Celui-ci mourut deux ans après et son successeur fit passer son fief de la secte luthérienne à la calviniste. J'ignore si Simon Mayer alias Marius, médecin et mathématicien du nouvel électeur Hohenzollern, y fut pour quelque chose. Mais ce dont je suis sûr, c'est qu'en renvoyant à Londres mon vieil ami Harriot avec, dans ses bagages, la lunette hollandaise, le livre d'optique de Kepler et le compas de Galilée, je contribuai à faire de l'Angleterre ce qu'elle est devenue depuis : l'empire sur lequel le soleil ne se couche jamais.

8.

En ce printemps 1606, je m'étais enfin décidé à me rendre en Italie. J'avais à faire à Florence, où le grand-duc Ferdinand Ier était le banquier principal de la Compagnie londonienne de Virginie. J'étais également de plus en plus intrigué par les navettes incessantes de Bruce entre Venise et Prague. J'avais appris par ailleurs qu'il ne se séparait jamais dans ses voyages d'une de ces lunettes grossissantes qu'il s'était procurée à la foire de Francfort, et dont il faisait la démonstration dans toutes les cours italiennes. S'il était vraiment un agent de la Compagnie des Indes orientales, que cherchait-il donc en tentant de fournir des instruments de navigation aussi redoutables aux Génois ou aux Vénitiens, concurrents encore dangereux pour l'Angleterre sur la route du Levant ?

Je m'inquiétai plus encore quand il vint me voir pour que je l'aide à lui procurer des passeports afin, disait-il, de faire le pèlerinage en Terre sainte en passant par Constantinople. L'affaire ne posait pas trop de problèmes, puisque notre royaume était en excellents termes avec l'empire ottoman, surtout quand il s'agissait de taquiner un peu le pape et les Habsbourg d'Espagne ou d'Autriche en Méditerranée.

— J'ignorais, dis-je alors à Bruce sur un ton chargé de sous-entendus, que la Compagnie des Indes voulait reprendre l'antique route de la soie.

Ses sourcils se soulevèrent, comme s'il était en proie à un grand étonnement :

— Vous croyez ? L'entreprise me paraîtrait des plus aventureuses. Si j'étais à leur place, je ne m'y risquerais pas. Contourner l'Afrique me semble bien plus sûr. Mais, pour ce que je m'y connais en négoce… En revanche, si je puis être utile en quoi que ce soit au royaume lors de mon pieux voyage d'agrément, je suis à votre entière disposition. Jouer à l'espion donnera un peu de piment supplémentaire à mon périple.

Je ne fus naturellement pas convaincu par cette comédie, mais je fis mine de m'y laisser prendre et dis sur un ton sévère :

— La diplomatie, monsieur Bruce, surtout dans ces régions, est une affaire très délicate et dangereuse. Sans vous désobliger, la chancellerie a nommé sur place des personnes aussi compétentes que discrètes. Pour leur sécurité et pour la vôtre, je ne puis vous dévoiler leur identité.

— Justerini et Brooks ? s'exclama-t-il. Ce Génois et cet Écossais, compétents et discrets ! Ils mangent à tous les râteliers. On vous dupe, Votre Excellence, on vous dupe !

Puis il se mordit la lèvre. À trop vouloir me prouver ses connaissances en la matière, il était tombé dans mon piège. Il ne me restait plus qu'à l'enfoncer :

— Qui vous parle de ces deux renégats ? Rassurez-vous ! La chancellerie sait parfaitement que Justerini œuvre désormais pour le pape et que Brooks, ainsi que son fils, se sont convertis à la secte de Mahomet pour la commodité de leurs propres affaires. Ils ont prétendu avoir été circoncis de force, ce qui a bien fait rire le roi Jacques lui-même. Toutefois, le Génois et les Écossais continuent de nous livrer des informations sur la politique du Divan, et il suffit maintenant de prendre le contre-pied exact de ce qu'ils nous écrivent pour connaître la vérité. Enfin… Pas toujours ; c'est bien plus complexe que cela. Vous le voyez, monsieur Bruce, la diplomatie est chose trop tortueuse pour être confiée à une personne qui, comme vous, ne s'intéresse qu'aux beautés de l'art et de la science.

— Jouons franc-jeu, Askew, répondit-il. Je sais que vous me surveillez de près. Et vous n'avez pas tort, car moi aussi, je vous surveille. Lord Dunbar lui-même, qui vous soupçonne d'avoir quelque penchant pour l'Église romaine, m'a chargé de lui rapporter vos moindres faits et gestes à Prague, et voir si vous ne frayez pas avec les jésuites, par exemple.

— C'est absurde ! Ma fidélité à Sa Majesté et à l'Église d'Angleterre n'est plus à prouver ! Et d'abord, de quoi se mêle cet intrigant de Dunbar ? Il n'a, que je sache, aucun poids dans la conduite des affaires étrangères.

Je connaissais fort bien Dunbar, et depuis l'enfance, puisque nous avions tous deux été pages dans la suite du roi Jacques, quand celui-ci vint se marier au Danemark, et qu'il rencontra Tycho. Lui, le jeune Écossais, et moi, issu d'une belle lignée du Lincolnshire, nous nous détestions, forcément. Par goût, j'avais choisi la carrière diplomatique ; par ambition, il avait opté pour celle de courtisan. Inutile de préciser qui gagna le plus les faveurs du roi. Mais quelque chose n'allait pas : Dunbar avait investi une bonne part de sa fortune dans la Compagnie de Virginie, dans laquelle moi aussi j'avais mis quelque argent, et nous avions convenu ensemble que je profiterais de mon long séjour sur le continent pour dénicher les instruments ou les hommes susceptibles d'améliorer la navigation astronomique entre l'Angleterre et les Amériques. En particulier les observations de Tycho. Pourquoi, dès lors, venait-il me chercher des noises à Prague, par l'intermédiaire de cet espion de Bruce ? Cela faisait décidément trop longtemps que j'avais quitté Londres, après les cérémonies du couronnement, et il était fort possible que les choses aient bien changé, là-bas. Il y avait eu d'abord cet attentat manqué des catholiques, que l'on appelait « la conspiration des poudres », puis ce traité de paix avec l'Espagne, qui m'avait donné beaucoup de travail quelques mois auparavant. Il me paraissait normal que la chancellerie s'assurât de la loyauté de ses diplomates en place à l'étranger. Mais Bruce, l'agent de la Compagnie des Indes orientales… Un Bruce passablement hypocrite, qui poursuivit :

— J'ai évidemment assuré Dunbar de votre fidélité à la couronne et à l'Église d'Angleterre, mais je n'ai pu faire autrement que de lui signaler la présence trop assidue auprès de vous de Harriot, cet athée disciple notoire de Bruno, et de Fludd, qui a consacré son séjour sur le continent à fréquenter des sectes soi-disant réformées, comme celles qui pullulent en Angleterre et que le roi a tant de peine à éradiquer.

Je haussai ostensiblement les épaules :

— Ridicule ! Ces deux honorables gentlemen m'ont accompagné très officiellement dans ma mission, avec l'accord de feue Sa Majesté Elisabeth, puis celle de Jacques. Par ailleurs, ils sont tous les deux rentrés au pays, où ils poursuivent, à ce que j'en sais, leurs studieux travaux, l'un sur le ciel, l'autre sur le corps humain. Où voulez-vous en venir, à la fin ?

Ma colère était à moitié feinte. En citant Dunbar, Bruce voulait me faire croire que la concurrence entre « sa » Compagnie des Indes orientales, et « notre » compagnie de Virginie, à Dunbar et à moi, n'entrait pas en ligne de compte.

— Où je veux en venir ? dit-il enfin. Mais… à Kepler, pardi !

— Kepler ? Que vient-il faire là-dedans ?

— Sa Majesté Jacques Ier veut à tout prix en faire son mathématicien. D'après ce que m'a écrit Duncan, tout le monde le réclame en Angleterre, à commencer par nos amis Harriot et Fludd.

— « Nos » amis, vraiment ? Vous venez de me dire qu'ils étaient en disgrâce… Je sais tout cela, Bruce ; je sais aussi que le roi s'impatiente, tandis que lord Bacon désire plus que tout connaître le phénomène. Mais je sais également que lord Cecil, qui veille de près sur les finances royales, n'est pas actuellement disposé à ouvrir ses coffres pour débaucher le *mathematicus* du Saint Empire romain germanique. Kepler n'aurait pas les prétentions d'un Tycho, mais tout de même…

— Je crois tenir la solution, répliqua Bruce comme s'il venait d'avoir une brusque révélation. Il doit y avoir dans notre île des compagnies de négoce prêtes à ouvrir largement leurs coffres afin que cet astronome prodigieux vienne mettre son art au service d'une navigation nouvelle, plus rationnelle…

Je pris l'air de l'homme méprisant ces basses contingences commerciales. N'étais-je pas après tout un diplomate au seul service de son roi ?

— Une compagnie marchande… Et laquelle, je vous prie ? Elles pullulent !

— Eh bien, la plus riche, bien sûr. Celle dont vous parliez tout à l'heure, l'Honorable Compagnie des Indes orientales.

Enfin ! Le poisson était ferré. Il ne me restait plus qu'à tirer la ligne.

— Je ne suis pas sûr que votre excellent ami le comte Dunbar, qui, dit-on, a mis beaucoup d'argent dans la Compagnie de Virginie, serait très heureux de vous voir travailler pour un concurrent, aussi « honorable » soit-il.

Il rosit légèrement. Je lui accordai tous les passeports qu'il désirait et lui souhaitai un très bon et très pieux pèlerinage en Terre sainte. Quelques jours plus tard, quand je fus assuré qu'il était bien sur la route terrestre de Constantinople, je commençai à préparer mon propre voyage en Italie. Mais avant de partir, je rendis visite à Kepler. En effet, le bruit courait à Prague qu'après son *Optique* et son *Étoile nouvelle*, il préparait un véritable monument qui allait bouleverser l'astronomie. Je lui annonçai mon voyage en Italie et lui demandai si je pouvais lui rendre quelque service durant mon séjour. Depuis un an, je n'avais pu lui rendre visite, les effets de la paix surprenante entre l'Espagne et l'Angleterre m'obligeant à nombre de démarches et de rencontres, tant à Prague qu'un peu partout ailleurs dans le reste de l'empire. Tenter d'attirer Kepler en Angleterre n'était donc pas ma priorité. D'ailleurs, ce n'était pas le moment. Même avec les plus solides arguments du monde, même en lui faisant miroiter la richesse, il me paraissait impossible d'entraîner dans l'exil un homme arrivé au sommet de sa gloire.

Né dans une auberge pouilleuse, Kepler était devenu, à trente-cinq ans, le mathématicien de l'empereur, donc l'empereur des mathématiciens. Il avait beau se plaindre de la pingrerie de son maître, il vivait dans l'aisance. De plus, il pouvait pratiquer sa religion comme il l'entendait, publier les idées les plus audacieuses sans jamais être inquiété par telle église ou telle chapelle. Si je lui proposais de partir dans mon île, il me rirait au nez. Il me faudrait donc attendre que la situation politique et religieuse dans l'empire se dégrade. Et elle se dégraderait, j'en étais sûr. Les diplomates sont meilleurs devins que les astrologues, car ils ont le loisir de peser sur le cours des choses. Le destin des hommes et des nations se lit mieux dans les couloirs des chancelleries que dans la marche des astres.

Kepler me reçut dans son cabinet de fort mauvaise humeur. Ou peut-être jouait-il. Avec ce diable d'homme, on ne savait jamais.

— Alors, comme ça, vous allez en Italie, vous aussi. L'Angleterre se prépare-t-elle à une invasion? Donnez-m'en la date et je vous promets le plus exact des horoscopes pour l'année prochaine!

Je répliquai à cette raillerie que mon voyage ne serait que d'agrément, car je souhaitais ardemment découvrir enfin ce pays, foyer de la renaissance des arts et de la philosophie, avant de lui demander ce qui lui faisait croire à une invasion britannique.

— Votre compatriote Bruce, pardi, qui ne cesse d'aller et de venir entre Prague, Florence, Venise et Padoue. Il ne se fait pas faute de me raconter toutes les chamailleries entre les différentes universités et leurs professeurs de mathématiques. Je ne comprendrai jamais ces Italiens. Nous autres, philosophes allemands, ne nous laissons jamais emporter par la jalousie et les querelles de personnes.

Il n'y avait aucune ironie dans ce propos. Pour une fois, sa candeur n'était pas feinte. Je m'abstins toutefois de lui rappeler que son affrontement avec Tycho, jadis, n'avait eu que peu à voir avec la mécanique des astres. Je devais éviter de le froisser afin d'en savoir plus sur les manigances de Bruce.

— Vous êtes trop modeste, cher maître, lui dis-je alors. Et vous oubliez trop que, par l'intermédiaire de mon compatriote, ces honorables savants recherchent l'arbitrage du mathématicien impérial.

— Foutaises ! Selon M. Bruce, je suis seul l'enjeu de ces querelles. Pour cette raison, je n'ai pas pris la peine de lire ses lettres en public. Je préfère vous les confier à vous, qui êtes le représentant du royaume d'Angleterre à Prague, et sous le sceau de la discrétion.

Je lus rapidement ces quelques lettres. Bruce y rapportait que Magini, professeur de mathématiques à Bologne, était le plus farouche défenseur des idées de Kepler émises dans le *Mystère cosmographique* et dans la *Stella Nova*, tandis que Galilée, son confrère padouan, y était farouchement opposé tout en les enseignant comme si c'était les siennes. Magini avait beaucoup publié, notamment d'énormes tables astronomiques qui firent quelque temps illusion avant qu'on ne s'aperçoive qu'elles n'étaient que compilation. Quant à Galilée, aucun livre de lui n'était paru. Il était surtout connu pour ses machines mécaniques, comme le thermoscope ou le compas proportionnel. Je maudis ma stupidité. Persuadé que du livre d'optique de Kepler et de son futur ouvrage d'astronomie, qui promettait d'être magistral, naîtraient des machines utiles à la navigation et au développement des futures colonies, ébloui par l'immensité de son esprit, je n'avais pas pensé que les inventions les plus utiles à l'homme – ou les plus meurtrières – avaient le plus souvent précédé la théorie à laquelle elles se rapportaient. Bruce, lui, ne s'était pas encombré de cela. Mais que cherchait-il en essayant de semer la zizanie entre Galilée et Kepler ? J'achevai ma lecture, relevai les yeux vers un Kepler qui arpentait la pièce d'une démarche impatiente, en frottant ses mains gantées.

— Ce signor Galilée, susurrai-je, ne semble pas vous porter dans son cœur, à en croire M. Bruce.

Il dressa vers le plafond ses grands bras maigres d'insecte :

— Je ne comprends pas ! Je ne lui ai rien fait à cet homme-là, au contraire. Écoutez plutôt.

Près de dix ans auparavant, alors que le jeune Kepler n'était qu'un obscur petit professeur dans la sinistre cité de Graz, perdue au fond d'une vallée autrichienne, il publia sa première œuvre, *Le Mystère cosmographique*. Sur le conseil de son maître Michael Maestlin, il envoya, entre autres astronomes, deux exemplaires à Galilée. L'Italien en effet, avait écouté, jadis, un cours du jeune Maestlin plaidant pour l'héliocentrisme, quand celui-ci était passé par Venise. Galilée, dès lors, était devenu un copernicien convaincu. Il avait répondu à Kepler un mot bref et rédigé à la hâte, mais fort aimable et encourageant, lui demandant aussi d'autres copies. Kepler, croyant avoir affaire à un jeune homme de son âge, qui se battrait avec autant de vaillance que lui pour une Terre tournant sur elle-même et autour du Soleil, l'exhorta au combat avec fougue. Dans une missive plus longue, Galilée rétorqua qu'il imiterait plutôt Copernic, et qu'il se tairait pour éviter les quolibets des imbéciles. Et ce fut tout. Kepler eut beau lui envoyer immédiatement deux autres copies de son livre, priant l'Italien de le payer non point en argent, mais par une lettre de commentaires, jamais il ne reçut le moindre remerciement.

— Rien, vous dis-je, pas un mot ! Ne serait-ce que pour critiquer mes idées ! Qui est-il pour me marquer autant de mépris ? Je suis tout de même le mathématicien de l'empereur !

Il était temps qu'il s'en aperçoive… Pourtant, sa colère contre le professeur padouan ressemblait bien plus à du dépit amoureux qu'à une blessure dans son légitime orgueil. Mais tout cela n'avançait pas mes affaires.

— Que votre Galilée soit un grossier personnage, la chose est entendue, dis-je enfin. Mais qui sait si son silence n'a pas des excuses ? Après tout, c'est à Venise que Giordano Bruno fut arrêté par l'Inquisition. Il juge peut-être que correspondre avec un réformé notoire serait d'une grande imprudence…

Kepler haussa les épaules.

— Je corresponds bien avec des jésuites, moi ! À propos de Bruno, d'ailleurs, notre ami Bruce a laissé entendre que Galilée serait pour quelque chose dans sa dénonciation auprès du Saint-Office. Ce pauvre martyr postulait à la chaire de mathématiques de Padoue. Et qui l'a obtenue à sa place ?

Cette fois, Bruce était allé trop loin. J'ignorais tout de Galilée ; en revanche, ma charge d'ambassadeur itinérant m'avait amené à étudier de près les minutes du procès de Bruno. Comment Kepler pouvait-il croire à une telle calomnie ?

— Mon cher maître, la rancune vous aveugle. Il m'est désagréable de dénigrer mes compatriotes, mais je vous supplie de vous méfier de sir Edmund Bruce. Je ne puis vous en donner les raisons, mais constatez au moins les contradictions que recèle son propos. Dans une lettre il prétend que Galilée enseignerait vos théories en affirmant que ce sont les siennes, dans une autre, qu'il n'aurait de cesse de les critiquer et de les ridiculiser.

— Je n'avais pas songé à cela. Pourtant, mon éminent confrère Magini m'affirme également que Galilée a tout renié de ses convictions coperniciennes, et qu'il n'enseigne plus que le géocentrisme, ce qui lui permet de m'éreinter en public.

— Magini est professeur à Bologne, n'est-ce pas ? Et Galilée à Padoue. Depuis combien de siècles ces deux universités sont-elles en guerre l'une contre l'autre ? À propos, mon cher maître, vous qui avez suivi vos études à Heidelberg…

— Heidelberg, que me chantez-vous là ? Tous des ânes, là-bas ! J'étais à Tübingen, Dieu merci…

Puis, l'œil brillant de malice, il ajouta :

— Je suis prêt à parier que vous étiez à Oxford, tandis que Bruce était à Cambridge. Soit, vous avez raison, il y a entre Magini et Galilée d'autres contentieux que de philosophie naturelle. Mais Bruce… Je ne comprends pas.

Je pris ses mains maigres et gantées entre les miennes :

— Johann, mon ami, j'ai pour votre génie une dévotion sans bornes. Vous êtes l'homme le plus… le plus… « homme » que j'aie jamais rencontré. Je vous supplie, mon ami, de me faire confiance.

Ses yeux s'embuèrent de larmes. Il aimait tant qu'on l'aime ! Moi, j'avais un peu honte de lui jouer cette comédie. Je poursuivis :

— Bruce est un homme dangereux ; je dirais même : diabolique. J'ignore encore quels sont ses objectifs à vous opposer ainsi à ce signor Galilée. Mais je ne tarderai pas à le savoir. Vous ne recevrez aucune lettre de moi. Je vous rapporterai tout ce que j'ai appris à mon retour. C'est plus prudent. Prenez garde à vous pendant mon absence, il court des bruits dans les chancelleries que la paix religieuse qui règne dans l'empire ne saurait durer. Le roi Matthias et ses troupes catholiques pourraient fort bien tenter un coup de force. Je ne donnerai pas cher, alors, du très protestant *mathematicus* impérial.

— Tout cela n'est pas nouveau. J'ai déjà pris mes dispositions. Mais quoi ? Vous aussi, comme ce cher Bruce, vous m'invitez à l'exil dans votre île ? Johann Kepler, conseiller en astronomie de la Compagnie des Indes orientales, fournisseur exclusif en étoiles nouvelles de Sa Majesté Jacques Ier, c'est ça qui serait drôle !

J'eus un rire forcé. Cette canaille de Bruce m'avait coupé l'herbe sous le pied. Mais en même temps, mon adversaire avait jeté le masque de l'aimable voyageur.

— À la Compagnie des Indes orientales, vraiment ? dis-je sur le ton de la plaisanterie. De fait, je vous imagine très bien vendre des soieries et des épices sur les marchés londoniens. Mais qu'a à voir cet intrigant avec une aussi honorable institution de négoce ?

— Allons, monsieur le diplomate, n'essayez pas de me faire croire que vous ignoriez qu'un de vos ressortissants est commis d'une de vos plus importantes compagnies marchandes. C'est du moins ainsi qu'il s'est présenté à moi, juste avant son départ pour l'Orient, non sans m'avoir une nouvelle fois dit pis que pendre de Galilée… et de vous. Il m'a en effet laissé entendre que vous-même défendiez les intérêts d'une autre compagnie de négoce.

Si j'avais eu Bruce en face de moi, je l'aurais étranglé dans l'instant de mes propres mains.

— Je vous l'avais dit, m'exclamai-je avec le plus de sincérité possible, cet homme-là c'est le diable. Il n'a de cesse que de chercher la division entre les hommes de bien.

— Laissez donc le diable où il est ! Quant à vos querelles de chapelles entre Écossais et Anglais, anglicans et catholiques, elles ne m'intéressent pas. Je comprends parfaitement qu'un peuple de marins tel que le vôtre cherche à perfectionner la navigation astronomique. Qu'est-ce qu'un lourd Allemand comme moi, qui n'a jamais vu la mer, irait faire sur le pont d'un bateau ? Pourquoi ne vous adressez-vous pas à notre ami Harriot ? Savez-vous que je suis resté en correspondance avec lui ? Il a été un des rares à apprécier mon petit ouvrage d'optique. Je pourrais l'inciter à abandonner ses travaux de mathématiques pures. Il m'a affirmé étudier le fonctionnement d'un de ces engins bataves grossissant la vision.

Je le remerciai de cette proposition, mais la refusai sous prétexte que je ne voulais en aucune façon tenir le méchant rôle d'un Bruce en cherchant à m'immiscer dans les débats entre philosophes de la nature. Au fond de moi-même, j'avais honte : oser troubler par mes sordides intérêts l'immense pensée de ce héros dans sa quête absolue de la Vérité… Je m'excusai donc de l'avoir dérangé dans son travail.

— Tous ceux qui viennent me visiter me font honneur, répliqua-t-il avec une légère révérence, avant d'ajouter sur un ton plutôt désagréable : … Mais ceux qui ne viennent pas me visiter me font plaisir.

J'étais déjà sur le pas de la porte quand il me retint :

— À propos, quand vous verrez mes éminents confrères italiens, dites-leur… L'orbite de Mars, ce n'est ni un cercle, ni un ovale. C'est une ellipse. Adieu, cher ami et bon voyage !

9.

Je partis donc pour Venise. La Sérénissime n'avait plus son prestige d'antan, mais elle en avait gardé la fierté et le farouche esprit d'indépendance. Cette vieille commerçante roublarde n'avait eu aucun mal à intimider les lansquenets allemands et effaroucher les moines espagnols. Ces brutes ne se hasardaient pas aux rives de la cité flottante, trop compliquée pour leurs esprits bornés. Trop compliquée, et surtout frappée d'interdit par le pape, son doge Renato étant excommunié. Paul V en effet, un Romain, un Borghèse, avait exigé du Conseil que ses prêtres ne soient plus soumis à la juridiction de la République. La réplique du doge fut immédiate : il refusa et interdit, en plus, aux ecclésiastiques d'acquérir de nouveaux biens fonciers dans son territoire. « Vénitiens d'abord, catholiques ensuite. » La querelle n'avait certes pas grand-chose à voir avec la religion, mais après tout, si en son temps Henri VIII d'Angleterre avait fondé son Église, c'était pour une histoire de femmes, non ?

J'aimais Venise. Elle me sembla avoir été construite pour le voyage, la diplomatie, le négoce et le plaisir ; bref, construite pour moi. Sur ses canaux, le long de ses quais, en haut de ses ponts et passerelles, dans ses venelles étroites, on se sentait toujours épié par un danger subtil, épice relevant une vie déjà savoureuse. J'aimais le risque, aussi, mais sans trop en prendre, telle était ma fonction. Kepler ou Galilée, eux, ne l'aimaient pas, mais ils en prenaient, tel était leur devoir.

— Qu'avez-vous tous, à la fin, vous autres Anglais, à me rebattre les oreilles avec votre mathématicien impérial ? Votre compatriote Bruce, l'an passé, est venu me faire la leçon en me reprochant d'enseigner Ptolémée et toutes les vieilles barbes aristotéliciennes, au lieu de Copernic revisité par les polyèdres de Kepler. Et maintenant vous, qui voulez que je vous donne mon opinion sur son traité d'optique ! Mais on n'est pas à Prague, ici, ni à Londres, à pouvoir dire et écrire tout et n'importe quoi sur tout et n'importe quel sujet ! Vous êtes à Venise, monsieur, terre de la jalousie et de l'envie, terre de délation et de complot.

En fait de Venise, Galilée m'avait emmené dans le jardin botanique de l'université de médecine de Padoue, à trois lieues des oreilles indiscrètes flottant le long des canaux. Tout ici respirait la paix ; l'air embaumait du parfum violent et sucré de fleurs inconnues ; je me croyais transporté dans l'île d'Utopie chantée par Thomas More. Mais il est vrai qu'en allant présenter quelques jours auparavant mes lettres de créances aux autorités vénitiennes, j'avais perçu, au palais des doges, dans la conception même des bâtiments, et derrière la légèreté souriante des gens qui y circulaient, une lourde atmosphère de méfiance vis-à-vis de l'étranger que j'étais. Non pas comme un ennemi, mais comme le représentant d'une firme concurrente. Ce qui n'était pas faux.

Galilée, dans son apparence et sa façon d'être, n'avait rien d'un intrigant de la Sérénissime. D'ailleurs, il était toscan. Taillé en force, large d'épaules, visage carré et rugueux, on l'eût dit plutôt fait pour la guerre que pour l'étude. Il avait le verbe haut du soldat, le juron facile et la démarche un peu roulante. À quarante ans passés, son cheveu était déjà blanc, mais la barbe taillée court laissait percevoir qu'il avait été roux. En l'écoutant maugréer ainsi, je songeai que la nature s'était trompée : Kepler aurait dû naître italien, et Galilée, allemand.

— Oui, bien sûr, continuait-il, il y a de bonnes choses dans son *Optique* et son *Mystère cosmographique*. Des idées… Mais tout ce fatras oscillant entre géométrie et métaphysique... Que m'importe à moi qu'un cercle soit plus parfait qu'un carré ? Le cercle ou la sphère sont parfaits pour faire rouler une voiture ou jouer à la balle, et le carré ou le cube, idéaux pour construire un mur ou lancer les dés. Il se proclame physicien, alors pourquoi ne se cantonne-t-il pas à la seule *phusis*, à la seule nature ? Que va-t-il brouter dans le champ des théologiens ? Ah, c'est bien d'un réformé tudesque, cela ! Nous autres catholiques romains, laissons aux clercs ce qui appartient aux clercs, et aux laïcs ce qui est aux laïcs !

Et il invoqua en vain le nom de Dieu dans un juron que même moi, l'esprit fort, ne puis reproduire ici. Il m'aurait été facile de penser que Galilée faisait partie de ces gens qui croient la terre entière liguée contre eux et vouée à leur perte, tant la liste de ses prétendus ennemis était grande. Mais, pour avoir rencontré un certain nombre de mathématiciens et astronomes professant dans les principales facultés italiennes, j'ai pu constater qu'en comparaison avec Padoue et Bologne, notre Oxford et notre Cambridge filaient le parfait amour.

Giovanni Magini, le fameux professeur de la non moins fameuse université de Bologne, était le plus farouche de ses adversaires. Pourtant, rien ne semblait les opposer, du moins dans le monde de la philosophie naturelle, puisque tous deux étaient des coperniciens notoires. Leur haine réciproque puisait peut-être dans l'ancienne rivalité entre les deux facultés qui les employaient. Mais surtout, ils considéraient tous, Galilée comme les autres, leurs découvertes et leurs inventions comme leur propriété dont ils avaient seuls le droit de bénéficier. Eux seuls et la cité qui les payait largement pour cela. Car ce n'était pas la seule gloire d'être le premier qui les faisait lutter ainsi, comme jadis Tycho accusant Ursus de lui avoir volé sa théorie céleste, mais l'appât du gain. Dès lors, les injures fusaient, les pamphlets se multipliaient ; leurs arguments et le vocabulaire n'avaient que peu à voir avec la poésie de Boccace ou d'Horace !

Galilée n'était pas le moins virulent en la matière. Ainsi, il n'avait pas tardé à répondre au traité de Capra s'appropriant le compas proportionnel : « *Méchant ennemi du genre humain... Basilic aux crachats venimeux... Vautour rapace s'abattant sur le nouveau-né pour en déchirer le tendre corps...* » et autres amabilités du même genre.

— Tout de même, lui dis-je, alors que nous sortions en sueur des serres du jardin des plantes tropicales, ces injures me semblent bien exagérées pour ce qui n'est jamais qu'une grosse indélicatesse...

Il éclata d'un grand rire et dit de sa voix rauque de Toscan :

— Ah vous voilà bien, vous autres Anglais ! « Indélicatesse », ce vol pur et simple, cette félonie ! Ce chien couchant qui va déposer mon compas au pied de ses maîtres espagnols !

— Et si je vous disais que ce Capra, que je ne connais pas, n'a été qu'un jouet entre les mains d'un Allemand que je connais fort bien...

— Kepler ?

Je m'esclaffai à mon tour. Imaginer un seul instant mon ami capable de la plus petite malhonnêteté !

— Certes, non ! Il s'agit de Simon Mayer, alias Marius.

— Impossible ! J'ai aidé et protégé ce garçon, durant tout son séjour en ces lieux, à la demande du vieux Maestlin. Il dissimulait ses convictions réformées avec trop de maladresse. Quoi ? Que cherchez-vous, monsieur Askew ? À semer la discorde entre Mayer et moi, comme votre compatriote Bruce a tenté de le faire avec Kepler ? Est-ce un pari lancé entre deux riches oisifs anglais ? Mais c'est avec ma vie que vous jouez là, monsieur Askew. À ce qu'il paraît, vous n'avez pas, à Londres ou à Prague, de moines hallucinés prêts à vous arracher les membres ou à vous hisser sur l'échafaud, comme ils l'ont fait à Rome pour le pauvre Bruno.

Il avait raison : les gens qui, comme moi, Bruce et, dans une moindre mesure, Kepler, vivaient à l'écart de grands dangers, ne pouvaient comprendre l'atmosphère de menace sourde et feutrée qui pesait sous les ciels bleu tendre des collines toscanes, ou les brumes alanguies caressant les murs cinabre et ocre des palais vénitiens. Oubliant volontairement toute prudence, je lui racontai franchement les conflits d'intérêts entre Bruce et moi, et ce que je venais chercher auprès de lui.

— En somme, me répondit sèchement Galilée, vous me demandez de trahir non seulement Venise qui m'emploie, mais encore ma foi catholique.

— Trahir... C'est un bien grand mot. D'ailleurs, vous ne seriez pas le premier Italien à apporter le génie de sa race et les lumières de sa civilisation aux peuplades septentrionales, qui, comme la mienne, sont encore dans les brouillards de la barbarie.

— Barbares ! Ben tiens ! Je vais être franc, moi aussi. Au fond, votre Église nationale, qui me semble puiser, sur quelques points, ce qu'il y a de moins pire dans la mienne et dans celles des Suisses et des Allemands, me conviendrait assez. De plus, la tolérance me semble très à la mode chez les monarques du monde, par les temps qui courent. Même Sa Sainteté s'y est mise. Oh, très discrètement, je vous l'assure, et le plus loin possible des grandes oreilles du Saint-Office. Mais vous savez mieux que moi qu'en politique, les opinions changent follement. Voyez ce qu'il en est, dans votre pays, des catholiques et des puritains. Non, n'espérez rien : à choisir, je préfère la prison des Plombs à votre Tour de Londres. Pourtant, même ici, à Venise, je me sens étranger. Je suis Toscan, voyez-vous, et je donnerais tout ce jardin aux plantes rares pour retrouver mes vignes et mes oliviers. Je quitterais joyeusement la grande université de Padoue, pour l'humble faculté de ma ville natale de Pise. Alors, l'Angleterre, pensez...

L'olivier et la vigne... Galilée et Kepler... Comment avais-je pu imaginer un seul instant transplanter ces deux hommes pleins de sève dans mon île pluvieuse ? Leurs racines étaient trop profondes. Bruce l'avait sans doute compris avant moi et, faute de pouvoir entraîner l'un ou l'autre en Angleterre, il avait choisi de semer la discorde entre eux pour tenter de les stériliser. Je décidai d'user d'une autre tactique : cueillir leurs fruits, mais avec leur accord, sans ruse ni violence. Je devais mélanger, en habile alchimiste, le vin et l'huile, la force de calcul de Kepler, sa prodigieuse aptitude à extraire l'essence d'un monde d'abstraction, et le génie de Galilée à presser les objets jusqu'à leur dernière goutte pour construire des mécaniques nouvelles. Ils étaient tellement complémentaires, tous les deux. D'un coup, j'oubliai en moi l'ambassadeur d'Angleterre et le commis secret de la Compagnie de Virginie, pour ne plus me considérer que comme un homme croyant en l'Homme, et à qui le hasard, les circonstances, le destin ou la providence, qu'importe, avaient donné la possibilité de peser sur l'avenir du monde. Faisant fi de toute la prudence inhérente à ma fonction, je lui lançai :

— Vous devez absolument rencontrer Kepler !

Mon enthousiasme le fit sursauter. Il s'assit sur un banc de pierre faisant face à la fontaine du centre du jardin. Puis il me demanda :

— M. Kepler est-il marié ?

— Oui, bien sûr, il a de beaux enfants.

— Moi aussi, j'ai de beaux enfants. Mais il m'est interdit d'épouser la femme que j'aime. Je suis considéré comme clerc, et donc tenu au célibat. Si je quitte l'Italie, ne serait-ce que pour une courte durée, rien ni personne ne pourra protéger ma famille. Ce concubinage est toléré, du moins à Venise, mais à la condition que j'obéisse, c'est-à-dire que je me préoccupe d'architecture militaire plutôt que céleste. Que je ne m'avise pas de mécontenter les jésuites, ou telle famille patricienne qui me nourrit, ou encore qu'un propos maladroit soit interprété comme allant à l'encontre de la politique de la Sérénissime ! Faute de quoi je me retrouve aux Plombs, et ma tendre Marina au couvent, voire au bordel. Quant à mes enfants, je n'aurais pas au moins le chagrin de les voir mendier sur le parvis des églises.

Ces propos m'embarrassèrent. Ils me semblaient être un lourd reproche fait au diplomate que j'étais, libre, riche et célibataire, et qui pouvais me rendre dans n'importe quel pays de n'importe quelle religion, protégé par mon statut d'ambassadeur. Alors qu'un Galilée ou un Kepler, qui pourtant ne maniaient que d'innocentes idées ne pouvant nuire aux princes ou aux clercs, vivaient toujours sous la menace de l'excommunication, de l'exil, du bûcher. Comment oser leur proposer de leur trouver dans mon pays un havre de tolérance, alors que peut-être, ce havre se transformerait demain en enfer? Comment leur demander de crier haut et fort leurs découvertes, de les pousser au martyre en somme, comme d'aucuns le firent avec Giordano Bruno, qui, d'ailleurs, ne demandait que cela? J'eus sur le moment honte de moi et de mes entreprises, et envoyai au diable toutes les compagnies marchandes du monde, tous les Bruce, tous les Dunbar. Qu'avais-je fait de ma vie? En quoi avais-je été utile? Moi qui ne croyais pas à la Providence mais au seul hasard, je compris que ce hasard de rencontrer ces deux grands esprits, Kepler et Galilée, d'avoir gagné l'amitié de l'un, et peut-être l'estime de l'autre, m'offrait la possibilité de donner un sens à ma vie : être une passerelle entre eux, et rien d'autre. N'était-ce pas ma fonction de diplomate que de créer des liens?

— La surveillance dont vous faites l'objet, demandai-je alors avec compassion, va-t-elle jusqu'à violer votre correspondance?

— Violer? Ils n'en ont même pas besoin! C'est moi-même qui leur ouvre ses cuisses! Je leur lis tout, tout ce que je reçois, tout ce que j'envoie, en de charmantes réunions où cardinaux, jésuites et sénateurs applaudissent à ma virtuosité de plume et rient à mes traits d'esprit. Quand ces lettres s'adressent à un membre d'une puissante famille italienne, je peux me permettre d'y glisser quelques vérités aux odeurs de blasphème, ce qui fait discrètement pouffer mes dignes auditeurs derrière leurs gants bagués, mais… Tenez… Il y a de cela neuf ans à peu près, je reçus le premier livre d'un obscur professeur de mathématiques à Graz, astrologue de l'archiduc Ferdinand de Habsbourg. Le *Mystère cosmographique*, de votre ami Kepler. La personne à qui il avait confié cet envoi, un certain Paulus Amberger, était un émissaire de la Styrie auprès de la Sérénissime. Dès lors, j'étais absolument convaincu que l'auteur de ce brûlot copernicien était, malgré cela, un aussi pieux catholique que moi, aussi respectueux des injonctions de Sa Sainteté que je le suis...

Depuis le début de notre conversation, Galilée n'avait cessé de protester de ses convictions papistes. Un esprit plus soupçonneux que le mien aurait pu trouver louche cette insistance.

Galilée avait remercié Kepler de son envoi en lui affirmant son parfait accord avec les thèses héliocentristes, mais en laissant sous-entendre que ce qu'on pouvait exprimer librement à Graz ou à Prague devait être émis avec la plus grande prudence à Venise ou à Rome. Kepler ne le comprit pas et, avec la fougue de la jeunesse, avait appelé Galilée à la croisade copernicienne, comme si le professeur de la prestigieuse université de Padoue n'était que le disciple timoré du modeste enseignant dans un petit collège de Styrie.

— Kepler m'a fait lire le double de cette lettre avant mon départ en Italie, dis-je alors. Certes, je comprends qu'elle ait pu blesser votre amour-propre, mais enfin, vous auriez pu lui répondre, ne serait-ce que pour rabattre son caquet à ce garçon qui n'avait alors que vingt-cinq ans, tandis que vous en aviez huit de plus.

— Lui répondre ? Pour finir comme ce fou de Bruno ? Mais, foutre Dieu, vous ne comprenez donc rien ! Quand j'ai été obligé de la lire en public, l'un de mes auditeurs, un jésuite je crois, m'a appris que Kepler était luthérien. Quelle qu'aurait été ma réponse, j'aurais été fiché dans les dossiers de l'Inquisition comme correspondant assidu d'un hérétique ! C'est d'ailleurs probablement déjà fait. Et au moindre faux pas de ma part, ces quelques bouts de papier serviront à allumer mon bûcher !

Était-ce la douceur de l'air aux parfums suavement épicés de ce printemps de Vénétie ? Je n'arrivais pas à croire que de tels nuages de mort et de torture puissent couvrir ces contrées aux douceurs bleues et roses. Plein d'indulgence, je rappelai alors à Galilée qu'il n'avait été question dans ce bref échange que d'astronomie, et que l'Église catholique avait soutenu, dès l'origine, les théories de Copernic, contrairement à Luther et à Melanchthon.

— Pour un homme qui fait profession d'épier le moindre changement dans l'air du temps, vous me paraissez bien mal informé, monsieur Askew, me répondit un Galilée sarcastique. Copernic était, si j'ose dire, en odeur de sainteté, tant qu'il fut utile à l'élaboration du nouveau calendrier. Mais, maintenant que celui-ci a fait ses preuves, et qu'il a été adopté par les plus grandes puissances du monde, à l'exception de…

— Je sais, hélas ! En Angleterre, nous sommes cependant quelques-uns à vouloir faire entendre raison à nos évêques pour qu'ils adoptent enfin le calendrier grégorien. Le roi l'accepterait volontiers, mais tant de sectes s'y opposent. Vous le voyez, si la sottise n'a pas de frontières, elle possède au moins de nombreuses chapelles…

Sous le sourcil épais, un bref instant, son œil pétilla de malice. Il me sembla soudain qu'il venait de perdre une partie de sa méfiance à mon égard quand il poursuivit :

— Maintenant que le calendrier dit grégorien s'est imposé dans les pays catholiques et chez les plus sensés des philosophes de la nature, l'Église n'a plus besoin de Copernic. Pis encore, elle en a peur. Ou plutôt, il l'embarrasse. Pourtant, si vous saviez le nombre d'évêques, de cardinaux, de chanoines que j'ai rencontrés et qui m'ont affirmé être des partisans convaincus du système héliocentrique. Seulement voilà… Le Saint-Office a déjà fait disparaître toute trace écrite de son long séjour en Italie. Il ne faut pas que ça se sache, que ça reste entre nous. Entre nous ! Par le pucelage de Marie ! Les hypocrites ! En quoi des Copernic, des Kepler ou des Galilée sont-ils des leurs ? Cela dit, ils ont raison sur un point : tant qu'on n'aura pas démontré, par la preuve, par la physique ou la mathématique, que la Terre tourne autour du Soleil et sur elle-même, cela ne restera qu'une hypothèse, la plus vraisemblable certes, mais une hypothèse quand même, et qui a le malheur d'aller à l'encontre d'Aristote et des Saintes Écritures. Ce qu'il faudrait, c'est aller voir là-haut comment ça se passe, avec une de ces machines volantes de Léonard…

— Là-haut, vous dites ? Plaisante coïncidence ! Ce cher Kepler m'a raconté une fois, avec ses airs de pince-sans-rire, comment il avait voyagé sur Mars pour en déterminer l'orbite.

Galilée eut une grimace, et dit d'un ton grinçant :

— Je vois que sa charge de mathématicien impérial lui laisse bien des loisirs. Je n'ai pas cette chance. Et qu'a-t-il rapporté de son expédition ?

— Une orbite martienne ovoïde ou elliptique, il hésite, ou fait semblant d'hésiter. Je suis sûr que ce diable d'homme nous prépare un nouveau maître ouvrage plus grandiose encore que son *Optique*.

— Un œuf ? Amusant… Ptolémée, Copernic et Tycho y trouveraient leur compte. Mais certes pas Pythagore, Euclide et Aristote. La physique, monsieur Askew, la physique, il n'y a que cela ! Tout le reste n'est que fumée. Et fruit de l'imagination, comme sa promenade sur Mars. Moi, c'est d'en bas, les deux pieds bien sur terre, que je veux voir ce qui se passe là-haut. Vous qui parcourez tant de pays, avez-vous entendu parler d'un certain tube doté de lentilles et qui grossirait les objets ?

J'eus la nette impression que, tel un paysan matois qui veut faire monter les enchères, il savait parfaitement de quoi il parlait. Comme je n'avais nulle envie de jouer au chat et à la souris, je répondis franchement :

— La lunette télescopique ? Bien sûr, j'en possède une. Elle est dans ma malle. Je désirais d'ailleurs que vous l'examiniez. Votre réputation de mécanicien est universelle et…

— Kepler l'a-t-il vue ? Qu'en a-t-il pensé ?

S'apercevant qu'il venait, par cette question pressée, de témoigner trop d'intérêt pour l'opinion de son collègue allemand, il se mordit les lèvres. Je contins un sourire : malgré leur vaste pensée, ces gens-là se comportaient comme des collégiens. Si j'avais été un Bruce, il m'aurait été facile de les dresser l'un contre l'autre. Je lui racontai alors ce que Kepler nous avait expliqué naguère sur la réfraction de la lumière et les aberrations supplémentaires que provoquerait cet engin peu fiable.

— Mais je ne suis pas sûr que ce fût pour ces seules raisons qu'il a refusé d'examiner cette lunette. Prague baigne dans une atmosphère insensée de magie, de superstitions et de charlatanerie telle qu'il est très difficile de garder raison. Et puis… Cela peut vous paraître dérisoire, mais cet homme, dont je me flatte d'être l'ami, souffre d'une très mauvaise vue. De plus, ses pauvres mains déformées le rendent visiblement inapte à autre chose qu'à écrire.

Les yeux de Galilée s'embuèrent de larmes. Cet ours avait donc un cœur ! Il grommela :

— Mouais, bon… Et vous me le montrez quand, votre engin ?

— Je ne vous le montre pas, je vous le donne. Mais, tant pour votre sécurité que pour la mienne, car il serait assez mal venu qu'un diplomate anglais livre à la République de Venise un appareil qui peut se révéler utile à la guerre, je vous prie de ne livrer mon nom à quiconque. Si ce n'est pas de la trahison, cela y ressemble fort.

Il me saisit les mains et sa carapace rugueuse fondit comme neige au soleil :

— J'ignore quelles sont vos raisons profondes, monsieur, qui n'ont sans doute rien à voir avec l'amour de la philosophie, mais soyez sûr que je vous serai pour toujours redevable de ce don. Depuis le temps que je cours après cette lunette ! J'en ferai bon usage, croyez-le, et je le ferai partager à Kepler et au monde entier. Dans trois jours, un de mes amis viendra chercher votre cadeau. Ne soyez pas surpris : mon messager est un homme d'Église, tout aussi bon catholique que moi.

Il eut un drôle de sourire complice et disparut, en roulant les épaules de sa démarche de cavalier, derrière un grand cèdre du Liban. Sur le moment, j'étais tout à fait satisfait de mon travail. J'emportais une manche sur Bruce, qui, l'idiot, avait choisi de proposer sa propre lunette à Magini et avait essuyé un refus. J'avais gagné la confiance de Galilée, et je pensais que le jour où les hommes libres de sa trempe et de celle de Kepler seraient contraints à fuir, ils trouveraient le meilleur refuge auprès de la couronne d'Angleterre, pour le plus grand bénéfice de nos navires gorgés d'or et d'épices revenant de toutes les Indes, orientales ou occidentales.

Pourtant, quand ces temps de guerre, de sang et de fanatisme viendront, ils préféreront rester dans la tourmente, toujours sous la menace de la misère, de la prison ou du bûcher, mais chez eux, dans leur pays. Je ne comprends toujours pas cela aujourd'hui, plus de quarante ans après, alors que j'écris ces lignes devant ma cheminée, sous mes couvertures, dans mon manoir de Harlaxton, loin des bruits de bottes des Casques de fer.

10.

Pansue, la Lune se mirait dans les flaques boueuses de la venelle en pente raide. Les étroites et hautes masures sans fenêtres se soutenaient, les unes aux autres, fraternelles, pour ne pas s'effondrer. Ou peut-être se bousculaient-elles pour tenter de se rapprocher de la modeste synagogue inachevée qui obstruait le fond de la rue sombre, comme une impasse.

David Gans s'arrêta et, désignant le bâtiment d'un grand geste du bras, déclama :

— Vous qui venez de pénétrer dans la nouvelle Jérusalem, voici, messieurs, le nouveau temple de Salomon.

Malgré le froid, qui faisait goutter son nez, et ses pieds qui semblaient baigner dans une rivière en débâcle, Kepler ne put s'empêcher de sourire : il appréciait cette ironie que les Juifs se servaient à eux-mêmes, car elle était un peu la sienne. En revanche, leur compagnon, le jeune seigneur Albrecht von Wallenstein, haussa les épaules avec dédain, en frisant sa moustache en pointe à la mode de Paris : il avait pris ces mots au pied de la lettre. Cet homme de vingt-cinq ans, l'un des plus riches héritiers de Bohême, s'était entiché du *mathematicus* impérial depuis que celui-ci lui avait composé un horoscope « à l'aveugle » lui prédisant fortune, gloire et puissance. Mais Kepler se demandait pourquoi, quand David Gans lui avait proposé de rencontrer le plus fameux et le plus sage des rabbins de l'Empire, il avait insisté pour que Wallenstein les accompagne. Cet aristocrate plein de morgue, aussi superstitieux que savant, lui faisait irrésistiblement penser à Tycho, véritable réincarnation du défunt astronome, même si ce sémillant gentilhomme, svelte et bellâtre, n'avait rien de commun avec le physique lourd et les traits épais du Danois. David Gans, lui, était un éminent kabbaliste et philosophe juif, qui se plaisait à de longs débats avec Kepler pour tenter de réconcilier la Torah avec la nouvelle conception copernicienne de l'univers.

Les trois hommes pénétrèrent enfin dans un cul-de-sac au fond duquel se dressait une maison un peu moins lépreuse que les autres. Gans posa ses lèvres sur une petite boîte clouée à droite du chambranle de la porte et entra sans frapper, comme s'il était chez lui. Au fond d'une salle basse, éclairée seulement par un chandelier à sept branches, se tenait, assis derrière des piles de livres et de rouleaux de manuscrits, un vieil homme à l'immense barbe blanche : Rabbi Yeouda Loew ben Bezalel, dit « Notre enseignant, le Rav Loew », en hébreu Morenou HaRav Loew, abrégé en MaHaRaL et que tout le peuple d'Abraham éparpillé aux quatre coins du monde, ancien ou nouveau, appelait ainsi : le Maharal.

Le grand feu, dans la cheminée où bouillait une marmite, derrière son dos, irradiait sa chevelure de neige d'une lumière sacrée. On eût dit un patriarche des temps bibliques. Ou un Juge. Wallenstein, malgré l'immense orgueil que lui conférait sa haute lignée, ne put s'empêcher de s'incliner profondément devant le vieux juif.

— La paix sur toi, Kepler, dit le Maharal de sa voix de bronze. À toi aussi, Wallenstein, shalom !

Kepler répondit dans la même langue à ce salut en hébreu.

— Qu'est-ce qu'il dit ? demanda Wallenstein. Et qu'est-ce que je fiche ici ?

Avant que Kepler prît la peine de traduire ces deux questions, le vieux rabbin répondit, mais toujours en hébreu :

— Pour votre grand envol, il fallait que les contraires s'unissent, que la lumière et la nuit se marient, que la vie et la mort partent ensemble. Tu es la lumière de la vérité en marche, Kepler, et lui n'est qu'un sot pédant. Il est jeune, toi, tu portes toute l'histoire du monde sur ton dos. Tu es la vie, Kepler, et lui tient la mort dans son épée ; tu es humble, il est vaniteux. Tu es pauvre, il est riche.

— Pour cette dernière opposition, je troquerais volontiers avec lui, répliqua le mathématicien de l'empereur.

— Qu'est-ce qu'il dit ? demanda à nouveau Wallenstein.

— Que vous serez pour moi, Excellence, le plus agréable des compagnons de voyage, traduisit un Kepler imperturbable.

Le rabbin dissimula son rire derrière une petite toux cacochyme, se leva péniblement de son fauteuil en s'aidant de ses mains tremblantes et tavelées poussant sur les accoudoirs. Debout, il n'était plus qu'un brave petit vieux ratatiné que Kepler aurait volontiers appelé grand-père, s'il ne s'était pas souvenu de son aïeul, le bourgmestre et pelletier de Weil der Stadt, l'ivrogne colossal amateur de putains. Tout courbé, tout noueux, le Maharal prit le chandelier, tira une tenture moisie derrière laquelle apparut un escalier aux marches inégales. Il fit signe à ses trois visiteurs de le suivre. Ils montèrent ainsi jusqu'au grenier. On y trouvait tout ce qu'on trouve dans ce genre d'endroit, vieux meubles bancals, malles scellées par des toiles d'araignées, vases et pots ébréchés, étoffes trouées aux mites, tout ce que Mme Esther Loew et Mme Barbara Kepler avaient baptisé, sans même se connaître, d'un néologisme : « Les on-ne-sait-jamais, ça-peut-toujours-servir. » Du moins à en croire leurs époux rigolards et complices. Le mur du fond était couvert de vieux livres poussiéreux. Bizarrement, entre deux volumes anciens, avait été composé un bouquet d'orchidées aux couleurs éclatantes et, sur un autre rayonnage, une coupe emplie de fruits frais. Le Maharal s'approcha du coin gauche de la cloison, y glissa sa main ; la bibliothèque se replia sur elle-même, comme un paravent. Un trompe-l'œil !

— Peint par le fameux Giuseppe Arcimboldo, quand il vint me visiter en compagnie de Sa Majesté impériale, précisa le vieil homme en allemand tout en achevant de replier la fausse bibliothèque.

— Quoi ? s'exclama Wallenstein, l'empereur, chez les…

— Chez les Juifs, jeune homme, chez les Juifs, vous pouvez prononcer ce mot, répondit le Maharal. En ce qui me concerne, je ne considère pas cela comme une injure. Notre entretien avec l'empereur Rodolphe fut autrement plus fructueux que celui qu'eut jadis Philon d'Alexandrie avec Caligula[1]. Veuillez me suivre.

Kepler n'avait pas attendu cette invite pour s'avancer sur la terrasse dévoilée par la cloison mobile du grenier. À ses pieds s'étendait la juiverie de Prague, enchevêtrement de toits, mais aussi labyrinthe de ruelles et de passages couverts débouchant souvent sur de jolis jardins, vergers et potagers. On eût dit que ce quartier, cerné par des murs et un méandre de la Moldau, s'était posé là, au cœur de la ville basse, telle la feuille d'un arbre en automne dans un marécage.

Au milieu de la terrasse s'élevait une haute et mince cahute de bois, comme celles où, dans les parcs, les jardiniers remisent leurs râteaux. Le Maharal ouvrit sa porte de planches disjointes. À l'intérieur, occupant toute la place, une grande statue d'argile représentant maladroitement un être humain, nu, effrayant, avec sa face écrasée et ses paupières closes.

— Le Golem, s'exclama Kepler, c'était donc vrai !

— Qu'il est laid, le bougre, ricana Wallenstein, pour masquer sa peur. Celui qui l'a sculpté n'a pas dû être très assidu aux cours de Castelfranco.

— Certes, rétorqua le rabbin. D'ailleurs, Michel-Ange me disait qu'il n'avait jamais eu un aussi mauvais élève que moi. Et le Seigneur de toute chose, qui m'ordonna en rêve de façonner ce nouvel Adam, n'avait pas à craindre ma concurrence. David, aidez-moi je vous prie…

Gans obéit et ouvrit devant le Golem un petit escabeau. En s'appuyant sur l'épaule de Wallenstein, le Maharal esca-

1. Voir *Le Bâton d'Euclide*, du même auteur.

lada péniblement les trois marches. Puis, tout en sortant de sa poche un stylet d'argent, il ordonna :

— Messieurs, reculez-vous de quelques pas. On ne sait pas quelles réactions il peut avoir.

Alors, il grava sur le front bosselé de la statue quelques caractères hébraïques, tout en expliquant :

— « Emeth », cela signifie « vérité » en hébreu, monsieur Wallenstein.

Le Golem se mit à osciller légèrement, ouvrit son énorme bouche et tira la langue. Le rabbin déposa prestement sous le large organe blanchâtre un morceau de papier.

— Sont inscrites sur ce parchemin les quatre lettres Yud, Hé, Vav, Hé, désignant le nom ineffable du Créateur, expliqua encore le Maharal en descendant précipitamment de l'escabeau et en rejoignant ses trois compagnons.

Le Golem souleva ses paupières.

— Œil jaune, langue chargée… Le docteur Jessenius diagnostiquerait une digestion difficile, fanfaronna Kepler d'une voix qui tremblait un peu.

— Peut-être, mais remarquez quand même que, par pieux souci d'exactitude, mon maître le Maharal l'a circoncis, s'esclaffa David Gans, tout aussi terrorisé.

— Peste ! Circoncis ou pas, ajouta un Wallenstein qui ne voulait pas être en reste de crânerie, je connais plus d'une dame à la cour qui accepterait les hommages d'un amant aussi bien pourvu.

— Silence ! Ne bougez plus ! chuchota le vieux rabbin. Il ne faut pas l'effrayer.

La monstrueuse créature s'ébroua alors comme un gros chien sortant d'une mare où il s'était roulé, et le cabanon vola en éclats. Elle fit un pas en avant. Kepler, Wallenstein et Gans eurent un mouvement de recul. Le Maharal, au contraire, s'approcha et, tendant le bras, paume ouverte, il s'écria à pleins poumons :

— Arrête-toi, Golem, et obéis ! Je suis ton maître, je suis le lion de Juda. Prends ces deux-là et emmène-les sur

Ma'adim, comme tu as jadis emmené les autres. Mais ceux-là, il faut qu'ils reviennent. Obéis, Golem !

Le monstre s'avança alors vers Kepler et Wallenstein en se dandinant d'une démarche lourde et maladroite. Il saisit délicatement le premier et le prit sous son bras droit, comme un oiseau son petit sous son aile, et le second, avec moins de ménagement, sous son bras gauche.

— N'oubliez pas le bâton d'Euclide, dit Gans en tendant sa canne à Kepler.

De son pied d'argile, le Golem frappa lourdement le sol et s'envola, ses deux ballots humains blottis au creux de ses aisselles.

Wallenstein regardait vers le bas et Kepler vers le haut. Le soleil apparut derrière la Terre en y formant un croissant de lumière. Ils frôlèrent la Lune, qui bientôt ne fut plus qu'une boule noire, à peine ourlée d'un arc de lumière blanchâtre. Mais les deux voyageurs n'eurent guère le temps de contempler le spectacle. Le Golem allait à une vitesse folle, et ils devaient souvent tenir leurs paupières fermement closes pour que la poussière de comète ne leur pique pas les yeux et les aveugle. Soudain, ils perçurent un choc brutal qui fit vibrer le colosse d'argile. La créature ouvrit les bras et ses deux passagers tombèrent rudement sur le sol rouge.

Prestement, Kepler se redressa et, tendant sa lourde canne vers le front du Golem, il effaça avec le pommeau le premier caractère de l'inscription que le Maharal avait creusée dans le front de sa créature.

— Voilà ! expliqua-t-il à Wallenstein. Emeth, la Vérité est devenue Meth, la Mort. Il dort, maintenant. Il ne nous embêtera pas durant notre séjour sur Mars.

— Sur Mars ? Mais… Voyez, là-bas, une ville…

Kepler cligna des yeux, fouilla dans ses poches, en grommelant :

— Où donc les ai-je fourrées, encore ? Je vous demande un peu ! Astronome de l'empereur et myope comme une taupe. J'avais raison contre mes maîtres : avec une aussi mauvaise vue, j'aurais dû me faire théologien ! Et à Paris, pas à Prague !

Il se frappa le front, dévissa le pommeau du bâton d'Euclide, en sortit un étui. Il put enfin chausser ses bésicles.

— Une ville, oui, vous avez raison… Non, pas une ville… J'ai la berlue !

Là-bas, au bout d'une longue voie rectiligne, se dessinait tout un hérissement de tourelles, de clochetons, de dômes, encadrés par deux pyramides. La cité des Étoiles ! Ou plutôt l'exacte reconstitution, en plus grand, de l'extraordinaire observatoire que Tycho avait fait jadis construire dans son île danoise, et qui avait été rasé, sur l'ordre du roi, après son départ. Abandonnant derrière eux le Golem, qui continuait, tout comme cette histoire, à dormir debout, Kepler et Wallenstein se dirigèrent d'un grand pas vers cet ensemble étrange et touffu de bâtiments hétéroclites. Il n'y avait pas le moindre souffle de vent, mais le froid était très vif, bien que le soleil fût haut dans le ciel. Un soleil dont la circonférence paraissait plus petite et la couleur plus sombre.

Ils pénétrèrent dans une vaste rotonde à ciel ouvert dont le dallage représentait un soleil central et les planètes tournant en cercles parfaits autour de lui.

— Bien la peine d'avoir fait tout ce voyage pour retrouver la même représentation héliocentrique du monde que celle de Copernic, grommela Kepler.

— Et voilà le petit prof de Graz qui ronchonne encore, lança en grec une voix qui semblait tomber du ciel.

Kepler sursauta, se retourna et leva la tête. Cette voix… Accoudé à la balustrade de la galerie supérieure de la rotonde, Tycho le regardait en riant. Tycho, en chair et en os ! Ou plutôt, non, il semblait n'avoir plus ni chair ni os, alors que de son vivant, il était loin d'en manquer.

— N'aie pas peur ! Monte donc nous rejoindre, poursuivit l'ombre de Tycho, toujours dans la langue d'Homère. Et ce jeune bellâtre également.

— Qu'est-ce qu'il dit ? demanda Wallenstein.

— Qu'il a hâte de faire la connaissance d'un aussi fameux gentilhomme que vous. Hâtons-nous ! Il n'a jamais aimé attendre.

Ils escaladèrent quatre à quatre les marches de marbre rose montant à la galerie. Quand Kepler fut face au fantôme de Tycho, il se sentit fort embarrassé : le prendre dans ses bras ? Lui tendre la main ? Il préféra lui poser une question apparemment stupide :

— Pourquoi me parles-tu en grec ? C'est nouveau, cela !

— Pour que les autres comprennent, pardi !

— Les autres ? Quels autres ?

— Qu'est-ce qu'il dit ? demanda Wallenstein.

— J'oubliais ! Tu ne pourras les voir que quand ton retour ici sera définitif. Mais tu pourras les entendre, si toutefois ton imbécile de compagnon arrête de claquer des dents en répétant ses « keskidi ? ».

— C'est le froid, répliqua Wallenstein quand Kepler eut traduit.

Ils se turent. Alors, en tendant bien l'oreille, Kepler perçut quelques notes d'une musique semblant monter du fond des âges.

— C'est la voix d'Aristarque de Samos, expliqua Tycho. Il te souhaite la bienvenue. Il te félicite pour la défense du système héliocentrique qu'il avait initié et te trouve digne du sceptre que je t'ai légué, et qu'il avait fabriqué de ses mains : le bâton d'Euclide.

Se fit entendre ensuite la mélodie de Hipparque, puis celle de Ptolémée, puis celle de Copernic… Elles disaient toutes des choses fort élogieuses pour leur confrère encore en vie.

— La musique des sphères, murmura Kepler dont les yeux s'embuèrent de larmes.

— Oui, mon cher, la musique des sphères et notre nom désormais est celui des planètes. Aristarque est Saturne, Hipparque est Jupiter…

— Et toi, Tycho, tu es sans doute Mars, toi qui as torturé tant de tes assistants avec tes caprices, lança Kepler qui ne put, même dans ces circonstances, se priver d'un bon mot.

— Tu te trompes, répliqua imperturbable le fantôme de Tycho. C'est Ptolémée qui a reçu le nom de Mars. Moi, ne ris pas, je ne suis que Vénus, et Copernic, la Terre et sa lune, forcément.

— Et Mercure ?

— Mercure, ce sera toi, car, profitant de tout ce que nous t'avons offert, et de nos erreurs aussi, tu es le plus proche de la Vérité, de la Lumière, de Dieu, du Soleil. Mais ne triomphe pas trop vite ! Le chemin de la découverte que tu auras encore à parcourir reste très long et semé d'embûches. Peut-être ta vie sera-t-elle trop brève pour atteindre le but. Nous-mêmes n'y sommes pas arrivés. Mais penche-toi maintenant, et regarde en bas le parvis composé par le Grand Architecte.

Kepler obéit. Il vit alors une salle immense, ornée de cent fenêtres de cristal limpide prenant la lumière du jour, et qui, dans un décor de fines mosaïques, contenait la figure de l'univers. Au centre de la grande cour, le soleil d'or brillait. Disposées tout autour, les planètes étaient façonnées dans des pierres précieuses : Vénus en verdoyante et riante émeraude, la Terre en opale, Mars en rubis, bien sûr, les autres en des matières à nulle autre pareilles. Près de tant de joyaux, l'Éthiopie avait honte et l'Inde se sentait pauvre. Chose plus extraordinaire encore, leurs orbites, figurées par des lingots d'argent, ne formaient plus des cercles parfaits mais, par anamorphose, procédé fort en vogue à l'époque chez les peintres, trompe-l'œil qui change la vision du spectateur selon l'endroit où il se trouve, elles s'étaient étirées et formaient des ellipses.

Le chœur des âmes invisibles d'Aristarque, de Hipparque, de Ptolémée et de Copernic, s'éleva soudainement ensemble. Celle de Tycho, la plus basse, se joignit à elles en un chant polyphonique plus beau que le plus divin des psaumes. Au son de cette musique, les planètes se mirent en mouvement. Tantôt leur vitesse accélérait, tantôt elle ralentissait, selon qu'elles étaient plus proches du Soleil, ou plus éloignées. Tout autour d'elles, un haut cercle orné de chrysolithes brillait au lieu des étoiles Fixes. Lui seul ne tournait pas. Et dans ce majestueux ballet minéral, éclatant de mille feux, rien n'était symétrique, pourtant tout était merveilleusement ordonné.

Tel était le grand secret de la Nature : sa beauté ne résidait pas seulement dans la géométrie de ses formes, mais dans leur Harmonie. Il n'était globe jusqu'au moindre qui, se mouvant, ne chantait comme un ange. C'était la Musique des âmes immortelles. Il n'y manquait que deux notes, celle de Mercure, de Kepler donc, et celle du Soleil. Quel sera-t-il, cet astronome des temps futurs, qui éclairera tout du mystère cosmographique ?

11.

Marie-Cécile Brahé, la benjamine des filles du défunt astronome, contemplait Kepler avec un tel air de désir admiratif que cela embarrassait l'auditoire. Sa sœur aînée, Madeleine, avait perdu de sa pose marmoréenne quand, tout à l'heure, le conteur avait évoqué le souvenir de son père, lors de cette fable abracadabrante relatant son voyage sur Mars. Puis elle avait repris sa posture de Diane chasseresse, un peu fanée toutefois.

Barbara Kepler avait refusé d'accompagner son mari chez les enfants de Tycho, quand elle avait su que Madeleine serait présente.

— Je ne comprends pas, s'était étonné Johann, vous étiez pourtant fort liées, toutes les deux, quand feue Mme Brahé te faisait des misères. Eh bien, j'emmènerai Régine. Après tout, ma belle-fille a l'âge de sortir dans le monde. Il serait temps de lui trouver un parti, même si les Tychonides ne me semblent pas des plus appropriés.

Barbara s'était écriée que son mari n'était qu'un niais, qui ne voyait rien des turpitudes humaines. Kepler s'était donc rendu seul, et finalement soulagé, à cette invitation incongrue du chevalier Tengnagel, gendre du défunt astronome, à l'occasion du huitième anniversaire de la mort de Tycho. Celui qui était maintenant le chef de cette famille que Kepler appelait les Tychonides n'avait cessé d'entraver la publication de l'ouvrage sur lequel le mathématicien impérial s'acharnait depuis maintenant huit ans, comme un galérien sur son banc de nage, interrompu seulement par quelque bataille navale ou un fort coup de vent. Que deux garçons lui naissent, qu'une étoile nouvelle apparaisse et disparaisse, que des quatre coins de l'empire, des érudits, des curieux, des jésuites trop légers, des pasteurs trop lourds ou des rabbins trop subtils l'interrogeassent sur la vraie date de la naissance du Christ, le bien-fondé du nouveau calendrier ou la chronologie des Juges et des Rois, que tout personnage d'importance passant par Prague lui demande son horoscope, qu'il faille lutter pied à pied avec les fonctionnaires du Trésor pour leur arracher quelques rogatons de sa pension, tout cela était dans l'ordre des choses. Mais qu'un imbécile doublé d'une canaille, comme ce Tengnagel, osât, avec des mines aussi sournoises qu'arrogantes, piétiner le grand champ des étoiles dans lequel Kepler labourait, cela, et cela seulement, c'était horripilant. De plus, cela donnait à Kepler le vague et taraudant remords d'avoir volé à une famille l'œuvre de leur père.

Depuis la mort de Tycho, Tengnagel avait pris la maison Brahé en main, telle une ancienne putain devenue tenancière. La vertu était désormais son maître mot. Il s'était converti au catholicisme et y avait entraîné son épouse Elisabeth, ainsi que l'aîné de ses beaux-frères, Tyge, en qui le défunt astronome avait mis tous ses espoirs. Grâce à cela, l'imposteur avait obtenu un poste de conseiller auprès des tribunaux, lui qui ne connaissait rien au droit ; sa charge lui laissait bien des loisirs et quelque argent. Il avait également réussi à vendre à l'empereur les prodigieux instruments et les archives de feu Tycho pour la belle somme de vingt mille thalers. À l'empereur, mais pas au Trésor, qui ne le remboursait qu'à raison de mille thalers par an. Il n'eut alors aucune peine à obtenir de ses nouveaux collègues magistrats qu'ils mettent sous scellés tout l'observatoire, pensant ainsi embarrasser le nouveau mathématicien impérial, Johann Kepler, qu'il détestait. Mais celui-ci pouvait fort bien se passer de l'observation pour l'accomplissement de son œuvre. En réalité « le petit prof styrien », comme Tengnagel l'appelait, ne cachait pas qu'il avait puisé pour ses travaux dans les milliers de documents de Tycho, pourtant restés inédits.

Rien de plus cruel pour un escroc que de comprendre qu'on a été berné. Tengnagel cria très fort « au voleur ! », la cour s'en amusa follement. Il ne voulait pas devenir ridicule. Trop tard. Il décida alors de trouver un arrangement avec Kepler, et lui envoya une sorte de convocation à ce qu'il déclarait être une réunion anniversaire des orphelins de Tycho. Pour écarter de cette rencontre l'aîné des Brahé, Tyge, il lui avait trouvé une partie fine ; l'autre s'y était rué. On ne le reverrait pas avant une semaine, puant le vin et la fille. Le second garçon, George, au contraire, pourrait lui être utile : Tengnagel était avide, mais George était avare. Le gendre pourrait donc passer pour généreux dans les négociations avec Kepler. Quant aux filles, il les tenait pour quantité négligeable : il leur devait sa réussite, elles ne lui servaient donc plus à rien.

Ainsi, le mathématicien impérial Johann Kepler se retrouva seul, un beau jour d'été 1608, devant cette famille qu'il connaissait trop et qu'il jugeait « de mauvaises manières ». Son *Astronomie nouvelle* était finie depuis près d'un an, mais, à cause des prétentions de Tengnagel, il avait préféré surseoir à sa publication. Il aurait pu passer outre les menaces dérisoires de l'aventurier. Certes, cela lui aurait valu mille et une tracasseries : la conversion au catholicisme du chef du clan Brahé, et son poste de conseiller auprès des tribunaux, auraient obligé Kepler à entrer dans ces intrigues et ces compromissions qu'on appelait, à Prague, la « politique ». Fort de sa charge, de ses appuis à la cour et de sa renommée, il aurait fini par publier ce qu'il tenait pour son maître livre, un monument de même stature que *L'Almageste* de Ptolémée et les *Révolutions* de Copernic. Cette *Astronomie nouvelle*, dont la gestation lui avait coûté tant de sueur, de fièvres et de furoncles aussi, se devait de naître libre, sans juge ni procureur, sans évêque ni pasteur à son chevet en guise de sages-femmes, sans même un empereur en guise de parrain. Ni lion, ni tigre, ni vautour pour tenter de déchiqueter le nouveau-né. Quant à ce corbeau de Tengnagel, Kepler ne doutait pas qu'il lui serait facile de le déplumer.

Après quelques échanges de cette politesse outrancière caractérisant les gens qui se détestent, Tengnagel, en maître de maison, avait demandé à Kepler de leur résumer son prochain ouvrage, comme on prie un poète mondain de réciter sa dernière élégie. L'astronome aurait pu se lancer dans une explication aride et compliquée, comme il le faisait devant ses pairs, ou pour faire fuir les fâcheux. Mais ici, son auditoire était majoritairement féminin. Et, devant ces dames Brahé, il n'avait pu résister à jouer à ce que les Français appellent le *joli cœur*. Aussi, sachant ses talents de conteur, il avait improvisé l'extravagante fable d'un voyage sur Mars. Improviser est d'ailleurs un bien grand mot, car il nous l'avait servie également peu de temps auparavant, mais de façon autrement leste, car habitait également sur la planète rouge la belle Hypatie d'Alexandrie, qui n'était pas restée aussi vierge que le prétendait la légende… Y apparaissaient aussi Rheticus et Pythagore, filant de parfaites amours socratiques…

Kepler avait la voix douce et grave, teintée parfois des intonations vigoureuses de son Wurtemberg natal, surtout quand il y glissait un ou deux mots de patois. Par moments, il se moquait de lui-même et de son physique, pour pouvoir mieux taquiner le défunt Tycho, sur son accent danois ou ses tics, comme celui d'ôter et de remettre son nez postiche. Dans la version qu'il nous avait narrée, l'autre passager du Golem, le benêt arrogant, n'était autre que Tengnagel, et Kepler s'était acharné sur lui avec une hargne inédite chez cet homme d'ordinaire si affable et courtois. Son remplacement par Wallenstein dans la version dite Brahé était fort habile, même si elle était injuste. Jeune, riche, très en cour, très à la mode, ce grand seigneur allait épouser le meilleur parti qui soit, devenant ainsi la plus grande fortune de l'empire. Un médiocre aventurier comme Tengnagel ne pouvait que l'admirer et l'envier, comme le rat admire et envie le loup. Aussi, le maître écornifleur de la maison

Brahé s'esclaffa très fort, à chaque fois que Wallenstein intervenait dans le récit de Kepler.

— Et Wallenstein, alors, qu'est-ce qu'il a fait ? demanda-t-il quand Kepler eut fini son récit.

— Le propos de M. Kepler n'était pas de nous conter un roman à la mode espagnole, mon pauvre ami, siffla avec mépris son épouse Elisabeth, mais de nous expliquer de façon plaisante quelle était l'orbite de Mars. Et donc celle des autres planètes. Si je comprends bien, maître, vous avez conclu à ces trajectoires elliptiques à partir des observations de notre père. Mais l'avez-vous démontré, au moins ?

— Disons, belle dame, que j'ai plutôt procédé par élimination. Si on admet que les planètes ont un parcours régulier autour du Soleil, ce ne peut être que des ellipses. Il n'y a pas d'autres possibilités. En revanche, leur vitesse, elle, n'est pas régulière. Cela, toutes les observations du seigneur Tycho l'ont montré. Irrégulière n'est pas le mot. En effet, plus elles s'éloignent, sur ce trajet oblong, de l'astre central, plus elles ralentissent leur course.

Fallait-il leur parler des forces attractives contenues au cœur des planètes, ainsi que dans celui du Soleil ? Il n'en eut pas le temps car l'aînée, la froide et hautaine Madeleine, intervint :

— Je suppose que ces trajectoires, monsieur Kepler, sont les mêmes pour le système copernicien que vous préconisez, et pour celui qu'avait conçu mon père.

C'était donc elle la gardienne du temple, et Kepler s'était trompé : il escomptait charmer les femmes et convaincre les hommes, le contraire se produisait. Que fallait-il attendre de Marie-Cécile, dont le beau regard voilé le déshabillait, et de George Brahé, gros homme au long nez dont la mine solennelle se voulait pensive ? La remarque de Madeleine était très embarrassante : dans *L'Astronomie nouvelle*, tout en louant très fort l'exactitude des observations de Tycho, il n'avait fait aucun cas de son système du monde, compromis maladroit entre Ptolémée et Copernic. Pour se sortir de ce mauvais pas, il choisit l'emphase :

— Vous n'ignorez pas, chère Elisabeth, que le seigneur Tycho et votre humble serviteur avaient sur ce sujet des opinions opposées. Mais nous nous accordions sur un point essentiel : nous ne transigions pas avec la recherche de la Vérité. Nous nous trompions parfois, nous ne trichions jamais avec Elle. Et c'eût été offenser la mémoire de votre père que de laisser croire aux lecteurs que j'approuvais ses thèses d'une quelconque façon.

— Voilà qui est d'un gentilhomme ! s'exclama Marie-Cécile.

Il y eut un silence. L'ombre de leur père rôdait-elle dans le souvenir des trois jeunes femmes ? George Brahé poussa un grognement et s'agita au fond du fauteuil dont il débordait de toutes parts.

— En somme, monsieur, grommela-t-il sous l'épaisse moustache masquant ses lèvres, vous avez puisé dans l'œuvre de toute une vie ce qui vous semblait bon à prendre, et jeté le reste. C'est en prendre à son aise avec le bien d'autrui.

— Le ciel n'appartient à personne, seigneur Brahé.

La réponse avait été tellement cinglante que George se replia dans son fauteuil, telle une outre percée. Tengnagel jugea qu'il était temps d'intervenir : on entrait dans un domaine qui lui était plus familier.

— Le ciel, peut-être pas, mon cher Kepler, mais les tables astronomiques de feu mon beau-père sont bel et bien sa propriété, et celle de ses ayants droit.

— Permettez-moi de vous corriger sur un point, mon cher chevalier. Il ne s'agit pas de tables astronomiques, mais plutôt d'une liste d'observations impubliables en l'état.

— Cessez donc de m'embrouiller ! Avez-vous, oui ou non, utilisé sans notre autorisation les travaux de notre père pour rédiger votre ouvrage ?

— Oui.

— Cela s'appelle en droit une captation illégale d'héritage, édicta un Tengnagel tout gonflé de sa charge de conseiller auprès des tribunaux impériaux.

— Vous devriez donc demander l'arbitrage de Sa Majesté impériale Rodolphe II, répliqua suavement Kepler. Elle saura trancher entre son actuel mathématicien et les héritiers de mon prédécesseur.

— Mon cher Johann, ne le prenez pas à mal, et tâchons de trouver un arrangement.

— J'écoute vos propositions, mon cher Franz.

Tengnagel respira profondément. Son regard hautain dévisagea tour à tour son beau-frère, ses belles-sœurs et Kepler, mais omit son épouse Elisabeth. Enfin, il proféra d'un ton solennel :

— Je voudrais rédiger une préface à votre ouvrage, qui expliquerait tout ce qu'il doit à l'œuvre de Tycho Brahé. Il va de soi que mon nom paraîtrait alors à vos côtés.

Ces propos auraient dû provoquer un éclat de rire général. Il ne suscita que la stupéfaction. Kepler eut du mal à retenir un soupir de soulagement. Ce n'était que cela ! Chez ce pique-assiette, la vanité avait pris le pas sur la cupidité. Il se sentit pris d'une intense jubilation. Il allait bien s'amuser ! Tengnagel venait de lui donner l'arme avec laquelle il allait l'anéantir : le ridicule. Elisabeth fut la première à sortir de la stupeur dans laquelle les prétentions plumassières de son mari avaient plongé sa famille.

— Mais qu'y connaissez-vous, monsieur le chevalier Franz Tengnagel von Kamp, mon cher époux, aux choses de l'astronomie pour pouvoir écrire le moindre mot sur le sujet ?

« Mon cher époux » ! Quel amour elle avait dû lui porter, jadis, s'il avait possédé la force du mépris avec lequel elle prononçait maintenant ces mots ! Tengnagel rougit de colère et se redressa de toute sa taille :

— Ma pauvre Elisabeth, as-tu donc oublié que j'ai servi la science, dix ans durant à Venusia et quatre autres années à Benatky sous les ordres de ton père ?

— Plutôt sous les jupons de certaines de ses filles, siffla Madeleine.

— … Et les culottes de certains de ses deux garçons, ricana George.

— C'est vilain d'être jaloux, mon cher frère, lança Marie-Cécile avec un rire tout frais. Le suis-je, moi que l'on a délaissée car on me trouvait trop tendre ?

Kepler s'aperçut alors qu'une autre fille Brahé – comment s'appelait-elle, déjà ? – était absente. « Et la mère, songea-t-il incongrûment, était-elle passée dans les bras de ce fat, elle aussi ? »

— Je vous en prie, je vous en prie, pas devant un étranger, gémit Tengnagel déchiré par cette curée.

— Restez, ordonna Elisabeth à Kepler, alors que celui-ci se levait pour partir. Il faut que nous réglions cette affaire. Puisque vous avez avoué avoir utilisé tous les travaux de notre père pour faire cette prodigieuse découverte que vous nous avez narrée si plaisamment tout à l'heure, il faudra que son nom y figure, ainsi que dans tous vos ouvrages futurs qui en découleront. Mais hélas, puisque mon pauvre père n'est plus depuis sept ans, le seul digne de lui succéder n'est autre que son petit-fils, mon enfant, Rodolphe Tycho Tengnagel.

Un enfant de sept ans ! Les fils de Tycho étaient sots ; ses filles étaient bonnement folles. Il lui fallait se sortir de ce nid de frelons. L'argent, peut-être…

— L'empereur, à qui *L'Astronomie nouvelle* est dédiée, dit-il enfin, appréciera sans nul doute cette union de ses deux mathématiciens, par-delà la mort. Mais comme vous le savez, Sa Majesté, qui n'est pas chiche en compliments et en éloges, l'est beaucoup plus quand il s'agit de payer les services rendus.

— Oh, ça, vous avez bien raison ! soupira le gros George.

— Tycho revint au Danemark en 1565, et, jusqu'à la fin de sa vie, trente-six ans plus tard, il ne cessa d'observer le ciel. Pour ma modeste part, grâce à cette somme d'observations, j'en ai mis huit ou neuf pour déterminer la trajectoire elliptique de Mars, donc des autres planètes. Soit quatre fois moins de temps. Nous sommes d'accord ?

— Où voulez-vous en venir ? demanda George, soupçonneux.

— Eh bien, il serait juste que, si un Brahé, quel qu'il soit, partage la gloire de ce livre, soit trois quarts du travail de son aïeul et un quart du mien, je touche un quart de la rente annuelle que vous verse le Trésor impérial en remboursement des instruments du seigneur Tycho.

Son propre argument était tellement spécieux que Kepler faillit pouffer. D'autant que Cécile partit d'un rire qui avait la fraîcheur d'un ruisseau au dégel. Madeleine, qui affichait son dédain pour ces basses contingences, se contenta d'un « pourquoi pas ? ».

— Pourquoi pas, répéta Elisabeth, qui imaginait déjà la gloire de son fils, naguère son déshonneur, inscrite au frontispice de ce livre qui franchirait les siècles.

George, en revanche, devint cramoisi, ressemblant ainsi à son défunt père, le nez en plus, et dit d'une voix qui tremblait un peu :

— Quoi, monsieur, vous voudriez jeter dans la misère une famille déjà éprouvée par le malheur ? Oubliez cette histoire, publiez votre livre et laissez-nous en paix !

— Mais je n'ai jamais demandé que cela ! s'exclama Kepler. Il nous reste toutefois un point à régler avant que je vous laisse pour toujours aux joies de votre foyer…

En prononçant ces mots, il n'osait regarder Cécile, toute rose et dissimulant son rire très communicatif derrière des petites mains d'enfant. Il poursuivit :

— J'avoue avoir commis une indélicatesse en m'emparant des observations de Tycho. Pour vous dédommager et payer ma dette au plus grand astronome de notre époque, je vous propose de publier le meilleur des cénotaphes consacrés au grand disparu : ces tables astronomiques que nous évoquions tout à l'heure et qui rassembleraient l'œuvre de toute une vie. Nous répondrons ainsi au souhait ardent que fut sa dernière parole : *Ne frustra vixisse videar.* Que je ne semble pas avoir vécu en vain.

Tengnagel, qui, depuis le violent assaut lancé contre lui par les membres de cette famille dont il se croyait le maître, était resté muet, anéanti, réagit brutalement. Il venait de se rendre compte que Kepler, « le petit prof », menait désormais le jeu, et cela lui était intolérable.

— Ces tables, comme vous dites, monsieur, font partie de notre patrimoine. Et puisqu'aucun des deux fils ne se soucie de la postérité de leur glorieux père, c'est moi, et moi seul, qui me chargerai de cette noble mission. J'entends par ailleurs, monsieur Kepler, rédiger une préface à votre ouvrage, préface qui expliquerait à la fois ce que ce livre doit au maître Tycho et en quoi il en diverge.

Nul ne songea plus à rire. Tengnagel était-il fou, possédé ? Il l'était. Par le démon de l'écriture, ou plutôt du livre imprimé. Signer de son nom un ouvrage dont il avait compris vaguement l'importance, lui qui n'avait jamais été qu'une plante parasite accrochée à Tycho, serait l'apothéose d'une vie d'imposture. Kepler, de son côté, décida d'accepter cette demande extravagante, non seulement parce qu'il avait hâte d'en finir, mais aussi parce qu'il se sentait coupable. Coupable d'avoir volé les observations de Tycho, coupable aussi de n'avoir pas suffisamment rendu hommage, dans son œuvre, à son prédécesseur. Et puis, il y avait autre chose : l'argent, toujours.

— J'accepte volontiers l'honneur que vous me faites, dit-il alors à Tengnagel. Il va de soi, bien sûr, que nous partagerons à égalité les dépenses provoquées par la fabrication : imprimerie, rachat des volumes, etc.

— Ah ? s'étonna le gros George, mais je croyais que le Trésor impérial prenait ce genre de choses en charge.

— Tu es bien naïf, mon pauvre ami, ricana Tengnagel. L'empereur, payer quelque chose ! C'est entendu, Kepler, la chose est équitable.

— Autre chose, dit Kepler. Il faut nous hâter. *L'Astronomie nouvelle* devra être impérativement présente à la foire de Francfort en mai prochain. Je pense que s'y vendront suffisamment de volumes pour nous rembourser. Aussi, maître Ernest Vögelin, imprimeur à Heidelberg, exige que je lui remette le manuscrit au début de l'automne.

— Heidelberg ! s'exclama Tengnagel redevenu soupçonneux. N'y a-t-il donc pas d'assez bons imprimeurs pour vous à Prague ? Vous semblez bien pressé de vous éloigner, cher ami.

— Non pas de vous, cher ami, mais de l'empereur. Vous ignorez sans doute qu'il est interdit au *mathematicus* impérial de vendre, voire de donner le moindre exemplaire sans l'autorisation de Sa Majesté. Vous n'imaginez pas les tracasseries dont ma *Stella Nova* a été l'objet. Non de Sa Majesté elle-même, mais de ses comptables, ses secrétaires, ses magistrats. Loin de Prague, ils me laisseront en paix. Mais si vous n'avez pas confiance, venez donc avec moi ! Malgré les apparences, je suis un très agréable compagnon de voyage.

Tengnagel hésita un instant à accepter, tant il se méfiait de cet hurluberlu. Mais quitter Prague, ce monde d'intrigues dans lequel il était immergé, pouvait fort bien signifier sa perte ; abandonner plusieurs mois cette famille Brahé qu'il croyait tenir fermement en main risquerait de lui faire perdre cette fortune qu'il s'était constituée à leurs dépens. Alors, il se gonfla de suffisance et dit :

— Je ne puis m'absenter actuellement. Trop d'affaires politiques me retiennent ici en ce moment. Mais gare, monsieur Kepler ! N'essayez pas de me berner.

— Il me vient une idée, dit alors Cécile. Nous n'avons pas revu notre sœur Sophie depuis son mariage avec ce vieux baron Rosenfeld dans les bras duquel vous l'avez poussée, mon cher Franz. Madeleine et moi pourrions accompagner M. Kepler et veiller ainsi aux intérêts de la famille.

— Les intérêts de la famille, répéta, cinglante, sa sœur aînée. Tu sais fort bien, petite grue, que ma santé ne me permet pas de voyager. Moi qui croyais que tu t'étais assagie !

— Ça suffit, coupa Tengnagel. L'idée de Cécile me semble excellente.

Kepler ne perçut pas le vice qui suintait de ces paroles. Il ne comprit pas pourquoi le gros George ricanait ainsi, au fond de son fauteuil. Il ne vit pas non plus les regards furieux que lui lançait Madeleine, ni l'œil mouillé et langoureux de sa benjamine. Le plus grand philosophe du temps, le prophète de l'astronomie, avait de ces candeurs !

12.

Tengnagel souffrit beaucoup pour commettre sa préface, qui couvrait à peine une feuille manuscrite de sa grosse écriture qu'il croyait distinguée. Il refusa l'aide que lui proposa par pitié son épouse Elisabeth, pitié qui n'était que l'ultime reliquat de la passion aveugle qu'elle lui avait portée jadis. De plus, Kepler et Cécile le pressaient de se hâter. Il s'affola, bâcla :

Au lecteur, salut! J'avais décidé de te haranguer sur plusieurs idées, mais la masse d'affaires politiques qui m'occupent ces jours-ci plus que d'habitude…

— La masse d'affaires politiques ! s'esclaffa Cécile. Quand on lira cela, tout Prague va trembler sous un gigantesque éclat de rire !

En voyant la belle et large voiture aux portes armoriées du blason de Tycho franchir la porte ouest de la capitale impériale, Kepler s'aperçut qu'il n'avait pas quitté la ville depuis bientôt dix ans. Quoi qu'il en ait écrit, il n'aimait pas voyager ; chaque fois qu'il avait pris la route, c'était sous la contrainte. Mais en cette matinée d'été, il ne voulait pas bouder son plaisir d'être en compagnie d'une jeune femme aussi jolie et intelligente que Marie-Cécile Brahé. Il subodorait qu'elle était un piège tendu par Tengnagel, et il était fermement décidé à ne pas y tomber. Toutefois, il n'avait pas cru bon d'avertir Barbara que cette charmante délurée l'accompagnerait.

— Poursuivez votre lecture, dame Marie-Cécile.

— Oubliez la dame, et oubliez « Marie », cher ami. Mon beau-frère avait cru bon de m'affubler de ce prénom quand il nous força, mes sœurs et moi, à nous convertir.

« Pauvre enfant », songea Kepler pris de compassion pour cette sœur en religion contrainte au papisme. La délicieuse martyre poursuivit :

— *Et le départ de notre Kepler* – quelle tendresse dans ce « notre » – *sur le point d'aller dans l'heure à Francfort, ne m'a laissé qu'à peine un instant pour écrire.*

— On a l'Osiander que l'on mérite, soupira comiquement Kepler.

Devant l'ignorance affichée de Cécile, il lui raconta l'histoire de ce théologien indélicat qui s'était permis d'ajouter sans la permission de son auteur un avertissement aux *Révolutions* de Copernic, avertissement anonyme reléguant la découverte de l'héliocentrisme à une simple hypothèse mathématique. On dit que la découverte de ce texte tua l'astronome polonais. Mais également, on crut longtemps que ce fut Copernic qui rédigea lui-même cette courte préface par peur des foudres papistes et luthériennes, avant que Kepler et son maître Maestlin découvrent la supercherie.

— Il faut croire, conclut-il, que mon maître et moi n'avons pas été convaincants, ou que notre époque timorée préfère voir en ce grand homme que fut Copernic un pleutre qui lui ressemble.

— Allons, répliqua Cécile, votre Osiander était un fanatique ; mon cher beau-frère n'est qu'une baudruche vaniteuse qui n'éclaboussera en rien votre œuvre, ni celle de mon défunt père. Écoutez plutôt :

C'est pourquoi j'ai voulu t'avertir, avec pas plus de trois mots, de ne pas t'émouvoir de certaines idées et certains exposés de Kepler qui s'écartent de Brahé, surtout dans le domaine de la physique, libertés familières à tous les philosophes depuis que le monde existe. Mais cela ne nuit en rien aux Tables Rodolphines.

— La physique ! grogna Kepler. Mais qu'est-ce qu'il y entend, en physique, cet Aristote des édredons ? D'ailleurs,

Tycho ne se préoccupait pas du tout de ce domaine. C'est moi qui ai introduit la physique dans l'étude astronomique.

— Certes, répliqua Cécile, mais le système du monde tel que le concevait mon père était radicalement différent du vôtre. Ce sont mes sœurs qui ont tenu à le rappeler ainsi. Pour ma part, ma pauvre petite tête de femme serait plutôt copernicienne. Qui sait si, quand j'aurai lu votre livre, je ne deviendrai pas képlérienne ?

Kepler trouva le mot charmant et, tandis que Cécile poursuivait sa lecture, il se souvint de la manière candide et effrontée qu'elle avait eue, jadis, chez son père, de lui montrer, par le geste et le regard, qu'elle le désirait ; il regrettait maintenant de n'y avoir pas cédé, ne serait-ce que pour faire payer à Tycho cette façon qu'il avait de le harceler, même après la mort, par l'intermédiaire de cet abruti de Tengnagel :

— *L'achèvement du remarquable ouvrage de Kepler fut plusieurs fois repoussé à cause du vacarme des guerres et des révoltes, qui nuisent tant à la littérature*... Mon cher beau-frère a pris au pied de la lettre votre dédicace à l'empereur où vous comparez drôlement votre recherche de l'orbite de Mars à une guerre. L'ironie n'a jamais été vraiment son fort. Mais lui-même, en vaillant guerrier de la littérature, en souffre encore puisque ces guerres et ses révoltes l'empêchent d'achever, comme il l'écrit, l'élaboration des Tables Rodolphines. *Et prie avec nous, lecteur*, conclut-il, *pour que des temps plus heureux soient accordés par Dieu très bon et très grand afin que cet ouvrage tant désiré paraisse promptement.*

— Quoi ? Tengnagel voudrait publier...

— Il voudrait, oui, mais il ne le pourra pas. Il s'en est vanté auprès de l'empereur lui-même, ce qui a eu pour effet de sortir un instant Sa Majesté de sa mélancolie. Ensuite, il a couru tout Prague pour tenter de trouver un mathématicien susceptible de faire le travail à sa place. Ils ont tous refusé, de peur de vous mécontenter.

— J'ignorais qu'on me craignait à ce point...

— Vous craindre ? Oh non, mon cher Kepler ! On vous admire, on vous aime.

Elle avait dit ces derniers mots avec une telle douceur que les larmes brouillèrent les grands yeux noirs et myopes de l'astronome. Elle lui prit les mains et l'attira à elle. Il avait trente-sept ans, elle était dans son plein épanouissement de femme. L'embrasement fut immédiat, la fusion parfaite. Ils s'aimèrent, bercés par le roulis de la voiture.

Après douze ans de mariage, Johann était resté fidèle à Barbara, tout autant, chez ce vertueux père de famille luthérien, par refus du péché d'adultère que par manque d'intérêt pour toute futilité qui l'aurait dévié de sa quête de la Vérité. Par manque d'occasion, aussi. Et lui qui se mortifiait encore de la moindre faute commise, qui traînait toujours le lourd remords de quelque sottise remontant à son enfance, ne ressentait maintenant aucune culpabilité. Après tout, il n'avait épousé jadis la fille du meunier de Graz que contraint et forcé. Et la pauvre Barbara, déjà deux fois veuve à vingt-quatre ans, n'avait-elle pas subi ce troisième mariage comme une marche au supplice ?

Ils répétèrent leurs ébats le soir, puis à chaque étape, où le mathématicien impérial et celle qu'il n'avait aucun mal à faire passer pour son épouse, tant sa conversation et sa mise étaient conformes à celles de la compagne d'un aussi docte personnage, étaient accueillis par les plus hautes instances des différentes facultés ou des collèges impériaux. Et il regrettait que son ancienne université de Tübingen fût trop à l'écart de la route de Heidelberg, pour y parader devant son vieux maître Maestlin avec la fille de Tycho. Cécile lui apprit la liberté de l'amour. Dans ses bras experts, il comprenait que ce n'était pas un devoir à accomplir, conclu seulement par un bref instant de satisfaction. Avec elle, tout était jeu, recherche du plaisir.

Quand ils sortirent de Nuremberg, à sa grande surprise il s'aperçut que la voiture ne prenait pas la route la plus courte, celle du sud, mais celle du nord, par Francfort. Cécile lui expliqua que sa sœur Sophie, qui vivait dans cette ville, avait également désiré intervenir sur le livre de Kepler. S'il avait été dans son état normal, il aurait été pris d'une de ces terribles colères qui l'aurait fait descendre de la voiture et poursuivre le chemin à pied. Pourtant, il se tut. Il bouda. Elle le consola aisément par ses caresses. Kepler était amoureux. Kepler était bête.

Son intelligence ne se réveilla qu'à Francfort, quand il se retrouva, au matin, dans une belle chambre de la demeure de la baronne von Rosenberg, née Brahé. Son hôte avait participé à la dernière beuverie de Tycho, qui fut vraisemblablement à l'origine de sa mort, ce qui avait valu à Rosenberg la disgrâce de l'empereur et la main de Sophie. Kepler avait d'abord tenté de refuser cette hospitalité, qui avalisait son adultère et celui de leur sœur. Son logement en ville n'aurait pas posé de problème, puisque le professeur de mathématiques de la faculté de Francfort, David Tost dit Origanus, aurait bien volontiers offert le gîte et le couvert à son prestigieux confrère. Mais Kepler ne résista pas longtemps à l'insistance des filles Brahé. Trop de revanches à prendre, pour le fils de l'aubergiste de Leonberg, l'époux de la grosse meunière, le petit prof impécunieux de Graz !

Au souper, les deux femmes rivalisèrent de coquetterie. Étourdi, gonflé comme un jeune coq, Kepler développa tous ses dons de brillant causeur. Cependant, le baron Rosenberg, qui n'avait pas perdu son amour immodéré pour les boissons fortes, somnolait devant la cheminée. On en vint bien sûr à parler en riant de la préface de Tengnagel, puis de façon plus leste, de son auteur. Soudain, Sophie se fit grave et nostalgique :

— Pauvre père, soupira-t-elle, dont la mémoire est ainsi souillée par ce vilain scribouillage. Non, cela ne se peut pas !

Elle se leva et alla chercher un livre posé sur un guéridon.

— *Préludes au renouvellement de l'astronomie*, annonça-t-elle. Le dernier ouvrage de Tycho. Son testament. J'en prépare une nouvelle édition qui sera à la prochaine foire de Francfort.

Un nuage passa sur le front de Kepler. Il remarqua un signet placé à la toute fin de ce premier tome consacré aux étoiles fixes. Ce fut à ces pages marquées que Sophie ouvrit le volume et lut :

— Exhortation de Tycho Brahé, éminent astronome, à ceux qui cultivent l'astronomie, épigraphe à *La Remise en place des Étoiles fixes.*

Kepler connaissait ce poème d'une soixantaine de vers latins, aussi boursouflé que l'était son auteur, appelant les jeunes gens à marcher sur les traces du *sommus astronomus* qui avait « *aplani la voie inaccessible depuis tant de siècles* ». Tycho y était tel qu'en lui-même : vaniteux, pompeux, pleutre aussi, à louer *Copernicus* le bien-né, mais à blâmer, dans une perfide petite note en marge, ceux qui voudraient renverser le ciel et contraindre « *l'Atlas du Ciel et l'Hercule des colonnes, chancelants, de porter et mouvoir la terre ensemble, telle une immense ruine, gîte de la barbarie, mère de l'ignorance…* » Et de demander à cette belle jeunesse de redouter ce qui est impie, d'affronter ce qui est damné, bref, l'héliocentrisme qui le terrorisait tant.

Sophie avait beau mettre des accents lyriques à sa lecture, Kepler s'irritait, tant il savait que ces attaques de Tycho lui étaient destinées, par-delà le tombeau.

— Quelle beauté, soupira Cécile quand sa sœur eut fini sa lecture. Et c'est toi qu'il interpelle, Johann, quand il demande : « *Quel sera celui qui, à son tour, brûlera de savoir, à travers les spectacles multiples et admirables clos dans le vaste ciel, les desseins du Créateur du Monde ?* » Ah, *liebling*, mets ce poème en frontispice de ton livre, qui est comme la réponse à son appel.

Kepler allait protester que son ouvrage était déjà trop dense, et que la surcharge d'un texte par ailleurs déjà imprimé n'apporterait rien de plus, quand Sophie renchérit sur sa sœur :

— Oui, ce serait le plus bel hommage que vous pourriez rendre, monsieur Kepler, à celui qui observa le ciel pendant quarante années, et dont vous avez largement utilisé

« *l'immense et vigilant travail* », comme il l'écrit dans ce poème.

— Utilisé ou volé, *liebling*, lui chuchota tendrement Cécile à l'oreille.

Kepler comprit enfin qu'il était tombé dans un guet-apens. Les filles Brahé ne le lâcheraient pas. Elles étaient bien comme leur père, quand Tycho s'était acharné sur son prédécesseur Ursus, accusé lui aussi de vol et de plagiat, et qu'il avait écrasé, calomnié, contraint à l'exil. L'ancien gardien de porcs, chassé de sa charge d'astronome impérial, en était mort de désespoir. Alors, Kepler prit peur devant ces deux louves déguisées en agnelles. Il céda. Il publierait le poème de Tycho en autre préface de *L'Astronomie nouvelle*.

Dans leur chambre, comme pour le consoler, Cécile l'entraîna dans un tourbillon des sens qui lui fit tout oublier. Il se réveilla en sursaut au milieu de la nuit. Elle dormait paisiblement à son côté. Il tenta de se rendormir, mais dans son demi-sommeil, il entendit nettement la voix de Tycho qui tonnait :

« Ce fils de rien croit-il donc récolter les fruits de l'œuvre de ma vie ? »

Il revit la scène comme si elle datait d'hier. C'était au château de Benatky, à la fin d'une de ces interminables ripailles où Kepler avait eu droit aux sarcasmes de Tengnagel et du nain Jeep, toujours sur le même sujet : son pari de trouver l'orbite de Mars en huit jours. Il avait demandé une nouvelle fois à Tycho de lui livrer ses observations ; le Danois s'était contenté de lui rire au nez. Kepler s'était alors emporté plus que de raison. Et, quand il sortit de la salle comme un furieux, il entendit ces mots : « Ce fils de rien... »

À l'époque, Johann croyait que le plus célèbre astronome du monde n'était qu'un avare qui ne se résolvait pas à partager avec d'autres ses observations. Mais non ! Il s'était trompé ! Imbu des préjugés de sa caste, le seigneur Brahé ne voulait avoir à faire qu'avec les gens d'une aussi antique lignée que lui, empereurs, rois ou princes. Et si, dans ce poème où il se comparait à Alphonse X de Castille, il consentait du bout de la plume à un hommage au « grand Copernic », c'était parce que l'on disait celui-ci neveu du prince-évêque de Warmie, qui triompha des chevaliers teutoniques. Mais des fils de rien, comme Ursus le gardien de porcs, comme Kepler le boursier de Tübingen, comme Maestlin le bachelier râpé qui lui avait vendu le bâton d'Euclide, comme Longomontanus son souffre-douleur, son serf, son jouet…

Un jouet ! Voilà ce que Kepler était entre les mains des Tychonides, entre les mains de la femme qui dormait à son côté. S'il ne réagissait pas maintenant, Cécile casserait le jouet, et sa famille piétinerait les morceaux. Il se leva doucement et s'enferma dans le cabinet de travail jouxtant la chambre. Il battit le briquet, alluma deux chandelles, ouvrit le tome premier des *Préludes au renouvellement de l'astronomie* à la page deux cent quatre-vingt-quinze, où figurait le poème de Tycho et le relut attentivement. Puis il s'adossa à sa chaise, croisa les doigts derrière sa nuque et respira profondément. Son esprit était parfaitement nettoyé des brumes du sommeil. Sa peau gardait le souvenir du corps tiède de Cécile, ce qui stimulait encore plus sa pensée. Il déploya une feuille blanche et trempa une plume dans l'encrier : *« L'auteur de l'ouvrage répond. »* Depuis sa plus tendre enfance, il n'avait cessé de composer des vers latins. C'était pour lui comme une seconde nature. Il jonglait avec dactyles et spondées comme une bonne cuisinière met la juste dose de sel et d'épices dans le ragoût, sans calculer. En comparaison, Tycho, qui avait rédigé presque autant de poésies que d'observations astronomiques, n'était qu'un tâcheron, élève fidèle et appliqué du Danois Vedel, qui avait été son précepteur.

« *Ô héros, de brillante naissance et de race sublime,*
Dont l'antique lignée a permis à ton âme de l'emporter sur les autres… »

Plus Kepler avançait dans sa réponse, plus son esprit s'échauffait. L'injustice commise par la nature, qui avait fait de lui un fils de rien, pauvre et souffreteux, alors que dès le berceau Tycho avait tout reçu, richesse et nobles origines, le faisait fulminer. Son ironie se fit de plus en plus cinglante. Et ses pleurs convenus sur la mort prématurée de Tycho ne cachaient pas le regret qu'il avait que le défunt n'ait pas vécu assez pour reconnaître enfin qu'il s'était trompé. Alors il l'enrôla dans « *la troupe négligente des savants dormant sur le maître prussien du Vrai* », Copernic.

Cela ne lui suffisait pas. Il avait corrigé Tycho, il ne l'avait pas vaincu. Il songea maintenant à l'espèce d'horreur sacrée que son adversaire portait à Copernic. À Benatky, puis à Prague, le seigneur Brahé avait fait peindre et sculpter des quantités de portraits du grand astronome polonais, sans jamais oublier de se placer à son côté, le plus avantageusement possible. En revanche, quand il s'agissait de débattre sur l'œuvre unique du Maître, il se mettait en colère, arguant qu'on ne construisait pas un monde sur de seules hypothèses, répétant à l'envi ce que son ami Ramus lui avait souvent écrit : Copernic avait fondé une astronomie nouvelle sur la base de fausses causes, avouant lui-même que ce n'étaient qu'hypothèses, un jeu de l'esprit en somme. Kepler feuilleta le cahier dont il ne se séparait jamais. Il y retrouva la citation de Ramus, extraite de ses *Leçons de mathématiques*. Le philosophe français, massacré lors de la Saint-Barthélemy, ignorait forcément que cette fameuse préface non signée n'était pas de la main de Copernic, mais avait été rédigée et imprimée à son insu par Osiander. Maestlin l'avait appris jadis de son maître Rheticus, lui-même disciple du chanoine polonais. Et Kepler en avait eu confirmation, preuve à l'appui, à Prague, par Valentin Otho, autre disciple de Rheticus, qui lui avait légué le manuscrit original des *Révolutions*. Mais c'est en vain qu'il avait tenté de raconter cette histoire à Tycho. Celui-ci ne voulait pas entendre. Il était temps que la vérité éclate. Il prit une feuille de papier où il recopia la citation de Ramus et rédigea sa réponse en dessous, où il dévoilait la supercherie de la fausse préface commise par Osiander.

Pendant que l'encre séchait, il ouvrit le carton enveloppant son manuscrit et glissa sa réponse à Ramus, juste après la page de titre, et avant sa dédicace à l'empereur.

Il fallait en finir maintenant. Le lecteur pourrait croire que, par vanité, par amertume aussi de n'être qu'un fils de rien, Kepler méprisait ses prédécesseurs. Il lui fallait rendre hommage à Tycho. Non au grand seigneur, mais au maître de l'observation.

« *Élégie écrite en philothèse conformément au travail et au sceau de Brahé* : *Suspiciendo despicio* », formule hermétique signifiant mot à mot : « regardant en haut, je regarde en bas », mais dont les exégètes, kabbalistes, magiciens, astrologues et alchimistes de ce temps-là se délectaient à tordre en tous sens pour en extraire mille et une significations. Kepler n'était pas le dernier à faire son miel de ce genre d'exercices. On était à cette heure de la nuit où l'on se sent clair comme après une longue sieste estivale. Cette élégie, composée au fil de la plume, fut un feu d'artifice de doubles sens. Elle s'adressait à Tycho, mais peut-être aussi à Ptolémée, à Copernic, au Soleil, sans doute aussi à Dieu. « *Tout ce que je suis, tout ce que je serai, est dû à tes bienfaits…* » « *Je fus une ombre sans toi, je serai une âme après toi, père !* » Les bienfaits de Tycho ? Allons, Kepler, à qui veux-tu faire croire cela ? D'abord, rien ne dit dans le titre que c'est à lui que tu t'adresses. Cette *philothèse*, ou témoignage d'amitié, non, elle n'est pas pour Dieu, elle n'est pas pour Tycho… Elle est pour Maestlin, bien sûr, ton maître de Tübingen, ton vrai père. Elle est aussi pour ton aïeul, Nicolas Copernic. Ou encore pour l'Astronome maudit, Aristarque de Samos, toi le prophète des temps à venir qui proclames :

J'ai regardé d'en haut la course de la Terre
Du sommet de la Chèvre, sa marche était rapide ;
Plus grande encor quand tu es son Centre, Soleil !
…Ô, tâches humaines, inutiles, vaines
Quand on refuse une autre route vers les astres.

Ainsi il s'en prenait à nouveau à Tycho. Tycho qui se demandait, dans son dernier soupir, si sa vie n'avait pas été inutile. Votre dispute ne cessera donc jamais ? Pardonne-lui enfin, Kepler. Inutile, vraiment, cette vie passée à accumuler des observations que tu lui as volées sur son lit de mort et dont tu as usé et abusé ? Tu écrivis alors cette épigramme sur les travaux de Tycho Brahé :

Tycho décrivit la route du soleil et des fixes
Il y joignit les révolutions de la Lune, et il mourut.

Un peu court, mais quoi de plus à dire ? La nuit blanchissait. Kepler remit en ordre son manuscrit et le repagina. D'abord la page de titre, puis sa réponse à Ramus, puis un bref hommage anonyme de deux amis sincères qui l'avaient soutenu, puis la dédicace à l'empereur, puis le poème de Tycho, puis sa réponse, puis son élégie, puis enfin, en dessous de l'épigramme, les dix-huit lignes lourdes et maladroites de Tengnagel, poussière qu'une servante négligente aurait balayée sous un splendide tapis.

La page suivante, la véritable introduction que Kepler avait écrite bien avant cette accumulation de prose et de vers convenus, commençait par ces mots :

Il est très dur, aujourd'hui, d'écrire un livre de mathématiques, et plus particulièrement d'astronomie.

Kepler sourit et murmura :

— Quelle prescience, mon cher Johann ! Tu aurais dû faire métier de prophète, comme tu le voulais quand tu avais dix ans.

Puis il remballa soigneusement le manuscrit, revint silencieusement dans la chambre, s'habilla, prit sa mallette, y plaça *Astronomia Nova* et sortit de la maison où tout sommeillait. Il faisait à peine jour. Il se dirigea vers l'hôtel des Postes, où on l'informa que la malle pour Heidelberg ne partirait pas avant une bonne heure. Qu'à cela ne tienne ! Il avait le temps. Il était libre. Il avait enfin vaincu Tycho. Il était délivré de tous les Brahé du monde. Enfin, presque tous ; dans son nez flottait comme un regret du parfum de Cécile, et son cœur était lourd.

13.

Quand il reçut de Heidelberg la demi-douzaine d'exemplaires qui lui étaient réservés, Tengnagel se sentit aussi fier que s'il avait écrit la totalité de ces trois cent quatre-vingts pages, chargées de graphiques et de tableaux. Son nom, dans sa transcription latine, y était : « Franz Ganz Neb Teng-Nagel, Conseiller de Sa Majesté impériale. » Il patienta quelques jours avant d'aller parader, livre sous le bras, dans les couloirs du château impérial et les allées des jardins. Il n'avait jamais eu d'amis, à Prague, seulement une clientèle qui s'était singulièrement amenuisée depuis la mort de Tycho, et il fallait être bien naïf pour croire que le titre de conseiller impérial dont il était affublé fût d'une quelconque influence. Le culte que vouait Rodolphe II à son défunt astronome bénéficiait encore à ses fils et ses filles, mais certainement pas à cet escroc. L'empereur était peut-être fou, il n'était pas sot. En outre, Tengnagel s'était fait nombre d'ennemis parmi la noblesse réformée, qui ne lui pardonneraient jamais d'avoir entraîné la maison Brahé dans le parti catholique. Et, du côté des jésuites également, on tenait en grande méfiance ce néophyte trop zélé.

Nous avions, ce jour-là, l'ambassadeur de Florence et moi-même, d'autres soucis en tête que les velléités plumassières de ce fantoche. En ce bel été 1609, les rumeurs de guerre entre la France et les Habsbourg espagnols et germaniques se multipliaient. La cour de Prague bruissait de conciliabules plus ou moins secrets. Julien de Médicis, représentant de la famille régnant sur la république toscane, était loin d'être un interlocuteur négligeable, puisque sa sœur Marie n'était autre que l'épouse du roi Henri IV. L'ambassadeur florentin était un homme fort subtil, et je tenais moi-même ma partie plutôt habilement. Aussi, notre entretien fut long et éprouvant pour nos nerfs. Nous en sortîmes bien décidés à aller festoyer quelque part en ville, sans jamais évoquer quoi que ce soit des affaires du monde qui nous avaient retenus tant de temps. Les allées du parc grouillaient de gentilshommes et de belles dames dont le principal sujet de conversation était de savoir quand ils fuiraient Prague avant la canicule qui menaçait, et dans quelle résidence d'été il serait de bon ton de se faire inviter.

Apparut la haute silhouette blonde de Tengnagel, moustache hérissée comme les poils d'un chat à qui l'on a marché sur la queue. Il brandissait presque à bout de bras un livre neuf, telle une arme. Personne ne le saluait, mais on se retournait sur son passage avec des sourires moqueurs et silencieux : l'aventurier saxon passait pour un redoutable bretteur.

— Vous n'avez donc pas vu cette fiente qu'il a osé déposer au seuil de *L'Astronomie nouvelle* ? dis-je à Médicis. Je n'ai pas encore eu le temps de lire l'ouvrage de mon ami Kepler, mais…

— Moi non plus. D'ailleurs, il ne m'est pas adressé, mais au futur mathématicien de Toscane, un certain Galilée. Un autre de vos amis, à ce qu'on m'a dit… Mais plus un mot. Voici notre homme qui vient à nous, tout fiérot que nos excellences consentent à le saluer. Nous allons nous amuser un peu.

Puis, à voix haute :

— Monsieur le conseiller impérial Tengnagel…

Le chevalier s'inclina profondément devant nous. Les courtisans alentour s'approchèrent, interloqués. Qu'est-ce que le rejeton d'une aussi puissante famille que les Médicis et le représentant de la couronne d'Angleterre pouvaient-ils avoir à faire avec cet individu méprisable ?

— Monsieur le conseiller Tengnagel, répéta le descendant de Laurent le Magnifique, au nom de la République qui vit naître Brunelleschi, Léonard, Ficin et Michel-Ange, je ne puis que rendre hommage à l'auteur de cette *Astronomie nouvelle* qui fait progresser d'un grand bond la philosophie naturelle.

Le chevalier se courba jusqu'à terre et répliqua modestement :

— Toute la gloire en revient à mon défunt beau-père Tycho Brahé, trop tôt disparu. Sans son œuvre, je n'aurais pu réaliser celle-ci.

Parmi les spectateurs assistant à la scène, il y eut comme un flottement, tant l'ambassadeur toscan avait prononcé son compliment sérieusement. En tant que représentant de la couronne d'Angleterre, je me devais de surpasser le Florentin dans l'ironie pince-sans-rire. Il y allait de l'honneur de ma nation :

— Votre Altesse, cessons d'importuner notre savant conseiller. La foule d'affaires politiques qui l'occupent plus que de coutume ces jours-ci, ainsi que l'élaboration des Tables Rodolphines, ne doivent pas lui laisser le moindre moment de loisir. Surtout en l'absence de M. Kepler, qui, à ce qu'on m'a dit, l'assiste dans sa rude tâche…

Cette fois, les curieux qui s'étaient agglutinés autour de nous se mirent à rire franchement. Tengnagel se redressa vivement, tout rouge, et leur lança un regard foudroyant en posant la main sur la garde de son épée :

— Se moque-t-on ?

Le cercle des courtisans recula d'un pas.

— Oui, monsieur, on se moque, dis-je alors sèchement.

J'avais en ce temps-là la lame très facile.

— On se moque des cuistres, des coureurs de dot et des sots, renchérit Julien de Médicis.

Tengnagel blêmit et hésita. Un duel ne lui aurait pas fait peur. Mais avec un Médicis… Il me fixa droit dans les yeux et marmonna :

— Nous nous reverrons, messieurs, nous nous reverrons.

Et il s'en fut d'un pas martial. J'attends toujours ses témoins. Il ne se montra jamais plus à la cour. Il disparut comme bien d'autres dans la tourmente de cette guerre qui dura plus de trente ans. Sa préface lui valut en plus la disgrâce de l'empereur, car le nouveau Mécène ne supporta pas cette souillure déposée au pied du monument érigé par son *mathematicus*.

Quand ce dernier revint à Prague, quelques semaines plus tard, on avait presque oublié l'incident ; alors on se le remémora, devant lui, on le félicita d'avoir mis les rieurs de son côté. Mais, du véritable contenu de *L'Astronomie nouvelle*, il ne fut que rarement question. D'ailleurs, qui l'avait lu ? Kepler bouleversait pourtant l'agencement du ciel, comme Copernic en son temps. Mais, qui avait lu les *Révolutions* ? Et même encore aujourd'hui, parmi ceux qui l'ont lu, combien sont ceux qui en ont compris l'importance ?

Il faut dire que Kepler n'y mettait pas du sien. On était loin du juvénile feu d'artifice de son premier ouvrage, *Le Mystère cosmographique*, où il affichait son bonheur d'avoir inventé un univers harmonieux, où les orbites des planètes logeaient dans des polyèdres parfaits, tandis que fusaient des idées sur l'ordre du monde, des réflexions métaphysiques, des formules kabbalistiques et hermétiques, le tout en un joyeux désordre plein de sève. *L'Astronomie nouvelle* ne se permettait aucune fantaisie. Certes, sa dédicace à l'empereur se présentait comme le récit d'une campagne militaire. Il y posait au général ayant longtemps combattu contre Mars, avant la victoire, et malgré le manque de munitions fournies par son commandant en chef. Mais, après les quelques passes d'armes contre Ramus, Tycho et Tengnagel, fini de rire.

L'introduction, longue, dense, imprimée dans un caractère plus petit que le reste, pourrait passer pour un simple résumé de l'œuvre, qui dispenserait le lecteur paresseux d'aller plus avant. Nous fûmes nombreux à en être ! Là aussi, c'était à une bataille qu'il se livrait, mais pas contre Mars. Après avoir regretté de devoir user du latin pour se faire comprendre, et non du grec qui lui aurait épargné « d'être bavard en mathématiques », il s'affichait en physicien de l'astronomie. Et s'il annonçait qu'il allait démontrer telle ou telle chose en mathématicien, c'est en physicien qu'il émettrait des conjectures sur telle ou telle autre, de la même façon qu'un médecin déduit qu'un organe ou qu'un médicament sert à telle ou telle fonction. Démonstration, conjecture, les mots reviennent sans cesse dans cette introduction. Des mots qui sont des armes avec lesquelles il proclame anéantir tant le système de Ptolémée que celui de Tycho, et faire ainsi triompher l'héliocentrisme. Par la physique, fondée sur la mathématique ; par la conjecture, appuyée sur la démonstration.

Une fois cela annoncé, Kepler s'envole et nous entraîne vers la Lune. À travers le phénomène des marées, il affirme que tous les corps inertes, les « graves », ont en leur centre une force magnétique plus ou moins grande selon leur taille et leur poids, et qui les attire les uns vers les autres, mais aussi les repousse l'un de l'autre, comme les deux pôles d'un aimant. C'est pourquoi ils se meuvent plus ou moins vite selon qu'ils s'approchent ou qu'ils s'éloignent. De cette façon, la Terre, si on admet qu'elle se meut autour du Soleil en tournant sur elle-même, ira plus vite en se rapprochant de ce centre, et plus lentement en s'en éloignant.

À ce point du discours, les paragraphes se font plus courts, plus haletants. Kepler se tourne vers ceux qui, par piété, craignent que si nous disons que la Terre se meut, nous induisons que mentent les Saintes Écritures. Suivent trois pages d'exégèse biblique où sont appelés à la rescousse Moïse, Job, l'Ecclésiaste, le Psalmiste, et même Virgile. Arguments théologiques, philosophiques, philologiques se croisent et se répondent, discutables parfois, spécieux souvent, comme dans tout débat de ce genre. Puis le prophète en lui se réveille, véhément, vindicatif : « *À celui des lecteurs qui est trop stupide pour pouvoir comprendre la science de l'astronomie et la repousse, ou trop faible pour croire en la piété sans tache de Copernic et décrétant coupable toute parole de philosophe, je lui conseille de s'occuper de ses affaires, et non plus de cette grande course de l'univers, de rentrer chez lui pour y labourer son lopin…* » Après cela, mais plus insidieusement, il s'en prend aux médiocres qui se contenteraient du système de Brahé, avec sa Terre seule immobile dans un monde en mouvement permanent. Enfin il s'apaise, non sans avoir envoyé sa flèche aux pères de l'Église, catholique s'entend, aux « Autorités », tel « *saint Lactance qui nia que la Terre fût ronde ; saint Augustin, concédant sa rotondité mais niant les antipodes ; le Saint-Office de nos temps, qui nie son mouvement* ». Et de poursuivre avec son ironie si particulière : « *Avec tout le respect qui est dû aux Docteurs de l'Église, la Terre, qui est ronde et habitée aux antipodes, est contente de sa propre petitesse et se satisfait d'être, en fin de compte, portée dans les Cieux.* »

L'introduction s'achève. Comme quelqu'un qui s'apprête à vous quitter et se rappelle soudain qu'il a oublié de vous dire quelque chose d'important, voilà que Kepler nous explique que les orbes des planètes ne sont pas des sphères de cristal solides, mais que c'est la force du Soleil qui les entraîne comme dans un tourbillon ; un Soleil qui, justement tourne aussi sur lui-même, « telle une roue de potier ». Et l'orbite de Mars, général Kepler, dont vous auriez triomphé, à en croire ce que vous disiez à votre empereur ? Voici alors énoncée l'Hypothèse, énorme : « *Le chemin de la planète dans le ciel n'est pas un cercle, mais une voie ovale parfaitement elliptique.* »

D'un coup, en quelque dix pages, non seulement l'univers se bouleverse radicalement, mais en plus, il se remet en place et fonctionne comme une parfaite mécanique. Le Soleil, désormais, ne peut plus être ailleurs qu'au centre. Plus exactement, à l'un des foyers de l'ellipse. Juste hommage rendu aux lois de propagation de la lumière à travers les lentilles coniques, qu'il avait récemment exposées dans son *Optique* ; hommage aussi à son cher Plutarque, qui avait jadis appelé le Soleil « foyer de l'univers ». Le Soleil tourne donc sur lui-même et entraîne, par la force qui émane de ce mouvement, les planètes, tournant elles aussi sur leur axe, et autour de lui. Ces planètes, dotées de leur propre force magnétique, lui résistent et s'enfuient, sans jamais pouvoir s'arracher à son attraction. Elles ne font que s'éloigner, et dès lors leur vitesse se ralentit ; l'attraction regagne momentanément la bataille, les planètes se rapprochent maintenant, augmentant leur vitesse, et ainsi de suite, leur course complète formant une ellipse autour du Soleil. Plus besoin d'aucun artifice, d'épicycles et d'équants. Plus besoin de sauver les apparences. Telle est la nouvelle vérité du ciel. Pulvérisé, *L'Almageste* de Ptolémée ; réduites au rang d'une timide préface, *Les Révolutions* de Copernic ! Quant à Tycho, il a définitivement perdu la discorde céleste. Et les théologiens s'occupant d'autre chose que de foi sont renvoyés à la métaphysique, sous peine de proférer d'autres âneries aussi énormes qu'une Terre plate ou dépourvue d'antipodes, devenant ainsi la risée de la postérité.

Il ne lui reste plus qu'à tenir ses promesses, à démontrer dans le reste du livre la réalité de son hypothèse. Suit donc une table des matières, qui se présente comme un itinéraire à suivre. De fait, Kepler se compare à ces marins qui appareillent sans savoir où ils vont ni ce qu'ils découvriront. « *Ce qui m'importe*, écrit-il, *n'est pas seulement de faire savoir au lecteur ce que j'ai à dire, c'est surtout les raisons, les subterfuges et les heureux hasards qui m'ont conduit à mes découvertes. Lorsque Christophe Colomb, Magellan, les Portugais racontent comment ils s'égarèrent dans leurs voyages, non seulement nous leur pardonnons, mais nous regretterions de ne pas avoir leur récit, sans lequel le grand divertissement serait perdu.* »

Pourtant, cet enfant de la Forêt Noire n'a jamais vu la mer. Kepler est un chemineau de l'astronomie. Il va à pied par des chemins caillouteux et escarpés. *L'Astronomie nouvelle* est le récit d'une longue marche vers la Vérité céleste. Son auteur raconte les embûches du voyage, les artifices du chemineau pour épargner ses pieds, les routes larges et droites s'ouvrant soudain devant lui, mais qui ne sont que culs-de-sac ou fondrières. Parfois, il s'exclame : « Quel étourneau j'ai été ! » « Comment n'ai-je pas pu comprendre... » Forme ô combien nouvelle ! Il n'avait sans doute pas eu connaissance, à cette époque, du *Don Quichotte* de Cervantès, publié ces années-là, mais comment ne pas l'imaginer se lançant à l'assaut des étoiles, l'ombre du gros Tycho trottinant derrière lui ? À le relire aujourd'hui, je crois l'entendre et me surprends à sourire de ses pitreries, la main claquant le front, l'œil brumeux du myope brillant d'une lueur de malice, un fin sourire soigneusement dissimulé derrière la barbe drue.

Mais, derrière le récit de ce voyage, derrière le roman, se cache un formidable bouleversement dans la philosophie naturelle, dans la façon de penser les choses de la nature. L'astronomie de Kepler abandonne la métaphysique. Car, tout au long de sa randonnée céleste, il faut souvent rebrousser chemin, reprendre de « fastidieux calculs ». Ah, plaignez le pauvre forçat, gémit-il. Mais il ne faut pas être dupe : ce qui le dérange, c'est le harcèlement des choses, des gens et de son corps. La plus petite douleur, la moindre poussée de fièvre, et il est à l'agonie. Les absurdes querelles de ménage à propos d'un mot mal compris, les obligations de sa charge, almanachs et horoscopes qu'il remplit de manière de plus en plus machinale, les sollicitations de ses correspondants sur les sujets les plus divers, auxquelles il répond le plus scrupuleusement possible, tout cela n'est qu'obstacles masquant sans cesse son horizon.

Au moins, lorsqu'il calcule, il jubile. Cette jubilation sourd de partout dans *L'Astronomie nouvelle* : « *Les voies qui conduisent l'homme au savoir sont aussi merveilleuses que le savoir lui-même.* » Dans ces voies il est seul, ou du moins avec son assistant. Mais Matthias Seiffart s'intéresse plus au grand spectacle de la voûte étoilée; multiplier des opérations complexes en maculant le papier de sueur est loin d'être son exercice favori. Est-ce lui qui fait les erreurs que Kepler s'attribue dans son livre, et qui s'annulent à la fin de façon miraculeuse ? C'est possible, car je n'ai jamais vu mon ami reprocher quoi que ce soit en public à un subalterne, alors qu'il n'épargnait jamais les puissants. Quoi qu'il en soit, après soixante-dix essais, il annonce triomphalement qu'il a trouvé les positions correctes de Mars aux dix oppositions relevées par Tycho.

Mais patatras ! Intervient une erreur de dix minutes entre la position qu'aurait dû occuper Mars et celle qu'elle occupe réellement. Pas question de s'en accommoder. La physique ne souffre pas d'approximation. Ptolémée, puis Copernic, pouvaient bien s'arranger avec la réalité, s'accommoder d'erreurs, de marges de dix minutes dans le calcul d'un angle, s'il s'agissait de « sauver les apparences ». Kepler ne le peut plus. La précision scrupuleuse des observations de Tycho le lui interdit. Car telle est l'unique leçon que Kepler reconnaît avoir tirée de celui qui n'a jamais été son maître : « *Dieu dans Sa bonté nous a donné en Tycho un observateur fidèle. Nous devons reconnaître ce don divin et nous en servir.* » Un don ! Même au-delà du tombeau, Kepler ne pardonne pas. Et il poursuit : « *L'édifice que nous avons élevé sur les fondations des observations de Tycho, nous l'avons renversé. Ce fut notre châtiment pour avoir suivi les axiomes plausibles mais faux en réalité, des grands hommes du passé.* »

Alors, le chemineau de l'astronomie jette dans le fossé les statuettes de ses dieux Pythagore, Euclide, Aristarque, Archimède, Aristote, Platon, Ptolémée, Copernic. Il monte seul désormais, nu, seulement appuyé sur son antique canne creuse dans laquelle il a enfoui son trésor volé : les observations de Tycho. Il atteint enfin le sommet : la planète Mars. Il y installe son observatoire. En bas, il voit la course de la Terre autour du Soleil. Comme celle des autres planètes, cette course n'est pas uniforme. Plus la Terre s'éloigne, plus elle ralentit ; plus elle s'en rapproche, plus elle accélère. Mais, si le Soleil est le vrai centre de l'orbite des planètes, et que cette orbite est un cercle parfait, les dites planètes ne peuvent s'éloigner ou se rapprocher de ce centre, puisque tous les rayons d'un cercle sont égaux. Faut-il donc reprendre l'hypothèse de Copernic, selon laquelle le centre de ce cercle n'est pas le Soleil, mais un point invisible dans l'espace, à quelque distance de lui ? Cet « équant » serait comme un aimant noir, ou transparent... Pis encore, chacune des six planètes aurait son petit équant personnel ? Pouah ! Quelle confusion, quelle dysharmonie ! Halte là, Kepler, tu retombes dans tes vieux travers théosophiques. N'oublie pas : tu n'es plus qu'un physicien. Tu décortiques le ciel comme ton ami Jessenius dissèque le corps d'un pendu, à l'école de Médecine de Prague. Ton scalpel à toi, ce sont les observations de Tycho. Et ces observations montrent que les orbites ne sont pas des cercles concentriques.

En effet, si l'orbite de Mars est un cercle, trois positions suffisent à la déterminer de façon unique, car un cercle est entièrement défini par trois points de sa circonférence. Suivant ce principe, Kepler, tu considères les positions de Mars observées par Tycho à trois dates ; tu as l'équation de la circonférence. Mais, lorsque tu remplaces l'une des trois positions par une autre mesure de la position de Mars à une autre date, tu obtiens une circonférence différente. Et cela pour tous les essais. Et tu conclus : « *Comme tu l'auras compris, cher lecteur, il nous faut tout reprendre depuis le début : je soupçonne qu'il ne s'agit pas d'un cercle.* »

Tu brises enfin le cercle, Kepler ! Ô, quel déchirement pour toi, tant le cercle est d'une beauté divine, image même du Créateur. Mais, songe à nouveau à une leçon d'anatomie de Jessenius. Si Dieu a fait l'homme à son image, quand ton ami médecin ouvre un ventre sur un enchevêtrement horrible de tripes et de boyaux sanguinolents, alors vraiment, elle n'est pas belle, cette image ! Et pourtant elle fonctionne. Alors, pour les orbites planétaires, essaie l'œuf ! En voilà une belle figure, toute chargée de symboles. Hélas, non ! L'œuf se refuse, il se gonfle, devient joufflu, hideux, il réclame pour telle ou telle orbite un nouvel équant. L'ovale, hurles-tu de colère, n'est qu'une charretée de fumier !

Cesse de tourner autour du pot, Kepler, tu le sais depuis le début, tu as même fondé une partie de tes calculs sur cette figure : l'ellipse. Puisque, comme démontré plus tôt, les planètes ne se déplacent pas sur leurs orbites à une vitesse uniforme, mais d'une manière telle que le rayon vecteur qui les joint au Soleil balaie des aires égales en des temps égaux, leur orbite ne peut pas avoir une autre forme que l'ellipse. Maintenant, tu peux l'énoncer noir sur blanc, non plus comme une hypothèse, mais comme un résultat : *les orbites des planètes sont des ellipses dont le Soleil occupe l'un des foyers.*

La messe est-elle dite ? Non ! Ces deux lois physiques régissant la marche des planètes, atteintes au bout d'un chemin si tortueux, ne sont que deux colonnes marquant l'entrée d'une vaste place, d'où repartent de larges avenues. Laquelle prendre ? La plus tentante, la plus périlleuse aussi, est celle de la gravitation. Il y aurait une force magnétique émanant du Soleil, comme la lumière. Ce n'est pas une hypothèse, c'est une conjecture. Toutes les planètes sont, elles aussi, dotées de cette force d'attraction et de répulsion. Les corps sont des aimants. « *Si deux graves étaient placés en un point quelconque de l'espace, hors d'atteinte de la force d'un troisième corps, elles se réuniraient à la manière des corps magnétiques, en un point intermédiaire, chacune s'approchant de l'autre en proportion de la masse de cette dernière.* » Ainsi, la Terre et la Lune pourraient s'unir, si elles n'étaient pas maintenues dans leur orbite par une force immatérielle.

Le prophète de l'astronomie physique ne le fut pas dans son pays. Ses amis, lecteurs et correspondants, le supplièrent d'abord d'en revenir au cercle des anciens. Puis, comme il n'en démordait pas, ils n'évoquèrent plus le sujet, observant le même silence gêné que l'on prend quand quelqu'un qu'on aime commet une bourde. On se tait un bref moment, puis on change de conversation. On préféra l'ignorer plutôt que l'affronter. *L'Astronomie nouvelle* aurait dû être un torrent en crue emportant toutes les croyances anciennes sur son passage. Ce ne fut qu'un ruisseau qui disparut bien vite dans les terres germaniques, pour aller sourdre ailleurs, en France et en Angleterre, longtemps après.

Mais il y eut autre chose qui couvrit la voix de Kepler. Un geste, un simple geste. En cette année 1609, tandis que l'empereur du Saint Empire romain germanique lisait les premières lignes du nouvel ouvrage de son *mathematicus*, en soupirant qu'il n'aurait jamais assez d'années devant lui pour le comprendre, Galilée tournait sa lunette vers le ciel nocturne de la Vénétie.

II.

Le messager astral

14.

Il arrive parfois que le temps perde la tête, s'affole, aille trop vite. Entre le moment où Colomb toucha les rives du Nouveau Monde et celui où les rescapés de l'expédition Magellan atteignirent les rives de l'Espagne, il s'était passé trente ans. Dix ans à peine entre le moment où Amerigo Vespucci écrivit que les Indes occidentales ne pouvaient être qu'un continent et celui où Martin Waldseemüller en dressa une première carte. Bien courte durée pour bouleverser la face de la Terre.

Entre *L'Astronomie nouvelle* de Kepler, parue en septembre 1609, et le *Messager astral* de Galilée au printemps suivant, il ne se passa que sept mois ; et sept mois de plus pour que Kepler atteste définitivement les découvertes de Galilée en inventant une nouvelle branche du savoir : la Dioptrique. Un an et deux mois, donc, pour que les hommes apprennent que l'immense univers n'était pas du tout le même que celui qu'ils voyaient, ou qu'on leur avait enseigné. Le plus étonnant fut que chacun des deux ignorait ce que découvrait l'autre.

Quand, en automne 1609, l'ambassadeur de Bohême à Venise, George Fugger, lui remit un exemplaire dédicacé par Kepler, Galilée, avec ses manières abruptes, assura au diplomate qu'il répondrait lui-même à l'auteur une fois qu'il l'aurait lu. Une réplique qui manquait singulièrement de courtoisie et déplut fort au diplomate. Galilée avait un talent à se faire haïr au moins aussi grand que Kepler à se faire aimer.

La parution de *L'Astronomie nouvelle* dérangeait Galilée, en ce moment important pour lui-même. Il savait que, depuis bientôt dix ans, le mathématicien impérial, fort des observations de Tycho, s'échinait à déterminer l'orbite de Mars. En lisant la préface, et seulement la préface, il constata que Kepler y était parvenu. Il se réjouit intérieurement que l'autre fût passé dans le domaine de la physique, son domaine, d'autant qu'entre ces ellipses et ses propres démonstrations sur la chute des corps, il y avait plus qu'une rencontre, il y avait une parenté. En revanche, l'Italien était tout à la fois exaspéré et terrorisé par cette façon qu'avait l'Allemand d'ironiser sur les dogmes aristotéliciens des Pères de l'Église, à commencer par saint Augustin pour finir par le Saint-Office. Trop facile d'écrire en toute liberté quand on ne court aucun risque ! Du coup, si lui, Galilée, s'aventurait à écrire à Kepler un simple mot de remerciement, cela pourrait bien lui valoir un jour le cachot, sinon le bûcher. Surtout après le pas qu'il avait décidé de franchir et dont il ne pouvait calculer les conséquences.

Deux mois auparavant, le 21 août 1609, Galilée avait convié des membres importants du Sénat à découvrir, en haut de la tour Saint-Marc, sa nouvelle invention qui, à l'en croire, serait fort utile à la défense de Venise. Les patriciens furent enthousiastes : à travers ce tube de carton doté de verres grossissant neuf fois, on voyait une galiote longeant l'île de Murano comme si elle n'était qu'à quelques brasses du palais des doges. Si un jour une flotte barbaresque pénétrait dans le golfe, on pourrait s'en prévenir avant qu'elle soit en vue de Chioggia. Le Sénat n'hésita pas ; deux jours après, Galilée était doté d'une solide pension et du doublement de son salaire à l'université de Padoue. Il avait quarante-cinq ans ; sa compagne Marina lui avait donné trois beaux enfants, et la République de Venise tolérait ce concubinage à condition qu'il reste discret ; le doge lui-même l'appréciait ; sa renommée de mécanicien n'était plus à faire, l'académie de Lyncée venait de l'introniser parmi les siens ; il crut ne plus avoir d'ennemis, seulement des jaloux ou des plagiaires.

Son meilleur ami était moine, et homme d'influence. Ce frère Paolo Sarpi avait osé tenir tête à Rome, au nom de la Sérénissime, ce qui lui avait valu quelques coups de couteau un soir qu'il sortait de Santa Apollonia pour se rendre au conseil des Dix dont il faisait partie. Sarpi guérit par miracle de ses blessures. Il poursuivit son combat, mais, à partir de ce jour, se croyant lui aussi menacé, Galilée n'eut plus qu'une envie : quitter Venise pour retrouver sa chère Toscane. Quant à Sarpi, il n'eut de cesse de le dissuader d'y retourner : ce fut lui qui organisa la mémorable réunion en haut de la tour Saint-Marc, qui devait bouleverser le monde de l'astronomie. Quant à Galilée, en ce 21 août 1609, il monta à reculons les escaliers du plus célèbre des campaniles.

Depuis plusieurs années, la lunette grossissante était connue un peu partout et servait la plupart du temps de « magie amusante », à la cour de France ou à celle de Prague. Les Hollandais, qui l'avaient inventée, avaient très vite abandonné ses applications militaires et maritimes, car le tube n'offrait qu'une vision trop étroite de ce que l'on voulait observer. Comment comprendre le mouvement d'une troupe ennemie quand on ne peut voir que quelques soldats jouant aux dés sur un tambour ? En Angleterre, mon ami Thomas Harriot l'avait bien tournée vers la Lune, mais la mauvaise qualité des lentilles ne lui avait pas permis de tirer une quelconque conclusion des formes et des ombres irrégulières qu'il y avait vues. Et puis, le vieil Oxfordien était aussi mauvais mécanicien que bon mathématicien. Je n'ose affirmer que, pour Galilée, c'était l'inverse, mais quand je lui fis don de ce que j'avais baptisé « télescope », je n'eus pas besoin de l'avertir du manque de fiabilité de l'engin. D'ailleurs, il avait à sa disposition les meilleurs verriers du monde, ceux de Murano.

Il construisit aussitôt un nouveau modèle perfectionné, par tâtonnement, multipliant les essais, rajoutant des verres convexes et concaves, puis les supprimant, mais sans jamais appeler la théorie à la rescousse de sa pratique. Le livre d'optique de Kepler continua de s'empoussiérer dans sa bibliothèque. La démonstration au-dessus de la place Saint-Marc lui apporta donc la sécurité. Le Sénat lui laissa tout loisir d'exploiter son invention comme il l'entendait. Galilée ne se le fit pas dire deux fois, et laissa le soin à son associé verrier de Murano d'en fabriquer une soixantaine, dont beaucoup de fort médiocre qualité, qui allèrent se disperser un peu partout en Italie. Il ne prit même pas la peine de publier une description de l'appareil pour en revendiquer la paternité. Il en construisit un nouveau, avec beaucoup plus de soin, jusqu'à ce qu'il grossisse une vingtaine de fois. Satisfait du résultat, il revint à Padoue, en professeur ponctuel et zélé, pour la réouverture annuelle de l'Université. Et là, la nuit, loin des brumes lagunaires et des regards indiscrets, il tourna le tube vers le ciel.

Rien de moins chaleureux qu'un méridional froid. Rien de moins exubérant qu'un Italien renfrogné. Nul ne saura jamais ce que ressentit Galilée quand, examinant et réexaminant la ligne de partage entre la nuit et le jour lunaires, et qu'il appela « terminator », il constata que la surface de la blanche Séléné n'était pas aussi pure et lisse qu'une boule d'ivoire, comme on l'affirmait depuis Aristote. Au contraire, il y vit l'ombre de montagnes immenses et hérissées s'étendant sur ce qui pouvait être des océans en furie. Poussa-t-il le moindre cri de stupéfaction quand la Voie lactée, longue traîne blanche que l'on disait d'une comète, se décomposa en milliers d'étoiles, tandis que celles de l'épée et du bouclier d'Orion devenaient légion ? Lança-t-il un chant de gloire à Copernic, enfin, quand autour de Jupiter apparurent et disparurent une, puis deux, puis trois, puis quatre petites étoiles, comme autant de lunes autour de la Terre ? Revint-il, une aurore de Noël, au logis vénitien de Marina pour confier d'une voix frémissante d'enthousiasme, à l'oreille de sa compagne à peine sortie du sommeil, son extraordinaire voyage dans les astres ? Nul ne le sut jamais, ou ceux qui le surent, son assistant, puis ses rares amis à qui il demanda de confirmer ses découvertes, n'en dirent jamais rien. Peut-être parce qu'il n'y avait rien à en dire.

Il passa ainsi une bonne partie des nuits de l'hiver l'œil vissé à son tube. Non comme un navigateur, mais comme un colon. Il ne voyageait pas dans les étoiles, il arpentait.

Le 5 mars 1610 sortit des presses d'une des nombreuses imprimeries vénitiennes un mince in-octavo de vingt-quatre pages décrivant sans fioritures ces magistrales découvertes : *Sidereus Nuncius*, que l'on a coutume de traduire par « le Messager astral ». Le messager en question étant bien sûr Galilée. Mais, subtilité latine, *nuncius* signifie aussi, en droit romain, « avis de divorce ». Divorce avec l'ordre astral ancien, divorce avec Ptolémée et Aristote, mais aussi, qui sait ? avec la République de Venise.

Car, deux petites semaines après la parution, Galilée était en route vers sa Toscane natale. À l'en croire, ce n'était qu'un congé très temporaire, sorte d'hommage vassalique dû à ses anciens seigneurs Médicis, à qui il avait dédié les quatre lunes de Jupiter. Qui aurait pu imaginer, dans cette Venise où vivaient sa compagne et ses enfants, cette Venise qui le comblait d'honneurs et d'argent, le considérait comme un des siens et le protégeait des attaques du Saint-Office, qu'il préparait son retour à Florence, cette ombre rampant aux pieds de Rome et de l'Espagne ?

Cette nuit du début avril, Galilée avait convié le grand-duc de Toscane, qui avait été jadis son élève, à venir regarder le ciel au travers de la lunette télescopique. Il faisait froid et venteux sur la grande terrasse du palais Pitti. Les terribles rhumatismes contractés naguère à Venise le faisaient souffrir à hurler. Cosme II, son frère cadet et deux ou trois de ses cousins arrivèrent enfin. Le grand-duc n'avait que vingt ans, mais, enfoui sous ses fourrures, il paraissait un vieillard. Il fallait être aveugle, ou Galilée, pour ne pas comprendre que la splendeur de la cité était en grand danger de s'éteindre. Dans ses longues mains translucides et brûlantes, le jeune prince étreignit les gros doigts perclus de son ancien professeur de mathématiques.

— Mon maître, je te sais gré d'avoir baptisé de mon nom ton extraordinaire découverte, à l'aurore de mon règne. Voilà peut-être qui augure bien de la suite.

Galilée s'inclina profondément et demanda des nouvelles de la grande-duchesse, qui était enceinte.

— Nous sommes venus en secret de ma chère épouse et de ma pieuse mère Christine de Lorraine. Elles considèrent en effet ce tube et son inventeur comme des suppôts de Satan. Voilà ce qu'est devenue Florence, dirigée maintenant par des Savonaroles en jupons. Allons, mon bon maître, montre-nous ces lunes de Jupiter que tu as baptisées *Cosmicae*. Cosme… cosmique, le jeu de mots est joli, mais je ne suis pas bien sûr que la postérité comprendra cet hommage rendu au plus studieux de tes écoliers. Quatre étoiles Cosme, cela me semble beaucoup pour un seul homme. Comment les as-tu prénommées, ces lunes de Jupiter ?

— *Princeps, Victor, Ferdinandus, Medicea*, monseigneur. J'ai ajouté à chacune le suffixe de « *pharus* ».

— « Prince victorieux Ferdinand de Médicis, phare de Jupiter. » Bel hommage à mon défunt père ! Tu n'étais pas aussi courtisan, jadis, quand ta férule s'abattait sur mes doigts ! Non, cela ne va pas. Appelle-les Médicis, et offre-moi seulement le quatrième phare, je m'en contenterai. Flatterie n'est pas flagornerie, mon bon maître, et tu auras bien des progrès à faire quand tu réintégreras ta chaire de professeur à Pise.

Galilée s'inclina à nouveau. Les lunes de Jupiter s'appelleraient donc *Medicea*, du moins à la deuxième édition du *Messager astral*.

Cette nuit-là, sur la terrasse du palais Pitti, le grand-duc put apercevoir l'un des astres qui lui étaient dédiés, mais à peine. Ce fut surtout la Lune, celle de la Terre bien sûr, qui fut l'objet de toute sa stupéfaction. Ce n'était plus l'astre toujours pur, plein, arqué ou en croissant, Séléné ronde, lisse et féconde, ni Artémis vierge farouche, ni Hécate, ténébreuse et parfois sanglante ; c'était un morceau de terre, une île montagneuse et neigeuse d'un gris sale flottant dans un ciel vibrant, déchiré de filaments argentés. Un ciel mouvant, un ciel en désordre. Et quand Galilée braqua sa lunette vers la Voie lactée, puis vers Orion, le dôme céleste n'était plus cette soie noire constellée de diamants, mais le chaos, l'infini.

Alors Cosme II de Médicis s'arracha à sa contemplation et, se tournant vers Galilée, dit d'une voix impérieuse qui aurait pu être celle de son ancêtre Laurent le Magnifique :

— Désormais, mon bon maître, tu seras en danger partout ailleurs qu'à Florence. Et surtout à Venise. Rappelle-toi de Giordano Bruno, tombé sur une simple dénonciation. Que l'Histoire ne dise jamais qu'un Médicis, même le plus faible d'entre eux, n'ait pas protégé quelqu'un dont la renommée dépassera les siècles.

Galilée se jeta à genoux devant le grand-duc et lui baisa les mains. Enfin, il allait revenir à la maison ! Depuis dix-huit ans qu'il vivait en Vénétie, il s'y sentait en exil. Exil doré, pourtant, grâce à la vente de ses inventions comme son compas calculateur, sa pompe à eau, son thermoscope et maintenant sa lunette achetée très cher par le Sénat, grâce aussi aux cours particuliers de génie militaire qu'il dispensait aux jeunes patriciens promis à la carrière des armes, sans oublier son double salaire de professeur à l'université de Padoue. En contrepartie, les contraintes étaient minces. Certes, il était tenu d'enseigner, à Padoue, la physique aristotélicienne et la cosmographie ptoléméenne. Mais tel était le lot de tout professeur de mathématiques, dans toutes les universités du monde, qu'elles fussent catholiques ou protestantes. Cela ne torturait pas sa conscience, au contraire d'un Maestlin, qui, lui, aimait passionnément transmettre son savoir à la jeunesse.

Galilée avait l'enseignement en horreur depuis que jadis, à Pise, quelques gifles impatientes données au fils d'un parent du grand-duc Ferdinand lui avaient valu la disgrâce. La leçon fut bien retenue et, à Padoue, ses cours magistraux étaient secs, nets, précis, sans rhétorique. Il n'essayait jamais de savoir si ses auditeurs avaient compris ou non. Pourtant, il faisait salle comble, et les copies manuscrites de ses leçons faisaient le tour de l'Europe. Quand on lui demandait pourquoi il n'enseignait pas aussi, plus discrètement, les théories nouvelles, il répondait avec une mauvaise foi tranquille que, tant que l'héliocentrisme ne serait pas démontré mathématiquement ou physiquement, il serait inutile de l'enseigner, oubliant volontairement de préciser qu'il n'y avait pas non plus de preuve physique ou mathématique du géocentrisme. L'aurait-il fait, d'ailleurs, qu'il n'aurait vraisemblablement pas été inquiété. La cité des doges avait besoin de lui et de ses inventions mécaniques. Comme tout étranger, tant qu'il ne se mêlerait ni de politique ni de religion, on le laisserait en paix. Les menaces et la surveillance dont il se croyait l'objet n'étaient que le fruit de son imagination.

Il s'attarda une semaine dans sa chère Florence. Son *Messager astral* s'arrachait dans toutes les cours, et se lisait sous le manteau dans les facultés. Quant à son ennemi de Bologne, Magini, il se taisait, et Galilée crut bien qu'il l'avait écrasé. Une deuxième démonstration de sa lunette, toujours à Florence, fut un triomphe. Cosme lui avait offert la charge de mathématicien du grand-duc de Toscane, en plus d'une chaire de professeur à Pise, en le dispensant de tout enseignement. Rien n'était conclu pourtant, et pas seulement parmi ses collègues jaloux : les oppositions étaient fortes dans la famille même du prince. Pour Galilée, qui, en politique ne voyait pas plus loin que le bout de son nez, il ne restait plus qu'une question d'ordre domestique à régler : la duchesse mère, Christine de Lorraine, s'opposait à la venue de la compagne vénitienne de Galilée, Marina Gamba. En effet, bien que laïc n'ayant jamais prononcé ses vœux, comme tout professeur catholique il était tenu au célibat. Cette coutume absurde, remontant aux temps où seuls les moines étaient aptes à enseigner, pouvait prêter à sourire dans cette Italie qui semblait consacrée à Vénus, où les cardinaux issus des plus grandes familles passaient plus de temps dans les alcôves que dans les sacristies. Mais tout le monde s'en accommodait, en « sauvant les apparences ». Il suffisait, comme Galilée et Marina à Venise, de ne pas vivre sous le même toit. Enivré par son succès, aveuglé par l'intérêt que la duchesse Christine avait bien voulu porter à ses travaux, il se persuadait que cette dévote finirait par tolérer que la modeste vénitienne vienne vivre dans une de ces jolies maisons perdues dans les collines toscanes et y élève les trois enfants qu'elle avait eus de son amant. Le malheureux ! Il croyait que l'amour, comme la vérité, finit toujours par triompher sur la haine et le mensonge. Les dieux aveuglent ceux qu'ils veulent perdre. Il n'était pas nécessaire d'avoir la lucidité de feu son compatriote Machiavel pour comprendre qu'en quittant Venise pour Florence, Galilée se jetait dans la gueule de la louve romaine.

15.

Vers la fin avril, l'assistant de Giovanni Magini se rendit à Venise et demanda audience à l'ambassadeur de l'empereur auprès de la République, le comte George Fugger. Ce Martin Horky était né en Bohême, et comme tel, était le principal représentant de la « nation allemande » des étudiants en Italie. Sous le prétexte d'une quelconque question administrative, il venait demander au diplomate de l'aider à se procurer discrètement une lunette de Galilée pour la remettre au professeur de mathématiques de l'université de Bologne. La Sérénissime en effet n'appréciait guère que cet appareil, considéré comme hautement stratégique et acheté à prix d'or à son inventeur, se retrouve entre des mains étrangères, surtout s'il s'agissait de sa rivale universitaire.

L'ambassadeur impérial à Venise accepta bien volontiers cette demande, et se proposa même de se déplacer en personne à Bologne pour assister à l'essai que Magini ferait de la lunette. Il se rendit à Murano pour acheter de sa poche un de ces tubes à l'artisan verrier associé à Galilée. Il en choisit sciemment, et avec la complicité dudit artisan, l'une des plus mauvaises, qui n'était d'ailleurs pas destinée à l'observation astrale.

Le comte George Fugger était issu de l'illustre famille de banquiers qui avait fait la puissance de Charles Quint, puis de ses successeurs Habsbourg d'Autriche et d'Espagne, tandis que ceux-ci faisaient la richesse. Mais l'influence de leur or sur les affaires du monde avait décru en même temps que celle de l'empire. Ils n'étaient certes pas à plaindre, mais ni Madrid ni Prague ne pouvaient rembourser l'énorme dette contractée auprès de cette fameuse fratrie financière. Le principal concurrent des Fugger, la banque Médicis de Florence, pourtant moins fortunée, avait eu plus de flair en offrant leur crédit à des puissances en apparence moins solvables : la France et l'Angleterre. Il est vrai qu'il est plus facile de marier ses filles à des rois ou des princes quand on est soi-même grand-duc de Toscane. Pour ce qui est de la religion, ces deux dynasties très catholiques ne craignaient point d'être damnées en pratiquant l'usure avec les hérétiques. Ainsi les Médicis étaient en affaires avec la Compagnie londonienne de Virginie, où j'avais placé quelque argent, tandis que les Fugger avaient décidé de s'intéresser à des valeurs sûres, les épices de l'Orient. Et donc à la compagnie anglaise dont mon compatriote Edmund Bruce était le commis. Un Bruce revenu à Venise de son prétendu pèlerinage en Palestine, et qui accompagna l'ambassadeur Fugger, son banquier, à Bologne. Il s'agissait de discréditer définitivement Galilée et son invention.

En effet, et bien que les tractations fussent restées secrètes, Bruce avait pu apprendre par ses espions que Galilée négociait son retour en Toscane. Il avait aussitôt alerté son compère Fugger. Ce qui n'était pour l'astronome qu'un profond désir de revenir dans sa terre natale risquait de devenir pour le banquier et le commis une lourde perte : non seulement les futures inventions du génial mécanicien bénéficieraient désormais aux Médicis, mais surtout les nouvelles cartes astrales qu'il dresserait grâce à sa lunette ne profiteraient qu'aux pilotes des compagnies de navigation rivales, dont la mienne.

Bruce accompagna donc Fugger à Bologne et s'y amusa beaucoup. Le spectacle de la bêtise et de la méchanceté humaines était une source de distraction inépuisable. Il allait être bien servi.

Magini était vénitien. Depuis que Galilée, ce Pisan alors inconnu, avait été nommé à la chaire de mathématiques de sa Padoue natale, il lui avait voué une haine mortelle : il escomptait finir sa médiocre carrière chez lui, et non plus à Bologne, dans la plus ancienne mais aussi la plus frileuse université du monde. Pour le reste, Magini aurait été ptoléméen avec Ptolémée et copernicien avec Copernic. Jadis, il avait essayé de concevoir son propre système céleste, géocentrique et composé de onze sphères, mais le silence gêné de ses confrères et les remontrances de l'astronome du pape, le jésuite Clavius, l'avaient incité à plus de réserve ; il était prudemment revenu à la trigonométrie, au commentaire de Ptolémée et à la cartographie de l'Italie. Lorsque Kepler, encore assistant de Tycho et en pleine querelle avec le Danois, lui avait demandé de lui communiquer ses observations sur Mars, il était resté dans un silence prudent. Mais, quand le petit professeur de Graz avait été nommé mathématicien de l'empereur, Magini était devenu le plus assidu de ses correspondants. Il fallait maintenant tenter d'en faire son allié contre Galilée.

Magini n'était que posture et imposture. Tout, dans son allure, dans sa mise, dans sa voix, posait à l'autorité incontestable. En l'occurrence, un petit traité sur les miroirs concaves, puisé sans scrupules dans l'ouvrage d'optique de Kepler, lui permettait de se faire passer pour le juge le plus compétent du tube télescopique de Galilée. Aussi, quand la lunette apportée par Fugger fut installée sur une terrasse de l'université de Bologne, il ne daigna même pas regarder au travers et laissa ce soin à son assistant. Le procès en fut vite fait. Les lentilles étaient tellement mal polies et trop petites que la Lune, qui en avait perdu sa circularité, apparut réduite dans un halo grisâtre. Le verdict tomba :

— Galilée n'a rien vu de ce qu'il prétend. Il s'est trompé. Ou plutôt, d'après ce que je sais de cet individu, il cherche à nous tromper. J'ai perdu assez de temps. Horky, vous poursuivrez l'expérience sur la Voie lactée, par acquit de conscience. Je veux votre descriptif demain matin.

— Horky ? demanda Bruce à l'assistant de Magini. C'est un nom de Moravie, cela ?

— J'ai l'honneur en effet de faire partie de vos ressortissants, répliqua l'assistant qui croyait que Bruce était un compatriote de Fugger. Je sers le professeur Magini depuis bientôt quatre ans, avec au fond de moi le désir de revenir au pays, pour seconder son Excellence le *mathematicus* impérial Johann Kepler dans le domaine de la prédiction zodiacale.

— Belle ambition ! s'exclama Bruce qui trouvait en ce vieux jeune homme une proie idéale. Son Excellence et moi-même nous faisons fort de soutenir auprès de notre ami Kepler un assistant astrologue aussi compétent que vous.

Le lendemain, en compagnie d'un aréopage de professeurs qui semblaient tous avoir l'âge de la vénérable université, Horky présenta son rapport sur la lunette de Galilée. C'était une longue lecture ampoulée, où jamais l'orateur ne paraissait avoir jeté ne serait-ce qu'un regard derrière le fameux tube. Il ne décrivait même pas l'intérieur de la lunette. Sa réfutation ne portait que sur le *Messager astral*, comme si la brochure ne racontait qu'une hypothèse parmi tant d'autres, sans être fondée sur la moindre observation. C'était fort ennuyeux, mais ses auditeurs chenus n'en avaient nul besoin pour sommeiller, l'heure du repas de midi approchant. « Du fond de la salle, me raconta Bruce plus tard, on ne savait plus ce qui faisait le plus de bruit : leur ventre ou leur nez ! » Cher vieux Bruce, son amour de l'épopée l'incitait toujours à exagérer ! De toute façon, l'université de Bologne n'avait nul besoin d'être convaincue : tout ce qui venait de la rivale padouane ne pouvait être que faux, ou impie. La délibération du jury ne dura que le temps des douze coups du clocher de la chapelle voisine. On donna l'autorisation à Horky de publier son pensum, et le vieux troupeau ruminant se précipita vers le réfectoire.

Seul l'ambassadeur Fugger n'était pas satisfait du résultat de la séance. Que lui importait, à lui, que Galilée allât contre les Écritures et Aristote, ce qu'il voulait, c'était que les machines présentes et futures du nouveau mathématicien des Médicis fussent déconsidérées à jamais, et qu'il ne vienne à l'idée d'aucune armée au monde d'acheter à Florence la plus petite pierre à fusil de son invention. Il rattrapa Magini alors que celui-ci se hâtait vers le réfectoire et lui dit d'un ton peu amène :

— J'espère, monsieur le professeur, que vous n'en resterez pas là et que vous écrirez au Sénat de Venise pour leur signifier que l'engin de Galilée ne fonctionne pas.

Magini se redressa de sa petite taille rondouillarde et s'exclama, offusqué :

— Un professeur cathédratique à l'université de Bologne ne doit pas s'abaisser à de vulgaires questions de mécanique.

— Ni risquer de blesser la Sérénissime pour se voir priver d'une chaire padouane que l'on convoite depuis tant de temps, intervint Bruce.

— Vous m'offensez, monsieur l'Anglais, et je ne veux plus rien entendre de vous.

Magini tourna les talons et s'en fut de sa démarche dandinante.

— Je ne comprendrai jamais pourquoi, soupira Bruce, quelqu'un d'aussi remarquable que Kepler tient ce fantoche en aussi haute estime.

— Kepler, bien sûr ! Comment n'y avais-je pas pensé plus tôt ? s'exclama Fugger.

16.

En ce beau jour de printemps 1610, à Prague, les messages parvenant dans les ambassades ne nous apportaient que des nouvelles d'ici-bas, et des plus inquiétantes. Il était de plus en plus question de guerre, le prétexte en étant la succession à deux duchés allemands ridiculement petits, Clèves et Juliers, mais tous deux situés au confluent stratégique de la Meuse et du Rhin. Les princes protestants, soutenus par Henri IV de France, avaient leur champion ; en face, constitués en Sainte Ligue derrière le duc de Bavière, les princes catholiques avaient le leur. Rodolphe II avait bien tenté de calmer les choses entre ses électeurs en édictant une lettre de Majesté sur le modèle de l'édit de Nantes, mais cela n'avait fait que les empirer. De l'autre côté du Rhin, les bruits de bottes se faisaient assourdissants.

Ce jour-là donc, Julien de Médicis, tout juste revenu d'Italie, fut reçu en audience privée par l'empereur. J'imaginais qu'on y évoquait un éventuel couronnement de sa cousine Marie, reine de France, en cas de disparition de son époux Henri IV. Naturellement, je rôdais dans les antichambres du palais, espérant que mon ami l'ambassadeur de Toscane consente à me donner quelques informations à l'issue de cet entretien, qui se prolongeait singulièrement. Or, ce fut tout juste s'il me fit un signe en sortant de la salle du conseil, avant de s'éclipser discrètement. En revanche, le conseiller aulique Matthias Wackher, qui avait assisté à l'audience, se précipita vers moi dans un état de grande excitation :

— Ah, mon cher Askew, quelle aventure, quelle aventure !

— Que se passe-t-il ? La guerre ? L'empereur...

— Rien de tout cela ! Allons voir Kepler, il faut qu'il sache...

— Kepler ? Je ne comprends pas...

— Permettez que je lui réserve la primeur de cette extraordinaire nouvelle.

Sans que je puisse protester, il m'entraîna dans son carrosse et, durant tout le parcours, hurla à la portière pour presser le cocher, de sorte que je ne pus rien savoir de ce qui s'était dit à l'audience impériale. De toute façon, Matthias Wackher, amateur enthousiaste et prolixe en matière de philosophie naturelle, devenait une tombe quand il s'agissait de politique.

Au bruit de la voiture, Kepler était descendu précipitamment, croyant que le baron lui apportait une mauvaise nouvelle. Tant il gesticulait en sortant de son carrosse, Wackher faillit rater l'escabeau que lui tendait son laquais et se retrouver le nez sur le pavé :

— Kepler, Kepler.... Galilée, de Padoue... Il a tourné un tube grossissant vers le ciel et il a découvert quatre nouvelles planètes...

— Allons dans mon cabinet de travail, vous me raconterez ça tout à votre aise... Bonjour, sir Askew.

Une fois repris ses esprits, et après que Mme Kepler nous eut servi une collation, le baron raconta qu'à l'issue de l'audience privée, l'ambassadeur florentin avait remis à Sa Majesté un opuscule de Galilée qui venait de sortir des presses vénitiennes, *Sidereus Nuncius*, et lui en avait fait le résumé.

— Et pourquoi Galilée ne me l'a-t-il pas envoyé à moi ? demanda Kepler, aussi étonné que vexé.

— Je l'ignore… Voyons ! Cher maître ! Je n'allais pas poser une telle question à de tels personnages, en de telles circonstances…

L'empereur, qui se passionnait pour la mécanique, avait surtout interrogé l'ambassadeur sur l'appareil lui-même qui, aux dires de Médicis, ne serait qu'une lunette hollandaise dont Galilée aurait monté le grossissement à trente. Pour le reste, le diplomate n'avait pu donner que des informations parcellaires sur les découvertes du professeur de Padoue, insistant surtout sur ces quatre corps célestes nouveaux dans les parages de Jupiter et qui portaient son nom de famille.

C'était assez extraordinaire pour en disserter longtemps, ce que nous fîmes. Wackher, bien que catholique, partageait sur l'univers les vues du malheureux Giordano Bruno, ce qui lui valait quelques taquineries de Kepler. Il pensait donc que les étoiles étaient des soleils qui remplissaient l'espace infini, et que ces quatre corps découverts par Galilée étaient des planètes gravitant autour de l'une d'elles. Kepler, lui, refusait la notion d'infini, arguant qu'on ne pouvait la démontrer physiquement ; il ne pouvait admettre non plus que ces « médicéennes » fussent des planètes au même titre que les six autres, car cela aurait détruit sa théorie des polyèdres parfaits, jadis exposée dans son *Mystère cosmographique*. En l'occurrence, il retenait l'idée que c'étaient quatre lunes de Jupiter, ce qui était déjà prodigieux. Pour ma part, je jouai à saint Thomas et me gardai bien de dévoiler le rôle que j'avais eu en offrant à Galilée sa première lunette : mes différentes missions diplomatiques nécessitaient toujours la plus grande discrétion. Je demandais d'ailleurs souvent à Kepler de ne pas me nommer dans sa correspondance. Il respecta toujours mon désir. Aujourd'hui, je le regrette un peu.

Je laissai donc mes deux amis à leurs conjectures, en leur disant que j'essaierais d'en savoir plus dès que l'occasion me serait donnée de rencontrer l'ambassadeur florentin, Julien de Médicis. Kepler tenta de me retenir ; je résistai, ne comprenant pas qu'il voulait me demander conseil. J'eus tort : il allait commettre une bourde.

En effet, pour ne pas rater le courrier partant pour l'Italie, il écrivit à la hâte une lettre à George Fugger, l'ambassadeur de l'empire à Venise, pour lui demander de lui envoyer un exemplaire du *Messager*, et une autre à Bologne au professeur Magini, afin de le consulter sur l'expérience du télescope. Pas question bien sûr de s'adresser directement à Galilée. Il avait fini par se persuader que l'Italien était un nouveau Tycho. Tous deux étaient des aristocrates et partageaient le même mépris pour l'ancien « petit prof » de Graz ; tous deux fuyaient toute spéculation philosophique comme s'ils en avaient peur, se réfugiant dans la mécanique et les appareils de toutes sortes. Dès lors, Kepler n'était pas loin de penser que les deux hommes étaient aussi timorés et tricheurs l'un que l'autre.

Deux semaines durant, il attendit impatiemment la réponse. Il essaya bien d'obtenir de l'empereur son exemplaire du *Messager astral*, mais Rodolphe évitait le plus possible de rencontrer son mathématicien, de peur que celui-ci lui réclame les arriérés de sa pension, ou qu'il refuse de prédire dans le ciel le destin de son trône. L'empereur était devant Kepler comme un écolier, craignant toujours d'être réprimandé par son précepteur.

Il reçut enfin l'ouvrage par la voie diplomatique : Fugger le lui avait envoyé de Venise. Galilée y avait joint un mot aimable s'excusant d'avoir tant tardé, en raison de son déménagement à Florence. Toute la rancune de Kepler fondit d'un coup. Il dévora la brochure en deux heures à peine, griffonnant des notes, ponctuant sa lecture de petits cris de plaisir.

« *La Lune n'est pas parfaitement lisse, libre d'inégalités et absolument sphérique comme une grande école de philosophes le croit, mais au contraire, elle est pleine d'irrégularités, couverte de creux et de protubérances, tout comme la surface de la Terre…* »

— Bravo, bravissimo, signor professor Galileo Galilei !

Harriot lui avait déjà évoqué cela, mais en mettant en doute la qualité de son engin. L'empereur aussi avait regardé la Lune derrière des verres, mais Kepler avait eu tôt fait de lui montrer que ce n'était qu'illusion créée par des malformations des lentilles. Alors, affirmer une telle chose avec force, par écrit imprimé dans la ville même où Giordano Bruno avait attendu tant d'années son supplice… Non, Galilée ne pouvait pas mentir. Il ne se trompait pas non plus. Il avait vu. « *Comme la surface de la Terre…* » Le malheureux Bruno avait peut-être raison, en imaginant ailleurs dans le ciel d'autres mondes habités, et pas si loin que cela : dans la Lune !

— Assez de poésie, Johann, continue ta lecture…

« *Il y a d'autres étoiles par myriades qui n'ont jamais été vues auparavant et qui dépassent en nombre plus de dix fois les anciennes que l'on connaissait.* »

— Pauvre Tycho ! Toi qui croyais les avoir toutes répertoriées. Ce n'est pas ta vessie qui aurait éclaté en lisant cela, mais ta cervelle !

Galilée réservait pour la fin ce qu'il considérait, à juste titre, comme sa découverte majeure : quatre nouvelles planètes, ou plutôt quatre lunes tournant autour de Jupiter, « *qui n'avaient jamais été vues depuis le commencement du monde* ». Kepler referma le livre, jeta un œil aux notes qu'il avait prises à la volée, les chiffonna et les jeta dans la corbeille à papier. L'incroyable découverte de ces quatre lunes prouvait, paradoxalement, la sincérité du « Messager ». Cela ne s'invente pas ! Galilée avait-il été victime d'une illusion créée par son invention ? Peut-être… Il ne décrivait son appareil que de façon très allusive. Il aurait dû en dire plus, ne serait-ce qu'en s'appuyant sur le livre d'optique du mathématicien impérial, ou en faisant un dessin en coupe. Curieux quand même, de la part de quelqu'un dont la renommée était surtout bâtie sur ses talents de mécanicien… Kepler sentit monter en lui une de ses fièvres.

— Je mourrai avant d'avoir vu ce qu'il a vu, murmura-t-il.

Il serra les poings, se traita d'hypocondre et, pour chasser ce mal imaginaire, il ouvrit le reste de son courrier. George Fugger et lui ne s'étaient rencontrés qu'une ou deux fois à Prague. Naturellement, Kepler avait évoqué à ce rejeton de la banque principale de Rodolphe les retards de paiement de sa pension. Pour tenter de l'amadouer, il lui avait taillé un horoscope plein de promesses. Depuis, Fugger l'évitait. Dans sa lettre, le financier s'avisait de critiquer le livre de Galilée : ce n'était pour lui « qu'un sec discours de vantardise dénuée de toute philosophie ». Toutes les opinions sont respectables, même celle d'un Fugger. Mais l'ambassadeur s'acharnait sur Galilée comme un usurier sur un débiteur indélicat, au point que cela paraissait louche.

Kepler passa alors à l'envoi de Bruce. Je l'avais prévenu plusieurs fois contre mon compatriote, aussi se méfiait-il. Il fut heureusement surpris : Bruce avait mis six mois pour lire entièrement *L'Astronomie nouvelle* et démontrait qu'il avait été l'un des rares, avec Harriot, à comprendre l'importance capitale de l'ouvrage. Kepler songea un instant en souriant qu'il devait avoir un lointain ancêtre anglais, puis il s'assombrit. Bruce, en conclusion, abordait ce qu'il appelait « le cas » Galilée. Il réitérait ses accusations de quelques années auparavant, selon lesquelles le professeur de Padoue enseignerait maintenant le contenu de *L'Astronomie nouvelle* en se l'appropriant. Pour étayer cette accusation, l'Anglais racontait « l'affaire de la lunette télescopique », voulant montrer que « le Padouan » n'était qu'un voleur et un plagiaire. Il énumérait ainsi tous ceux qui, avant Galilée, avaient réussi à grossir les objets derrière la combinaison d'une lentille convexe et d'une lentille concave. À commencer par Giovanni della Porta, qui vivait encore dans sa ville natale de Naples, proscrit pour magie par le pape. Porta avait certes évoqué le phénomène, mais ne valait-il pas mieux se demander de quel phénomène celui qu'on appelait « le Pic de la Mirandole de la philosophie naturelle » n'avait pas parlé ? Bruce énumérait également le verrier hollandais Lippershey, qui répandit son invention d'Amsterdam à Paris, en passant par Francfort...

« Curieux, se dit Kepler, Bruce oublie son compatriote Harriot. Que cherche donc cet homme-là, à me raconter ce que je sais déjà ? »

Il ouvrit enfin la lettre de Magini, espérant trouver une réponse un peu plus concluante sur l'expérience de Galilée et son ouvrage. Il fut déçu. Ce n'étaient qu'invectives. Les sept péchés capitaux y passaient. Le professeur bolonais affirmait ne pas avoir consenti à mettre son œil derrière ce tube juste bon à amuser le vulgaire, afin de ne pas être victime de cette farce de charlatan. Aussi, ce serait son assistant Martin Horky qui enverrait au mathématicien impérial le compte rendu de l'examen de cet appareil. Pour conclure, Magini transmettait les « salutations de son Excellence le baron Fugger et de sir Bruce ».

— Entrez ! La porte est ouverte ! Ah, sir Askew, vous tombez bien. J'ai une question importante à vous poser.

Je saluai, un peu interloqué, cet homme que j'admirais plus que tout autre au monde :

— Je vous écoute, cher maître, mais j'ignore si je pourrai y répondre.

— Sir Askew, suis-je un imbécile ?

— Depuis neuf ans que j'ai l'honneur et le plaisir de vous fréquenter, je n'ai pas vraiment eu cette impression. Mais peut-être me trompai-je...

— Eh bien, lisez ceci et vous constaterez que certains ne sont pas de votre avis.

Je ne pouvais en espérer tant ! Le courrier mensuel venant d'Italie était, pour nous autres diplomates, une source inépuisable de renseignements, et nous n'avions pas toujours l'occasion d'être invités à une lecture publique. Je lus donc ces pages avec une grande attention, y cherchant des indices concernant plus les affaires dont je m'occupais que celles de l'astronomie. La connivence entre Bruce et Fugger me confirma dans ce que je pensais des accords entre la compagnie des Indes Orientales et la banque allemande. Mais je n'arrivais pas à comprendre cet acharnement contre Galilée. Bien que Venise fût devenue une place secondaire pour la route des Indes, s'aliéner son meilleur mécanicien me semblait pour le moins maladroit. Cela cachait quelque chose. Il me parut inutile d'évoquer cette réflexion à Kepler.

— Non, dis-je après avoir fini ma lecture, ces gens ne vous prennent pas pour un imbécile, au contraire. Vous êtes le *mathematicus* impérial, et comme tel l'autorité suprême en ces domaines. Vous êtes aussi l'auteur d'ouvrages qui ont fait de vous l'homme le plus écouté en matière de science et de philosophie naturelle…

— Le plus écouté, mais pas le plus lu, coupa-t-il non sans amertume.

— … Ni le mieux compris, renchéris-je. Bref, vous qui aimez les métaphores guerrières, dans la guerre qu'ils ont déclarée au « messager astral », ils demandent à l'empereur des mathématiciens de devenir leur général en chef.

— Je l'ai compris, pardieu ! Il paraît que je suis celui qui veille à ce que rien de ce qui se passe au ciel se fasse à son insu. Tout le monde le sait. Sauf Galilée, semble-t-il. Quant à Magini et sa clique, ils me demandent de condamner le Padouan sans l'avoir jugé. Or, je ne vois dans les propos de Magini que des insultes. Ce n'est pas noble disputation sur l'arrangement du ciel, mais querelle de poissonnières ! Le comble, c'est qu'il arrive à me faire douter de la sincérité de Galilée !

Il sembla s'effondrer dans son fauteuil et murmura pour lui-même :

— Qu'aurait fait Tycho ?

— Quel Tycho ? répondis-je comme si la question m'était posée. Si c'est celui qui fut le seigneur du palais d'Uranie dans son île danoise, il aurait fait venir Galilée à prix d'or et l'aurait saigné à blanc avant de le rejeter à la mer. En revanche, l'omnipotent mathématicien impérial aurait mobilisé une armée de verriers, de mécaniciens et d'ouvriers pour fabriquer un télescope géant plus haut que le plus haut clocher de Prague. Et Tycho se serait approprié cette invention, tuant le Padouan de chagrin et de colère comme il avait tué Ursus. C'est cela que vous devriez faire, cher maître : fabriquer votre propre lunette grossissante.

Son sourcil se leva, son front s'assombrit, son œil se fit terrible.

— Vous m'offensez, monsieur. Si Galilée enseigne mes théories comme s'il en était l'auteur, eh bien, qu'il s'en arrange avec sa conscience. Moi, je me refuse à un tel vol. Jamais je ne commettrais une pareille infamie.

Trouvant exagérées ces manières de vertu outragée, je décidai de lui rabattre son caquet :

— Hé là, mon cher maître ! Vous oubliez la façon dont vous vous êtes emparé des observations de Tycho.

Je faillis éclater de rire devant sa mimique de galopin pris en flagrant délit de rapine de confitures.

— Ah mais, ah mais, ce n'est pas pareil, cela... Galilée n'est pas Tengnagel... D'ailleurs, Tycho était tellement superstitieux qu'il n'aurait jamais osé jeter un œil dans cette magie diabolique... Et de toute façon, l'empereur ne me donnera pas un thaler pour faire fabriquer un tel engin. En voilà assez, à la fin ! Que puis-je faire, moi ? Je me dois d'arbitrer entre les deux partis, mais l'un des deux, Galilée, a l'air de se moquer éperdument de mon opinion. Quant à l'autre, Magini, il ne me donne pas le moindre indice contre lui, sinon des insinuations qui m'ont tout l'air de calomnies. En tout cas, rien sur quoi je puisse fonder mon jugement.

Il était facile de voir que son cœur et sa raison penchaient pour Galilée, malgré la désinvolture dont l'autre usait avec lui. Je n'arrivais d'ailleurs pas à comprendre les raisons de cette attitude. Certes, le Toscan n'avait pas l'échine souple ; son amour-propre démesuré lui interdisait de demander de l'aide, mais il savait pourtant que celle de Kepler lui serait tout acquise, s'il lui donnait seulement quelques marques de considération. Je décidai de le défendre malgré cela :

— Cher maître, je vous affirme sur l'honneur que Galilée a bien vu ce qu'il décrit dans le *Sidereus Nuncius*. Je le connais assez pour dire que cet homme est incapable de mentir.

— Qui parle de mensonge ? Sa lunette l'a peut-être leurré, tout simplement. D'ailleurs ça n'a pas d'importance. Ce qui est beau, noble et courageux, c'est son acte. Comme fut noble et courageux le premier acte de Christophe Colomb : larguer les amarres. Qu'importe après que le Génois ait cru aborder les Indes alors que ce n'était, si j'ose dire, qu'un nouveau continent. Qu'importe donc que Galilée ait cru voir quatre lunes à Jupiter, alors que ce n'était peut-être qu'un défaut du verre sur l'une de ses lentilles. Eh bien, si Galilée est Colomb, je serai son Martin Waldseemüller, son cartographe. Et je ne baptiserai pas ses découvertes du nom d'Amerigo Vespucci, je veux dire de Giovanni Magini, mais du sien. « Les satellites galiléens », ça a en plus un petit côté christique, qui ne fera pas de mal à ce ciel tout en nomenclature païenne. Et je vais de ce pas rédiger sa défense !

Il me donna mon congé ; je me levai. Il me retint encore :

— Cher ami, j'ai une mauvaise nouvelle pour vous, mais une très bonne pour moi : je marie ma fille… Enfin, ma belle-fille, la jolie Régine, derrière laquelle vous soupirez à fendre l'âme…

— Moi ? Mais jamais je ne…

— Ah bon ? Elle n'est pas à votre goût ? Ou est-ce l'obscurité de sa naissance qui vous répugne ?

— Voyons Kepler, enfin, je ne vous permets pas de…

Que cet homme-là pouvait être agaçant, parfois, à vous mettre sur le gril sans que l'on sache s'il plaisantait ou non ! Certes, la belle-fille en question était agréable à voir et semblait astucieuse. Elle avait la grâce de ses seize ans, rien de plus. Je n'étais pas encore le barbon que je suis devenu pour lorgner le raisin vert. Et puis, je n'aurais jamais fait la sottise de me brouiller à cause d'elle avec son tuteur.

Tout content de m'avoir mis dans l'embarras, Kepler prit un air malicieux et poursuivit :

— Quoi qu'il en soit, ce serait un honneur pour moi, cher ami, de vous avoir parmi nous à ses noces. Vous verrez, son futur époux, un médecin, est de noble lignée. Une des plus vieilles familles réformées de Bavière. Il pratique désormais à Linz, en Haute-Autriche.

Puis il me donna, en se rengorgeant, un nom que j'oubliai immédiatement. Une semaine après, il se rendit à l'imprimerie impériale. Il ne fallut pas plus de dix jours pour que *La Conversation avec le messager astral* sorte des presses.

C'était un petit joyau de virtuosité, d'ironie, de poésie aussi. Kepler se posait d'abord en écuyer du chevalier Galilée partant à la conquête du ciel, mais aussi pour le combat contre « *les rétrogrades moroses qui repoussent comme incroyable tout ce qu'ils ignorent et qui regardent comme sacrilège tout ce qui s'écarte des sentiers battus d'Aristote* ». Il inversait sciemment la hiérarchie. Espérait-il ainsi flatter les nobles origines de Galilée, pour amadouer celui qu'il imaginait comme un autre Tycho, aussi arrogant et plein de morgue ? Ce serait mal connaître le style képlérien dans ce genre d'exercice. En fait, il se comportait en gentilhomme, tout en continuant sa lettre par une petite pique bien naturelle, affirmant qu'il avait été tenté de ne pas répondre à l'invitation, et ajoutant : « *Je ne pense pas qu'un Allemand comme moi ait tant d'obligations envers un Italien comme Galilée que je doive le payer d'adulation, au détriment de la vérité et de mes convictions les plus profondes.* » Il rappelait aussi à Galilée que jadis, lors de la parution du *Mystère cosmographique*, sa demande de soutien était restée sans réponse « *dans une conversation interrompue plus de dix ans auparavant* ». Ces réserves préliminaires constituaient, en contrepartie, une garantie de l'objectivité du jugement exprimé, et donnaient davantage de poids aux affirmations qui allaient suivre.

« *Peut-être me trouvera-t-on inconsidéré d'accepter comme vraies vos déclarations*, poursuivait-il… *Mais comment me méfier d'un mathématicien digne de ce nom dont l'art du langage démontre à lui tout seul la droiture du jugement ?* » Il reconnaissait ensuite que le *Sidereus* avait pour mérite de réduire les distances philosophiques entre le monde terrestre corruptible et les cieux. Toutefois, il appelait le professeur padouan à donner des preuves de ce qu'il avançait. L'auteur du premier livre d'optique des temps nouveaux, somme de toutes les connaissances dans cette matière, précisait que Galilée n'était pas l'inventeur de la lunette télescopique, mais qu'il avait nombre de prédécesseurs, pour lui rabattre un peu son caquet, à ce Tycho italien…

Le juge de l'astronomie ayant tranché pour Galilée, sous réserve de preuves nouvelles à apporter, le prophète Kepler laissa aller son imagination, clamant qu'un jour on inventerait des machines volantes qui permettraient d'aller visiter les lunes médicéennes, et qui pourraient bien être habitées. Son enthousiasme avait-il submergé sa raison ? Il recrutait maintenant dans son armée Giordano Bruno le martyr :

« Créons des navires et des voiles adaptés à l'éther, et il se trouvera des hommes qui ne seront pas effrayés par la sombre immensité de l'espace. En attendant, nous préparerons, pour ces hardis navigateurs du ciel, des cartes des corps célestes ; je le ferai pour la Lune et toi, Galilée, pour Jupiter. »

Fallait-il sourire de cette envolée lyrique ? L'agent de la Compagnie de Virginie que j'étais crut lire un autre appel sous ces beaux rêves d'avenir : des navigateurs d'ici-bas, bien réels ceux-là, qui, grâce à ces cartes célestes, pourront tracer leur route sans risque de se perdre, l'œil fixé sur ces phares, balises et fanaux accrochés à leur vraie place dans le ciel par Kepler et Galilée.

17.

Ce ne fut pas par amour de l'astronomie que je revins en Italie, en cet été 1610. J'avais certes emporté avec moi *L'Astronomie nouvelle* pour continuer tout à mon aise ma lecture durant le voyage, ainsi qu'un courrier que Kepler m'avait demandé de remettre en mains propres à Galilée. Un événement de grande importance m'avait obligé à quitter Prague : Henri IV venait d'être assassiné. Certes, la menace de guerre entre la France et l'Espagne semblait provisoirement écartée, mais l'Angleterre et les pays réformés se trouvaient désormais seuls devant les Habsbourg. Et puis cela n'arrangeait pas trop les affaires de la Compagnie de Virginie, qui aurait bien voulu que l'on se chicorne un peu autour du Rhin et de l'Escaut, tandis que le grand large s'ouvrirait à nos vaisseaux. En guerroyant sur le vieux continent, les Français auraient négligé leurs prétentions sur le Canada. Il faudrait encore patienter. En attendant, de Madrid à Moscou en passant par Londres, la dague de Ravaillac avait provoqué une singulière agitation dans les chancelleries. Rester à Prague aurait été inutile : l'empereur n'était plus rien.

Lord Wotton, ambassadeur plénipotentiaire du roi Jacques Ier d'Angleterre auprès de l'empereur du Saint Empire romain germanique, m'avait chargé de sonder à Florence le grand-duc Cosme II et jauger l'influence qu'il pouvait avoir sur sa cousine Marie de Médicis, désormais régente de France, et joliment appelée par ses sujets « la grosse banquière ». On le sait aujourd'hui, derrière cette veuve peu éplorée, les Florentins Concini régneront sur Paris sept ans durant, du moins en apparence, car ils n'étaient que les créatures des Médicis de Toscane. Le Louvre allait devenir une succursale de la banque florentine. Cosme II, malgré son jeune âge et sa faiblesse physique, savait parfaitement que si son grand-duché n'était plus qu'un nain face aux Habsbourg et autres Bourbon, sa banque était un géant pour tous ces clients couronnés. Aussi laissa-t-il vaquer sa pieuse mère aux futilités de la politique et de la religion, pour ne s'occuper avec ses oncles que des choses sérieuses : la finance.

En cette matière, Cosme n'avait rien à envier à ses glorieux ancêtres. À vingt ans, il savait tout du maniement de l'argent. Il poursuivait par ailleurs le mieux qu'il pouvait la tradition familiale de protection des arts et de la philosophie, même si les nouveaux Vinci ou Ficin préféraient désormais les cours plus sûres, c'est-à-dire les plus éloignées de Rome, comme Paris, Prague ou Londres. Cependant, Florence filait en quenouille. En quenouille et en sacristie : la mère du grand-duc, Christine de Lorraine, et son épouse Marie-Madeleine d'Autriche, deux femmes fort dévotes, s'étaient mis en tête de transformer en couvent cette Toscane, où rôdait encore l'ombre terrible de Savonarole. Les jésuites affluèrent de Rome comme autant de mouches noires sur un appétissant fromage.

Je ne possédais bien sûr aucune lettre de créance de l'ambassadeur à Prague car en ce temps-là, il ne faisait pas bon être un représentant de l'hérésiarque anglican sur les rives de l'Arno. Je n'étais donc qu'un commis de la Virginia Company of London, qui cherchait à obtenir quelque prêt supplémentaire auprès de la banque Médicis. Mon entretien avec Cosme sur ce sujet fut d'ailleurs très satisfaisant. J'avais évoqué devant le grand-duc un site prometteur découvert par ce traître de Hudson pour le compte des Hollandais, et baptisé par lui Nouvelle-Amsterdam. Un Hudson que nous venions d'ailleurs de récupérer et qui naviguait maintenant pour nous, à la recherche du passage du nord-ouest, dans les parages de ces comptoirs français à fourrures que la mort de Henri IV pourrait bien laisser en jachère.

Ma mission commerciale était donc terminée, mais je devais rester à Florence pour tenter de glaner quelques indices concernant l'assassinat du roi de France. Nous étions nombreux à écumer toutes les cités de quelque importance pour chercher à savoir qui avait armé la main de Ravaillac. Pourtant, ma situation devenait très délicate. Le moindre de mes mouvements, le propos le plus anodin était rapporté à la duchesse douairière Christine. C'est pourquoi je sursoyais à toute rencontre avec Galilée, pour ne pas le compromettre. Ce fut lui qui vint à moi, une semaine après mon arrivée.

Oisif, je flânais sur le Ponte Vecchio, de bijouterie en bijouterie, en quête d'une bague qu'une amie mienne m'avait supplié de lui rapporter à Prague. Soudain, derrière moi, une voix tonitruante me fit sursauter :

— Par exemple, sir Askew ! Avez-vous abandonné la verrerie pour l'orfèvrerie ? L'astronomie pour l'alchimie ?

C'était Galilée. Un Galilée rayonnant, jovial, comme rajeuni, même s'il avait troqué ses élégants habits vénitiens pour une toge d'un noir austère. Il parlait fort, sans se soucier, comme jadis dans les jardins de Padoue, qu'un quelconque espion puisse entendre ses propos. Me sentant moi-même surveillé, je lui proposai de m'accompagner jusqu'aux appartements que m'avait prêtés la banque afin d'y prendre livraison de la lettre confiée par Kepler.

— Alors, et ce bon Kepler, lança-t-il, toujours empêtré dans ses polyèdres métaphysiques ?

Sans attendre ma réponse, il salua très bas une dame qui nous croisait, me déclina son arbre généalogique en soulignant un lointain cousinage entre elle et lui, afin de me rappeler ses propres origines aristocratiques. Pour lui montrer que je préférais l'ours des jardins de Padoue, rencontré quatre ans auparavant, au coq de village toscan qu'il était devenu, je fis l'éloge d'un traité de musique rédigé jadis par son père. Il se rembrunit. Et ce fut le Galilée bougon de Vénétie qui, dans mon cabinet de travail, ouvrit le courrier de Kepler et en sortit la brochure que l'astronome impérial avait rédigée et imprimée en quelques semaines : *Conversation avec le messager astral*. Il ne l'ouvrit pas, même pour jeter un œil à la dédicace.

— Je l'ai lu, dit-il. Son Excellence Julien me l'a fait parvenir de Prague. Et, chose étrange, il n'a pas fallu un mois pour qu'une traduction en italien circule de Bologne à Naples...

Pour me faire comprendre qu'il en était à l'origine, il eut un ricanement qui se voulait rusé.

— Tout de même..., poursuivit-il. Le mathématicien de l'empereur manque de sérieux ! Imaginer des vaisseaux et des voiles adaptées à l'éther céleste, dont nous serons, lui et moi, les cartographes ! Qu'il choisisse : l'astronomie ou la poésie, mais pas les deux !

Cet homme incompréhensible commençait à m'échauffer singulièrement les oreilles. Je trouvais intolérable ce mépris sarcastique envers quelqu'un qui le dépassait de la tête et des épaules dans le savoir et la philosophie, quelqu'un qui dominait l'astronomie mondiale et qui était pourtant le seul à le soutenir, quelqu'un qui en plus était mon ami.

— En offensant Kepler, monsieur, c'est moi que vous offensez ! Voilà comment vous remboursez votre dette envers lui ! Une grosse dette, croyez-moi ! Vous dont le nouveau maître est un banquier, vous devriez le savoir !

Il devint cramoisi de colère et se mit à hurler :

— Et vous, dont le métier est d'être espion, monsieur l'Anglais, vous devriez savoir que votre foutu Kepler, quand il ne délire pas sur les machines volantes, écrit à cette crapule de Magini des tombereaux d'injures sur mon compte !

Et il me jeta presque à la face deux feuillets manuscrits. Je repris mon sang-froid. Je n'allais tout de même pas me colleter avec un homme perclus de rhumatismes, de quinze ans mon aîné. Quand j'y pense aujourd'hui, j'en frémis : que serait-il advenu si j'avais transpercé Galilée de mon épée ? Je ramassai les deux feuilles qui étaient tombées à mes pieds. C'était la copie d'une lettre que Kepler aurait envoyée à Magini au début de ce mois d'août. Il s'y plaignait en termes vifs que Galilée, malgré ses demandes réitérées, ne daigne lui fournir des preuves ou des témoins de ses observations derrière la lunette, et affirmait qu'il commençait à croire qu'il avait été berné. Ma lecture achevée, je relevai la tête. Galilée s'était renfrogné, comme un gros garçon boudeur. J'en fus tout attendri et ma colère contre lui fondit comme neige au soleil. Des enfants ! Ces savants dont la pensée naviguait aussi haut dans les étoiles n'étaient que des enfants ! Et j'enviais leur candeur, qui était pour eux la plus solide des armures.

— Vous êtes sûr que cette lettre est de Kepler ?

— Évidemment ! « Ils » ne vont pas se risquer à faire un faux. « Ils » sont bien trop malins pour commettre une telle bévue. Stupides, mais malins, ce qui n'a rien d'incompatible.

— Vous ne lisez pas la lettre qu'il vous a envoyée ? Peut-être y trouverez-vous une explication à ses propos disons… virulents à votre égard…

— Virulents ? Injurieux voulez-vous dire ! M'appeler « abject Padouan » ! Passe encore pour abject, mais Padouan ! Moi qui suis né à Pise ! Il pourrait au moins se renseigner…

J'éclatai de rire. J'avais enfin compris.

— Ce diable de Kepler ! m'exclamai-je, il faut savoir le lire, croyez-moi ! Abject Padouan ! Bien sûr qu'il sait que vous êtes de Toscane ! D'ailleurs, juste avant mon départ, il s'inquiétait de vous savoir revenu dans votre pays natal, estimant que vous étiez plus en sécurité sous la protection de la Sérénissime.

Galilée haussa les épaules dédaigneusement :

— Et que sait-il des affaires italiennes, cet abject Pragois ?

— Il est du Wurtemberg.

— Je le sais bien, par le sang du Christ ! Ne me prenez pas pour un… Nom de Dieu !

Son visage s'éclaira soudain ; il frappa sa paume gauche de son poing droit :

— Bien sûr ! L'abject Padouan, ce n'est pas moi, c'est Magini ! Et le véritable destinataire de cette lettre, c'est moi ! Il me demande de lui envoyer une lunette afin qu'il puisse l'examiner, et des preuves de ce que j'ai vu. Mais comme il me croit en danger à Florence, il choisit ce chemin détourné… Eh bien dites donc, lui qui pose à l'honnête Allemand sans malice, il en remontrerait, dans la manière tortueuse, à monsignore l'archevêque jésuite papabile Bellarmin ! Je vais lui donner satisfaction, le remerciant d'avoir été le seul, oui, mon cher, le seul, à m'avoir soutenu. Toutefois…

Toutefois, derrière ses manières de fier-à-bras, Galilée n'était pas aussi sûr que cela d'avoir fait le bon choix en revenant à Florence. Mais cette tête de mule ne l'aurait jamais avoué. Certes, l'attaque lancée contre lui par Magini et Fugger masqués derrière le jeune Martin Horky s'était vite enlisée dans le ridicule. Le malheureux assistant n'avait pas saisi que la querelle aurait dû tourner autour de la fiabilité de la lunette, c'est-à-dire dans le domaine de la physique et de l'optique. Aussi, Horky s'était-il lancé dans des considérations astrologiques et théologiques hors de saison. Il écrivait : « *Les astrologues ont fait leurs horoscopes en tenant compte de tout ce qui bougeait dans les cieux. Donc, les astres médicéens ne servent à rien et Dieu ne créant pas de choses inutiles, ces astres ne peuvent pas exister.* » Ce syllogisme bancal fit rire tout le monde, à l'exception de Magini. Dans les universités italiennes, les étudiants débattaient de savoir si Horky existait, puisqu'il ne servait à rien ! Ou que les lunes de Jupiter étaient au moins utiles à une chose : faire proférer des âneries à l'assistant du professeur bolonais. De plus, poussé par Fugger, ce nigaud s'appuya sur Kepler pour déclarer, dans sa *Réfutation du messager astral*, que Galilée mentait en affirmant qu'il était l'inventeur du télescope, ce que « l'abject Padouan » n'avait jamais revendiqué. Cela lui valut un soufflet définitif de Kepler : « *Les exigences de l'honnêteté deviennent incompatibles avec l'amitié.* » Cette amitié, naturellement, était celle que le mathématicien impérial avait jadis portée à Magini. Ce dernier le comprit et flanqua Horky à la porte, ou plutôt dans les cloaques de l'Histoire.

Cette passe d'armes avait été aussi rapide qu'un point au jeu de paume. La balle « Messager » lancée par Galilée avait à peine roulé de l'auvent que Kepler la cueillait dans sa raquette « Conversation » et la renvoyait contre le mur. Fugger et Magini laissaient courir Horky pour tenter de la rattraper, mais celui-ci chutait sur le parquet.

Fin mai, estimant avoir écrasé, grâce à Kepler, ceux qu'il appelait « les pygmées et les sycophantes », Galilée bouclait ses malles et partait pour Florence, alors même que rien n'avait été décidé pour sa chaire de professeur à Pise. Il n'avait que la promesse verbale de Cosme et cela lui suffisait. Il ne réalisait pas qu'en abandonnant la prestigieuse université de Padoue pour la très modeste faculté pisane, non seulement il laissait derrière lui bien des rancœurs, mais il provoquait, en Toscane, de nombreuses inquiétudes. Bien plus savants que lui en matière de politique florentine, les professeurs pisans se liguèrent contre lui et complotèrent à sa perte. Non auprès du grand-duc, mais auprès de sa mère Christine de Lorraine, ou plus précisément auprès de son astrologue Francesco Sizzi. Christine avait appris de son aïeule, la redoutable reine de France Catherine de Médicis, veuve noire qui l'avait élevée, à ne pas trancher sans avoir consulté des avis autorisés. Avant d'interdire à son fils Cosme, qui tremblait devant elle, d'engager Galilée comme mathématicien, elle demanda son avis au vieux père jésuite Clavius, directeur du Collège de Rome, qui faisait autorité en matière scientifique dans toute l'Église. On appelait ce Bavarois « le nouvel Euclide », ce qui était un peu exagéré. Il avait été l'un des créateurs du nouveau calendrier dit grégorien, et comme tel avait dû s'appuyer sur les théories héliocentriques ; il était pourtant anti-copernicien. Clavius n'avait eu aucun mal à se faire fabriquer, au Vatican, une lunette d'aussi bonne qualité que celle de Galilée, et avait pu constater, à son grand regret, que le *Messager astral* décrivait l'exacte vérité. Il hésita alors sur le parti à prendre.

Ce fut le soutien de Kepler, sa « *Conversation* », qui le décida. Clavius avait tout lu des œuvres de ce luthérien hétérodoxe, ainsi que sa correspondance que lui communiquaient ses confrères jésuites. La Compagnie espérait toujours amener le mathématicien impérial dans le giron de l'Église romaine. En revanche, il aurait été très mal venu qu'un homme de la réputation de Galilée aille vendre son talent sous des cieux réformés. Aussi, Clavius demanda-t-il à Christine de ne rien faire contre la réinstallation à Florence de son enfant perdu, mais de le tenir sous haute surveillance.

— C'est ainsi, sir Askew, que je dois mon retour chez moi au plus puissant des jésuites, Clavius, et au plus important astronome du monde réformé, Kepler !

En prononçant ces mots, Galilée s'épanouit, comme si à lui tout seul, il avait berné Rome, Wittenberg et Genève. Une question me brûlait les lèvres et je ne pus m'empêcher de la poser :

— Tout de même, vous portez bien loin l'amour de votre patrie. Si vous étiez resté à Padoue, protégé par vos amis, soutenu par le doge et entouré par votre famille, vous n'auriez jamais eu ce genre d'embarras et auriez pu travailler en paix. Alors, pourquoi avoir quitté Venise ?

— Mes rhumatismes !

— Pardon ?

— Mes rhumatismes ! Croyez-vous que nous autres, philosophes de la nature, sommes de purs esprits ? Votre ami Kepler ne souffre-t-il jamais du moindre refroidissement ?

— Hélas ! Si vous saviez…

— Il y a quinze ans de cela, à Padoue, je mettais au point, avec l'aide de deux amis, l'invention dont je suis le plus fier : le thermoscope, qui permet de mesurer le niveau de chaud et de froid. Une mauvaise manipulation, et l'appareil se brisa. J'ignore s'il y eut un lien de cause à effet, mais nous tombâmes tous trois gravement malades. Moi seul ai survécu. Ma santé, jadis de fer, s'est délabrée. L'âge venant... Peut-être avez-vous remarqué que Venise est une ville particulièrement humide...

Je hochai la tête d'un air désolé. Mais au fond de moi, une petite voix cynique me chuchotait qu'en revenant à Florence, sous la protection du principal financier de la Compagnie de Virginie, Galilée livrerait plus facilement ses nouvelles étoiles qui permettraient à nos navires de tracer des routes plus sûres.

— J'ai obtenu du grand-duc tout ce que je désirais, poursuivit-il, très prolixe pour une fois. Mais la partie que je mène n'est pas gagnée pour autant. Il me faut convaincre la duchesse douairière que mes travaux n'ont rien à voir avec la religion, que je ne cherche pas à savoir « comment on va au ciel, mais comment va le ciel ». Et derrière elle, je dois apaiser les inquiétudes de toute la compagnie de Jésus, qui, à Rome, dissèque le moindre de mes propos. *La Conversation* de Kepler m'a été d'un très grand secours quand il s'agissait de confondre mes ennemis dans l'Université. Mais désormais, face à Rome, il ne me soutient plus que comme la corde le pendu. Ses machines volantes, ses attaques contre les Pères de l'Église dans la préface de *L'Astronomie nouvelle*, sans oublier sa défense tonitruante de l'héliocentrisme, seront autant d'arguments contre moi si je m'avise de lui répondre autre chose que des remerciements convenus. Kepler est peut-être considéré, à Prague, Londres ou Paris comme le nouveau Copernic, à Rome il n'est qu'un hérétique. Et si l'envie lui prend un jour de voyager, déconseillez-lui également la visite de l'Escurial et de l'Alhambra.

— Je ne pense pas que cela entre dans ses projets. Bref, à vous croire, signer une alliance avec Kepler vous ferait courir de très grands dangers. Vous ignorez sans doute que, tout luthérien qu'il est, il est très écouté parmi certains dignitaires de l'Église catholique, à commencer par le prince-évêque Ernest de Bavière. Ce qui lui vaut d'ailleurs les foudres de certains de ses coreligionnaires. De plus, ne le mésestimez pas. Si vous ne lui apportez pas quelque preuve, le mathématicien impérial se persuadera que vous l'avez berné, et que votre *Messager* n'est qu'un tissu d'allégations improuvables. Croyez-moi, je connais les colères du bonhomme. En comparaison, vous êtes un ange de douceur et de sérénité. De plus, si Kepler devient votre ennemi, croyez-vous pour autant que la méfiance des Jésuites à votre endroit va se dissiper d'un coup ?

Il se plongea un long moment dans le silence. Je l'observai. Son masque jupitérien se fissurait. Je pouvais lire dans son âme bien plus facilement que derrière le visage pourtant si mobile et expressif de Kepler. L'Italien était plus mauvais comédien que l'Allemand. Joli démenti à ceux qui croient que chaque nation possède ses caractères immuables ! Je compris alors que sa désinvolture condescendante vis-à-vis de l'auteur de *L'Astronomie nouvelle* n'était que de façade. Crainte de l'autorité universelle de Kepler ? Admiration devant la puissante faculté qu'avait le mathématicien impérial de mettre en théorie toute expérience pratique ? Jalousie de la grande liberté d'écrire et de publier dont l'autre jouissait ? Peut-être un peu de tout cela, mais surtout la parfaite conscience qu'ils étaient deux géants dans un siècle de nains, et qu'ils étaient complémentaires. Seul son orgueil, aussi immense que légitime, interdisait à Galilée de reconnaître qu'il avait besoin de Kepler autant que Kepler avait besoin de lui…

— Ernest de Bavière, prince évêque de Liège dites-vous ? me répondit-il enfin.

— Oui, et Kepler a l'estime de bien d'autres princes, qu'ils soient de l'un ou l'autre camp.

Il prit un air rusé qui lui allait aussi bien que des guêtres à un lapin :

— Son Éminence Ernest a demandé à la grande-duchesse Christine de Lorraine de lui procurer une de mes lunettes.

Elle n'a pas encore répondu, car elle le soupçonne à juste titre de se livrer à des expériences de toutes sortes, alchimie et autres, qu'elle qualifie de diaboliques. Sans oublier des échanges avec Kepler sur la Kabbale et l'interprétation des Saintes Écritures... Mais peut-être que vous, qui êtes un diplomate d'un genre disons un peu particulier, anglican de surcroît, seriez à même de vous charger sans crainte de ce colis fort léger, lors de votre retour à Prague ? Ernest de Bavière s'y rend souvent, mais il lui arrive de séjourner dans son diocèse de Liège. Vous pourriez donc, lors d'une de ses absences, prêter l'appareil que je lui destine à Kepler...

J'étais arrivé à mes fins, mais je n'allais tout de même pas laisser l'impression à ce lourdaud qu'il me manœuvrait :

— Confier un tel objet à un espion anglais, comme vous m'avez qualifié tout à l'heure, je vous trouve bien imprudent, maestro. Servez-vous donc de votre commissionnaire habituel, mon ami son Excellence Julien de Médicis. Jusqu'à présent, il a scrupuleusement transmis à Kepler les lettres et les anagrammes que vous lui avez demandé de lui communiquer.

Je le laissai s'empêtrer dans les excuses et les justifications. Quand je jugeai enfin avoir suffisamment abaissé ce grand homme orgueilleux, moi, le petit gentilhomme anglais, moitié espion moitié marchand, trottinant sur le bas-côté du grand chemin de l'Histoire, je consentis enfin à prendre dans mes bagages la lunette de Galilée destinée à Kepler.

18.

Le 31 août 1610 au soir, autour d'une longue table rectangulaire, les sept invités du mathématicien impérial récitaient en silence le *benedicite* précédant le souper. Un silence exigé par le maître des lieux, pour éviter toute cacophonie entre les prières catholique, luthérienne, calviniste, juive… et anglicane s'il y en eut. En effet, outre le gentleman John Askew, votre serviteur, et le catholique conseiller aulique de l'empereur, le comte Matthias Wackher, tous deux humanistes et amateurs éclairés de philosophie naturelle, les cinq autres, plus Kepler, étaient de très savants docteurs de haute renommée, mais dont la foi divergeait.

À commencer par le père jésuite Paul Guldin. J'avais fait avec cet homme d'une trentaine d'années le voyage de Vienne à Prague. Galilée m'avait désigné ce religieux comme étant le mieux à même de remettre le télescope à Kepler. Son télescope, ou du moins celui que le grand Électeur Ernest de Cologne devait prêter au mathématicien impérial. Il aurait été en effet assez étrange que ce fût un diplomate de mon espèce qui servît d'intermédiaire. Mais je compris vite pourquoi l'astronome toscan avait préféré un jésuite de l'espèce de Paul Guldin. Ce Suisse, né à Saint-Gall, avait été élevé dans la religion réformée. Quand il fut en âge, ses parents l'envoyèrent étudier à Tübingen. Le professeur Maestlin remarqua les dons en mathématiques du bachelier et, comme à son autre élève Kepler une dizaine d'années auparavant, lui prodigua discrètement des leçons coperniciennes, bien plus discrètement encore car l'université luthérienne s'était faite beaucoup moins souple sur les théories héliocentriques condamnées jadis par Melanchthon. Aussi, Maestlin s'arrangea-t-il pour éloigner ce nouveau disciple lui aussi trop enthousiaste, en le recommandant au jeune professeur de mathématiques à Graz, son ancien et très hétérodoxe élève Johann Kepler.

Guldin n'eut que peu l'occasion de profiter du savoir de son nouveau maître, de six ans son aîné. À l'époque celui-ci se débattait en effet entre ses problèmes matrimoniaux et la publication de son premier ouvrage, *Le Mystère cosmographique*. Quand le collège de Graz fut fermé et qu'une partie des réformés de Styrie fut expulsée, Guldin estima que Copernic valait bien une messe et il se convertit, contrairement à Kepler. Celui-ci, si intransigeant pour lui-même, se montrait d'une totale indulgence pour autrui. Il conseilla même à son éphémère disciple de rentrer dans les ordres, et pas n'importe lesquels : la Compagnie de Jésus, dont l'enseignement lui semblait le meilleur en pays catholique. Ce fut donc sous l'habit noir que Guldin partit poursuivre son cursus en Italie dans la Bologne de Magini, la Padoue de Galilée et la Rome de Clavius, avant de devenir professeur de mathématiques à Vienne, où je le rencontrai.

Durant tout le voyage, alors qu'il tenait comme un trésor, sur les genoux, le coffret contenant le télescope de Galilée que je lui avais confié, ce religieux affable et érudit me répéta qu'il avait gardé des liens très forts avec le mathématicien impérial, qu'il avait convaincu son maître Clavius du bien-fondé des observations de Galilée, et qu'enfin, bien que la compagnie de Jésus s'en tînt désormais aux théories de Tycho, il restait quant à lui un héliocentriste convaincu.

Je connaissais fort bien un autre des convives de Kepler, puisqu'il s'agissait du fameux anatomiste Jessenius, recteur de la faculté de médecine de Prague. Un luthérien modéré, car surtout Hongrois désirant plus que tout que la couronne de son pays natal tombe de la tête du roi Matthias de

Habsbourg, qui lui-même venait de l'arracher au front de son frère l'empereur Rodolphe. Outre son courage et son franc-parler, Jessenius avait cette qualité primordiale aux yeux de Kepler : une amitié rugueuse, mais sans faille.

Je connaissais également Simon Mayer, dit Marius, et je m'étonnais que fût invité cet homme qui avait volé le compas de Galilée pour en faire bénéficier les armées réformées, ce qui lui avait valu d'être nommé mathématicien du margrave de Brandebourg. Je n'avais pas cru bon, à l'époque, d'informer Kepler de ces tortueuses manœuvres où se mêlaient espionnage, religion et philosophie naturelle. Il avait trop à faire avec l'étoile nouvelle, Tengnagel et l'orbite de Mars.

Le plus vénérable de la tablée n'était pas le moins étrange : à plus de soixante-dix ans, David Gans avait su garder la curiosité et la souplesse d'esprit d'un jeune homme. Il avait été longtemps le disciple du grand rabbin de Prague, le Maharal, celui dont la légende disait qu'il avait fabriqué un nouveau golem. Mais cet éminent talmudiste n'avait d'autre ambition que de concilier les écrits hébraïques avec les prodigieuses découvertes faites, tant dans le ciel que sur la terre, depuis cent vingt ans. Pour cela, il avait toujours été un auditeur attentif de Tycho, puis de Kepler. Gans aurait volontiers rencontré ailleurs d'autres philosophes goyim, mais, quand on était juif en ce temps-là, il ne faisait pas bon voyager dans la Chrétienté, entre le marteau protestant et l'enclume catholique, à l'exception de cet îlot de tolérance que restait la Prague de Rodolphe II.

Le benjamin de ce souper se prénommait… Benjamin. Le nouvel assistant de Kepler n'avait que vingt-trois ans ; il avait traduit son patronyme de Behr en Ursinus, de sorte que son maître laissait malignement courir le bruit, surtout du côté de la maison Brahé, que ce garçon était le fils bâtard de feu Ursus, l'ennemi juré de Tycho. Il n'en était rien ; en réalité, Benjamin Ursinus, calculateur prodige, lui avait été envoyé de Tübingen par Maestlin.

Le repas fut médiocre : Barbara Kepler avait emmené sa fille à Linz chez son nouveau mari, et la cuisinière en avait profité pour se relâcher singulièrement. Nous n'eûmes même pas droit à la spécialité de notre bonne hôtesse, le *Heidensterz*, ce plat de sa Styrie natale, savant mélange de farine de blé noir et de saindoux, relevé d'une salade assaisonnée d'huile de graines de potiron. D'ailleurs, il n'est pas sûr que David Gans eût apprécié la viande de porc accompagnant ce mets paysan.

Nous étions tous très excités à l'idée de la nuit que nous allions passer. Ce n'était ni le vin de Toscane que j'avais rapporté de mon voyage, ni le riesling du père Guldin qui nous mettaient dans un tel état. Nous allions tous, pour la première fois tout à l'heure, regarder le ciel derrière une lunette grossissante, ou plutôt voyager dans les étoiles sur le navire volant de Galilée. Seul Kepler gardait un calme imperturbable qui ne lui ressemblait guère. La conversation tournait bien sûr autour de l'inventeur de ce télescope qui nous réunissait tous ici. Comme j'avais été le seul à le rencontrer depuis son retour à Florence, je fus quelque temps sur la sellette et je tâchai d'en faire le portrait le plus élogieux possible, malgré la façon peu amène dont il s'était comporté à mon égard. Il me fallait aussi être prudent et ne pas oublier que Paul Guldin, tout érudit et chaleureux qu'il fût, n'en restait pas moins un jésuite. Aussi, je décrivis les sautes d'humeur et le comportement fantasque du Toscan comme étant une caractéristique générale de tous les Italiens, persuadé de complaire à cette assemblée tudesque. C'est bien connu : le Germain est ceci, alors que le Latin est cela…

— Il paraît que vous autres, Anglais, dormez tous sur le ventre, m'interrompit doucement David Gans. Est-ce vrai ?

— Non, pourquoi ? répondis-je sottement.

— À cause de votre queue. Les Français affirment que vous seriez dotés d'un appendice caudal, comme les chiens et les chats.

— Je serais curieux de disséquer ce qui doit être une excroissance du coccyx, renchérit Jessenius. Seriez-vous prêt, monsieur Askew, à passer sur ma table d'opération ?

Je m'esclaffai plus fort que les autres, tout en maugréant au fond de moi que ces philosophes étaient plus difficiles à manœuvrer que les plus habiles diplomates. Seul Kepler ne riait pas, lui qui pourtant voulait toujours avoir le dernier mot en matière de plaisanterie… ou de toute chose d'ailleurs.

— Tout de même, soupira-t-il enfin, ce Galilée me pose beaucoup de problèmes.

Il laissa sa phrase en suspens. Simon Marius, qui, jusqu'à présent, s'était montré fort discret, à cause de ma présence et de celle du père Guldin, estima qu'il était temps de prendre la parole :

— On en vient à penser que les ennemis du Florentin n'ont pas vraiment tort lorsqu'ils le traitent de fanfaron et de charlatan…

J'allais intervenir pour appeler ce plagiaire à plus de modération, mais Guldin me lança un clin d'œil qui m'en dissuada. Marius poursuivit, s'adressant toujours à Kepler :

— Malgré vos requêtes réitérées, maître, il n'a jamais daigné vous envoyer un instrument afin que vous puissiez vérifier ses dires. Et il vous faut solliciter le prince évêque Ernest, alors que les affaires de ce bas monde doivent occuper ce seigneur bien plus que celles du Ciel.

Personne ne voulut relever l'allusion de ce farouche calviniste à la place importante qu'occupait Ernest dans la Ligue catholique. Pour ma part, je sus gré à Kepler de ne pas avoir révélé à un homme aussi dangereux que Marius les chemins détournés qu'avait pris le télescope pour arriver jusqu'à lui.

— Ce n'est pas de ce problème-là dont je veux parler, cher confrère, répliqua sèchement Kepler. Il est réglé et, dans un instant, nous en aurons le cœur net. Mais ce foutu Padouan…

— Toscan, corrigeai-je, ce foutu Toscan…

— Qu'importe, ce forcené de Galilée m'envoie maintenant le fruit de ses prétendues découvertes sous la forme de charades, d'anagrammes et autres jongleries, comme si le Grand Turc lui-même interceptait son courrier et voulait s'en servir contre lui.

— Le Grand Turc ou…

— Silence, monsieur Marius, coupa Kepler, ou vous sortez de chez moi immédiatement. Je suis en temps ordinaire friand des jeux de chiffres et de lettres, mais franchement, là, c'est dépasser les bornes. Depuis deux semaines, je m'échine à en trouver la solution. Aussi, messieurs, puisqu'il nous reste une petite heure avant que la nuit consente à nous dévoiler ses charmes derrière la fenêtre galiléenne, je vous propose de résoudre ces énigmes avec moi. Ursinus, soyez assez aimable pour nous apporter plumes, encre et papiers, si toutefois ma progéniture a consenti à en laisser un peu avant leur départ à Linz.

Pendant que le jeune assistant s'exécutait, Kepler agita une clochette. Une femme entra pour débarrasser la table. Une femme ? Un dragon ! Énorme, dotée d'une moustache qui tentait de cacher une grosse verrue saillant à la commissure des lèvres, tandis que de son menton luisant de graisse surgissait un long poil solitaire que l'on avait l'irrésistible envie d'arracher, la cuisinière était la seule domesticité restant attachée au foyer du mathématicien impérial. Ce n'était pas par souci d'économie que Barbara Kepler avait réduit ainsi son train de maison, bien au contraire, car elle était fort dépensière. Mais la valetaille ne résistait pas deux mois à sa tyrannie ; quant à la cuisinière, ce n'était pas pour ses talents culinaires que la jalouse maîtresse de maison l'avait gardée ; seulement pour son aspect physique, qui lui garantissait que son époux ne céderait pas aux charmes des amours ancillaires.

Nous nous retrouvâmes enfin chacun devant une plume et une feuille de papier. Quatre encriers avaient été disposés à portée de main. Kepler nous dicta la série de lettres suivante :

SMAISMRMILMEPOETALEUMIBUNENUGTTAURIAS

J'ai toujours eu ce genre de jeu en horreur, sans doute parce que je n'arrive à rien. Après quelques tentatives qui ne donnèrent qu'une série de mots grivois ou scatologiques, j'abandonnai et passai le temps à dessiner la caricature de mes compagnons. J'avais un joli brin de plume en ce temps-là. En lorgnant sur la feuille de mon voisin le conseiller Wackher, je constatai, non sans satisfaction, que l'autre « amateur éclairé » séchait lui aussi : il dessinait, au milieu de gribouillis géométriques, de gros yeux pleurant d'ennui.

— Ça y est, je crois avoir trouvé, s'exclama enfin Kepler.

— Tricheur ! lança un Jessenius qui ne plaisantait qu'à demi. Depuis combien de temps travailles-tu sur cette anagramme ? Moi, ça ne fait qu'un quart d'heure, alors, c'est trop facile.

— Ben quoi ? J'ai le droit, non ? C'est à moi que l'énigme était destinée, il me semble.

J'eus envie de remuer la clochette pour leur signifier que la récréation était terminée. Kepler déclama sur un ton emphatique :

— *Salve umbistineum geminatum Martia proles !* Salut brûlants jumeaux, rejetons de Mars. Quel latin barbare ! Assurément, Galilée n'est pas un nouveau Virgile ! Bon, cela voudrait-il dire que Mars a deux satellites ? Ma foi, cela me convient fort bien : aucun pour Vénus, un pour la Terre, deux pour Mars, quatre pour Jupiter. Quelle belle progression géométrique ! À ce compte, on découvrira un jour que Saturne a huit compagnons....

David Gans leva timidement le doigt.

— Hum, justement, je crois avoir trouvé une autre solution, dit-il : *Altissimum planetam tergeminum observari.* J'ai observé la plus haute des planètes en triple forme.

— Pas mal, répliqua Kepler. Ce serait donc Saturne qui aurait quant à lui deux satellites, et deux seulement... Nous essaierons de voir ça tout à l'heure. En attendant, notez maintenant la deuxième anagramme...

Le comte Wackher frappa violemment du poing sur la table :

— Ah non, cela suffit maintenant, ces enfantillages ! Montons à l'observatoire.

Ce n'était plus l'ami admiratif qui s'adressait ainsi à Kepler, mais le conseiller aulique qui avait l'habitude de commander. Je fus le premier à lui obéir et me levai de table. Les autres m'imitèrent.

Pour en finir avec ces affreuses anagrammes, qui ont dû ennuyer le lecteur autant que moi ce soir-là, pour la première, David Gans avait raison : Galilée avait bien vu deux lunes tournant autour de Saturne et très proches de la plus lointaine planète, prenant la forme suivante : oOo[1]. Quant à la deuxième anagramme, je remercie encore aujourd'hui le comte Wackher de nous l'avoir épargnée, bien qu'elle se présentât sous forme plus intelligible.

Je la livre aujourd'hui au lecteur curieux :

Haec immatura a me jam frustra leguntur oy,

ce qui signifiait à peu près « ces choses qui ne sont pas encore mûres, sont lues en vain par moi ».

Après mille et une combinaisons, de guerre lasse, Kepler s'avoua vaincu et supplia Galilée de lui donner la solution. Il lui écrivit : « Vous devez voir que vous traitez avec de braves Allemands » pas bien malins en somme et, sous-entendu, non pas avec des Italiens pervers et sournois. Ayant prouvé ainsi qu'il pouvait en remontrer au mathématicien impérial en matière de virtuosité philologique, Galilée consentit enfin à livrer la clé, mais toujours par des chemins détournés : Julien de Médicis la donna à l'empereur, qui lui-même la passa à Wackher, qui l'apporta à Kepler. Gamins ! C'était pourtant une découverte aussi importante que celle des satellites de Jupiter :

Cynthiae figuras aemulatur mater amorum

« Les phases de Cynthia sont imitées par la mère de l'amour. »

1. Il s'agit bien sûr des anneaux de Saturne, qui ne seront découverts sous leur vraie forme qu'en 1656, un an après le décès de ce narrateur fictif…

Vénus passait par des phases semblables à celles de la Lune : croissant, demi-cercle, disque ; elle tournait par conséquent autour du Soleil. Si ce n'était pas encore tout à fait le triomphe de Copernic, car Tycho pouvait toujours avoir son mot à dire, c'était bel et bien la défaite de Ptolémée.

Nous nous apprêtions à sortir de la pièce où nous avions soupé et anagrammé quand la cuisinière dragon nous barra la porte en aboyant :

— Maître, il y a là une dame qui demande à vous voir.

Puis elle tenta de s'effacer pour laisser passer, dans un tourbillon de parfum et de dentelles, une femme très élégante au visage voilé.

— Cécile ! s'exclama Kepler. Que faites-vous là ?

La cadette des filles Brahé releva sa voilette. Elle était éblouissante de beauté, mais peut-être que cette apparition féminine au milieu de notre assemblée de mâles faussait un peu mon jugement. Elle répondit d'une voix angélique :

— Il fallait bien, cher maître, qu'un représentant de Tycho assiste à cet événement historique. Auriez-vous préféré mon cher beau-frère ?

— Qui vous a prévenue ? Je finirai bientôt comme Galilée, moi, à voir des complots et des espions partout !

Le jeune Benjamin Ursinus s'avança d'un pas, rougissant jusqu'aux oreilles et bredouilla :

— Je… Maître… C'est moi qui… Madame a tellement insisté…

Kepler prit un air pincé et dit :

— Ah ? Eh bien, après tout, un témoin supplémentaire ne sera pas de trop. Ne tardons plus.

Pendant que nous traversions la cour menant à la tourelle en bois faisant office d'observatoire, Wackher me chuchota à l'oreille :

— L'assistant partagerait-il le même intérêt que le maître pour les phases de la dernière planète Brahé ?

— Quoi, monsieur le comte, vous croyez que cette Vénus danoise aurait seulement deux satellites ?

— Permettez au médecin que je suis, intervint Jessenius, de diagnostiquer que notre jeune ami Ursinus n'est pas encore sorti de la Vierge pour entrer dans la constellation du Bélier.

Ces douteuses plaisanteries de bacheliers ne faisaient que calmer un peu notre envie, notre peur aussi, de voir enfin ce que Galilée avait vu.

En haut de la tourelle, sur la plate-forme, huit chaises avaient été disposées en rond autour d'un haut guéridon sur lequel un tube en carton d'un pouce de diamètre sur un coude de longueur était posé, orienté vers le ciel sur un mince socle pivotant, en cuivre. La lunette de Galilée !

Mon cœur battait très fort dans ma poitrine. Moi qui ne suis pas d'une nature particulièrement mystique, j'étais empli d'une horreur sacrée. Mes compagnons partageaient sans aucun doute ces sentiments confus d'émotion et de peur. Seul Kepler, d'ordinaire si exubérant, gardait un calme surprenant. Tel un général donnant ses ordres à ses officiers avant une bataille décisive, il déclara :

— Voici, madame, messieurs, comment nous allons procéder. Ursinus a placé sur chaque chaise une tablette d'ardoise et une craie. Il orientera sur mon ordre la lunette vers un point du ciel où Galilée affirme avoir découvert une nouveauté. Chacun à votre tour vous examinerez ce lieu à travers la lunette. Puis vous noterez ou dessinerez sur votre tablette ce que vous avez vu. Mais je vous demande le plus grand silence durant toute l'opération. Pas d'exclamation de surprise ni le moindre commentaire. Vous ne devrez pas non plus montrer ce que vous avez écrit aux autres participants. Je ne veux pas que nous risquions de nous influencer les uns les autres. Après chaque observation, vous donnerez tous votre ardoise à Ursinus, qui recopiera votre texte et votre croquis sur ce registre, en les lisant à voix haute. Surtout, ne touchez pas à l'appareil. S'il dévie d'un iota, on perdra du temps à le réajuster sur l'objectif. Je ne vous donnerai pas non plus le nom du lieu que vous observerez, pour que votre jugement ne soit pas faussé par le souvenir de votre lecture du *Messager astral*. À l'exception de la Lune, bien sûr, car je suppose que vous la reconnaîtrez facilement.

Personne ne songea à sourire de cette boutade. Il chuchota quelques mots à l'oreille d'Ursinus. Celui-ci posa son œil à l'extrémité la plus étroite du tube, qu'il dressa légèrement vers le ciel, et le bougea délicatement de droite à gauche. Il se redressa :

— J'y suis, maître. Veuillez vérifier.

Pendant qu'Ursinus griffonnait sur sa tablette, Kepler se pencha à son tour derrière le télescope, mais ne s'y attarda pas.

— Parfait, dit-il d'un ton neutre. Pour éviter tout froissement d'amour-propre protocolaire ou autre, vous passerez par ordre alphabétique. Sir Askew, à vous l'honneur.

— Moi ? Mais… Honneur aux dames…

— Sir Askew, je vous prie de faire ce que je dis.

J'obéis et me levai, les jambes tremblantes, et j'effleurai de mes cils l'oculaire de la lunette. Sur l'instant je fus déçu, car je ne vis rien, ou presque : au milieu d'un cercle très noir, tout au plus un minuscule disque jaune. Certes, ce n'était plus un point, mais son image était floue et tremblotait, comme si elle dansait la gigue. Cependant, au bout de quelques secondes, mon œil s'accommoda. Passés les premiers instants d'émotion, je pus alors distinguer trois petits points brillants situés près de la planète, et disposés selon une ligne exactement droite : les lunes de Jupiter, forcément ! Bien qu'égales aux autres étoiles en grandeur, elles étaient plus resplendissantes.

Me mordant les lèvres pour ne pas pousser un cri d'admiration devant tant de beauté, je tentai de graver cette vision dans ma mémoire. Je m'arrachai à ma contemplation et revins m'asseoir à ma place, comme un écolier bien sage. Je choisis de dessiner ce que j'avais vu, avec seulement quelques mots concernant la couleur et la grosseur. Ce qui me priva du gracieux spectacle de Cécile Brahé se penchant à son tour, et laissant voir dans l'échancrure de son corsage deux planètes d'albâtre…

Me succédèrent Gans, Guldin, puis Jessenius, qui dit en se redressant :

— À ton tour, Johann.

— Non, répondit Kepler, je suis juge, et non témoin. D'ailleurs, la venue inopinée de notre belle amie m'a privé de mon ardoise.

C'était étrange... L'affectueuse ironie de notre ami se faisait grinçante. Il n'était resté que peu de temps derrière la lunette, comme s'il s'en désintéressait. Pourtant, il n'avait pas eu le temps de s'en servir avant cette nuit, puisque le père Guldin ne la lui avait remise que dans le courant de l'après-midi. Après qu'Ursinus eut comparé nos ardoises, Kepler nous annonça que nous avions tous vu ce que le *Messager astral* avait annoncé : Jupiter avait bel et bien des lunes.

Nous poursuivîmes jusque très tard dans la nuit. La Lune, Orion, la Voie lactée nous comblèrent successivement de mille sensations, émotions et pensées nouvelles. Ainsi, l'astre des nuits s'offrait à nous avec des cornes éclatantes. Je remarquai au premier coup d'œil que la limite qui séparait sa partie obscure de sa partie lumineuse ne s'étendait pas uniformément selon une ligne ovale, mais formait une ligne inégale, accidentée et sinueuse. Plusieurs taches brillantes s'étendaient sur la partie obscure, au-delà de la frontière entre la lumière et les ténèbres, tandis qu'à l'opposé, des parties ténébreuses s'avançaient dans la lumière. Bien plus, une grande abondance de petites taches noirâtres criblaient l'étendue inondée de tous côtés par la lumière du Soleil, tout comme la queue d'un paon est diversifiée par des yeux céruléens.

Nous contemplâmes ensuite un ciel d'innombrables étoiles Fixes, restées inconnues des Anciens. Pour ma part, je notai la nette différence d'aspect entre les planètes et les Fixes ; tandis que les planètes présentaient leurs globes exactement ronds et circulaires, semblables à de petites lunes éclairées, les étoiles Fixes avaient une apparence identique à celle qu'on obtient d'elles à l'œil nu, dardant leurs rayons partout alentour et scintillant intensément. Mais elles étaient agrandies dans leur éclat, au point qu'une petite étoile de cinquième grandeur, à peine visible au regard naturel, semblait à la lunette égaler Sirius, la plus brillante de toutes les Fixes.

Nous vîmes enfin que la Voie lactée et les nébuleuses n'étaient en fait que des troupeaux de petites étoiles semées de manière admirable. Tandis que chacune d'elles, à cause de sa petitesse ou de son très grand éloignement, échappait à l'acuité de notre regard, leurs clartés réunies formaient cette blancheur lumineuse, semblable à celle que donne le crépuscule, et que l'on avait prise jusqu'à maintenant pour une partie plus dense du Ciel…

Chaque fois, Kepler se contentait de vérifier d'un coup d'œil si son assistant avait bien orienté le télescope. Nous confirmâmes ainsi toutes les découvertes de Galilée. Puis le ciel commença à pâlir.

— Il est temps d'aller prendre quelque repos, ordonna Kepler. Je vous demanderai de revenir dans deux jours pour signer le procès-verbal de cette séance.

Il toussota pour s'éclaircir la voix. Il était au bord des larmes quand il conclut :

— Nous avons pu voir que tout était réglé en fonction des lois de la géométrie, qui est une et éternelle, véritable reflet de l'esprit de Dieu. Maintenant que j'ai vu tout cela, me voici en paix.

Puis il descendit le raide escalier de l'observatoire, soutenu par Cécile Brahé. Les autres le suivirent.

— Vous venez, Askew ? me demanda le comte Wackher.

— Non, si vous le permettez, cher ami, je préfère rester un peu et contempler le lever de soleil sur Prague. Je suis bouleversé et je dois me remettre les idées en place.

Il s'en fut lui aussi. J'attendis encore de longues minutes. Enfin je descendis, traversai la cour, pénétrai dans la demeure silencieuse. Je ne connais pas de meilleure façon de connaître un homme que de visiter sa maison hors de sa présence. Au rez-de-chaussée, j'ouvris quelques portes, mais ma curiosité fut déçue : l'habitation de Kepler ne se distinguait en rien de celle d'un brave bourgeois de Prague. Passant devant l'escalier, j'entendis un murmure à l'étage, comme des sanglots. Je montai en prenant bien garde de ne pas faire grincer les marches. C'étaient bien des sanglots. Ceux de Kepler. Je collai mon oreille à la porte de ce qui devait être la chambre à coucher. La voix tendre de Cécile murmurait :

— Mon ami, mon ami, ne vous mettez pas dans un état pareil. Vous recommencerez la nuit prochaine, seul ; et vous y arriverez, je vous le promets.

— Hélas, Cécile, hélas ! répondit la voix brisée du mathématicien impérial. Vous m'avez offert votre corps, votre amour, et peut-être un peu de votre âme. Mais vous ne pourrez jamais me prêter vos yeux. L'astronome impérial Johann Kepler, le myope, le bigleux, n'a rien vu dans la lunette de Galilée !

III.

L'hérétique et la sorcière

19.

« Maintenant que j'ai vu tout cela, me voici en paix. » Dans les jours qui suivirent, Kepler répéta souvent cette phrase. Et il ne mentait pas. Sa puissante imagination, son regard tourné vers l'intérieur, son esprit visionnaire, sa lucidité coupante comme un rasoir avaient su voir ce que ses pauvres yeux n'avaient pu contempler, bien mieux que tous ceux qui avaient eu le privilège de regarder le ciel derrière le télescope avant lui ou avec lui, bien mieux même que Galilée.

Après la publication d'un bref procès-verbal de ses séances d'observations où il confirmait l'existence des lunes de Jupiter, qu'il baptisa officiellement « satellites », et où il décrivait en détail la lunette, faisant en somme ce qu'aurait dû faire Galilée et donnant en passant à son homologue toscan une leçon de rigueur, il écrivit presque aussi rapidement un nouveau livre d'optique, où il expliqua les principes de ce « télescope astronomique ». En cent quarante et un théorèmes mathématiques, il décrivit toutes les lois gouvernant le passage de la lumière à travers des systèmes de lentilles, discutant des images réelles et inversées, de la magnification, et démontrant *« comment, à l'aide de deux lentilles convexes, les objets visibles peuvent être vus plus grands et plus distinctement, mais avec des images inversées ».*

Sûr désormais de son fait, il ne se protégeait plus derrière les auteurs anciens comme le Vitellion de son premier ouvrage sur le sujet. On pouvait s'apercevoir toutefois que tout ce qu'il énonçait dans la *Dioptrique* était déjà en germe dans *Le Supplément à Vitellion*, de même que *L'Astronomie nouvelle* devait être lue comme le second tome du *Mystère cosmographique*. Son œuvre, que l'on aurait pu croire vagabonde, butinant de fleur en fleur, se construisait en vérité comme une ruche. Au foisonnement juvénile et à la poésie mystique du *Mystère* et du *Vitellion* répondaient l'austérité et la rigueur du géomètre de *L'Astronomie nouvelle* et de la *Dioptrique*, même s'il concluait ce dernier ouvrage par un dithyrambe : *« Ô tube qui sais tant de choses, plus précieux que n'importe quel sceptre. Celui qui te tient dans sa main droite ne connaît ni roi ni maître dans l'œuvre divine. »*

En ces quelques mois de création fébrile, il sema aussi toute une série de perles rares et déconcertantes, aussi légères que profondes, aussi plaisantes qu'érudites, dont beaucoup circulèrent seulement sous forme de copies manuscrites. Ainsi, *L'Étrenne ou la Neige sexangulaire*, cadeau du Nouvel An 1610 offert à son ami le conseiller Wackher. Il y dissertait en badinant sur la structure géométrique de la neige, s'émerveillant de la richesse et de la beauté des formes de la nature, s'intéressant au passage à la forme rhombique des pépins de grenade, résultant selon lui de la compression optimale du fruit dans un volume sphérique donné ; faisant ensuite son miel avec les alvéoles d'abeilles, dont, démontrait-il, la forme de prisme à base hexagonale était née de la nécessité de remplir au mieux l'espace ; venant enfin à se demander comment empiler des sphères afin que le volume occupé soit le plus petit possible, et conjecturant que la meilleure solution était celle utilisée d'instinct par les marchands de fruits, pour présenter les oranges sur leurs étals…

Au-delà de ces jeux de l'esprit, il ne fallait pas s'y tromper : ces cristaux de neige, petites sphères, pépins de grenade ou gouttes d'eau devaient, par des arrangements simples, expliquer les différentes formes observables de la nature. Pour Kepler, là où il y avait la matière, il y avait nécessairement la géométrie, langage naturel de l'Harmonie.

À tout cela s'ajoutèrent des écrits, souvent pamphlétaires, sur le bien-fondé des prédictions astrales, rédigés dans la langue de Luther et ressemblant, dans leur forme, aux *Propos de Table* du Réformateur. Avec cette ironie mordante qu'il appliquait en premier lieu à lui-même, il commenta ainsi ses propres découvertes : *« Si je parle du succès de mes études, qu'est-ce que je trouve comme signes dans le ciel qui pourrait expliquer, même de loin, mes succès ? Mes étoiles ne sont pas l'étoile du matin dans son aspect de la septième maison en quadrature avec Mars, mais Copernic et Tycho Brahé, sans les observations desquels tout ce que j'ai apporté à la lumière serait resté dans l'ombre. Ce ne fut pas Saturne qui fut le gouverneur de Mercure, mais les nobles empereurs Rodolphe et Matthias qui furent mes gouverneurs. Ce ne fut pas non plus le Capricorne de Saturne qui fut la maison de ma planète, mais la province de Haute-Autriche et la Maison de l'Empereur. »*

Ces œuvrettes apparemment sans importance étaient comme les ornements, sculptures, peintures et tapisseries qui trouveraient un jour leur place précise dans le temple de la nature en train de s'ériger, et dont Kepler était à la fois l'architecte, le maçon et l'artisan.

Sans oublier la part du rêve… *Le Rêve ou l'astronomie lunaire*, étrange roman où le héros, l'Islandais Duracotus, racontait son voyage dans l'île lointaine de Levania : la Lune. « *Le but de mon Rêve*, écrivait Kepler, *est de donner un argument en faveur du mouvement de la Terre. Ou plutôt, d'utiliser l'exemple de la Lune pour mettre fin aux objections formulées par l'humanité dans son ensemble, qui refuse de l'admettre. Je pensais que cette vieille ignorance était bien morte, et que les hommes intelligents l'avaient arrachée de leurs mémoires, mais elle vit toujours, et cette vieille dame survit dans nos Universités. »*

Qu'il fût géomètre, physicien, métaphysicien, historiographe, poète, conteur ou fabuliste, Kepler avait atteint, à l'approche de ses quarante ans, la pleine maturité de sa pensée. Toujours, jusque dans la plus innocente de ses lettres, s'ouvrait une chatière sur ce qui lui restait encore à construire : les lois régissant l'attraction et la répulsion des corps inertes entre eux, celles de la lumière, la partition de la musique céleste… Ces questionnements étaient partout dans son œuvre, au détour d'une phrase, dans une note rejetée en fin de volume ; les réponses viendraient bientôt, si elles n'étaient pas déjà écrites quelque part dans la forêt labyrinthique qu'était l'âme de Johann Kepler… « Maintenant que j'ai vu tout cela, me voici en paix. » En paix, peut-être, mais jamais en repos.

Kepler s'était envolé très haut dans les étoiles, il avait plongé très profond dans les formes cristallines d'un flocon de neige. Comment, alors, le prophète promeneur entre microcosme et macrocosme aurait-il pu voir qu'ici-bas, le feu qui couvait allait bientôt tout dévorer ?

À force d'intrigues, Matthias de Habsbourg était en effet arrivé à ses fins : dépouiller son frère Rodolphe de tous ses attributs, couronnes et gouvernements. L'Autriche, la Moravie, la Hongrie étaient déjà tombées dans son escarcelle. Ne lui manquaient plus que Prague et la Bohême. L'empereur était seul, il était nu, pourrissant reclus au fond de son château, rongé par la gangrène et la vérole. Son vieux lion favori venait de mourir. Il allait donc bientôt le suivre sous la terre, puisque Tycho lui avait prédit que la mort du fauve annoncerait la sienne. Aussi, pour ne pas contredire, par-delà le tombeau, cet homme qu'il avait tant vénéré, refusait-il les soins de ses médecins. C'est peut-être pour cela, d'ailleurs, que son agonie dura si longtemps.

Jugeant que les derniers fruits étaient bons à cueillir, bien mûrs, Matthias tenait enfin sa revanche, lui que son père Maximilien avait négligé à cause de son intelligence étroite et de ses goûts brutaux, lui que son aîné Rodolphe méprisait pour les mêmes raisons et en avait fait le paria du clan Habsbourg, lui interdisant même de se marier. Les babines du loup se retroussèrent. La curée sonna.

La Ligue catholique, qui rassemblait la majorité des grands électeurs, décida qu'à choisir entre deux empereurs fantoches, mieux valait celui qu'ils pourraient manipuler à leur aise. Ils choisirent un autre Habsbourg, le jeune duc du Tyrol Léopold, évêque de Strasbourg et de Passau, plus habile à manier le sabre que le goupillon, pour prendre la tête d'une armée de mercenaires chargée d'investir Prague. Suivaient à distance prudente de cette horde barbare, les troupes régulières commandées par Matthias lui-même.

— Partons, Johann, partons ! Ils vont tous nous massacrer, toi, moi, nos enfants. Allons à Linz ! Régine nous y attend.

Barbara poussa un petit cri. Une nouvelle salve avait retenti quelque part, dans la rue.

— La fusillade se rapproche, constata flegmatiquement Johann.

Elle se jeta à genoux, criant, pleurant, s'arrachant les cheveux qu'elle avait pourtant mis une heure à arranger ce matin. Elle émettait maintenant des miaulements sans suite qui ressemblaient à ceux des chats, les nuits de pleine lune et de rut. Son mari la gifla, elle s'effondra sur le plancher et se mit à geindre doucement.

— Papa, qu'est-ce qui se passe ? Maman est malade ?

La petite Suzon, neuf ans, tenant ses jeunes frères Friedrich et Ludwig par la main, était apparue à la porte du cabinet de travail de son père.

— Ce n'est rien, Suzon. Maman a mal aux dents. Rentre dans ta chambre et fais réciter les psaumes du jour aux petits.

Kepler s'en tenait avec ses enfants à une autorité douce, mais impérieuse. Il avait tant entendu jadis entre ses parents de cris et de coups qu'il avait retenu la leçon. Quand les enfants furent sortis, il redressa péniblement Barbara et la fit asseoir dans un fauteuil. Il prit pour lui-même un tabouret et, posant ses mains sur les genoux de son épouse, parla doucement :

— Il ne faut pas t'inquiéter, ma belle meunière. Nous ne risquons rien, ici. Nous sommes trop petits. Et surtout nous avons de solides protections, comme notre ami Wackher, qui m'a promis que quoi qu'il arrive, je garderai mes fonctions de mathématicien impérial. Le père Guldin m'a assuré de son côté que le principal conseiller du roi Matthias, le cardinal Khlesl, tenait mon travail en haute estime, et qu'il maintiendrait la liberté de culte, à Prague tout au moins. Nous serions bien plus en danger sur les routes, ma bonne. Allons, laisse-moi maintenant. J'ai du travail. Va rassurer les enfants.

Barbara s'en fut, reniflant, soupirant, grosse paysanne sous ses robes de grande dame, portant sur ses épaules la résignation immémoriale de ses ancêtres subissant mille et une invasions de soudards, turcs, catholiques ou réformés, tous violant, pillant, massacrant les humbles de son espèce.

Pour son mari, au contraire, la venue des armées autrichiennes et hongroises était surtout un fâcheux contretemps. La récente parution de la *Dioptrique* avait mis un point final à la querelle autour du télescope, grande victoire pour le camp des héliocentristes. Quant à Galilée, toute méfiance évaporée, il avait enfin compris que Kepler était son plus ferme soutien. Il avait multiplié dans ses lettres la plus sincère des reconnaissances et offert son amitié, dont il était d'ordinaire peu dispendieux. L'ambassadeur Julien de Médicis avait même évoqué devant Kepler la prochaine venue du Toscan à Prague, rencontre qui aurait surpassé n'importe quel congrès de princes. Les armées de Matthias l'en empêchèrent. À leur approche, tous les diplomates étrangers désertèrent la capitale de l'empire, le courrier d'Italie et d'ailleurs ne franchit plus les remparts de la ville.

Du haut de la tourelle de son observatoire, derrière le télescope qu'il avait fait adapter à sa mauvaise vue, Kepler ne vit pas que le monde de tolérance et de paix dans lequel il avait vécu depuis douze ans s'effondrait. Tandis qu'à ses pieds brûlaient les faubourgs, lui dont la lucidité et l'esprit logique passaient pour des dons divinatoires, lui dont on s'arrachait les horoscopes, il ne comprit pas que ce siècle à peine commençant, qu'il rêvait comme l'aurore de la Vérité divine révélée par la philosophie de la nature, n'était que le crépuscule sanglant de la plus obscure des nuits de haine, éclairée seulement par la lueur des bûchers.

Ses amis haut placés de la Réforme l'avaient supplié de les suivre dans leur fuite, mais il s'y était refusé, affirmant avec panache que c'est quand la guerre gronde et que les trônes vacillent que le philosophe doit poursuivre sa tâche plus fermement encore qu'en temps de paix. Archimède, Kepler, ces deux frères par-delà les siècles… Il savait bien sûr que Rodolphe se laissait mourir et que son frère Matthias, qui lui succéderait bientôt, ne se souciait que de revanche. Et bien qu'il se fût refusé à offrir au futur empereur un horoscope lui prédisant gloire et prospérité durant son règne, on lui avait garanti qu'il se succéderait à lui-même comme mathématicien impérial. On lui avait également laissé entendre que Matthias serait moins mauvais payeur que son frère aîné. Cela, il fit mine de ne pas l'entendre, protestant qu'il resterait fidèle jusqu'au bout à celui qui lui avait permis de travailler et de publier en toute liberté. Il n'empêche, une fois la *Dioptrique* achevée, telle la prudente fourmi, il se mit à rédiger almanach sur almanach, tout en préparant un ouvrage de chronologie christique fondé sur sa correspondance.

— Maître, maître ! Les soldats ! Ils sont en bas ! Ils vous demandent !

Greta, la grosse cuisinière qui leur était restée fidèle, avait surgi dans le cabinet de travail de Kepler. Depuis trois jours que les troupes de mercenaires hongrois avaient envahi Prague, on entendait le vacarme des combats et les cris des victimes.

— Où est Barbara, où sont les enfants ? s'exclama Kepler.

— Dans la tourelle. Madame a emmené les petits là-haut pour leur faire voir la guerre. J'ai essayé de l'en empêcher, mais… vous connaissez Madame.

— Elle est devenue folle ! Ursinus, dit Kepler en se tournant vers son assistant, qui lui non plus n'avait pas voulu le quitter en de telles circonstances, allez la chercher, et vous aussi Greta, emmenez-la, de force s'il le faut. Allez vous réfugier à l'hôtel du conseiller Wackher. Passez par la porte de la cuisine. La venelle, derrière, doit être déserte. Ensuite, vous prendrez l'allée couverte qui…

— Je connais le chemin, mon maître, répliqua Ursinus. Mais je reste. Et vous, vous partez. Votre vie est plus précieuse que la mienne.

— Allez, vous dis-je, c'est un ordre. Il n'y a pas de temps à perdre. Je vais tâcher de retenir nos visiteurs.

Ursinus ne put ajouter un mot. Kepler descendait déjà l'escalier en se disant qu'après tout, il aurait la même mort qu'Archimède, sous le glaive sinon d'un légionnaire romain, du moins d'un soudard hongrois.

Il n'y en avait qu'un, de soudard, dans le vestibule, casque sous le bras, pistolets à la ceinture et sabre pendant au côté. Malgré sa haute taille, ses fortes épaules sous le pourpoint de cuir, sa barbe rousse en broussaille et son œil d'un bleu délavé, ce sous-officier sembla au savant d'aspect pacifique.

— Monsieur, dit Kepler d'une voix ferme, si c'est à ma fortune que vous en voulez, vous avez frappé à la mauvaise porte. Mais si c'est la vie que vous voulez m'ôter, je ne vous demande qu'un bref répit, le temps de prier le Seigneur qui vous envoie.

Le militaire partit d'un gros rire qui sentait sa campagne.

— Johann, Johann, je ne suis pas Caïn et tu n'es pas Abel. Eh quoi ? Tu ne reconnais pas ton petit frère ?

— Chris… Christophe ?

— Manqué, mon aîné ! Caporal Heinrich Kepler, pour vous servir, monsieur le professeur docteur, incapable de distinguer son cadet de son benjamin ! Allez, embrassons-nous quand même !

Heinrich serra rudement son frère sur sa poitrine. Il sentait la sueur séchée, le schnaps, le vieux cuir et le salpêtre. Johann se dégagea doucement, affichant un grand sourire pour masquer son dégoût. Il posa les mains sur les épaules de son cadet et le dévisagea en se forçant à la tendresse. Le soldat de tout à l'heure, qui lui avait paru si grand et si fort, était en fait plus petit que lui, et râblé. Il chercha en vain dans ses traits des ressemblances avec leur père, le mercenaire qui les avait abandonnés, puis avec leur grand-père, le vieil ivrogne coureur de jupons. Rien non plus n'évoquait le gamin de jadis aux bonnes joues rouges de paysan, ni l'adolescent vendu à un boulanger, l'esclave d'un métayer, le chanteur de rues qui jouait si bien de la guitare espagnole.

— Tu n'as pas changé, mentit Johann. Tu... Toujours musicien ?

Heinrich partit à nouveau de son gros rire qui se termina dans une quinte de toux grasse. Puis il désigna la crosse d'un de ses pistolets et dit :

— La seule musique que je connaisse maintenant, c'est celle de cet instrument-là ! Alors, me présenteras-tu enfin mes neveux ? Ils doivent avoir hâte de connaître leur tonton !

— Ils sont chez des amis, avec leur mère. Ils ne reviendront que demain...

— Mouais... Fait pas bon courir la ville, pour une femme et des enfants. Comme disait mon capitaine, dans la guerre, la rue est au soldat et à la putain. Mais on ne va pas rester plantés là à sécher sur pieds, non ? Il n'y a rien à boire dans ta boutique ?

Johann était comme égaré ; il ne trouvait pas ses mots, craignant d'utiliser un langage trop châtié pour ce soudard. Et la voix du Seigneur résonnait dans sa tête : « Caïn, qu'as-tu fait de ton frère ? » Il le prit par le bras et l'entraîna vers le petit salon de réception contigu au vestibule. Sur le seuil, Heinrich eut un mouvement de recul :

— Tonnerre de Dieu, tu pètes dans la soie, mon aîné. Mais, comme disait mon capitaine, c'est à l'office qu'on voit si le vin est bon et l'hôtesse accueillante, pas dans la chapelle.

Docile, Kepler guida son frère jusqu'à la cuisine. Il regarda autour de lui et bredouilla :

— Je ne sais pas où les domest... où ma femme cache le boire et le manger.

Sans une hésitation, Heinrich sortit d'un placard une bouteille, deux verres, du jambon et du pain. Il s'assit enfin sur le banc en rigolant :

— Faut croire qu'un brave soldat connaît mieux les maisons bourgeoises que leur propriétaire légitime.

— Tu as participé à des…

— Ben tiens ! Comme disait mon capitaine, s'il ne fallait compter que sur la solde pour le ventre, toutes les armées du monde crèveraient de faim avant le premier coup de canon. Quant au bas-ventre…

— Je t'en prie… Maintenant que te voilà caporal, que comptes-tu faire ? Je connais du monde à la cour, le très puissant seigneur Albrecht von Wallenstein, par exemple, qui pourrait bien avoir besoin d'un vaillant comme toi pour sa garde personnelle.

Heinrich vida un grand verre d'alcool comme si c'était de l'eau, s'essuya les lèvres avec le revers de sa manche, renifla et grogna enfin :

— Merci pour ton offre, mais la carrière, c'est fini pour moi. Prague sera ma dernière campagne. Je retourne au pays. Je reprends l'auberge à la mère, si toutefois tu m'en donnes l'autorisation. Je suis venu te voir pour ça, d'ailleurs. Trop vieux pour faire la guerre, moi…

Bien que de quatre ans plus jeune, il paraissait en vérité en avoir dix de plus que son aîné. Il remplit de nouveau son verre, le vida et murmura :

— D'ailleurs, tout ça ne veut plus rien dire. Le vieux est crevé. Alors, à quoi bon ?

— Le vieux ?

— Notre canaille de père, si tu préfères. Si je me suis engagé, quand j'étais gamin, c'était pour le retrouver et lui faire la peau. Il devait payer pour tout ce qu'il avait fait subir à maman et à nous autres. Pas à toi, tu étais son favori. Tu te rends compte qu'il m'a vendu comme un esclave ? Je l'ai cherché partout, en Flandres, en Moravie, dans le Milanais… Rien… comme s'il n'avait jamais existé. Et puis, il y a une semaine, sous les murs de Prague, mon capitaine a eu les deux jambes brisées par un boulet. Avant de mourir, il m'a fait venir. Il m'a demandé si j'étais de la famille de l'astrologue de l'empereur. J'ai dit que tu étais mon frère.

Je ne sais pas s'il m'a cru. En tout cas, il m'a chargé de te dire qu'il y a bien longtemps de cela, il avait pendu notre père de ses mains pour avoir tenté de voler la solde. Il devait te prendre pour une sorte de prêtre, de confesseur, ou je ne sais quoi…

Heinrich n'eut pas le temps d'en dire plus. Dans le vestibule, des portes claquèrent, des bruits de pas résonnèrent sur la dalle, puis dans l'escalier, et des cris fusèrent : « Sortez de là, les bras en l'air ! Maître, maître ! Où êtes-vous ? Kepler, montrez-vous ! » Le mercenaire bondit de son banc et sortit les pistolets de sa ceinture. Un soldat de la garde impériale, sabre au clair, apparut à la porte de la cuisine et lui cria :

— Pose ça ou je te crève !

Sans broncher, un sourire crâne aux lèvres, Heinrich abaissa ses armes. Deux gardes se précipitèrent sur lui, le désarmèrent et le ceinturèrent sans ménagement.

— Attendez, s'exclama Kepler, cet homme est mon…

Trop tard ! Poussé dans le dos, bousculé, Heinrich avait déjà disparu hors de l'office. Un officier des gardes posa la main sur l'épaule de Johann.

— Dieu soit loué, seigneur docteur, vous êtes sain et sauf. Plus de peur que de mal… Il y en a d'autres, de ces brutes, dans la maison ?

— Lâchez-moi, lieutenant, cria Kepler en cherchant à se débarrasser de cette étreinte vigoureuse, l'homme que vous emmenez, c'est mon frère.

— Nous le sommes tous dans la vraie foi, révéré docteur, chuchota l'officier à son oreille. Quel mot admirable ! Quel courage ! Mais ce foutu papiste va recevoir ce qu'il mérite : une balle dans le crâne, comme un chien enragé.

L'imbécile ! Le *mathematicus* impérial sortit de la cuisine comme un fou furieux. Dans le vestibule, un jeune gentilhomme richement vêtu, agitant son épée de parade autant que ses dentelles et ses plumes, s'exclama en le voyant surgir :

— Ah, mon cher maître ! Grâce en soit rendue à Uranie et aux huit autres muses, car vos talents sont universels !

Notre ami le comte Wackher, accompagné de votre assistant, est venu m'alerter alors que j'inspectais l'avancement des travaux de mon futur palais. Ce sera pour moi le plus beau titre de gloire de vous avoir épargné la mort par le glaive que subit avant vous Euclide à Alexandrie.

— Archimède à Syracuse, ne put s'empêcher de corriger Kepler. Monseigneur Wallenstein, je vous en supplie ! Vos soldats vont tuer mon jeune frère Heinrich, le fils de ma mère…

— Votre frère, ça ? s'étonna Wallenstein avec un écrasant dédain. Je vous croyais de noble famille. Vous me conterez l'affaire, un jour, pour me distraire de mes tracas…

— Monseigneur, par pitié…

Il était temps. Dans la rue, Heinrich avait été jeté à genoux, les mains ligotées derrière le dos. Un soldat lui avait déjà posé le canon d'un mousquet sur la nuque.

— Arrêtez, ordonna l'homme le plus riche de tout l'empire. Votre général en chef lui fait grâce, à la demande du mathématicien impérial Johann Kepler.

Heinrich fut délivré de ses liens et relevé avec beaucoup plus de sollicitude qu'il avait été jeté à terre. Il s'épousseta les épaules, comme s'il n'avait fait qu'une chute, se dégagea d'un coup de poing sur l'avant-bras d'un des gardes, et s'avança vers son frère et Wallenstein, un sourire narquois aux lèvres sous sa barbe rousse. Johann admira ce courage dont il se croyait dépourvu, lui que la moindre égratignure mettait à l'agonie. Arrivé au pied des six marches de la porte d'entrée, son cadet se raidit, claqua des talons, s'inclina jusqu'à faire un angle droit, se redressa et aboya :

— Caporal Heinrich Kepler, troisième bataillon de supplétifs hongrois de l'armée de Moravie, seigneur général.

Wallenstein descendit l'escalier d'un pas martial. Malgré perruque, dentelles et poudre, tout en lui du jeune Crésus mondain, ami de tous les princes, amant de toutes les princesses, avait disparu. Ce fut le chef de guerre qui s'adressa au frère du mathématicien impérial :

— Tu étais donc au lac Fertö, caporal ?

— Et même au tableau d'honneur, pour une oriflamme prise aux Trucs et deux blessures. À vos ordres, mon général.

Wallenstein se retourna vers Johann, toujours en haut du perron, et dit sur le ton d'un homme de cour :

— Mon cher maître, vous avez pour frère un brave à trois poils.

Il avait insisté ironiquement sur le mot « frère », laissant entendre qu'il n'était pas dupe, sûr que le mercenaire n'était qu'un bâtard. Il poursuivit :

— J'ai besoin d'officiers de sa trempe dans ma garde personnelle. Me l'offrirez-vous ?

— C'est que, monseigneur, je ne dispose pas du destin d'autrui, fût-il mon cadet.

— Ah ? Vous le prédisez pourtant avec tant de talent, ce destin d'autrui. Eh bien parlez-en avec lui. Puis-je vous demander un service, mon cher maître ? Quand les choses seront un peu calmées, j'aurais besoin de vos conseils pour l'observatoire que je veux faire installer dans ma nouvelle résidence pragoise. Et nous souperons, en compagnie de quelques-uns de nos savants amis. Naturellement, la belle Barbara Kepler sera de la partie. Je dois vous laisser à vos retrouvailles familiales, maintenant. Je mets deux gardes en faction devant chez vous. Encore qu'avec un frère aussi vaillant, vous ne redoutez rien. À vous revoir, mon cher maître !

Heinrich resta une semaine, terré dans la maison de son frère. Dehors, le pillage continuait. Naïvement, Johann le félicita de ne pas y participer, avant de lui faire un long sermon sur sa conduite passée qui l'avait amené à combattre contre ses frères en religion. Celui-ci ne lui répliqua que par un ricanement sournois. Depuis qu'il avait vu son aîné « taper sur le ventre » du général Wallenstein, il lui vouait une sorte de crainte, mêlée d'admiration que l'on pourrait appeler respect.

Mme Kepler et les enfants étaient revenus le lendemain de l'intrusion du mercenaire, sous la solide escorte des domestiques du comte Wackher, dont deux restèrent pour aider à la maisonnée en ces temps difficiles. La première fois qu'elle vit son beau-frère, Barbara le toisa avec mépris : un soudard isolé n'est qu'un loqueteux, un misérable. Lui cependant s'assit sur ses talons, ouvrit les bras et dit joyeusement :

— Venez çà, mes neveux, faire connaissance avec tonton Heinrich !

Barbara saisit Suzon et Friedrich dans chaque main, tourna les talons et sortit de la pièce, tandis que le petit Ludwig accroché à sa robe se laissait remorquer en glissant sur le plancher.

— Excuse-la, Heinrich, dit Johann, mais elle a vu tellement d'horreurs ces derniers jours…

— Ne t'inquiète pas pour moi, j'ai l'habitude. Et je sais bien où est ma place.

Sa place, elle était à l'office, à lutiner Greta, la cuisinière dragon qui lui disait pis que pendre de sa patronne, cette fille de meunier qui jouait à la grande dame et martyrisait « Monsieur votre frère, un homme si doux, si pieux et si savant ». La nuit, il dormait à l'écurie. Seul Johann fut malheureux de cet arrangement. Un soir, Heinrich entra dans son cabinet de travail, son gros sac en bandoulière :

— Je viens te faire mes adieux, mon aîné. Je retourne à l'auberge, chez maman.

— Comme ça, maintenant ? Mais… la nuit vient de tomber.

— L'ombre convient aux gens de mon espèce.

Et il s'en fut, sans une accolade, sans une main serrée. Par la fenêtre, Johann le vit disparaître au coin de la rue. Il comprit enfin que Heinrich était un déserteur. Comme leur père.

20.

Matthias entra dans Prague, mais n'y resta que le temps de faire signer à son aîné un acte d'abdication de ses ultimes titres, excepté celui d'empereur dont ni l'un ni l'autre ne disposaient. Puis il repartit à Vienne, ne laissant à son frère que la couronne de Charles Quint et son château. On raconte que quand il fut parti, Rodolphe ne prononça que ces mots :

— Enfin seul !

Hors l'enceinte du quartier du château, rien ne changea. Partout en ville, la mort continuait de frapper. Comme toujours et partout, outre le fer, le feu, l'eau et la corde, la soldatesque avait apporté la peste et le typhus avec elle. Cette épidémie-là, on l'appela « la fièvre hongroise ». Les hauts murs cernant le Hradschin n'auraient pu interdire l'accès à ses miasmes putrides.

Le lendemain du départ de Heinrich, Kepler réalisa que sa famille ne serait en sécurité que dans la résidence impériale. Il y avait là-bas un petit appartement qui lui était réservé, mais il s'y rendait le moins possible, seulement quand ses fonctions l'y contraignaient. Le Hradschin en effet restait le lieu le plus sûr et le mieux gardé de Prague, par les troupes régulières placées sous les ordres du général Wallenstein : le roi Matthias n'avait aucune envie d'être accusé de fratricide et préférait laisser la nature faire son œuvre ; la nature, et l'empereur qui se laissait mourir.

Les jardins, les belles demeures, les églises, les hôtels étaient déserts. Partout dans le dédale des ruelles couvertes de neige sale patrouillaient des soldats, et devant chaque porte, veillaient des sentinelles. Tous ceux qui, vingt ans durant, avaient fait briller la cour de Prague des mille feux de l'art et de la philosophie, avaient fui à Vienne ou à Ratisbonne. Ne restaient plus que de rares fidèles de l'empereur sans couronne, et quelques fonctionnaires obstinés à vouloir entretenir la machine grinçante de l'État.

Les quatre domestiques prêtés par le comte Wackher tiraient une charrette où étaient entassés, outre quelques malles chargées d'objets indispensables, Barbara serrant Ludwig dans ses bras, tandis que Suzon et Friedrich grelottaient de fièvre, enfouis sous des couvertures. Kepler, qui marchait devant en brandissant un dérisoire pistolet même pas chargé, avait préféré que les chevaux restent à l'écurie, pour ne pas tenter les mercenaires et les affamés. Le petit convoi pénétra sans encombre dans l'enceinte du Hradschin, grâce aux laissez-passer du mathématicien impérial. Il n'en fut pas de même devant le château, dont toutes les entrées étaient solidement gardées. À une poterne bien cachée derrière les arbres, une vieille sentinelle, qui avait reconnu l'astronome, fut assez complaisante pour, dit-il, aller chercher quelqu'un. Ils attendirent longtemps. La neige commença à tomber. Enfin, apparut un digne gentilhomme à la mise austère de réformé, que le mathématicien impérial connaissait bien : Tobias Scultetus, procurateur des finances de Sa Majesté impériale, le plus chipoteur des rapaces quand Kepler tentait d'arracher quelques miettes de sa pension. Bref, son pire ennemi quand son buffet était vide et qui, en plus, se piquait de poésie latine et n'hésitait pas à lui demander des conseils prosodiques, gratuitement bien sûr.

— Ah, mon cher maître, pardonnez-moi de vous avoir fait tant attendre ! Vous et votre famille, dans ce froid ! Mais nous vous croyions partis de Prague ...

— Avec quel argent ? ne put s'empêcher de répondre Kepler.

Scultetus fit mine de ne pas entendre :

— Vous ne pouvez pas rester ici. Et je ne peux vous dire d'entrer dans le château. Le bois qui reste est consacré à chauffer la chambre de Sa Majesté. Quant aux vivres, ils s'épuisent. D'ailleurs, il n'y a plus personne en cuisine ni ailleurs. Mais je sais où vous héberger... Le palais Curtius...

— Quoi ? Chez Tycho ? Pardon... chez Tengnagel ? Vous n'y pensez pas.

Le procurateur eut une grimace qui devait lui tenir lieu de sourire :

— Les armées du roi Matthias n'étaient pas sorties d'Autriche que ces vautours de Brahé étaient déjà partis à Vienne pour y trouver une nouvelle charogne à ronger. Le palais Curtius est devenu, grâce au docteur Jessenius qui s'y est réfugié, une autre académie de Lyncée. Je vous y emmène.

Barbara, en gémissant, descendit péniblement de la charrette. Elle sortit d'un ballot un épais manteau en peau d'ours.

— Monsieur Scultetus, vous n'allez pas aller ainsi vêtu par ce temps. Enfilez donc cette pelisse.

— Mille grâces, madame. Cher maître, vous avez la plus belle et la plus attentionnée des épouses. Si vous me l'aviez envoyée chercher quelque avance, je crois bien que j'aurais gratté au fond des coffres vides du trésor impérial pour accéder à sa demande.

— Que voulez-vous, cher ami, répliqua Barbara en tendant à baiser ses mains gantées, mon mari me croit une bête. Cela fait bien longtemps que je n'ai pas vu madame votre épouse. Et les enfants, comment supportent-ils cette terrible épreuve ?

— Je les ai envoyés en lieu sûr, dans ma Saxe natale.

— Vous êtes originaire de Leipzig, je crois ?

— D'Oschitz, pour être précis. Je vous pardonne cette petite erreur, savante amie.

— Maman, j'ai froid ! couina Ludwig.

— Allons, avant de geler sur pied, gronda Kepler.

Il était furieux, contre Barbara d'abord et ses mondanités ridicules ; contre Scultetus ensuite, ce mauvais payeur qui faisait le joli cœur devant son épouse, à son âge ! Et contre lui-même, surtout, qui n'avait pas su prévoir et mettre sa famille à l'abri alors qu'il était encore temps, seulement pour surveiller l'impression de la *Dioptrique.* Et il se maudit pour son égoïsme. En chemin, Scultetus lui raconta que tout le monde à Prague était persuadé qu'il avait fui la ville la semaine passée, en compagnie de son frère, pour aller se réfugier dans le Wurtemberg. Le général Wallenstein l'avait lui-même affirmé avant de repartir à Vienne, où Matthias le réclamait.

Jessenius avait transformé le palais Curtius, ultime observatoire et résidence de Tycho, en hôpital. Outre les blessés, victimes des échauffourées qui avaient eu lieu dans l'enceinte du château, la plupart des grabataires souffraient de « la fièvre hongroise ». Le bon docteur et Kepler tombèrent dans les bras l'un de l'autre. Et le plus célèbre anatomiste du temps fit libérer au premier étage les somptueux appartements des Brahé, afin d'y installer son ami astronome et les siens.

En s'effondrant dans un fauteuil, frigorifié, devant une grande flambée, dans la chambre mortuaire de Tycho Brahé, Kepler ne ressentit aucun goût de revanche sur le passé. En regardant face à lui un grand tableau où posait l'astronome danois entouré par Ptolémée et Copernic, il soupira plutôt sur le temps perdu en vaines disputes, puis en malentendus avec Galilée. Et maintenant qu'unis tous trois au-delà de la mort pour le premier, au-delà des méfiances aussi hautes que les Alpes pour le second, ils allaient enfin ouvrir ensemble les portes de l'univers, tandis que les trônes s'effondraient, les haines religieuses renaissaient, la guerre s'amassait à l'horizon.

— Seigneur, pria-t-il, à voix haute, pourquoi mets-tu tant d'obstacles à ma quête de Ta Vérité ?

Comme une réponse, un cri strident s'éleva de la pièce voisine. Il bondit de son fauteuil. Livide, les cheveux hérissés, Barbara se dressait au pied des deux lits où étaient couchés les enfants.

— La peste hongroise, hurla-t-elle. Maudit sois-tu, père indigne, de nous avoir emmenés ici !

Kepler se pencha au chevet de sa fille : le visage de Suzon était constellé de boutons rouges et ses yeux semblaient encore bien plus immenses, noirs et purs. Dans l'autre lit, Friedrich, l'aîné des garçons, n'était qu'un masque purulent qui ne pouvait plus ouvrir ses paupières. Il geignait doucement. À son côté, le petit Ludwig, visage lisse et rose, dormait paisiblement, le pouce dans la bouche. Leur père sortit précipitamment et revint peu de temps après en compagnie du docteur Jessenius. Le premier geste de l'anatomiste fut d'arracher le benjamin au lit de son frère et d'aller le déposer dans une autre chambre. Puis il ordonna à Barbara de le laver entièrement avec une éponge humide. Elle ne bougea pas, comme si elle ne l'avait pas entendu, et ce fut son mari qui se chargea de cette toilette.

Toute la nuit, Jessenius s'appliqua à soigner les deux petits malades, tandis que Kepler l'assistait de son mieux. Barbara restait prostrée sur une chaise en murmurant de temps en temps :

— Père indigne, père indigne, pourquoi nous as-tu fait quitter la maison ?

Jessenius tenta de lui expliquer que les enfants étaient déjà pris par le mal depuis plusieurs jours, elle n'en démordait pas : « Père indigne… » Le malheureux Johann n'avait pas besoin de cela pour se sentir coupable. Il était sûr, quant à lui, que c'était son frère Heinrich qui avait fait entrer la fièvre hongroise dans sa maison. Son frère, donc lui, donc toute cette lignée tarée à laquelle il avait cru échapper, et faire échapper ses enfants, et qui le rattrapait, maintenant qu'il était au sommet de sa gloire. Dieu le punissait-il de son orgueil d'avoir voulu comprendre la beauté de Sa Création, ou bien se désintéressait-Il de lui, se souciant comme d'une guigne du destin de ses créatures ?

Kepler ne retrouva la foi qu'à l'aurore, quand Jessenius se releva d'au-dessus du lit de Friedrich et annonça, de la voix neutre du praticien :

— C'est fini, la fièvre a gagné.

Alors, Johann Kepler sentit monter de son ventre un long déchirement, comme si son corps allait se fendre en deux. Cette douleur indicible parvint à ses lèvres pour s'y muer en un gémissement silencieux, plus fort que tous les cris de douleur que poussait partout, et pousse encore l'humanité orante d'un dieu silencieux. Il se leva et regarda le visage boursouflé du petit cadavre. Derrière cette horreur, où était le gamin joyeux qui récitait en riant, à l'imitation de son père, la table de multiplication par sept ? Son fils aîné, sa fierté, son espoir, n'était plus que viande morte. Galilée aurait tué Dieu, pour un crime pareil. Kepler, lui, pria.

L'enterrement eut lieu le lendemain dans le cimetière du Hradschin, et le cercueil de Friedrich était le plus petit des six qui sortirent ce jour-là du palais Curtius. Quelques jours passèrent ; la fièvre de Suzon tomba, les boutons disparurent comme par enchantement. En secret de son mari et de Jessenius, Barbara lui avait lié les poignets pour éviter qu'elle se gratte et soit défigurée. Mais dès qu'elle fut guérie, sa mère ne s'intéressa plus à elle, ni d'ailleurs au petit Ludwig, qui, à quatre ans, avait prouvé sa bonne santé et sa résistance à l'épidémie en mettant à sac la pièce où il avait été enfermé sous la garde de la cuisinière Greta, doux dragon au long poil au menton.

Barbara s'isola dans la chambre où son fils aîné était mort. Elle qui, naguère, poussait la gourmandise jusqu'à la gloutonnerie, refusait maintenant toute nourriture. Elle, si coquette, qui dépensait sans compter pour porter des vêtements de grande dame et tenir son rang à la cour, restait prostrée devant le lit vide, vêtue d'une robe d'intérieur sale et déchirée, parlant toute seule, ne reconnaissant personne, pas même ses deux enfants survivants. Et quand la petite Suzon venait supplier sa mère de manger quelque chose, ou essayait de la câliner un peu, sa mère la repoussait avec horreur comme si l'enfant était responsable de la mort de son frère.

Le printemps fut précoce, cette année-là, et avec la douceur revenue, la fièvre hongroise se dissipa en même temps que les mercenaires quittaient Prague pour être remplacés par les troupes régulières venues de Vienne. C'était comme si rien ne s'était passé. L'empereur Rodolphe restait cloîtré dans son château, sans que nul ne sache s'il était prisonnier ou si sa réclusion était volontaire. Kepler avait réintégré sa maison, qui avait été une des rares du quartier à être épargnées par le pillage. Barbara ne sortait plus de sa chambre, lui s'isola dans son cabinet de travail. Morose, il y reprit sa correspondance concernant la chronologie du Christ. Cela ferait toujours quelque argent au cas où… De plus, le procurateur des finances Tobias Scultetus, qui s'était pris d'une grande compassion pour cette famille de coreligionnaires dans le malheur, avait assuré qu'il s'arrangerait pour payer les arriérés de pension du mathématicien impérial.

De leur côté, à Vienne, le comte Wackher et le jésuite Guldin s'activaient auprès des principaux conseillers de Matthias pour que leur ami conserve sa charge quand viendrait l'heure de la succession de Rodolphe. D'autres, à Prague, lui conseillaient de partir se réfugier en pays protestant, le temps au moins que les choses se clarifient. Mais, même s'il l'avait voulu, il ne l'aurait pu, sans argent. Et surtout, comment voyager, avec deux enfants et une femme perdue de mélancolie, prostrée, et qu'il nommait dans son for intérieur « la grosse motte de saindoux ».

Tandis que, dans toutes les cours d'Europe, jusque dans la plus petite principauté, on fabriquait des télescopes astronomiques selon le modèle qu'il avait décrit, le sien restait enfermé dans son étui de cuir. Comme le courrier n'arrivait plus, il ignorait qu'à Florence, Galilée avait découvert de grosses taches noires passant devant le Soleil et qui étaient peut-être de nouvelles planètes. Il ignorait aussi que le Français Nicolas Fabri de Peiresc avait observé que cette nébuleuse brillante que l'on voyait sous le baudrier d'Orion se décomposait en réalité en un nuage de petites étoiles. Ne pouvant le payer, Kepler avait renvoyé son assistant Ursinus, ou du moins l'avait recommandé au recteur de l'université, afin que le jeune mathématicien donne des cours dans des salles vides.

Les jours passaient lentement, et les mois vite. C'est à peine s'il s'aperçut qu'il avait quarante ans. Il se dressa un nouvel horoscope, plus sombre et désespéré encore que celui qu'il s'était fait vingt ans plus tôt. Revint l'hiver. Mais était-il bien parti, cette année-là ? Kepler avait passé cette matinée froide et ensoleillée dans une imprimerie médiocre, mais qui avait l'avantage de lui faire un prix d'ami. Puis il s'était rendu au château, où Tobias Scultetus lui remit la totalité de sa pension de l'année passée. Le procurateur était très fier de cet exploit, mais il fit son mystérieux et refusa de dire comment et où il avait pu trouver une somme aussi conséquente dans ce palais désert.

Le manteau arrondi par une lourde bourse, et donc l'esprit un peu plus léger, Kepler décida d'aller prendre une collation avec Jessenius, au palais Curtius, où l'anatomiste tenait toujours table ouverte. Pour la forme, le bon médecin y prodiguait encore quelques soins, mais en réalité l'ancienne demeure de Tycho était devenue un refuge et un nid de conspiration pour tout ce que Prague comptait encore de gentilshommes protestants. Jessenius n'était pas le moins actif d'entre eux à préparer la lutte, qui s'annonçait rude, avec un Matthias sur le trône impérial.

— Alors, Johann, lança-t-il à l'arrivée de son ami, notre petit Ludwig se porte-t-il mieux ?

— Mais… Comme un charme, répliqua un Kepler étonné, si j'en juge par le nombre des gribouillis que ce garnement a commis sur mes manuscrits.

— Ah ? Pourtant j'ai reçu ce matin la visite de Barbara, qui m'a affirmé qu'il souffrait d'un coup de froid. À ce propos, ton épouse m'a l'air parfaitement remise de sa terrible mélancolie. Je ne l'ai jamais vue aussi pétillante de malice et de gaîté.

— Pétillante, Barbara, que me chantes-tu là ?

— Un an pour faire son deuil, cela me paraît tout à fait normal.

— Un an ? C'est vrai, nous sommes aujourd'hui l'anniversaire de la mort de… Mais, où est-elle ?

— Elle est repartie il y a une bonne heure. Je lui avais dit d'aller voir l'apothicaire pour… Nom de Dieu !

Les deux hommes s'en furent au pas de course dans les couloirs et les escaliers du palais vers l'ancien laboratoire d'alchimie, où Tycho se livrait jadis à ses expériences en compagnie de son fils George. Le vieil apothicaire sursauta quand ils firent irruption dans son officine.

— Qu'avez-vous donné à Mme Kepler ? demanda Jessenius.

— Mais… ce que vous lui avez demandé, docteur. Une mixture contre les rats qui, m'a-t-elle dit, font grand bruit dans son grenier.

— Nom de Dieu ! De l'arsenic ! Filons chez toi, Johann, il n'est peut-être pas trop tard.

En chemin, haletant, Kepler murmurait :

— Elle n'a pas pu faire ça ! Un péché mortel, elle si pieuse, si bigote…

Et si elle avait voulu entraîner les enfants dans son désespoir ? Il n'osait y songer. Il fut soulagé quand il vit Suzon qui se contemplait dans le miroir du vestibule.

— Où est ta mère ?

Elle haussa les épaules et répondit avec une petite moue dédaigneuse :

— Peuh ! Comme d'habitude, dans sa chambre, à marmonner ses prières. Où voulez-vous qu'elle soit, père ?

En d'autres circonstances, Suzon aurait reçu un vigoureux soufflet. Son père gravit les escaliers quatre à quatre. Barbara était étendue sur son lit, crispée, la face violacée, une mousse blanchâtre à la commissure des lèvres. Au pied du lit, un verre brisé.

Jessenius fut rapide à constater le décès. Il se contenta de clore les yeux révulsés. Alors, Kepler poussa un cri, non de douleur, mais de colère :

— Pauvre folle ! Criminelle !

Puis il se dirigea vers la fenêtre et regarda longtemps dehors, en silence, le dos tourné au lit, les mains croisées dans le dos. Il tenta de rassembler ses idées. Ainsi, la mélancolie dans laquelle Barbara s'était plongée depuis la mort de Friedrich l'avait poussée à ce que la justice séculière et religieuse considérait comme le pire des crimes, l'attentat à sa propre vie. Le cadavre comparaîtrait devant un tribunal, on le pendrait ou on le brûlerait. Lui, le mathématicien impérial, et ses deux enfants ne seraient plus désignés que comme le veuf et les orphelins d'une suicidée. Était-ce cela que Barbara avait voulu ? Comme s'il avait suivi le fil de la pensée de son ami, Jessenius dit alors doucement :

— Si tu savais, Johann, le nombre de pendaisons, d'empoisonnements, de chutes et de noyades volontaires que mes confrères et moi avons transformés sur le papier en maladie de langueur…

— Vivre dans ce mensonge jusqu'à la fin de mes jours, moi qui n'ai d'autre passion que celle de la vérité ?

— Mais nous sommes tous complices, depuis toujours, Johann, de cet acte sombre et mystérieux qu'est le suicide. Familles, médecin, pasteurs, prêtres, personne n'est dupe.

Personne ne fut dupe non plus des causes du décès de Sa Majesté impériale Rodolphe II, qui eut lieu le 20 janvier 1612, dix jours après celui de Barbara Kepler.

21.

Linz se blottissait derrière ses remparts plongeant dans le fleuve. Derrière la capitale de la Haute-Autriche, les collines pentues étaient piquées à leurs sommets de manoirs ou de chapelles. Mais que cette ville était petite, comparée à Prague la tentaculaire !

— Barbara avait beaucoup aimé Linz, dit Kepler à Régine, en se rasseyant sur la banquette alors que la voiture s'était arrêtée à l'octroi du vieux pont de pierre franchissant le Danube. Nous l'avions visitée quand nous avions été obligés de fuir Graz. T'en souviens-tu ?

— Peuh ! répliqua sa belle-fille. À part le Germknödel, dont elle a dû s'empiffrer, je ne vois pas ce qui a pu lui plaire ici.

— Voyons, ma mie, ne parlez pas ainsi de votre défunte mère, s'offusqua le docteur Ehem, son époux. Elle vous a tant aimés, et elle a tant eu de malheurs.

— Laissez, mon gendre, à chacun sa façon de faire son deuil, dit encore Kepler. Sortons, voulez-vous, et traversons le pont à pied. J'ai besoin de me dégourdir les jambes.

Ils descendirent de la voiture aux armes des Ehem. C'était une radieuse matinée d'avril. En aval du fleuve, le noir des ardoises étincelait, le rouge des tuiles chantait le midi.

— Dis, Gina, c'est quoi, le Germknödel ? demanda le petit Ludwig en saisissant la main de sa demi-sœur de quinze ans plus âgée.

— Des grosses boules de crème et de farine pleines de confiture, répliqua une Régine redevenue tendre et taquine. Miam, miam ! C'est bon… Mais c'est interdit aux enfants pas sages !

— Je suis sage, Gina, je suis très sage, répliqua gravement l'enfant.

Devant eux, Kepler avait pris le bras de son gendre adoptif. En s'inclinant très bas, les douaniers laissèrent passer le docteur Philip Ehem, l'un des notables les plus en vue de Linz, et Johann Kepler, le mathématicien impérial qui devenait le leur.

— Vous avez fait le meilleur choix possible, dit le médecin. Comment auriez-vous survécu à Prague, avec ces deux enfants en bas âge ? Linz va vous paraître bien provinciale, mais au moins ici, votre génie aura tout loisir de s'épanouir en paix, loin du fer, du feu et du sang.

— Le fer, le feu et le sang ne sont jamais loin, cher Philip. Même si j'étais devenu mathématicien en Patagonie, je crois qu'ils m'auraient suivi jusque là-bas. Je n'ai pas choisi de venir ici. Feue votre belle-mère l'a fait pour moi. Quelques semaines avant sa mort, un jésuite au demeurant fort bon astronome, le père Guldin, est venu me demander de me rendre à Vienne rejoindre Matthias, qui pourtant n'était pas encore empereur. De leur côté, quelques coreligionnaires m'ont affirmé que ma place était auprès d'eux, dans le Palatinat. Figurez-vous que c'est un fonctionnaire, un procurateur des finances, le plus mauvais payeur que je connaisse, mais aussi le plus honnête homme du monde, qui, *in fine*, m'a suggéré cette solution de moyen terme : une cité impériale qui soit en même temps dévolue à la religion réformée par le traité d'Augsbourg. J'ai attendu un moment où Barbara sortait de sa prostration pour lui demander de choisir dans cette liste. Elle a choisi Linz, bien sûr, pour être auprès de sa fille, mais aussi parce que cela la rapprochait de sa Styrie natale, dont elle s'était toujours languie. Hélas, nous ne pouvions voyager en plein hiver, et elle est morte trop tôt…

Au milieu du pont, ils s'accoudèrent à la rambarde, à contempler le Danube roulant ses eaux vers la lointaine mer Noire. Derrière eux venaient Régine tenant le petit Ludwig par la main, puis Suzon qui, très volubile, voulait montrer ses connaissances en arithmétique au jeune assistant de son père, le fidèle Benjamin Ursinus.

Près de la voiture aux armes de Philip Ehem et des deux charrettes remplies de bagages, Greta, l'imposante cuisinière, forte de son nouveau statut de gouvernante, donnait ses ordres aux cochers et aux laquais du chevalier, terrorisés par ses allures de sergent.

— Le procurateur dont vous me parliez à l'instant, mon père, n'est-ce pas ce Tobias Scultetus à qui vous avez dédié votre recueil sur la chronologie biblique ?

— Certes, oui. Un ami anglais m'a appris naguère qu'il valait mieux être ami avec le caissier qu'avec le banquier. Ce cher Scultetus, depuis, m'a payé rubis sur l'ongle non seulement la pension de l'année passée, mais encore la totalité de mes arriérés.

En gentilhomme fortuné, Philip Ehem se sentit gêné par ces propos. Chez lui, dans sa Bavière natale qu'il avait dû fuir pour cause de luthérianisme, on ne parlait pas d'argent. Il préféra changer de conversation :

— Voyez-vous la troisième maison, à droite, sur les remparts ? Eh bien c'est celle que le Conseil de Ville vous a allouée. On y jouit d'une vue splendide. Ce sera pour vous le meilleur des observatoires.

— Copernic avait la Vistule à ses pieds, moi j'aurai le Danube. Pourquoi pas, après tout ?

Son gendre n'avait pas menti. Sa nouvelle demeure, un ancien ouvrage de défense, malgré quelques aspects encore très militaires, était spacieuse et agréable. De la terrasse on avait une vue à cent quatre-vingts degrés sur la ville et la campagne environnante. Un magnifique observatoire, au-dessous duquel Kepler installa sa bibliothèque et son cabinet de travail. Il prétexta une bonne semaine durant la fatigue du voyage et quelque fièvre imaginaire pour paresser dans cet endroit, classant indolemment ses livres et ses papiers, s'attardant à relire tel passage, telle lettre, tandis que Régine le pressait de rendre les visites de politesse aux notables de la ville. Il n'avait tout de même pas quitté Prague et ses obligations mondaines pour celles de Linz. Et d'abord, il était en deuil, son veuvage ne datait que de quatre mois, quand même, et il serait indécent…

— Que vous jouez mal au veuf éploré, père ! Soyez franc, enfin ! Et avouez que votre chagrin est largement contrebalancé après tout ce temps…

— Régine, je t'en prie, ta mère avait certes bien des défauts, mais elle vous a aimées plus que tout au monde.

— Croyez-vous que je sois dupe des conditions de sa mort ? Mais assez sur le sujet. Demain matin, le bourgmestre, entouré du Conseil, vous attend pour vos présentations. Au soir, nous irons souper chez le comte de Liechtenstein, et la semaine prochaine, la baronne von Wels donnera son bal annuel en votre honneur, dans sa résidence de campagne.

— Un bal ! En mon honneur ! La baronne… ! Au secours ! Greta, boucle mes malles dans l'instant ! Et toi, maudit palefrenier, selle mon cheval, je retourne à Prague. Non, plutôt… Quand donc appareille de Linz le prochain bateau pour le royaume du Grand Khan ?

— Cessez vos pitreries, mon père ! À votre âge !

— Quoi, à mon âge ? Elles te faisaient rire pourtant, ces pitreries comme tu dis, quand tu étais petite. Est-ce le mariage qui t'a rendue aussi pisse-vinaigre ? Au fait, je ne vois pas, dans ton emploi du temps, de rencontre avec le pasteur. On ne communie donc pas dans cette bonne ville de Linz ? Le révérend… comment déjà ?

Régine prit un air pincé, qui masquait son embarras et dit enfin :

— Le révérend Daniel Hitzler, mais…

— Monsieur a appelé ?

La bonne Greta avait surgi en occupant toute l'embrasure de la porte.

— Ce n'est rien Greta, répondit Régine. Vous le connaissez, mon père faisait seulement ses…

Et elle agita les mains comme si elle maniait des marionnettes tout en tirant la langue en une horrible grimace.

— Je vois, répliqua la gouvernante en tournant entre deux doigts le long poil de son menton, comme un cavalier frise sa moustache. À l'âge de Monsieur, ce n'est pas raisonnable.

— Encore ? Vous vous êtes donné le mot, toutes les deux !

— Et ce n'est pas tout, monsieur, si je puis me permettre. Maintenant que Monsieur est loin de cette vilaine ville de Prague, entouré par ses enfants qui l'aiment, Monsieur devrait peut-être songer à se remarier. Il n'est pas bon qu'un homme tel que Monsieur finisse sa vie seul.

Kepler éclata de rire. Puis, tendant ses mains gantées vers la croupe considérable de Greta, il s'approcha d'elle avec des mines de satyre, accentuant volontairement son strabisme :

— Mais c'est toi, Greta, que je vais épouser. Et pas plus tard que maintenant.

— Oh, monsieur, monsieur, voyons, s'offusqua-t-elle avec une petite voix enfantine.

Et elle s'en fut en dévalant les escaliers avec des grâces d'éléphanteau, tout en poussant des cris aigus de vierge chatouillée. Alors, Régine, cette grande jeune femme sèche dont on se disait déjà qu'elle avait dû être jolie, consentit à un sourire et piqua un baiser sur la joue de son beau-père, petit rond de peau glabre laissée par la barbe.

— Papa, tu n'es qu'un enfant. Je compte sur toi ? Demain, à l'hôtel de ville ?

— J'y serai, ma petite chérie. Et vendredi, au bal… Tu me trouveras des habits un peu moins sinistres que ces vêtements de deuil. Laisse-moi seul, maintenant.

Dès qu'elle fut sortie, il s'effondra dans son fauteuil, derrière sa grande table où s'entassaient des piles de papiers noircis. Il poussa un soupir, mais sa cervelle s'était déchirée d'un cri terrible et silencieux : « Friedrich, mon enfant, pourquoi es-tu parti ? » Il se prit la tête entre les mains, s'efforça de songer à Suzon, la gracieuse, la sage Suzon, qui, à dix ans, prenait déjà des poses de dame sérieuse, consciente de ses responsabilités d'aînée. Et Ludwig, six ans, œil vif, regard malicieux, forgeant des mots d'enfant comme à plaisir, qui, quand il avait obtenu les rires désirés, relevait d'un mouvement de tête sa cascade de mèches blondes lui masquant presque les yeux et s'enquérait, un peu inquiet : « J'ai été comique, papa ? » Quelle vie, dans ces enfants ! Quelle mort, quelle absence, dans Friedrich !

Il tenta alors de se prouver que la situation n'était pas si mauvaise que cela. Il flottait dans l'air de Linz comme un parfum de Tübingen, la cité où il avait suivi ses études et passé, se persuadait-il, les meilleures années de sa vie. Certes, ici, il n'y avait qu'un médiocre collège, et les marchands étaient plus nombreux dans cette ville de foire que les étudiants ; mais enfin, la vie y palpitait autrement plus que dans Prague l'inhumaine. Il se voyait déjà passer de longues soirées sages, chope de bière en main, à échanger des propos zélés avec son gendre le médecin et le pasteur – comment s'appelait-il déjà ? –, tandis que le feu ronronnerait dans la cheminée. Puis, fort de cette conversation paisible, il remonterait dans sa tour, rédigerait quelques feuillets sur le débit du Danube, sur la musique des planètes, chants des enfants morts, ô Friedrich, pauvre petite âme, des chants que Dieu entendait mais que lui, Kepler, composerait sur ses portées, sur l'infinie Harmonie du monde que seule l'imagination pouvait concevoir, mieux que le plus puissant des télescopes.

— Mais pas d'horoscope ! Ah non, ça, jamais plus d'horoscope ! Même pas pour ma future épouse, la comtesse de Liechtenstein. Ou peut-être…

Il eut un sourire, presque un ricanement cynique, et murmura :

— Au fond, pourquoi pas ? L'idée me semble bonne. Qu'ai-je à perdre dans l'affaire ?

Il prit une feuille blanche, l'aplanit soigneusement de sa paume, tailla une plume, la trempa dans l'encrier et écrivit :

Ô toi, le plus tendre et le plus violent de tous mes souvenirs…

Il raconta les derniers mois de Barbara, sans évoquer le suicide bien sûr, son exil à Linz, sa solitude, et il conclut par une demande en mariage.

Naturellement, Cécile Brahé ne répondit jamais.

22.

Le révérend Daniel Hitzler attendait sa nouvelle brebis de pied ferme. Il tenait sa revanche sur ce Kepler qui avait osé lui tenir tête, à Graz, alors que lui, tel Moïse, voulait entraîner son peuple loin de la Styrie et des persécutions commises par Pharaon, l'Antéchrist Ferdinand d'Autriche. Depuis, il était devenu le lecteur le plus attentif du mathématicien impérial. Dans tous ses écrits, du *Mystère cosmographique* à ses récentes *Chroniques*, compilation de sa correspondance, en passant par le moindre almanach, il avait cherché et répertorié le plus petit soupçon d'hérésie à la doctrine de Luther, le plus petit indice de calvinisme, de papisme, d'athéisme même. La tâche ne fut pas trop difficile, et Hitzler aurait pu en faire un volume entier. Mais il ne se contenta pas de cela. Il voulut dénicher dans la vie privée du plus célèbre des astronomes tout ce qu'il pourrait utiliser dans un pamphlet contre lui, qu'il se promettait d'écrire un jour.

Il n'en laissa rien paraître quand la fille de son ennemi, Régine, suivit son nouveau mari jusqu'à Linz. Le docteur Ehem était un personnage trop puissant en ville pour s'attaquer à son beau-père devant lui. Il eut pourtant de la chance : un de ses anciens condisciples à l'université de Tübingen, où il avait lui-même suivi ses études quelques années après Kepler, avait épousé la sœur du mathématicien impérial, Marguerite. Il n'eut pas de mal à le retrouver, puisque ce

Georg Binder officiait comme pasteur à Leonberg, ville natale de son ennemi. Ils se rencontrèrent à Stuttgart, à l'occasion d'une réunion évangélique. Binder ne portait pas son célèbre beau-frère dans son cœur, et raconta par le menu les turpitudes des Kepler : le père et le frère mercenaires chez les papistes et déserteurs, la mère cueilleuse de simples, rebouteuse et peut-être sorcière… De retour à Linz, Hitzler apprit que le mathématicien impérial, contraint à l'exil, allait se réfugier dans son fief. Alors il l'attendit, telle la hyène voyant venir à elle le lion blessé.

En entrant dans le temple, Kepler, encadré par ses deux enfants, et suivi par Greta et Ursinus, eut un mouvement de recul. Il venait de reconnaître en Daniel Hitzler le prêcheur fanatique de Graz avec lequel il avait failli se colleter, jadis. Tout ce qu'il avait pu savoir de lui, par Régine, c'était que son pasteur avait une très belle voix et avait rédigé un petit traité d'harmonie. Il voulut se rassurer en pensant que, si la musique adoucit les mœurs, leur querelle devait être oubliée.

Hélas, depuis Graz, le prêcheur n'avait rien perdu de sa virulence. Mais alors qu'en Styrie, il appelait ses frères à l'exode, ici, dans cette Haute-Autriche somnolente et a priori tolérante, il s'en prit violemment à Calvin, lequel avait nié la consubstantiation, c'est-à-dire la présence réelle du Christ dans l'hostie.

Kepler s'impatientait, jugeant ce prêche inopportun à l'heure où l'Église catholique lançait une grande offensive dogmatique contre les Réformés, qu'ils fussent luthériens ou calvinistes. C'était d'union dont tous ses frères avaient besoin, pas de division. Soudain, il sursauta : Hitzler venait de citer une phrase de ses *Chroniques* discutant, avec beaucoup de précautions oratoires, l'idée luthérienne de l'ubiquité christique.

— … Et celui qui a écrit ces mots impies, celui qui doute de la consubstantiation, est parmi nous, dans ce temple. Frère Kepler, peut-on encore te donner le nom sacré de frère ? Je ne peux te permettre la communion, toi qui nies la présence charnelle de Christ dans ces murs. Tant que tu n'auras pas abjuré, par écrit, tes déviances genevoises, tu n'auras pas ta place dans ce lieu.

L'assemblée des fidèles poussa un cri de stupéfaction. Kepler se dressa, livide, lança partout autour de lui des regards désespérés. L'excommunication l'avait frappé comme un coup de poing au visage. Une voix de femme s'écria :

— C'est indigne, révérend ! Si vous chassez du temple notre frère Kepler, vous m'en chassez aussi, moi, la comtesse de Starhemberg.

— Eh bien, va-t'en donc, ma sœur ! Il n'y a ici ni comtesse ni mathématicien impérial. Que des égaux devant Dieu.

La dame s'approcha de Kepler et, d'un geste plein de noblesse, lui saisit le bras pour l'entraîner vers la sortie. Les suivirent Greta, qui avait pris le petit Ludwig en sanglots dans ses bras, puis Ursinus traînant une Suzon qui pleurait elle aussi. Le reste de l'assemblée n'avait pas bougé, à commencer par Régine et son mari. Une fois au milieu de la rue, Kepler se pétrifia, bouche bée, œil hagard.

— Excommunié, moi…

— Secouez-vous, saperlipopette, monsieur le professeur, dit la comtesse d'un ton grondeur. Et rendez grâce au Ciel que quelques visites obligées m'aient contrainte à venir communier en ville. Sinon, ces mollassons vous auraient laissé vous faire écorcher vif par ce fou de Hitzler. Mais, croyez-moi, malgré les apparences, mon intervention a pesé de son poids. Cet énergumène les terrorise et les fascine en même temps, comme le serpent sa proie. Sitôt qu'ils seront rentrés chez eux, bien à l'abri derrière leurs persiennes closes, ils seront de votre parti. Que comptez-vous faire, maintenant ?

— Je ne sais pas, madame, je ne sais pas. C'est la première fois de ma vie que je ne puis communier.

La comtesse Elizabeth von Starhemberg n'avait sans doute pas trente ans, mais son rang, l'habitude de commander, ses manières à la fois impérieuses et chaleureuses, faisaient qu'on était incapable de dire si elle était jolie ou non, jeune ou vieille. On devait se contenter de la décrire comme « une grande dame ». Voyant le désarroi de Kepler, elle lui donna une bourrade virile sur l'épaule :

— Eh bien, venez donc communier dans mon village. Gallneukirchen n'est qu'à une petite heure de voiture d'ici, de l'autre côté du fleuve. Ubiquité ou pas, Christ peut nous attendre un peu, n'est-ce pas ?

— Oh, madame la comtesse !

— Notre pasteur n'a pas les talents oratoires de ce roquet de Hitzler, il bafouille même un peu, à son âge, vous pensez… Mais il a le mérite d'avoir la même foi que nous, au-dessus des partis, de leurs pinaillages sur le sexe des anges… D'ailleurs, la campagne ne fera pas de mal à vos deux enfants. Ils ont des mines à faire peur. Depuis quand n'ont-ils pas gambadé dans les prés ? Ah, misérables Praguois tout gris, je m'en vais vous donner de bonnes grosses joues de petits paysans, moi ! En rang par deux, en avant, marche !

Et la pétulante comtesse entraîna tout ce petit monde désemparé jusqu'à son carrosse. Sitôt les deux enfants, leur père et son assistant installés sur les banquettes moelleuses, tandis que Greta s'était casée tant bien que mal entre deux domestiques dans la carriole bâchée qui suivait, la comtesse ouvrit un paquet de papier doré qui cachait de gros gâteaux ronds ruisselant de crème et de miel.

— Madame la comtesse, s'offusqua Kepler, nous n'avons pas communié !

— Eh bien quoi ? Si je n'avais pas été là, seriez-vous restés à jeun en attendant le bon vouloir de Hitzler ? Ou vous seriez-vous plié à ses volontés ? Et vous dont la pensée est si profonde, pensez-vous que le Bon Dieu aime les petits anges au ventre creux ? Le plus grand philosophe de notre temps serait-il aussi le plus mauvais des pères ?

— Papa, s'il te plaît…

En bougonnant des « c'est bon pour cette fois-ci, mais que ça ne devienne pas une habitude », Kepler regarda, en tentant de masquer son plaisir, le réjouissant spectacle de ses deux enfants en train de s'empiffrer. Ludwig était barbouillé de crème jusqu'aux oreilles.

Durant le trajet, la comtesse ne revint pas sur l'éclat de Hitzler. Elle préféra évoquer son séjour à Prague, six ans auparavant, à l'occasion de son mariage, et sa rencontre avec le mathématicien impérial pour que celui-ci dresse un horoscope aux jeunes époux.

— J'ai longtemps été sceptique sur vos prédictions astrales, mon cher maître. Mais vous m'avez convaincue : toutes les bonnes choses que vous nous aviez annoncées sont advenues. Dont enfin un héritier, après tant de filles, et pas plus tard qu'au début de cette année. Je suis d'ailleurs venue à Linz pour cette raison : des visites d'après relevailles.

Kepler se récria d'abord qu'il se souvenait parfaitement de leur rencontre. Il mentait, car à cette époque-là il était en passe de triompher dans sa guerre titanesque contre l'orbite de Mars, et la rédaction des horoscopes, pourtant bien monnayée, était une corvée si insupportable qu'il l'avait effacée de sa mémoire. Puis il affirma suavement que prédire un tel avenir en rose n'avait pas été très difficile, tant la comtesse de Starhemberg respirait le goût du bonheur et la joie de vivre. Là, il ne mentait pas.

Le village de Gallneukirchen était coquet, joyeux et propre, très loin du Leonberg de son enfance. Les fidèles sortaient du temple, une ancienne et modeste chapelle blanche et ocre, mais le pasteur, un vieux monsieur qui faisait aussi office de médecin, accepta volontiers de recommencer la cérémonie pour madame la comtesse, et surtout pour « le frère Kepler, gloire et fierté de la vraie foi ». Elle fut brève et très simple, mais l'exilé en ressortit heureux, comme lavé des avanies. La comtesse lui proposa de se rendre à pied au château, pour se dégourdir les jambes.

— J'veux pas marcher, papa, j'ai mal au ventre, chouina Ludwig.

— Ça, mon garçon, c'est le bon Dieu qui te punit. Vous vous rendez compte, révérend, que madame la comtesse les a gavés de pâtisseries durant le voyage, avant la communion ?

— C'est grand péché, répondit le pasteur, surtout s'ils ne m'en ont pas laissé un seul.

— Hop, à cheval, petit diable ! dit alors Kepler.

Et d'un geste étonnant de vigueur pour un homme d'apparence si frêle, il saisit son garçon et le posa sur ses épaules.

Le nouveau château des Starhemberg, perché sur une butte au pied de laquelle se lovait une jolie rivière, ressemblait à toutes ces forteresses jalonnant le Danube, destinées à défendre le grand fleuve contre les invasions ottomanes. On avait seulement ajouté à ce lourd donjon une haute bâtisse blanche en angle droit, percée d'innombrables fenêtres et couverte de tuiles.

Le comte Jacob von Starhemberg n'avait précédé son épouse au château que de quelques minutes. Informé de son retour inattendu, il s'impatientait, car il avait faim. Kepler eut du mal à reconnaître, dans cet homme d'une cinquantaine d'années, en habits de chasse, le gentilhomme raffiné qui, jadis, fréquentait assidûment la cour impériale et ses sociétés savantes. Il avait quitté Prague pour se retirer dans ses terres, non pas à cause de son mariage, mais parce qu'en tant qu'aîné d'une puissante lignée protestante, sa vie commençait à y être en danger. Il accueillit Kepler comme un compagnon d'exil venu chercher asile dans son refuge, et lui fit une accolade fraternelle. Des tréteaux avaient été dressés dehors, sous un auvent pour protéger les convives d'un soleil ardent. Au loin, on pouvait voir Linz et les méandres du Danube. Kepler fut étonné de la simplicité de la tablée. Outre le maître de maison, son épouse et leurs deux filles qui étaient dans les âges de Ludwig, le mathématicien impérial et ses deux enfants, Ursinus, le pasteur et son épouse, s'étaient assis également le régisseur du château, une sorte de garde-chasse que le comte appelait son « grand veneur », et enfin une jolie jeune femme à la mise modeste. Une parente pauvre faisant office de gouvernante des fillettes, supposa Kepler en l'entendant parler sur un ton très familier avec la comtesse, qu'elle appelait par son prénom et tutoyait.

Durant le repas, la comtesse raconta ce qui s'était passé au temple de Linz, et Kepler compléta son récit en expliquant que le contentieux entre Hitzler et lui datait de Graz, quatorze ans auparavant.

— Avouez quand même, mon cher maître, conclut le comte, que vous, le philosophe le plus écouté de l'empire, vous n'y mettez pas vraiment du vôtre. Vous contestez l'ubiquité, mais vous protestez de votre fidélité à Luther. En plus, vous ne vous cachez pas, et c'est tout à votre honneur, de correspondre assidûment avec des sommités jésuites. Répondez franchement et sans crainte : de quel parti êtes-vous ? Luthérien ou calviniste ? Je vous avoue que moi-même, je m'y perds un peu…

Alors, Kepler s'enflamma :

— Quel parti, monsieur le comte ? Mais celui de la Vérité ! J'ai le cœur brisé de voir comment les trois factions, oui, les trois, dont la catholique, ont misérablement mis en pièces la Vérité. Mon devoir de philosophe est de ramasser les morceaux partout où je les trouve, puis de les rassembler… Je tente de travailler à réconcilier les partis chaque fois que cela peut se faire avec sincérité, pour que je puisse me lier à tous… Mais les autres, qui se prétendent mes adversaires, ne sont attirés que par un seul parti, s'imaginant qu'il ne peut y avoir que division, lutte irréconciliable. Mon attitude, Dieu m'entende, est chrétienne. La leur ? Je ne sais pas.

Il y eut un silence. Puis le comte poussa un sifflement admiratif :

— Réconcilier les partis ! Hercule lui-même n'aurait pu réussir ce treizième travail. Déjà que les princes et les cités de l'Union évangélique ne cessent de se chamailler entre eux, je sais de quoi je parle… Alors, les professeurs, les théologiens, les universitaires… Ces gens-là se déchirent comme des chiens devant une charogne. Et ces armes que sont les mots sont bien plus assassines que la meilleure des épées.

— Si vous avez besoin à vos côtés, maître, du petit soldat de la paix que je me flatte d'être, je suis à vos ordres, intervint le vieux pasteur. Mais maintenant, que comptez-vous faire, avec Hitzler ?

— En référer au Conseil évangélique du Wurtemberg, donc à l'université de Tübingen, dont nous sommes tous deux issus. La parole du mathématicien impérial, même en exil en Haute-Autriche, doit y être encore de quelque poids. Je sais bien qu'ils ne peuvent lui ordonner de revenir sur sa décision, mais enfin, ils peuvent l'effrayer un peu.

— Ça, j'en doute, répliqua le pasteur. C'est Tübingen qui est à l'origine de cette déclaration d'allégeance au dogme d'ubiquité que Hitzler a exigé que vous signiez. En réalité, elle est facultative. Je me suis dispensé de le faire ici : la libre conscience est aussi à l'origine de la Réforme, après tout. À Linz, en revanche, Hitzler a fait signer tout le monde, sous la menace, à commencer par votre fille Régine et son époux, mon confrère Philip Ehem.

— Eh bien, je mettrai Tübingen devant ses responsabilités. Quand un chat, pardonnez-moi, mesdames, fait ses besoins sur votre plus beau tapis, vous lui trempez le nez dedans en lui donnant une claque, n'est-ce pas ?

La métaphore eut le mérite de faire sourire toute la tablée, tandis que « le grand veneur » éclata d'un gros rire en se tapant les cuisses. Kepler, qui n'avait jamais su résister, tel un histrion, à un auditoire admiratif, se lança alors dans le récit de son voyage dans la Lune, *Le Rêve*, mais de manière à se mettre à la portée de tous, enfants et gens simples. Il décrivit des paysages fantastiques, où les montagnes étaient beaucoup plus hautes que celles de la Terre, où les plantes poussaient à des vitesses vertigineuses pour disparaître le même jour, un monde où vivaient des animaux ressemblant à d'énormes reptiles. Il les voyait faire le tour de la Lune en d'immenses hordes, courant sur leurs longues pattes ou volant à l'aide de grandes ailes, ou même suivant les cours d'eau sur des bateaux. Leur peau spongieuse pouvait se dessécher en un seul jour et tomber en écailles…

Seule sa fille Suzon, du haut de ses dix ans, bâillait ostensiblement : son père lui avait tant raconté cette histoire, le soir au coucher. Elle n'était plus une gamine, comme les deux morveuses de la comtesse ! Mais elle-même se savait trop petite pour que celui qu'elle appelait en secret Benjamin, l'assistant Ursinus, lui portât une quelconque attention. D'ailleurs, il n'avait d'yeux que pour cette grande bêtasse de gouvernante, là…

Quand le repas fut fini, le comte se leva et déclara qu'il allait faire « sa petite sieste ». Le régisseur et le « grand veneur » allèrent vaquer à leurs affaires. Le pasteur et son épouse prirent congé.

— Que diriez-vous d'une promenade le long de la rivière ? lança la comtesse à Kepler.

Ce n'était pas une offre, c'était un ordre. Elle lui saisit le bras, sur lequel elle s'appuya un peu plus que les convenances l'auraient voulu. Il prit une ombrelle et la déploya au-dessus de leur tête. La plus grande de ses deux filles dévalait déjà l'allée cavalière. La jeune gouvernante avait pris Ludwig dans une main et la cadette des filles de sa maîtresse dans l'autre. Elle les entraîna dans une course rieuse. En fin de cortège, Ursinus suivait, morose, flanqué de Suzon. « Quelle glu, cette gamine », songeait-il. Que n'aurait-il gambadé en compagnie de la jolie gouvernante !

— Eh bien, mon cher, on peut dire que vous savez conquérir les cœurs, disait cependant la comtesse à Kepler.

— Ma foi, madame, je serais le plus heureux des hommes si ma conversation avait su plaire à monsieur le comte.

— Qui vous parle de mon époux, mon ami ? Ah, et puis oubliez le « Madame ». Appelez-moi Elizabeth, voulez-vous ?

« Prudence, se dit Kepler, n'allons pas nous fourrer dans ce guêpier provincial dont je ne saurais me tirer. D'un côté

Hitzler, de l'autre Elizabeth, puisque Elizabeth il y a. Entre la haine et le désir, me voilà bien mal engagé. »

— Certes, vous avez plu à Jacob, mon ami, poursuivit la comtesse, et voilà, ma foi, un bel exploit. Mais… Vous avez fait mieux. Durant tout le repas, Suzanne n'avait d'yeux que pour vous.

— Suzon, ma fille ?

— Mais non, grand sot de savant ! Suzanne, ma sœur de lait, qui fait l'idiote, là-bas, avec votre petit Ludwig. Ah, j'en aurais été jalouse, des regards admiratifs qu'elle vous lançait.

Et les doigts de la comtesse pressèrent un peu plus l'avant-bras de Kepler.

— Ma foi, cette jeune fille me semble pleine d'intelligence, bougonna-t-il à la manière d'un barbon. Et le vieux bonhomme que je suis la trouve pleine de charmes. Mais enfin, j'ai deux fois son âge.

Elle lui frappa la joue de son éventail :

— Vilain flatteur ! Suzanne n'a qu'un an de moins que moi, vingt-trois ans pour tout vous avouer. C'est ma sœur de lait, vous ai-je dit.

Suzanne Reuttinger était orpheline d'un menuisier au service du père de la comtesse, le baron von Thannhausen, de vieille noblesse bavaroise. Elle avait été recueillie par la baronne, pour servir de compagne à sa fille Elizabeth. Les deux enfants avaient partagé la même nourrice, les mêmes jeux, la même éducation, et quand, à dix-huit ans, Elizabeth fut mariée au comte de Starhemberg, de vingt-cinq ans son aîné, la jeune épouse obtint que sa sœur de lait la suivît à Prague, puis à Linz.

— Suzanne adore les enfants ; elle est avec mes filles d'une patience d'ange. Mais il faut que je songe à lui faire prendre époux. Pour son intérêt, bien sûr, mais aussi pour le mien. Vous êtes un homme, Johann, et vous comprendrez qu'après six ans de mariage, loin de la cour, mon mari songe à varier les plaisirs… Qu'il bascule des bergères, soit, mais je n'aime pas le voir rôder auprès de celle que je considère toujours comme ma petite sœur…

— Vous n'aurez certainement aucun mal à trouver pour Suzanne l'homme idéal, répondit Kepler. Pour ma part, hélas, mon veuvage est trop récent pour que je puisse décemment poser ma candidature.

Ils badinèrent ainsi pendant les deux heures que dura la promenade, tout en herborisant. Puis, pour qu'ils soient de retour en ville avant la nuit, la baronne prêta une de ses voitures à ses invités. Quand, bercés par les mouvements du véhicule, les enfants furent endormis, Ursinus dit avec un sourire un peu forcé :

— Eh bien mon maître, le monde entier reconnaît en vous un mathématicien et un philosophe hors pair, mais j'ignorais qu'en amour également, vous étiez un redoutable concurrent.

— Que veux-tu dire, Benjamin ?

— Ne faites pas l'innocent ! La manière dont vous avez conquis le cœur de la maîtresse et de la servante était d'un art sans égal.

— La jalousie t'aveugle, jeune homme, je n'ai rien vu de tout cela. En pincerais-tu pour la jolie Suzanne ?

Cette nuit-là, Kepler s'endormit d'un cœur singulièrement léger, pour un excommunié d'aussi fraîche date.

23.

Tout en sachant que sa démarche serait vaine, Kepler envoya une pétition véhémente au Conseil évangélique du Wurtemberg pour lui demander de faire revenir Hitzler sur sa décision. Il y prônait avec force la liberté de conscience et la réconciliation entre luthériens et calvinistes à l'heure où les menaces grandissaient, venant de Vienne et de Rome. La réponse tarda. En revanche, il eut la surprise de recevoir une lettre de son vieux professeur Maestlin, qui n'avait même pas daigné lui envoyer un mot de condoléances après les décès de Friedrich et de Barbara. Kepler avait mis cela sur le compte de l'égoïsme des vieillards, fuyant la mort des autres de peur de hâter la leur.

Naguère presque obséquieux envers le mathématicien impérial, Maestlin avait repris le ton paterne du maître conseillant son disciple, mais en plus geignard que jadis. Il affirmait que sa pétition avait fortement déplu au Conseil, qui avait classé depuis longtemps Kepler comme calviniste non avoué. Même son beau-frère Georg, le pasteur de Leonberg, il est vrai condisciple de Hitzler à Tübingen, s'était désolidarisé de lui. En tout cas, et Maestlin considérait cela comme une bonne nouvelle, le Conseil n'avait ni confirmé ni infirmé l'excommunication lancée par le pasteur de Linz. Puis le maître suppliait son ancien élève de ne pas renouveler ses erreurs de jeunesse et d'arrêter de s'occuper de théologie. Il l'encourageait au contraire à reprendre la lutte de l'héliocentrisme. Maintenant que Rome avait ouvert le procès de Copernic, les autorités réformées étaient de plus en plus nombreuses à « oublier » la condamnation de l'héliocentrisme par Luther et Melanchthon. Maestlin l'enseignait désormais officiellement, « avec l'aide de tes ellipses, mon ami, et de ton télescope ». Kepler se résigna. Le combat contre le fanatisme, la lâcheté et la sottise lui sembla définitivement perdu. Il irait donc communier à Gallneukirchen. Ce serait une belle promenade dominicale…

Le moins que l'on puisse dire, c'est que la charge de mathématicien à Linz n'était pas des plus prenantes. Quant à celle de mathématicien impérial, Son Auguste Majesté Matthias Ier de Habsbourg semblait avoir oublié qu'il y en avait une. On le laissait en paix ; pas d'éphémérides, pas d'almanach, pas d'horoscope. L'unique imprimeur de Linz se chargeait de cela, et Kepler lui laissait volontiers cette tâche, tout en se disant qu'un jour il faudrait bien rendre visite à cet honnête artisan. En attendant, il s'affairait à de vagues tâches, la rédaction d'un traité d'astronomie copernicienne – l'idée de Maestlin n'était pas si mauvaise que cela –, ou finir cet essai sur la chronologie des Évangiles où il affirmait, tables astronomiques à l'appui, que Jésus était né cinq ans avant le Christ. Enfin… Je me comprends. En un mot, Kepler paressait et il se sentait bien aise de cette oisiveté.

Linz était une petite ville, il lui arrivait souvent de croiser Hitzler dans la rue. Ils se saluaient à grands coups de chapeau : « Bonne journée, révérend », « votre serviteur, monsieur le professeur. » Mais, une fois l'autre passé, Kepler disait à la personne qui l'accompagnait, assez fort pour que l'autre l'entende : « misérable fou ! », « pauvre cervelle obtuse ! » et autres gracieusetés, espérant plus ou moins que son excommunicateur relèverait l'injure et qu'ils en viendraient aux mains. Mais Hitzler ne relevait pas. Il poursuivait son chemin de son pas raide, qui se voulait digne.

Pour le reste de la population, c'était comme si l'esclandre de l'excommunication n'avait pas eu lieu. Tous les notables de Linz se disputaient pour avoir à leur table le savant qui avait connu Rodolphe II et Tycho Brahé, et qui avait frayé avec tous les grands noms de l'empire. Il était de plus le protégé des comtes de Starhemberg, l'une des plus hautes lignées de Haute-Autriche, avec les Liechtenstein. Sans oublier Régine, qui avait beaucoup œuvré pour sa réputation, avant sa venue. La petite-fille du meunier de Graz avait laissé croire que son beau-père était d'antique naissance, même si son anoblissement, un titre passe-partout de chevalier, ne datait que de sa nomination à la charge de mathématicien impérial.

Mais les notables de Linz ne se seraient jamais laissés aller à prendre parti entre Kepler et Hitzler. Dans ce monde confiné, il était impossible de se faire des ennemis. On allait toujours au temple entendre vitupérer le pasteur, qui d'ailleurs n'était pas revenu sur le sujet. Il estimait avoir gagné la partie, et le reste du troupeau marchait droit de peur de subir le même sort que le nouveau venu.

Pour Kepler, la blessure avait été bien plus profonde qu'il ne laissait paraître. Au fond de son âme, quand il sortait de la ville pour aller communier dans ce joli village pourtant si proche, le poids de l'excommunication était aussi lourd à porter que la crécelle d'un lépreux. Craignant d'être oublié, espérant sans y croire que ses nombreux amis influents pourraient l'aider à quitter son exil spirituel, il entreprit une correspondance considérable avec tous ceux qui, jadis, le sollicitaient. Ses lettres fusèrent aux quatre coins de l'Europe, à Prague bien sûr, mais aussi à Vienne, dans le Palatinat, en Prusse, en France, en Hollande, en Italie, en Angleterre. Et les réponses affluèrent, lui donnant au moins la satisfaction de constater qu'on l'aimait et l'admirait sans arrière-pensée, puisqu'ici, le mathématicien de l'empereur ne pouvait leur servir à rien. En tout cas, tous lui recommandaient de ne pas s'aventurer à Prague, abandonnée par Matthias et en proie à tous les désordres de la populace, qui, comme pour mettre fin définitivement au règne de Rodolphe, s'en prenait à ceux dont l'empereur défunt s'était entouré : astrologues, alchimistes, magiciens…

Il reçut également une grande enveloppe aux armes du cardinal Khlesl, le principal conseiller de Matthias. Son Richelieu, en somme, ou son Buckingham. C'était une convocation à se rendre à Ratisbonne, pour y défendre et expliquer le calendrier grégorien afin de l'étendre à tout l'empire. Depuis longtemps, Kepler en était partisan, ce qui n'avait pas amélioré ses rapports avec ses coreligionnaires. Ce serait encore pire, maintenant. Mais il n'avait pas le choix. Et puis, quand il serait là-bas, il pourrait plus facilement soutirer à l'Empire l'argent qu'on lui devait encore. Il sentait que le ministre lui tendait un piège. Mais tomber dedans, était-ce accepter de se rendre à cette convocation, ou au contraire ne pas s'y rendre ? Il ne saurait répondre qu'en allant voir sur place.

Peu avant de prendre le coche d'eau remontant le Danube, il comprit que le veuvage n'avait pas que des avantages. Visiblement, Régine regimbait à garder son frère et sa sœur durant un long mois. Et puis, Ludwig allait entrer à l'école pour la première fois.

— Soit, ma fille, tu as gagné, tu me cherches une épouse. À mon retour, et le temps que les affaires s'arrangent, mon deuil sera achevé…

Il revint un mois après, de fort mauvaise humeur. Non seulement il n'avait obtenu, en guise de remboursement, que de belles promesses, mais encore le cardinal Khlesl l'avait rappelé à ses devoirs de mathématicien impérial : outre des éphémérides annuelles, selon le calendrier grégorien, pour le ciel couvrant la totalité de l'Empire, Kepler avait ordre de publier les Tables Rodolphines, c'est-à-dire de mettre enfin en forme la somme des observations de Tycho. Il avait certes eu ce projet, d'ailleurs bien avancé, mais depuis, les événements astronomiques s'étaient précipités. Lui-même avait trouvé les lois physiques régissant les orbites et les vitesses des planètes. Quant à Galilée… Du coup, le défunt Danois pouvait occuper la place qui lui revenait sur les champs élyséens de l'astronomie, parmi les Anciens. Publier ces tables serait lui rendre hommage, comme de traduire une nouvelle fois *L'Almageste* de Ptolémée, mais ce travail pouvait fort bien être accompli par n'importe quel astronome, pourvu qu'il fût méticuleux, voire besogneux. Ce n'était pas cela qui manquait.

Kepler avait été reçu à Ratisbonne par le cardinal Khlesl, entouré d'un aréopage de jésuites tous plus érudits les uns que les autres. Un seul manquait à l'appel : son ami Guldin, qui avait participé avec lui à l'essai de la lunette de Galilée, plus de deux ans auparavant, à Prague. Devenu *mathematicus* de Styrie, charge jadis tenue par Kepler, il n'avait pu quitter Graz. Cela ressemblait fort à une mise à l'écart. Quant au vieux Clavius, qui faisait en quelque sorte office de *mathematicus* du pape, il était mort au début de l'année.

Devant une telle assemblée, Kepler décida d'aller à l'encontre de son caractère, qui l'entraînait à la controverse chaque fois que la vérité lui paraissait mise en cause. Il dirait oui à tout. Sa charge, sa pension étaient en jeu. Il n'était pas besoin d'être un assidu des couloirs du Vatican pour comprendre que, sous le pontificat de Paul V, la Curie avait décidé de faire rentrer l'astronomie dans la sacristie, d'où Galilée tentait de la faire sortir, par l'observation, et Kepler, par les mathématiques et la physique. Désormais, par la faute d'un esprit fort comme le premier et d'un hérétique comme le second, l'ordre ancien du géocentrisme était devenu impossible à défendre. Mais de là à reconnaître la mobilité de la Terre, l'Église romaine ne pouvait se résigner à l'admettre *Urbi et Orbi*. Alors, la solution de compromis prônée par le luthérien Tycho leur paraissait la meilleure solution, en attendant la Parousie.

Voici pourquoi Kepler rentra à Linz de fort mauvaise humeur, furieux contre lui-même d'avoir transigé avec la Vérité, furieux contre Tycho qui continuait à le torturer par-delà la tombe, en l'obligeant à se crever les yeux sur des colonnes de chiffres alors qu'il aurait tant rêvé de consacrer son temps aux spéculations philosophiques, furieux enfin contre tous les empereurs, vivants ou morts, dont la pingrerie n'avait d'égale que leur ingratitude. Il aurait dû leur dire, à tous ces hommes en noir et à ce maudit cardinal, qu'il n'écrirait pas un feuillet de ces tables tant que les arriérés de sa pension ne lui seraient pas versés. Il aurait dû leur dire…

— Père, puis-je vous présenter une dame qui…

— Sans dot, je ne reçois pas de dame ! Tu m'ennuies, ma fille, avec tes mondanités provinciales !

Régine avait fait l'erreur d'entrer dans la bibliothèque de son beau-père sans s'être informée auparavant de son état d'esprit. Elle aurait dû s'adresser d'abord à son assistant. Or, Ursinus la poursuivait maladroitement de ses assiduités. Ce jeune homme ne lui était pas indifférent, mais Linz était trop cancanière pour que la femme du plus couru des médecins de la ville puisse se permettre, dans sa position, le moindre écart.

— J'insiste, père, car Mme Helmhart connaît tout le monde en Haute-Autriche et vous sera de bon conseil.

— Ah, c'est une marieuse ; que ne l'as-tu dit plus tôt ? Fais-la monter. Elle me distraira peut-être de mes fatigues et de mes chagrins. J'espère que sa commission sur la dot de la future élue de mon cœur n'est pas trop lourde. Mais je te préviens : je ne veux pas que tu t'occupes de ces affaires-là. Si tu savais comment ta pauvre mère et moi avons été mariés…

— Maman ne me l'a que trop raconté, répliqua Régine avec une sorte de hargne.

— Mes oreilles n'ont pas sifflé, pourtant, persifla Kepler.

Puis il eut honte de lui, et caressant affectueusement la chevelure blonde et tressée de sa belle-fille :

— Sois sûre que je t'ai toujours aimée comme si tu étais de mon sang, sans faire de différence avec ta sœur et tes frères. Introduis cette dame, puisque tu y tiens, et ne t'occupe plus que de ton propre foyer. Je ferais un aïeul très présentable, si un enfant venait à paraître…

— Père, avant que vous choisissiez parmi les partis qu'elle va vous proposer, je voudrais vous parler d'une amie…

— Plus tard, ma belle, plus tard. Nous avons tout le temps.

— Quand vous faites cette mine-là, père, je sais que vous avez une idée derrière la tête et que vous vous préparez à faire quelque bêtise. De grâce, ne nuisez pas à notre réputation !

Mme Helmhart avait la tête de son emploi : celle d'une dame honorable qui avait eu des malheurs, et qui n'aimait rien tant que rendre service aux gens de bien.

— Alors, belle dame, comment vont les affaires ?

— Hélas, seigneur professeur, rien de bon, de nos jours. On ne se marie plus, à Linz. On va chercher ailleurs. Je tiens pourtant pour vous une veuve de haute vertu…

— Si elle pouvait être celle du pasteur Hitzler…

— Vous faites erreur. Le révérend se porte comme un charme. D'ailleurs, il est célibataire. Je désespère de le marier un jour. Jamais vu un homme aussi difficile !

— Par exemple ! Aurait-il fait vœu de chasteté, comme un prêtre papiste ? Ou préférerait-il les garçons ? Je vais le dénoncer au conseil évangélique, moi ! J'ai un fils à protéger, tout de même !

La marieuse le regarda avec des yeux bovins. Inutile de poursuivre.

— Je plaisantais, madame Helmhart. Donc, vous tenez une veuve. Ne la lâchez pas, par pitié !

— Pour ça, le seigneur professeur peut me faire confiance. D'ailleurs, vous connaissez Madame von ***. Elle a vécu longtemps à Prague et elle était fort liée avec votre défunte épouse.

— C'est possible. Je n'ai pas la mémoire des noms. Ou plutôt j'ai du mal à faire correspondre un nom et un visage.

Elle ne comprit pas et insista :

— Si, je vous assure, vous la connaissez bien. Elle a deux filles en âge d'être mariées.

— C'est une épouse que je cherche, pas un harem. Je ne suis pas le Grand Turc, moi !

— Je ne pensais pas à ça. D'ailleurs, j'ai déjà trouvé un parti pour l'aînée. Mais vous aurez le choix entre la mère et la cadette.

Cette situation aiguisa la curiosité de Kepler. Il était évidemment bien décidé à refuser ce parti, mais il prit rendez-vous, étonné quand même que Régine ne lui ait pas fait rencontrer cette prétendue amie de sa mère, lors de ses premières visites aux notables de Linz. La dame était absente de Linz. Il ne vit que le notaire qui gérait sa fortune. Celui-ci lui présenta la fille cadette, qui n'avait que seize ans et lui parla en latin pour lui affirmer que c'était un grand péché de dire que la Terre tournait autour du Soleil. Cet aplomb amusa beaucoup le prétendant, qui décida de pousser un peu plus loin l'expérience. Il se rendit chez la mère, dès son retour. Il la reconnut. C'était une femme de Graz, de la famille de l'ancien gouverneur de Styrie, quand Kepler y était en poste. Naturellement, quand elle s'était rendue à Prague six ans auparavant, elle avait rencontré Kepler, et Barbara s'en était entichée. Elle, la fille du meunier, à tu et à toi avec la descendante de ses seigneurs ! En plus, l'autre lui avait affirmé qu'elle-même, preuve à l'appui, était de noble extraction et pouvait s'appeler Barbara Müller von Muelleck. Aussi, quand Johann, qui n'était pas toujours un modèle de délicatesse, avait affirmé à son épouse que sa nouvelle amie avait mauvaise haleine, cela lui avait valu une scène terrible. Il n'empêche, lors de cette rencontre à Linz, Kepler tâcha de garder ses distances, d'autant plus que la dame, comme toujours dans ces cas-là, lui parlait sous le nez. Il lui expliqua que sa fille était bien trop jeune pour servir de mère à ses deux enfants. La dame lui rétorqua que ce n'était pas un problème, qu'il pouvait aussi bien se marier avec elle, la mère. Ainsi, il aurait à la maison à la fois la bonne épouse et la jeune maîtresse. De plus, si par hasard cela ne suffisait pas à son tempérament généreux, il pourrait également profiter de l'aînée. Il refusa très poliment cette proposition. Il s'en revint chez lui, tout à la fois hilare et souillé. Il eut droit en prime à une virulente admonestation de Régine : toute la ville était déjà au courant de cette visite chez ce trio de goules perdu de réputation, mais très assidues aux prêches du pasteur Hitzler et partisanes zélées de l'ubiquité du Christ.

Il raconta haut et fort l'histoire de celles qu'il appelait les trois vierges folles, que tout le monde en ville connaissait déjà mais que tous taisaient, puis convoqua Mme Helmhart. Affolée par la tournure des événements, celle-ci lui proposa une très jeune femme originaire de Prague, à l'arbre généalogique aussi foisonnant qu'un cèdre du Liban. Riche de surcroît. Mais Kepler découvrit tout de suite que la belle et noble demoiselle avait été promise, trois ans auparavant, à un débauché qui, pour enterrer sa vie de garçon, n'avait rien trouvé de mieux que d'engrosser une putain, à Prague bien sûr, pas à Linz. Or, le tuteur de ce charmant jeune homme, autre important notable de Linz, avait recommandé naguère son filleul dépravé auprès du mathématicien impérial, car, disait-il, il était fort doué. Kepler n'avait pas donné suite à cette demande.

Non sans réticence, Kepler accepta de rencontrer la prétendante dont lui avait parlé Régine. Cela l'embarrassait d'impliquer sa belle-fille dans ce jeu, mais après tout, elle et son mari n'avaient pas émis la moindre protestation lors de son excommunication. La jeune femme en question était plutôt jolie, de bonne noblesse et bien dotée, mais... Mais Mme Helmhart, qui ne voulait pas perdre son client, trouva un vilain secret de famille, frère converti au catholicisme, oncle concussionnaire, cousine volage, et lui proposa une nouvelle fiancée dotée de toutes les qualités du monde. Ce fut au tour de Régine de trouver à cette autre veuve une tare rendant le mariage impossible.

— Attention, cher ami, dit la comtesse Starhemberg, à ne pas pousser trop loin la plaisanterie. Toute cette boue remuée finira par vous éclabousser.

— Bah, qu'ai-je à craindre ? Ne suis-je pas déjà excommunié ?

— Je vois bien où vous voulez en venir. Mais je crains que personne ne fera revenir le pasteur Hitzler sur sa décision. Vous aurez beau désigner toutes les brebis galeuses de son troupeau, vous resterez toujours pour lui le mouton noir. Et puis, dans ce chassé-croisé, vous faites au moins une victime, innocente celle-là…

Et la comtesse désigna discrètement sa sœur de lait, Suzanne, qui brodait, à l'écart. Sur son fin visage, d'ordinaire si rieur, se peignait une infinie tristesse. Elle n'avait pas adressé le moindre regard, la moindre parole à Kepler depuis son arrivée.

— Je ne le sais que trop bien, hélas, répondit-il en soupirant.

— Quoi, répliqua malicieusement la comtesse, le *mathematicus* impérial serait-il amoureux ?

— À mon âge, c'est ridicule, n'est-ce pas ?

— L'amour n'est jamais ridicule, mon ami, surtout quand il est réciproque. En revanche, vos tergiversations puériles le sont. Qu'attendez-vous pour vous déclarer ?

— Vous m'y autorisez ?

— Pas maintenant, voyons ! Laissez-moi vous préparer un heureux concours de circonstances.

— Vous avez raison. D'ailleurs, j'ai encore deux ou trois prétendantes à éconduire.

— Vous n'êtes qu'un fat, monsieur le mathématicien impérial.

La fameuse lettre où Kepler raconte à une de ses relations haut placées, en guise d'invitation à ses épousailles, ses tribulations avant de choisir entre onze prétendantes l'heureuse élue, a sans doute été beaucoup plus lue dans les salons de Prague, de Vienne, de Ratisbonne et d'ailleurs, que son *Astronomie nouvelle* ou sa *Dioptrique*. Tel était d'ailleurs le but recherché par son auteur. C'était un petit chef-d'œuvre pince-sans-rire de parodie de sa propre méthode scientifique, faite de tâtonnements, d'hésitations, de retours en arrière, avant de revenir à contrecœur à la bonne solution, écartée un instant, comme étant la seule possible. L'ellipse, la vilaine ellipse, n'avait pas la noblesse du cercle qu'offrait la lignée immortelle des Anciens à l'orbite de Mars, ni sa richesse en épicycles, mais elle possédait la modeste qualité de correspondre parfaitement à toutes les observations. De la même façon, Kepler s'excusait avec drôlerie d'avoir fini par choisir, contre l'opinion publique et le sens commun, une épouse sans fortune, sans titres de noblesse, sans ancêtres glorieux, mais dotée seulement, elle aussi, de la plus humble des vertus : celle de correspondre parfaitement à ce que cherchait le mathématicien impérial... Naturellement, soi-disant par courtoisie pour les concurrentes malheureuses, Kepler ne donnait pas de noms à son correspondant, à l'exception de la fameuse Mme Helmhart, seul indice de l'énigme. Car c'était aussi un jeu qu'il proposait à son lecteur, le jeu du « qui est qui ? ». Les paris allèrent bon train, dans le nouvel et immense palais praguois du général Wallenstein, Linz et ses habitants étant l'objet récurrent de toutes les plaisanteries sur la balourdise des provinciaux. On dit même que certains gentilshommes trichèrent un peu en envoyant des espions sur place pour interroger la marieuse. Et ce que Kepler avait voulu arriva : il y eut du beau monde à se déplacer à Linz, non tant pour assister aux noces du mathématicien impérial en exil, mais par curiosité, pour avoir le fin mot de l'affaire, voire encaisser les enjeux. La présence de ces hauts personnages compensa largement les quelques inimitiés locales qu'il s'était faites, par ses refus et ses prétendues tergiversations. On n'osa donc pas contester son choix, que l'on jugeait pourtant scandaleux, et on préféra se taire. Comme pour l'orbite elliptique de Mars, en somme.

Johann et Suzanne se marièrent donc, furent heureux et eurent beaucoup enfants : sept, dont quatre cependant moururent en bas âge. On aimerait terminer ainsi, comme dans les contes, l'histoire de la vie de Kepler, en y ajoutant quelques-unes de ses œuvres à venir. Mais, s'il est vrai que leur union fut sans faille jusqu'à la fin, il fallait encore compter sur la folie des hommes.

24.

Il tombait sur Leonberg une mauvaise neige fondue, et la vieille aubergiste Catherine Kepler s'égosillait à pester contre les clients qui ne décrottaient par leurs bottes avant d'entrer dans son auberge. Ce ne se serait pas passé ainsi du vivant de son fils préféré, Heinrich, revenu de guerre pour panser ses blessures auprès de sa mère, mais qui s'était éteint l'an passé.

Depuis, les villageois et les clients ne la respectaient plus comme avant. On ricanait derrière son dos, les enfants avaient peur d'elle. Et ce n'était pas son autre fils Christophe, l'étameur, qui, malgré son grade de sergent de la milice, l'aurait défendue : il était trop occupé à lécher les bottes du prévôt. Quant à Marguerite, sa fille, depuis qu'elle avait épousé son pasteur, elle faisait la fière. La vieille femme n'oubliait pas, dans ses récriminations contre son ingrate progéniture, son fils aîné Johann, qui pourtant lui envoyait régulièrement quelque argent. Mais, pour elle, c'était comme si l'astrologue de l'empereur appartenait à un autre monde, une sorte de paradis, très loin, très haut, inaccessible au petit peuple de Leonberg. Ce qui n'empêchait pas Catherine de répéter aux étrangers de passage que la chair de sa chair était à tu et à toi avec les princes et les rois. Il arrivait même parfois que des voyageurs, qui paraissaient très huppés, fissent le détour par Leonberg pour voir un peu l'allure qu'avait la mère du *mathematicus* impérial et dormir sous son toit.

Dans cette bourgade et ses quatre cents foyers, éparpillés dans la campagne ou blottis derrière la muraille cernant la cité, les Kepler étaient une famille de notables, avec la mère aubergiste, le gendre pasteur, l'un des fils prospère fabricant d'étain, et l'aura de l'aîné vivant là-bas, dans les palais de l'empereur. Ce qui suscitait bien sûr des jalousies.

La pluie neigeuse redoublait. À la grande table de l'auberge, les hommes se disaient que si, après carême, ne survenait pas un coup de gel tardif, les moissons de l'été promettaient d'être bonnes. La porte s'ouvrit. Une femme entra, cachée par une lourde pèlerine ruisselante.

— Prenez exemple sur Mme Reinbold, bande de porcs ! lança Frau Kepler à la tablée frigorifiée buvant du vin chaud. Elle, au moins, elle a gratté ses sabots avant d'entrer.

Les clients ne levèrent même pas la tête à l'entrée de l'épouse du vitrier, un artisan aussi important pour la cité que l'étameur Christophe Kepler. Des femmes de notables venaient parfois discrètement consulter l'aubergiste. Histoires de bonnes femmes... L'encore jeune Ursule Reinbold possédait, comme la vieille Catherine, un membre de sa famille très puissant : son frère Urban Kräutlin, chirurgien barbier d'un des innombrables fils du grand-duc Jean-Frédéric du Wurtemberg, le prince Achille. Frau Reinbold traversa furtivement la grande salle et alla s'enfermer dans une petite pièce attenante, où se tenaient régulièrement ces mystérieux conciliabules féminins.

Catherine tira du vin rouge d'un fût dans un pot d'étain façonné par son fils, prit deux gobelets et alla la rejoindre après avoir refermé sur elle la porte de cette drôle de chambre. Contrairement à la grande salle, l'endroit était propre et coquet. Il y avait même, sur un joli guéridon, un vase rempli de fleurs séchées. Les murs étaient couverts d'étagères où étaient soigneusement rangés et étiquetés des bocaux emplis d'herbes et de baies.

— Tu n'aurais jamais dû prononcer mon nom devant ces gens, dit Dame Reinbold. Le service que j'ai à te demander doit rester entre nous.

— Ne te tracasse pas, ma commère. Ils ont déjà oublié. Ils sont à moitié saouls. Alors, qu'as-tu donc de tellement secret à me demander ? Mais... Pas de phrases, hein ? Explique-moi tout franchement.

— Tu connais mon mari, Martin ? Eh bien... Ça fait trois ans que... enfin quoi... qu'il ne m'a pas touchée.

— Je ne peux rien pour toi. Je ne suis pas une magicienne, moi, et je ne sais pas fabriquer les philtres d'amour. Tous mes remèdes, c'est de la belle et bonne médecine.

— Oh non, ce n'est pas ça que je te demande. Je n'ai plus de goût pour lui. Mais je suis jeune, moi, et le ventre me tient encore. Alors, j'ai fait une bêtise et je suis allée casser des noix ailleurs.

Catherine ne laissa pas paraître sa satisfaction. Elle allait pouvoir en faire rabattre à l'Ursule, cette prétentieuse... Elle, depuis bientôt trente ans que son mari l'avait abandonnée, elle était restée chaste. Non par fidélité ni par manque d'occasions, mais par manque de goût. Une fois ou deux peut-être, avec un étranger de passage, mais il y avait si longtemps...

— Et avec qui as-tu joué à la bête à deux dos, Ursule ? Tu dois tout me dire, sinon je ne pourrais rien pour toi.

Ursule débita à toute vitesse, comme une confession qui pourrait lui attirer toutes les foudres du Ciel :

— Le jeune Herbert, l'apprenti de mon mari. Il m'a engrossée. Je suis partie à Stuttgart et mon frère Urban, le chirurgien du prince Achille, me l'a fait sauter.

— Pourquoi tu n'es pas venue me demander ? J'ai des remèdes qui font passer l'enfant en douceur. Je n'ai jamais eu d'accident, depuis le temps que j'en fabrique.

— Hélas, soupira Ursule Reinbold. Ça jase tellement à Leonberg. Tout se sait dans le pays. Avec ma position, je ne peux pas me permettre.

Et elle s'empressa d'ajouter :

— … Même si toi, ma commère, tu sais garder un secret. Depuis le curetage, je me traîne, j'ai des saignements, des fièvres…

— J'ai quelque chose pour toi. Mais… C'est cher.

Catherine remplit d'herbes un sachet en cuir et sortit de l'étagère un petit pot rempli d'une crème verdâtre. Ursule n'ayant pas d'argent sur elle, Catherine lui fit volontiers crédit. Si on ne se faisait pas confiance, entre commères…

La vie reprit son cours, si tant est qu'elle l'avait quitté. Tout allait bien, en somme, dans le Wurtemberg, sous le règne sans histoire du duc Jean-Frédéric, dit Jean Ier. Pourquoi alors, en ce printemps 1615, une fièvre étrange prit toute la région ? Le carême venait de s'achever, il restait de bonnes réserves dans les saloirs et les greniers car l'hiver avait été doux ; ni famine ni guerre ne semblaient menacer, et tout le monde dans le pays était luthérien, comme le grand-duc. Pourtant…

Pourtant, à Weil der Stadt, la cité voisine, la populace s'empara de deux vieilles filles, d'anciennes pensionnaires de la maison Kuppinger qui survivaient de cueillette et de leurs collets dans une cabane au fond des bois, et on les brûla sans autre forme de procès. Leonberg, ne voulant pas être en reste de sa rivale, dénicha quelques pauvresses inquiétantes. On les brûla elles aussi. Cette folie se répandit alors dans tout le pays, comme un incendie. La justice ducale décida d'intervenir très vite, non pour éteindre les bûchers, mais pour que ces femmes aient droit d'abord à un procès en bonne et due forme. Sinon, la fièvre populaire pourrait bien se changer en jacquerie. Au braconnage, les princes ont toujours préféré la chasse, qu'elle soit à courre ou aux sorcières.

Catherine Kepler ne se sentait pas concernée par ces événements. Certes, la tante qui l'avait élevée avait été brûlée pour sorcellerie. Mais cela s'était passé si longtemps auparavant, qui s'en souvenait encore ? Et puis, qui oserait inquiéter une dame aussi importante qu'elle, dont le fils aîné était l'ami de l'empereur, et le gendre, surtout lui, le pasteur de

Leonberg ? Un pasteur qui, ce jour-là, l'avait d'ailleurs fait venir chez lui pour la sermonner. Qu'elle cesse enfin, par les temps qui courent, lui avait-il dit, de jouer la guérisseuse, et qu'elle détruise le carré de simples qu'elle cultivait derrière l'auberge, pour y faire pousser des choux par exemple. Elle s'était alors fâchée très fort, criant qu'il n'y avait aucun mal à soulager les maux des gens, au contraire, qu'une soupe aux orties et aux baies d'épinette soignait mieux les maux de ventre que toutes les prières du monde. Puis elle quitta sa fille et son gendre, plus inquiets pour eux-mêmes et leur réputation que de la sécurité de la vieille mégère.

Naturellement, Catherine ne céderait pas : dans toute sa vie grisâtre et solitaire, herboriser pour trouver de nouveaux remèdes était sa seule distraction. Et elle y excellait. En sortant de chez son gendre, elle croisa une gamine de douze ans en guenilles tirant péniblement une charretée de briques. Sous ses dehors revêches, l'aubergiste avait parfois des élans de pitié. Elle sourit gentiment et dit :

— Tu as de bien méchants maîtres, petite, pour te faire porter des poids pareils.

En guise de réponse, la petite tira la langue et lui serina :

— Vieille Kepler, vieille sorcière, vieille Kepler, vieille sorcière !

Catherine se mit alors à criailler :

— Eh bien oui, je suis une sorcière. Que tous les démons s'abattent sur toi, petite peste ! Que tes bras se glacent, que tes jambes refusent de te porter !

Et elle fit des gestes qu'elle voulait mystérieux, agrémentés d'une affreuse grimace. La terreur décomposa le visage de la fillette, qui lâcha ses briques et s'en fut en courant. Elle se tordit la cheville et chuta. Très contente de l'effet qu'elle avait produit, Catherine Kepler s'en revint à l'auberge, ricanant et trottinant.

Elle devait se hâter. Le même jour, en effet, il y avait un grand événement à Leonberg : le cortège du prince Achille passait par la grand-rue dans le tintamarre des cors, du sabot des chevaux et des aboiements des chiens. Le fils du grand-duc revenait de la chasse. Pas à la sorcière, mais à l'ours, gibier favori de cette noble dynastie. Il avait tué une femelle, de sa main disait-on ; les piqueurs la portaient sur l'épaule, liée à un long bâton, tandis que son petit, capturé vivant, gémissait dans une cage, en attendant de finir sa vie dans un des châteaux des ducs du Wurtemberg. Une aubaine : l'auberge Kepler, sur la place du marché, ne désemplirait pas.

Le frère d'Ursule Reinbold, barbier et chirurgien du prince Achille, avait suivi son maître lors de cette chasse pour parer à une éventuelle blessure. Urban Kräutlin avait obtenu l'autorisation de prendre quelques jours de congé chez son beau-frère le vitrier. Depuis l'avortement qu'il avait pratiqué sur sa sœur, l'état de celle-ci ne s'était pas amélioré. Il était très inquiet, non pour elle mais pour lui. S'il venait à s'apprendre qu'il avait commis ce crime, même la protection de son maître ne lui suffirait pas pour échapper à la justice. Il en venait à souhaiter la mort de cette idiote, qui jouait à la bête à deux dos avec l'apprenti de son mari. Avait-elle su garder le secret, au moins ? Il l'interrogea le plus patiemment qu'il put sur le sujet. Elle répondit en geignant que Catherine Kepler lui avait vendu un onguent qui soulageait ses douleurs. Ainsi, quelqu'un d'autre savait. Il faudrait se débarrasser de la vieille aubergiste. Au portrait que lui en traça sa sœur, ça ne serait pas trop difficile.

Il connaissait bien le prévôt de justice de la ville, Lutherus Einhorn. Enfants, ils avaient déniché ensemble des œufs dans les arbres, et usé quelque temps leurs culottes sur les bancs de la même école. Puis de brèves études, de droit pour l'un, de médecine pour l'autre, leur avaient permis de devenir ce qu'ils étaient. Aussi, le prévôt de Leonberg et le barbier du prince Achille se retrouvèrent-ils dans l'une des trois tavernes de la ville, celle qui avait la meilleure réputation. Échanger des souvenirs d'enfance donne soif. Ils l'étanchèrent plus que de raison. La sollicitude du prévôt pour la santé de dame Reinbold fit comprendre au barbier que nul ici ne soupçonnait les origines du mal.

— Dans son délire, ma pauvre sœur n'a cessé de me rebattre les oreilles avec l'aubergiste, une Keller ou quelque chose comme ça, qui l'aurait empoisonnée ou jeté un sort… Connais-tu cette drôlesse ? Depuis le temps que j'ai quitté Leonberg pour le service de Son Altesse, je les confonds tous, moi !

— Catherine Kepler, encore elle, répliqua Einhorn, du ton plein de sous-entendus qui sied à un homme de justice. Ça fait longtemps que je la surveille, cette vieille folle. Mais elle jouit de fortes protections. À commencer par son gendre le pasteur. Et surtout son fils, la fierté de Leonberg, la gloire du canton : l'astrologue de l'empereur Matthias. Que veux-tu qu'un petit prévôt comme moi fasse contre cela ? Elle peut préparer toutes les potions du diable qu'elle veut, jeter des sorts ou autre sorcellerie, je suis impuissant face à un monsieur aussi haut placé.

— Tu veux parler de Johann Kepler ? Tout le monde en parle, à la cour de Son Altesse. Il est peut-être puissant, mais pas chez nous. On le dit passé à Calvin, ou même à Rome. Excommunié, en tout cas. De toute façon, il n'a pas l'air de s'en soucier plus que ça, de sa mère, l'astrologue impérial. Sinon, pourquoi la laisserait-il croupir ici, dans son bouge ?

Le prévôt trouva très pertinente la remarque de son compagnon de beuverie. Il renchérit en affirmant que le pasteur lui-même ne bougerait pas pour défendre une belle-mère d'aussi sulfureuse réputation. Quant à leur frère, Christophe Kepler, l'étameur, en tant que sergent de la milice, il était son subalterne. Il n'aurait qu'à marcher droit.

Le prévôt Lutherus Einhorn était un homme d'ordre. De plus, il pouvait envisager d'être bientôt bourgmestre, car celui qui dirigeait la ville depuis fort longtemps était bien vieux. Aussi, quand le commandement était venu d'emprisonner et de juger toute personne soupçonnée d'avoir commerce avec le diable, le magistrat de Leonberg l'avait fait avec un grand zèle. À sa grande fierté, procès et bûchers devinrent plus nombreux à Leonberg que dans toute la région. Alors, Kepler ou pas, une sorcière était une sorcière. L'intègre prévôt l'avait à l'œil depuis longtemps. Elle devait être jugée. Puisqu'il avait maintenant la caution du barbier, un proche de la famille du grand-duc, il pouvait agir. Einhorn se dressa, tentant de retrouver son équilibre, et clama :

— Je vais de ce pas chercher des gens d'armes et je vais l'appréhender, la Kepler.

Le barbier avait obtenu ce qu'il voulait : l'autre était ivre. Mais la partie allait être serrée.

— Qu'as-tu besoin d'une escorte pour une petite vieille comme ça ? ricana-t-il. Les gens vont croire que tu as peur d'elle et de sa famille. Ma seule compagnie te suffira.

La nuit était tombée depuis longtemps. Neuf coups avaient sonné à l'horloge de l'hôtel de ville. Ils débouchèrent d'un pas martial sur la place du marché et surgirent à grand fracas dans l'auberge. Quelques clients soupaient encore ou dormaient la tête sur la table. Là-haut, les chambres étaient pleines. C'était pour la plupart des membres de la chasse du prince Achille, qui n'étaient pas rentrés à Stuttgart avec le reste du cortège. Catherine se tenait derrière son comptoir à essuyer des chopes en étain :

— C'est complet, dit-elle de sa voix aigre. Allez chercher ailleurs.

Puis elle se retourna :

— Ah ! C'est vous, monsieur le prévôt. Que me vaut l'honneur de votre visite ?

— Femme Kepler Catherine, je vous arrête. Veuillez me suivre sans résistance.

— Sans résistance ? lança un des clients avec une admiration feinte. L'affaire promet d'être chaude.

Le barbier décida de passer à l'action. Si elle parlait… Il sortit son épée et s'avança vers elle, menaçant :

— Sorcière, tu as empoisonné ma sœur. Ou tu lui as jeté un sort. Guéris-la, maintenant, tout de suite, ou je te plante.

Éberluée, l'aubergiste, qui n'avait pas reconnu son agresseur, ne trouva à dire que :

— Moi ? Mais je n'ai empoisonné personne. Quelqu'un s'est plaint de ma cuisine, ici ?

L'épée piqua la poitrine flapie de la vieille, le barbier allait mettre sa menace à exécution, quand le même client se leva et s'interposa :

— Halte là, monsieur ! J'ignore si cette femme est ou non coupable, mais on ne tue pas les gens comme ça, dans leur maison.

Le prévôt était resté sur le pas de la porte. Dégrisé par cette scène, il reprit toute sa dignité d'édile.

— Ça suffit, maintenant. Femme Kepler, suivez-moi !

Le bon samaritain qui était intervenu accompagna le prévôt et le barbier, encadrant la petite vieille toute ratatinée, la tenant chacun par une épaule jusqu'à l'Aigle noir, une haute maison renforçant les fortifications de la ville. Cette imposante bâtisse servait tout à la fois de palais de justice et de prison. C'était aussi la demeure du prévôt Lutherus Einhorn. Les deux miliciens faisant office de sentinelles ne laissèrent passer que la prisonnière et sa redoutable escorte, mais interdit le passage au voyageur étranger.

Le prévôt poussa Catherine dans le dos pour la faire entrer dans la salle du tribunal déserte. Le barbier chirurgien se proposa de remplacer le greffier, qui devait dormir depuis longtemps. Lutherus Einhorn n'avait pas le choix, mais il se trouvait fort embarrassé. Il avait étudié le droit, et mené assez de procès en sorcellerie pour comprendre que cette affaire était mal emmanchée. Il fit asseoir la vieille femme sur la sellette et s'installa derrière la grande table sur l'estrade, comme s'il était devant une salle comble.

— Catherine Kepler, vous êtes soupçonnée de pratiques sataniques et de sorcellerie, commença-t-il.

— Moi, une sorcière ? Ce ne sont que des ragots.

Puis elle eut comme une illumination. Elle désigna le greffier improvisé et dit :

— Je vous reconnais vous, vous êtes le frère à la Reinbold. Le barbier… L'avorteur !

L'autre blêmit, dégaina à nouveau son arme et s'avança vers elle :

— Avoue, avoue que tu es une sorcière !

— Tu peux bien m'égorger si ça te chante. Je nie.

Cette fois, le prévôt, redevenu lucide, jugea qu'il était temps d'arrêter cette parodie de procès qui ne lui vaudrait que des ennuis. Il appela les gardes, qui emmenèrent Catherine Kepler au sous-sol, dans sa geôle.

Cependant, le bon samaritain s'était renseigné. Il était allé réveiller le pasteur et son épouse pour leur annoncer que leur mère venait d'être arrêtée. On alla tirer l'étameur de son lit et l'on tint un conseil de famille.

— Elle l'a bien cherché, après tout, la vieille, avec ses herbes magiques et ses potions, bougonna Christophe. Qu'elle se débrouille, maintenant !

— Oublies-tu que tu parles de ta mère, celle qui t'a donné la vie ? s'offusqua sa sœur Marguerite.

— Tu parles d'une vie ! Joli cadeau, en vérité.

— Ne blasphème pas, Christophe, intervint le pasteur. D'ailleurs, si notre mère est condamnée, il te faudra fermer boutique et fuir la ville. Quant à moi, je devrais aller chercher ailleurs d'autres âmes à évangéliser. Il faut nous défendre. Nous allons intenter un procès en diffamation au prévôt.

— Est-ce toi qui paieras les frais ? ricana Christophe. Pour ma part, j'ai la bourse plate.

— Vendons l'auberge, suggéra Marguerite.

— Pour cela, ma très chère sœur, il faudrait l'autorisation de l'empereur.

— De l'empereur ? Que chantes-tu là ? demanda le pasteur.

— Je veux parler de sa majesté Johann Kepler Ier, empereur des astrologues, qui laisse crever sa famille la bouche ouverte pendant que lui pète dans la soie. Je veux parler de notre frère aîné, ma chère sœur, chef de notre famille à ce que l'on prétend.

— J'aurais dû y penser ! s'exclama Marguerite. Avec ses relations, Johann va régler tout cela en un rien de temps.

— Je te rappelle, ma mie, dit le pasteur Georg Binder, qu'il est excommunié. Dans le Wurtemberg, il n'est plus rien. Enfin, essayons toujours. Je vais lui envoyer une lettre. Mais je doute que la réponse arrive à temps.

— Si Sa Majesté Kepler consent à nous répondre, compléta aigrement Christophe.

Le bon samaritain, un étranger qui voyageait pour son plaisir, avait assisté sans mot dire à toute la scène, l'air à la fois affligé et apitoyé. Il intervint alors en déclarant qu'il se rendait à Ratisbonne, et se proposa de faire le détour par Linz pour remettre cette lettre en mains propres. Cela lui donnerait l'occasion, expliqua-t-il, de rencontrer à nouveau le plus fameux astronome au monde.

25.

Après quatre ans de mariage heureux avec une épouse aimante et attentive, des enfants qui grandissaient et d'autres à venir, Johann Kepler aurait pu s'accommoder de cette vie sans histoire d'un paisible philosophe de province, dont la gloire est derrière lui. Certes, la mort l'avait encore frappé, une fillette disparue en bas âge. Mais un autre enfant de Suzanne avait survécu, et il s'en annonçait un autre. Depuis qu'il vivait à Linz, Kepler n'avait rien publié, ou si peu ; seulement cette chronologie christique, qui n'était jamais que la compilation de sa correspondance. Malgré les demandes réitérées venant des quatre coins du monde, il n'arrivait pas à reprendre l'élaboration des Tables Rodolphines. Dès qu'il tentait de se mettre à l'ouvrage et ouvrait un des tonneaux où s'entassaient des piles de papiers jaunis, une lassitude pesante l'envahissait. Alors son esprit, naguère si rigoureux, vagabondait dans des chemins de traverse. Il reprenait le manuscrit du *Rêve*, son voyage dans la Lune, le corrigeait, l'annotait, puis partait se promener en ville, appuyé sur cette grosse et antique canne que lui avait léguée Tycho, le bâton d'Euclide.

Il s'arrêtait souvent en chemin pour bavarder avec les artisans et les commerçants. Il était frappé de la façon dont, dans ce vieux pays, les gens portaient très souvent le nom de leur métier. À croire, songeait-il, que tous étaient plantés dans la terre de Haute-Autriche depuis la nuit des temps, y pratiquant la même profession que leur premier ancêtre connu.

— Bonjour, monsieur Weinhändler ! Les vendanges seront-elles bonnes cette année ?

— Pour ça, oui, monsieur Kepler, répondit le marchand de vins. Nous étions justement en train d'en parler avec mon compère Böttcher. Il va avoir de l'ouvrage, à fabriquer ses tonneaux et ses barriques. Vous allez nous en passer commande, j'espère, comme l'année dernière. Et je vous promets un petit vin nouveau pour cet hiver, qui va faire chanter dans les cœurs.

— Ma foi, j'y penserai. Mais il ne faudra pas me refaire la même chose qu'au jour de mes noces, où il n'y avait pas la quantité promise. N'est-ce pas, monsieur Böttcher ?

C'était dit sur le ton de la plaisanterie, mais le tonnelier, à qui il s'adressait, fit mine de prendre la remarque très au sérieux.

— Bah ! Tout le monde peut se tromper. Vous ne vous trompez jamais, vous, avec vos horoscopes ?

— Touché ! Tout de même… Vous seriez, vous autres, d'admirables géomètres. Comment diable faites-vous pour calculer la contenance d'objets aux formes aussi particulières que des tonneaux ? Je me flatte d'être plutôt bon dans ce genre d'exercices, mais, en l'occurrence, je serais bien incapable de faire ce que vous faites.

— Ma foi, c'est une question d'habitude. De bons outils, un bon compas, et le coup d'œil. Et surtout, monsieur le professeur, ne pas trop se poser de questions.

Kepler revint chez lui à la hâte. Ne pas se poser de questions, quelle idée absurde ! Le marchand de vins avait voulu le rouler sur la contenance des tonneaux, soit, c'était de bonne guerre. Cependant, qu'était-ce qu'un tonneau ? Une barrique de bois, soit pleine, soit vide, aurait dit l'aubergiste. L'accolement de deux sections coniques, se dit Kepler. Et il y devait bien y avoir un moyen de calculer le volume de telles formes. Une méthode à trouver. Il regretta d'avoir congédié l'an passé son assistant Ursinus, non que celui-ci ne lui donnât pas entière satisfaction, mais Linz n'était pas l'endroit idéal pour développer ses grands talents de calculateur. Et puis, il fallait faire des économies. Il se mit au travail. C'était plutôt un jeu. Il en avait toujours été ainsi, et il le savait. Calculer le volume d'un tonneau n'avait rien à voir avec la quête de la Vérité céleste, bien sûr; ce n'était rien qu'une étape agréable et reposante sur cette longue route. Il tâtonna, se reprit, se morigéna, se traitant d'âne et d'imbécile, jusqu'au moment où, heureux comme un enfant qui vient de prendre un lapin au collet, il trouva la bonne méthode de calcul : il suffisait de décomposer les volumes compliqués en éléments simples.

Pour cela, Kepler imaginait que la circonférence du tonneau se divisait en un grand nombre de petits segments, bases d'autant de triangles dont les sommets se réunissaient sur l'axe central. La capacité du tonneau pouvait être définie comme la limite de la somme des volumes correspondant à des prismes élémentaires, engendrés à partir de chacun des segments par le mouvement de révolution autour de l'axe central. Au total, Kepler recensait les volumes de quatre-vingt-sept figures solides, qu'il se plut à désigner sous les noms de fruits et légumes auxquels elles ressemblaient – melon, poire, courgette… Une vraie composition à la Arcimboldo !

Un autre que lui, une fois cela découvert, aurait cherché à approfondir cette voie, à la généraliser tout de suite. Lui, il considéra sa trouvaille comme un outil de plus, qui lui servirait plus tard à bâtir le temple de la suprême harmonie, mais qui, pour le moment, devait être rangé dans sa caisse. Après tout, ce n'étaient que fariboles. Après la Géométrie, l'Astronomie, la Physique, c'était dans la Musique qu'il fallait se plonger, bien plus profondément que Pythagore, mais sûr comme l'ancien Sage que l'univers chantait avec autant de pureté qu'il se mouvait. Mais que chantait l'Univers ? Quel sublime concert Dieu avait-il composé et voulait-il nous faire entendre ?

En mettant Suzanne à contribution, il fit quelques copies du *Traité de stéréométrie des tonneaux* et en envoya un exemplaire à son nouveau maître l'empereur Matthias, que l'on disait apprécier les choses immédiatement utiles. Et quoi de plus utile, pour le Trésor impérial, que de faire payer de lourdes amendes aux négociants qui tricheraient avec la quantité de leur marchandise ?

Il se vit répondre par un obscur secrétaire, un jésuite, qu'il ferait mieux de s'occuper à achever les Tables Rodolphines que de mesurer la contenance des barriques. Jamais, depuis bientôt quinze ans qu'il était *mathematicus* impérial, il ne s'était fait traiter ainsi. Il rétorqua aussitôt à ce grouillot, dans une lettre aussi véhémente que sarcastique, que tant qu'il n'aurait pas reçu les arriérés de sa pension pour les années tant et tant, il ne rendrait pas sa tâche. Mais c'était aussi la première fois qu'on osa lui commander ce qu'il devait faire, qu'on empiétait sur sa liberté. Par ordre de l'empereur ? Certainement pas. Son ministre le cardinal ? Comment savoir ? Les jésuites peut-être… Kepler n'avait pas plié en signant le protocole d'ubiquité qu'exigeait Hitzler. Il ne plierait pas non plus ici. Et il donnerait à sa liberté la meilleure des armes : une imprimerie.

Il existait en ville une vieille presse, qu'avait laissée jadis un compagnon d'exode de Kepler, lorsque les réformés de Styrie avaient dû fuir leur pays. Mais l'imprimeur de Graz n'était pas resté longtemps dans la capitale de Haute-Autriche. Sans faculté, avec un seul collège, les livres n'étaient pas à Linz une marchandise aussi rentable que les tonneaux. Kepler imprimeur, libre de publier ce qu'il voulait, de la fantaisie la plus légère, comme son *Rêve*, à ses pensées mystiques les plus profondes appuyées sur la physique, les mathématiques et la musique, serait maître de son œuvre, plus chichement sans doute, mais tout aussi librement que l'avait été Tycho dans son île de Venusia. Tycho, dont l'ombre massive l'accompagnait toujours.

Il avait l'argent pour cela, car depuis qu'il avait touché son premier salaire de professeur à Graz, il avait épargné, comme un écureuil sachant d'instinct que le prochain hiver pourra être plus rude que le précédent. Il avait un banquier à Tübingen, un autre à Ratisbonne, un troisième à Ulm et un dernier à Nuremberg. Mais cet argent, avait-il le droit d'en disposer, avec ces enfants encore en bas âge, et d'autres à venir qu'il souhaitait nombreux ? Il consulta son épouse Suzanne, plus avisée que lui sur ces questions. Elle étudia attentivement le projet chiffré qu'il avait rédigé, et le corrigea. Ainsi, il aurait préféré acheter son matériel à Nuremberg, où on fabriquait le meilleur du monde, elle préféra Ulm, plus lointaine, certes, mais le transport fluvial par le Danube serait moins onéreux. La justesse des remarques de son épouse l'émerveilla. Il partit sans délais. Cependant, elle alla visiter sa sœur de lait la comtesse de Starhemberg. Celle-ci joua de toute son influence pour obtenir du bourgmestre de Linz l'autorisation d'ouvrir une imprimerie. Le pasteur Hitzler tenta bien de s'y opposer, mais qui aurait pu résister à la comtesse et aux faveurs qu'elle distribua aux édiles ?

Quand Kepler revint, il s'étonna à peine d'avoir un local disponible, dans les murs. Naturellement, durant le voyage de retour, il avait ingurgité toutes sortes d'ouvrages techniques sur l'imprimerie, à quoi s'ajoutaient les conseils du prote qu'il avait recruté à Ulm. C'est ainsi que fut bientôt publié, chez *Keplerus*, de Linz, le *Traité de stéréométrie des tonneaux*, en latin et en allemand, dont l'auteur offrit un exemplaire à ses amis commerçants, Böttcher et Weinhändler. On ignore s'ils en tirèrent une quelconque leçon.

Le voyageur étranger, qui vint à Linz quelques semaines plus tard, eut du mal à reconnaître sous le bonnet maculé d'encre et le tablier de cuir le *mathematicus* impérial qu'il avait connu à Prague, si soigneux de sa personne, coquet même dans ses habits de cour. Le visiteur ne songea même pas à en plaisanter, tant les nouvelles dont il était porteur étaient affligeantes : la mère de l'astronome imprimeur était en prison, attendant son procès en sorcellerie. Kepler ôta son tablier d'imprimeur, fit son bagage et partit pour Leonberg. Il venait à peine de prendre son envol vers l'harmonie céleste, que le destin le rabattait vers la cacophonie terrestre.

Durant tout le voyage, il étudia le droit comme il avait étudié l'imprimerie. Méticuleusement, point par point, cherchant la faille. Et Dieu sait s'il y en avait des failles, dans la législation luthérienne concernant ce genre d'activités : sortilèges, rites païens, sociétés secrètes, satanisme, possessions et autres crimes d'hérésie. Forcément, la Réforme était trop jeune, un siècle c'est peu pour fabriquer une belle mécanique procédurière bien huilée, comme avait su la peaufiner au fil du temps, du côté des catholiques, la Sainte Inquisition.

Sitôt arrivé à Stuttgart, il obtint facilement audience auprès de Jean Ier du Wurtemberg. Même soupçonné ici d'hérésie, le mathématicien impérial ne pouvait être accueilli qu'avec les honneurs. Depuis le temps qu'il frayait avec les Grands et les Princes, le fils de l'aubergiste de Leonberg se sentit parfaitement à l'aise dans cette cour somme toute très provinciale, à l'écart des grands remuements du monde. Jean Ier, quant à lui, était d'excellente humeur : il venait de régler avec ses quatre frères une source de conflits, le statut de l'une de ses possessions, Montbéliard. Mais, dans le cas de Catherine Kepler, il ne pouvait pas grand-chose. Dans l'imbroglio des juridictions régnant dans tout l'empire, Leonberg gardait certains privilèges, en matière de justice notamment. Bien sûr, on pouvait imaginer toutes sortes de pressions. C'est pourquoi le grand-duc prêta à Kepler un de ses meilleurs hommes de loi, remarquable avocat qui saurait plier le plus rigide des prévôts.

Le lendemain de cette audience, l'avocat partit avec Kepler en brillant équipage, accompagnés d'une petite escorte de la garde ducale. L'homme de loi ne doutait pas que le prévôt, s'apercevant qu'il s'était attaqué à bien plus gros que lui, cesserait immédiatement les poursuites.

Ils pénétrèrent dans la ville par la porte Nord, et Kepler ne put s'empêcher de tourner la tête vers la maison de l'Aigle Noir où sa mère était emprisonnée. Lui, si haut, elle si bas… Cette mère qui ne l'avait jamais aimé, et qu'il n'avait jamais aimée. La place du marché était déserte et les volets de l'auberge clos, alors que midi venait de sonner.

— Ces gens ont peur de vous, monsieur Kepler, dit l'avocat.

— Autant que j'ai peur d'eux, monsieur.

La voiture s'arrêta sur la place du temple. Devant la maison d'en face, le pasteur Binder, Marguerite et Christophe, attendaient leur frère aîné. Il n'y eut aucune effusion familiale. Le pasteur exposa brièvement la situation. Dès que Catherine avait été arrêtée, il avait posé un recours en diffamation. La procédure pouvait alors commencer, et le prévôt chercher des preuves de la culpabilité de sa prisonnière.

— Par bonheur, intervint Christophe, j'ai eu l'idée, le soir même, d'aller ramasser tous ses onguents et toutes ses poudres du diable, puis j'ai détruit son jardin des simples. Si je n'avais pas été là…

— Surtout si le monsieur étranger ami de Johann n'y avait pas pensé à ta place…, lui rétorqua sèchement Marguerite. Un homme charmant, un vrai gentilhomme, ce lord Askew.

— Sir Askew, corrigea Kepler, mais revenons-en aux faits.

Le prévôt s'était mis en quête de tout ce qui pourrait servir de témoignages. Ils affluèrent sous forme de ragots, de rumeurs, de on-dit. Des clients de l'auberge affirmèrent être tombés malades après y avoir bu dans un certain pot d'étain. Le maître d'école en serait resté paralysé, et une certaine Mme Mayer, morte. Catherine aurait encore jeté des sorts aux enfants du tailleur ; eux aussi auraient péri. Elle aurait jeté un autre sort à une petite porteuse de briques, qui maintenant ne pouvait plus marcher ni travailler.

— Mais le pire de ces racontars te concerne, Johann, dit le pasteur, qui y croyait peut-être. D'aucuns ont prétendu que tu aurais demandé à ta mère le crâne de ton grand-père maternel, afin de pratiquer des cérémonies magiques avec feu sa majesté l'empereur Rodolphe. Notre mère aurait alors soudoyé le fossoyeur pour qu'il déterre le squelette. Ensuite, elle aurait fait monter ce crâne en argent pour en faire un gobelet qu'elle t'aurait envoyé... Réponds franchement : y a-t-il une part de vérité dans tout cela, Johann ?

— Mais c'est... Mais c'est complètement...

Il n'eut pas de mots. Stupide était trop faible. Il proféra une énorme grossièreté. L'avocat intervint :

— Le fossoyeur a-t-il été interrogé ?

— Pardi non ! Il s'agit de l'ancien fossoyeur, mort il y a dix ans.

L'avocat réfléchit un moment et dit enfin :

— L'essentiel est que dame Catherine Kepler ait nié toutes ces accusations. Si elle en a eu la volonté, nous la ferons sortir aujourd'hui même.

— Hélas, soupira Kepler, comment aurait-elle pu résister à la torture ?

— Vous avez encore des progrès à faire en matière de droit, monsieur, répondit l'homme de loi. La question ne peut être pratiquée que par un bourreau assermenté, et sur ordre exprès des autorités judiciaires du grand-duché, c'est-à-dire de mes confrères et de votre serviteur. Que je sache, nous n'avons pas donné suite à la demande faite par le prévôt de Leonberg.

— Et s'il avait passé outre ?

— Les aveux seraient considérés comme nuls et non avenus. Mais tout le monde connaît ici la réputation du prévôt Lutherus Einhorn. Un redoutable chasseur de sorcières, un Nemrod, connaissant son droit jusqu'au bout des ongles. Le cas de Catherine Kepler, c'est l'affaire de sa vie. Soyez sûr qu'il n'y aura pas le moindre vice de forme dans la procédure. Et surtout, n'essayez pas de le corrompre.

— Ce n'est pas dans mon intention, répliqua sèchement Kepler. Allons, maintenant.

— Mais, s'exclama Marguerite, vous n'allez pas partir le ventre vide !

Son frère était déjà sorti, ainsi que l'avocat. Après une légère hésitation, le pasteur se joignit à eux. Quant à Christophe, il prétexta une commande urgente pour aller s'enfermer dans son atelier. Dehors, la curiosité avait vaincu la peur. Fenêtres et portes s'étaient ouvertes. On s'y entassait pour voir passer, silencieusement, l'avocat et son greffier, leur escorte et surtout l'enfant du pays, la gloire de Leonberg, Johann Kepler, le magicien de l'empereur fou.

Ils furent introduits par un huissier, qui aboya leurs noms et leurs titres dans la salle d'audience de la tour de l'Aigle Noir. Ce qui suivit parut être à Kepler une pièce de théâtre où les acteurs connaissaient parfaitement leur rôle, et où lui n'était qu'un spectateur passif et silencieux. Dans le langage boursouflé du droit, l'avocat demanda le huis clos, le prévôt le lui accorda, puis fit introduire l'accusée. Entrée pathétique et grotesque ! Catherine, petit bout de femme tassée par les ans, était encadrée par deux geôliers qui paraissaient gigantesques en comparaison. Ses poignets et ses chevilles étaient enchaînés. Le prévôt ordonna qu'on la délivrât. Elle vint s'asseoir sur la sellette, se retourna, vit son fils, eut une sorte de sourire découvrant une bouche plantée de deux dents jaunes, et son visage se plissa plus encore, ridé comme une vieille pomme. Le plus horrible, c'était qu'elle avait vraiment la tête d'une sorcière, telle qu'on en voit sur les gravures des almanachs.

Le prévôt lut les chefs d'accusation dans un ordre qui sembla incohérent à Kepler. Les ragots les plus dérisoires alternaient avec les plus extravagantes diableries, sans que soit respectée la moindre chronologie, ni l'ébauche d'une progression dans la gravité des faits reprochés. Apparemment, Catherine connaissait également son rôle, puisqu'à chaque fois elle répondait : « Je suis innocente de cela. » L'avocat paraissait très satisfait de sa cliente. Kepler, lui, bouillait intérieurement : il lui aurait été si facile de démonter ces accusations ridicules. Mais, puisque l'homme de loi lui avait ordonné de ne pas intervenir, il obéissait. Vint enfin l'affaire de l'empoisonnement d'Ursule Reinbold, par quoi tout avait commencé. Cette fois, Catherine se départit de ses négations :

— J'ai seulement voulu la soigner avec un de mes onguents, comme elle m'avait demandé de le faire. Elle souffrait tellement. Ce n'est pas de la sorcellerie, c'est de la charité chrétienne !

Le prévôt frappa violemment de son marteau sur la table et gronda :

— Femme Kepler, vous ne répondez pas comme nous en avions convenu.

L'avocat se leva et intervint pour la première fois :

— Faut-il comprendre qu'il y a eu un arrangement entre ma cliente et la cour ?

Le prévôt lui fit signe de s'approcher. Les deux magistrats eurent un long conciliabule à voix basse, tandis que Catherine lançait à son fils de longs regards attendris, lui envoyant même une sorte de baiser de ses lèvres blêmes. Elle qui, durant toute son enfance, ne lui avait jamais prodigué le moindre geste de tendresse ! L'âme de Kepler hésita entre le dégoût et la pitié. Mais certainement pas l'amour filial. Enfin, l'avocat revint à sa place et prononça la plaidoirie prévue en accord avec Kepler. De la façon la plus formelle, il retourna l'accusation et dénonça les parties civiles, en l'occurrence Ursule Reinbold et son frère, d'être elles-mêmes inspirées par le diable. Puis il rappela que Catherine Kepler était la mère du *mathematicus* impérial, ce qui le mettait, lui et les siens, au-dessus du droit commun. En s'attaquant à elle, les plaignants avaient offensé Sa Majesté Matthias Ier, empereur des Romains, roi de Bohême et de Hongrie.

L'argument fit sourire intérieurement Kepler. Par une curieuse association d'idées, il songea à Elizabeth Báthory, à qui il avait jadis dressé un horoscope très prometteur. Elle avait été depuis murée vivante dans son château, pour avoir fait torturer à mort six cent cinquante jeunes filles vierges avant de se baigner dans leur sang comme dans un élixir de jouvence. Entre la noble et riche « comtesse sanglante » et cette misérable vieillarde, Catherine Kepler, à quoi jouait le Créateur ? À quoi jouaient les hommes ? Dans la musique des sphères, la Terre joue Fa et Mi ; Fa comme Famine ; Mi, comme Misère… Cette fameuse phrase de *L'Harmonie du Monde* lui vint ce jour-là, dans la salle d'audience de l'Aigle noir.

Le prévôt rendit son jugement : il déclara que les plaignants, pourtant absents, renonçaient à toute poursuite, et que la femme Kepler était libérée sur-le-champ. Ne restait plus qu'un détail à régler : les frais de détention, nourriture, bois de chauffage de la prisonnière… et de ses geôliers. La somme était rondelette. Kepler, qui avait toujours été, sinon pingre, du moins regardant, s'étrangla :

— Quatre gardiens ! Pour une vieille dame de soixante-dix ans ! Mais c'est du vol !

L'avocat lui posa la main sur l'épaule :

— Payez, cher ami, payez, et soyez heureux que nous nous en tirions à si bon compte.

Kepler sentit monter en lui une de ces colères qu'il avait tant de mal à contrôler :

— Ah, vous ! D'abord, que vous êtes-vous raconté, tout à l'heure, avec le prévôt ?

— Rien d'important, des détails de procédure, qui nous ont permis de l'emporter, je vous le rappelle.

Dans ses écrits, Kepler se comparait souvent à un roquet, prêt à mordre les plus gros molosses qui en voudraient à son os. Alors il brandit un index vindicatif vers Lutherus Einhorn :

— Monsieur le prévôt, je consens à céder à cette extorsion scandaleuse. Mais j'exige en échange toutes les pièces du procès, dès maintenant.

Il frappa du plat de la main sur le gros dossier posé sur la table, devant le magistrat. Puis il sortit sa bourse et empila, une à une, des pièces devant le greffier jusqu'à la somme réclamée. Ensuite il s'empara du dossier, le mit sous son bras et dit en désignant la sellette :

— Désormais, vous allez laisser ma mère en paix, monsieur le prévôt. Sinon, je vous en fais le serment, c'est vous qui vous assoirez un jour à cette place. Viens, maman, on rentre à la maison.

Catherine eut vers lui un geste très doux. Il sentit les larmes lui monter aux yeux : c'était la première fois que sa mère lui prenait la main.

26.

L'université de Tübingen reçut avec pompe le plus glorieux de ses anciens étudiants. On fit mine d'avoir oublié son excommunication par un autre diplômé issu de ses rangs, les tendances calvinistes affichées dans ses écrits, ses amitiés papistes, et même le soupçon de sorcellerie pesant toujours sur sa mère. Le conseil et les professeurs avaient tous changé, certains même avaient usé leurs culottes sur les mêmes bancs que Kepler. Seul restait de cette lointaine époque l'indéracinable professeur de mathématiques Michael Maestlin, qui prononça l'éloge de son ancien disciple en prenant bien garde d'éviter toute allusion concernant la religion, mais en portant aux nues l'œuvre astronomique du mathématicien impérial. Bientôt, le discours devint une défense sans détours de l'héliocentrisme. Le docte auditoire approuva avec force cette doctrine, qui pourtant était toujours interdite d'enseignement dans les murs de la très luthérienne université.

— Eh bien, mon cher maître, te voilà donc sorti de la clandestinité, ironisa Kepler alors que, bras dessus bras dessous avec Maestlin, ils sortaient de l'amphithéâtre pour se rendre dans la demeure du vieux professeur.

— Je constate, mon cher esclave, que les nouvelles ne parviennent pas jusqu'à ta bonne ville de Linz. Il est vrai que, ces derniers temps, tu as dû préférer la lecture du *Marteau des sorcières* à celle des dépêches venant d'Italie. Mais nous parlerons de tout cela chez moi, loin des fâcheux.

« Mon cher maître », « mon cher esclave... » Autant la correspondance entre les deux hommes gardait un ton convenu, car étant souvent lue en public et destinée à la publication, autant les rares fois où ils se rencontraient, Kepler et Maestlin faisaient fi des barrières de l'âge et de la hiérarchie, ayant décidé une fois pour toutes de n'être plus que deux amis, même si le plus jeune marquait toujours une certaine déférence respectueuse vis-à-vis de celui qu'il considérait comme son véritable père.

Ils eurent bien du mal à parvenir chez Maestlin. En effet, nombre de professeurs et même quelques étudiants audacieux voulaient aborder le mathématicien impérial, ne serait-ce que pour être présentés à lui. Maestlin était veuf. Son épouse, après laquelle Kepler avait tant soupiré quand il était bachelier, était morte en couches, et il n'avait pas voulu se remarier. Depuis le temps qu'il vivait seul, avec une gouvernante pour lui tenir son intérieur, il avait pris toutes les allures d'un vieux garçon. C'est devant une bouteille de vin d'Alsace de médiocre qualité qu'il informa son ancien disciple des derniers événements concernant l'astronomie.

Pendant que Kepler était en route vers Leonberg pour défendre sa mère, l'Église catholique avait condamné, après un long procès, les thèses de Copernic et mis à l'index ses écrits. Toute trace de son long séjour en Italie avait disparu. Quant aux Polonais, en papistes zélés, ils avaient été jusqu'à effacer son nom sur son tombeau, dans la cathédrale de Frauenburg, dont il avait été chanoine !

— Voilà pourquoi, Johann, mon discours de tout à l'heure où j'unissais dans une même louange ton œuvre et celle du maître absolu, fut applaudi par ceux qui, hier encore, ne voulaient pas entendre parler d'héliocentrisme.

— Je ne me réjouirai pas autant que toi de cette condamnation. Elle me paraît être le point d'orgue de la prétendue réforme menée par Rome depuis le concile de Trente. Elle signifie que les papistes se sentent désormais assez forts pour reconquérir le terrain perdu, tant par les armes que par les idées.

— La guerre ! Que me chantes-tu là ? On ne se bat pas contre des théories astronomiques, voyons. Et puis moi, tu sais, la politique… Au fait, as-tu des nouvelles de Galilée ?

— Rien. Depuis que je suis en exil à Linz, je n'ai plus de rapport avec les personnages qui nous servaient d'intermédiaire. Mais je comprends mieux maintenant le sens de toutes ces charades qu'il m'envoyait. Je suppose qu'il doit se sentir en danger.

— Tout ce que je sais de mon côté, c'est que l'Inquisition vient d'ouvrir son procès et qu'il lui est désormais interdit d'enseigner Copernic, même sous forme d'hypothèse. Quand je pense que ce fut moi, jadis, qui l'avais initié à Padoue…

Kepler connaissait assez son ancien maître pour savoir que quand il commençait à geindre ainsi, c'est qu'il avait quelque chose à demander. Il ne fallait pas le brusquer. Maestlin eut un geste de la main comme s'il chassait une mouche :

— Laissons cela et passons à des sujets plus réjouissants. Où en es-tu dans ton travail, quelle belle chose nous prépares-tu ?

La jambe de Kepler se mit à remuer irrésistiblement. Maestlin n'avait pas changé ; toujours la même lenteur, la même componction, la même sollicitude protectrice et irritante. Kepler s'arma de patience et dit :

— Je commence un ouvrage d'harmonie…

— Qu'y connais-tu en musique, toi ?

— Il ne s'agit pas de connaître, il s'agit d'apprendre. Michael, je ne suis plus bachelier… Il s'agit donc de trouver dans la Création des correspondances, des harmonies pures. Comme tu le sais, les Pythagoriciens avaient découvert que l'octave vient du rapport de un demi entre les longueurs de deux cordes en vibration, la quarte du rapport de trois quarts, etc. Mais, trop occupés à chercher la signification cachée des nombres, ils n'ont pas songé que l'explication des harmonies et des dissonances n'était pas à trouver dans l'arithmétique, mais dans la géométrie.

— Je ne comprends pas où tu veux en venir, dit Maestlin.

— Mais si, voyons, c'est simple. Prends la corde de l'instrument qui produit les vibrations musicales et fais-en un cercle. La meilleure façon de diviser un cercle est d'y inscrire des figures symétriques, comme tu me l'as appris. Des polygones. Si par exemple tu y inscris un pentagone, ses cinq côtés diviseront la circonférence en des parties 1/5 et 4/5, soit des accords musicaux. En revanche les polygones à sept, onze, treize ou dix-sept côtés ne produiront que des dissonances.

— Il est vrai que ces figures-là sont des casse-tête à dessiner.

— Tu as trouvé ! Elles ne peuvent se construire à la règle et au compas. Elles sont donc impures ; elles ne peuvent exister ni dans la nature, ni dans la musique. C'est pourquoi le Géomètre ne s'est jamais servi d'elles pour construire l'univers.

Maestlin prit un air songeur. En réalité, il était atterré. Il aurait pu objecter qu'il n'y avait dans la gamme que sept rapports harmoniques et, sur le papier, une infinité de polygones, mais il préféra en rester là, par crainte d'être entraîné dans le délire spéculatif de son ancien disciple. Pourquoi cette intelligence supérieure, songeait-il, qui avait su, par des méthodes nouvelles et rigoureuses, démontrer l'orbite elliptique des planètes, découvrir les principes de l'optique, et qui était le seul homme au monde qui pourrait, par la preuve mathématique, faire de la théorie héliocentrique une réalité indubitable, pourquoi s'égarait-il dans ces fumées métaphysiques, poétiques certes, mais certainement pas scientifiques ? Comment cet esprit moderne et éclairé sombrait-il parfois dans la plus ténébreuse des obscurités mystiques ?

— En somme, finit-il par dire, tu nous prépares la suite du *Mystère cosmographique*. Envisages-tu également la suite de *L'Astronomie nouvelle* ?

Les mains gantées de Kepler s'agitèrent plus encore. Son exaltation était à son comble :

— Ce n'est pas une question de suite ! Cela forme un tout, qui est le grand temple de l'Univers. Physique, musique, astronomie, géométrie, tous les chemins mènent à la Vérité divine.

— Et les Tables Rodolphines ? Depuis le temps que tu nous promets de nous offrir le trésor de Tycho…

Si Maestlin avait voulu calmer Kepler par cette question, il y était parvenu. Sa fièvre mystique retomba d'un coup. Il se lança dans des explications confuses où il était question de George Brahé, le dernier « Tychonide », qui voulait avoir le contrôle sur l'héritage paternel. En réalité, Kepler était double : quand le mystique prenait son envol, le physicien restait à terre, incapable de bouger. Conscient soudain qu'il se comportait comme un cancre cherchant mille et une excuses pour justifier devant son professeur un travail non remis, il changea de conversation et dit :

— Et toi, mon maître, cela fait bien longtemps que l'on a lu quelque chose de toi…

— Je n'ai toujours été qu'un intermédiaire, un clandestin de l'astronomie nouvelle. Mais, maintenant que Rome a mis Copernic à l'Index, j'ai décidé d'aller enfin à visage découvert. Je projette de réaliser une édition commentée de Copernic et Rheticus. Qu'est-ce que je risque, à mon âge ?

Kepler eut du mal à dissimuler un sourire : le courage n'avait jamais été la plus grande vertu de Maestlin, qui poursuivit :

— J'aimerais y joindre, si tu en es d'accord, ton *Mystère cosmographique*. Il est introuvable. La première œuvre du *mathematicus* impérial ! On se l'arracherait à la foire de Francfort.

— Pourquoi pas en effet ? Mais il doit y avoir là-dedans plein d'erreurs de jeunesse et de naïvetés. Il faudrait que je le reprenne de fond en comble. Or, en ce moment, je suis débordé. J'ai peut-être quelque chose pour toi. Des notes jetées sur le papier, mais qui, une fois mises en ordre, pourraient bien faire une bonne introduction à ton édition copernicienne. Une sorte d'épitomé sur l'héliocentrisme, à la portée du plus grand nombre. Cela te conviendrait-il ?

Le visage de Maestlin s'illumina. Il était parvenu à remettre son disciple dans le droit chemin de la philosophie naturelle, loin des buccins et autres musettes angéliques de la musique céleste.

27.

Sitôt rentré à Linz, Kepler se remit à l'ouvrage avec plus de force que jamais, comme si ce retour aux démons de son enfance et son bref séjour à Tübingen faisaient monter en lui une sève nouvelle. Il consacrait la moitié de son temps à ce qui deviendrait *L'Harmonie du monde*. Comme pour l'orbite de Mars, il procédait par tâtonnements successifs. Mais que cherchait-il ? Il voulait entendre la musique céleste, sûr que le Créateur l'avait composée pour que les hommes l'écoutent, certain qu'Il l'avait choisi, lui Kepler, pour la leur révéler. Il ne tirait aucune gloriole de cette prédestination, il s'y pliait. Cette musique, il la chercha dans les périodes de révolution des planètes, dans les distances qui les séparaient les unes des autres, dans leurs vitesses… Aucun accord harmonique ne se produisait. Alors, comme il l'avait fait pour Mars jadis, il s'envola vers le Soleil. De là, enfin, en examinant les variations de la vitesse angulaire des planètes, il put entendre la musique des sphères.

L'autre partie de son temps, il ôtait la bure du métaphysicien pour enfiler les élégants habits du philosophe de la nature. Les quelques notes promises à Maestlin pour présenter son édition copernicienne prenaient une ampleur qu'il n'avait pas prévue, jusqu'à devenir, en taille au moins, le plus important ouvrage qu'il ait jamais écrit. Foin de polyèdres, cette fois, foin de la musique des sphères. Il appliquait l'ellipse à toutes les planètes, Terre comprise, dépoussiérait le ciel de tous ses épicycles et équants, et rédigeait ainsi, sans peut-être en avoir vraiment conscience, l'*Almageste* des temps futurs.

Parfois, il recevait des demandes, des supplications de rois, de princes, de géographes et de marins, pour qu'enfin il livre les Tables Rodolphines tant promises, tant nécessaires en un temps où les grandes nations du monde labouraient toutes les mers, découvraient toutes les îles et avaient donc besoin plus que jamais de ces données précieuses qui leur serviraient de cartes. Mais lui répondait ainsi : « Je vous en supplie, mes amis, ne me condamnez pas entièrement au supplice des calculs mathématiques, et laissez-moi du temps pour les spéculations philosophiques qui sont mes seules délices. »

En réalité, les observations de Tycho, auxquelles il avait ajouté les siennes propres et toutes celles que la lunette de Galilée avait apportées, étaient sur sa table de travail, à portée de main. Il les consultait sans cesse, les utilisait dans ses calculs. Quel ouvrier aurait donné son principal outil alors qu'il est en plein ouvrage ?

Pour d'autres grands esprits, les cinq livres de *L'Harmonie du monde* et les sept de *L'Épitomé de l'Astronomie copernicienne* auraient été le labeur de toute une vie, vie de reclus dans un désert, loin des hommes et des tumultes. Kepler, lui, ne mit que quatre ans à ériger les deux plus gigantesques colonnes de son temple à la nature. Et il accomplit ce prodige alors que la guerre battait aux portes de son exil, tandis que partout des bûchers s'allumaient, sur lesquels brûlaient les sorcières.

Cela faisait six mois seulement qu'il était revenu de Leonberg. Il s'étonnait encore de l'aisance avec laquelle il écrivait, calculait, observait, persuadé qu'une voix intérieure lui dictait ce qu'il avait à dire. On eût cru un bateau filant vent arrière vers des contrées inconnues, et croyant aller seul, sans équipage ni pilote. Mais il y avait à bord un capitaine vigilant : Suzanne, attentive, discrète, tendre aussi, avait compris que son mari jouait en ce moment la plus importante des parties. Elle ignorait laquelle, bien que parfois il se confiât à elle, quand un doute le prenait.

Elle lui donnait alors des conseils de bon sens : se délasser l'esprit en se promenant le long du fleuve, en inspectant son imprimerie ou en faisant répéter ses leçons à son fils Ludwig, devenu à onze ans le meilleur élève de sa classe au collège de Linz. Elle savait à merveille empêcher les visiteurs de l'importuner, tout en les recevant avec les plus grands égards, réussissant ainsi à se faire pardonner par Linz d'avoir été, elle d'origine si modeste, l'élue du cœur du mathématicien impérial.

Elle aurait su le protéger de l'empereur lui-même, mais pas de sa mère.

En ce début décembre 1616, Linz s'endormait sous un épais tapis de neige. Après souper, comme il leur avait promis, Kepler avait emmené Ludwig et Suzon dans l'observatoire, où ils avaient regardé les étoiles d'un ciel d'hiver très pur, derrière la lunette, cependant que Suzanne était allée border sa petite Marguerite, lui avait raconté un conte de fées, puis était redescendue allaiter la seconde, un nourrisson. Une fois la maisonnée endormie, et tandis que la fidèle Greta rangeait la cuisine en bourdonnant lèvres closes une vieille chanson de sa Bohême natale, Johann et Suzanne veillaient devant la cheminée. Elle brodait, lui lisait *De Interpretatione Naturae Prœmium*, de Francis Bacon, que l'auteur lui avait fait parvenir de Londres. Le marteau heurtant la porte d'entrée les fit sursauter.

— Ne bouge pas, je vais voir, dit Suzanne en se levant.

Elle revint peu après et dit d'une drôle de voix :

— Chéri, il y a là une dame qui…

Une petite silhouette tassée, tout de noir vêtue, entra dans le salon. Johann bondit hors de son fauteuil :

— Maman !

— Qu'y a-t-il de si surprenant, répliqua Catherine Kepler de sa voix aigre et chevrotante, à ce que ta mère vienne voir ses petits-enfants pour Noël ?

Suzanne sourit. Elle savait maintenant d'où son mari tenait cette ironie déroutante et parfois grinçante. La vieille femme se tourna vers elle, et lui ordonna comme on s'adresse à une servante :

— Débarrasse-moi de ce manteau, ma fille, et prépare-moi un vin chaud. Il fait un froid de loup dans ce maudit pays.

Suzanne obtempéra et sortit.

— C'est ta nouvelle femme, ça ? Elle ne m'a pas l'air bien dégourdie, celle-là non plus !

— Mais... Maman, comment es-tu venue jusqu'ici ?

— Par la route et par le fleuve, pardi ! Crois-tu donc toi aussi que je chevauche un balai volant ?

— Ce n'est pas ça que je voulais dire ! Tu as voyagé seule ?

— Ton frère et ta sœur étaient bien trop contents d'être débarrassés de moi. Maintenant qu'ils ont vendu l'auberge...

Johann dut installer presque de force sa mère dans un fauteuil près de la cheminée. Il lui couvrit les jambes d'une couverture. Malgré tous ses efforts pour le dissimuler, elle grelottait de froid. Suzanne revint avec un bol fumant et des biscuits.

— Ça sent bon, dit Catherine. Qu'as-tu mis dedans, ma fille ?

— De la cannelle, ma mère. C'est une épice qui...

La vieille s'adoucit alors.

— Je la connais. Mais dis-moi... Suzanne, c'est ça ? Tu soignes par les plantes, toi aussi ? Je crois que nous allons nous entendre, toutes les deux. Et au moins, tu ne fais pas ta fière, comme l'autre, la Barbara. Paix à son âme.

Elle amollit les biscuits dans son vin chaud, les mâcha de ses gencives édentées avec des petits bruits de succion, but le breuvage, essuya d'un revers de la manche sa bouche sans lèvres, soupira d'aise et dit enfin :

— Je suis épuisée. Montre-moi ma chambre, Suzette ! Ah, Johann, tant que j'y pense... Môôsieur le pasteur, ton cher beau-frère qui t'aime tant, m'a confié cette lettre pour toi. Je suppose qu'il doit y faire ma louange. Par discrétion, je ne l'ai pas ouverte.

Elle ne savait pas lire.

Entre les explications contournées de son beau-frère et le récit embrouillé de sa mère, le lendemain, Kepler eut du mal à comprendre les raisons de cette venue impromptue. Ce fut Suzanne qui, à force de patience, démêla les fils de l'histoire.

Quand Kepler fut parti de Leonberg, après le procès, son avocat, informé de l'avortement pratiqué par le barbier sur sa sœur, n'eut aucun mal à inciter ceux-ci à retirer leur plainte. Il était fort en cour près de la famille ducale. En revanche, le prévôt Lutherus Einhorn ne lâcha pas sa proie. Il n'acceptait pas de perdre son premier procès en sorcellerie. Toutes les autres accusées avaient été brûlées sur la place du marché, devant l'auberge Kepler, désormais fermée et mise en vente.

Einhorn reprit ses investigations au point de départ. À l'exception de celui de dame Reinbold, tous les autres témoignages étaient maintenus, mais cela ne suffisait pas. Le fils de la sorcière avait trop de protections en haut lieu pour procéder à la façon ordinaire. Le prévôt décida alors de trouver le défaut de la cuirasse du mathématicien impérial, puis de chercher à lui faire peur : entre cette vieille mère oubliée accusée de sorcellerie et sa réputation de grand philosophe, pour Einhorn, cela ne faisait aucun doute, Kepler saurait choisir au mieux de ses intérêts.

Le beau-frère pasteur, qui voulait surtout se protéger lui-même, ne fit aucune difficulté pour lui raconter qu'à Linz, le philosophe avait été excommunié de l'Église luthérienne. L'information était intéressante, mais cela n'avait trait qu'au dogme, et non à des pratiques sataniques. Or, dans ces contrées reculées, on avait considéré la Prague de feu l'empereur Rodolphe comme un repaire de magiciens et d'alchimistes, où le diable vivait aussi à son aise qu'en son palais infernal. Et le prévôt croyait dur comme fer que Catherine avait bel et bien déterré le crâne de son père pour en faire une coupe destinée aux nuits de sabbat de l'astronome et de son maître. Il se rendit à Tübingen, se présenta au guichet de la bibliothèque en tant que prévôt de la cité libre de Leonberg. De l'autre côté du judas, le bibliothécaire lui dit que les lieux étaient interdits d'accès aux gens de son espèce. Mais, par curiosité, il lui demanda les raisons de cette visite. Pensant qu'il fallait tenter sa chance, Einhorn répondit :

— Je suis venu consulter les livres de magie noire écrits par le sieur Kepler.

Derrière la porte, son interlocuteur, un bachelier qui arrondissait ainsi sa bourse d'études, appela un de ses condisciples poussant un chariot chargé d'in-quarto.

— Eh, Franz, viens voir la belle tête d'argousin qui se présente à nous.

Comme tout le monde à Tübingen, ils avaient eu vent du procès en sorcellerie de la mère de Kepler, et avaient assisté à la visite, au printemps dernier, du plus fameux ancien élève de l'université.

— Si on le faisait entrer, pour s'amuser un peu ? Il n'y a personne aujourd'hui.

C'est ainsi que le prévôt de justice de Leonberg eut accès à un manuscrit unique de Johann Kepler, confié par Maestlin à la bibliothèque, et intitulé *Sommium sive astronomia lunaris*. Einhorn demanda sèchement aux deux étudiants de le laisser lire en paix. Ceux-ci l'observèrent derrière un rayonnage en contenant difficilement leur fou rire. Sûr que le jargon latinisant de ses maigres études de droit lui permettrait de comprendre facilement *Le Rêve*, il entreprit sa lecture. Mais bientôt il se mit à souffler, grogner, marmonner.

— Silence, lui dit un des étudiants, vous empêchez tout le monde de travailler.

Il n'y avait qu'un seul autre lecteur présent, ce jour-là, un vieux professeur de théologie sourd comme un pot. À la fin, n'y tenant plus, toute honte bue, le prévôt lança :

— Venez là vous autres, je n'y comprends rien à ce charabia.

— Chut !

Les deux étudiants s'installèrent au côté du prévôt et commencèrent leur traduction :

... Dans mon sommeil, je crus lire un livre apporté de la foire de Francfort. En voici le contenu.

— Ah, le procédé est admirable ! s'extasia le nommé Franz.

— Pas mal, en effet, mais je l'ai déjà vu dans un roman italien... Son nom m'échappe.

— Poursuivez, poursuivez, s'impatienta le prévôt.

... Pendant les premières années de mon enfance, ma mère, me tenant par la main, ou me portant sur ses épaules, m'emmenait souvent sur les basses pentes du mont Hekla.... Elle cueillait des herbes avec toutes sortes de rites et, chez elle, en faisait des décoctions. Elle confectionnait des petits sacs...

— Je traduirais plutôt par « sachets ».

— Ce serait mieux, en effet, quoique le suffixe *ulus*...

— Avez-vous fini, à la fin ?

... des sachets en peau de chèvre... J'eus un jour la curiosité d'en ouvrir un...

— Ah ah ! s'esclaffa Einhorn. Et qu'en fait-il, de ces sachets ? Allons, poursuivez !

... Nous n'admettons personne qui soit sédentaire, ou corpulent, ou délicat ; nous choisissons ceux qui passent leur vie à monter les chevaux de chasse ou vont fréquemment aux Indes en bateau, accoutumés à se nourrir de biscuit, d'ail et de poisson fumé. Mais surtout nous conviennent les petites vieilles desséchées, qui depuis l'enfance ont l'habitude de faire d'immenses trajets à califourchon sur des boucs nocturnes, des fourches, de vieux manteaux.

Einhorn poussa un cri de triomphe :

— Je les tiens ! J'en ai assez entendu maintenant, résumez !

Les deux étudiants comprirent alors qu'ils avaient peut-être fait une bêtise. Cet être borné prenait pour la réalité ce qui n'était qu'une fable.

— Allez, résumez, ou je me fâche !

— Eh bien, le héros inventé de cette histoire s'en sert pour aller dans la Lune…

— Kepler ! Imbécile ! Tu es le premier témoin à charge contre ta mère. Et par écrit en plus. Je te tiens, je te tiens…

Il se dirigea vers la sortie en se frottant les mains. Sur le pas de la porte il se retourna et dit d'un air menaçant :

— Vous deux, prenez garde… Je n'aime pas qu'on se moque de moi. Je vous ai à l'œil.

Sitôt rentré à Leonberg, il fit intrusion dans la maison du pasteur, où Catherine s'était réfugiée depuis que l'auberge avait été fermée. La vieille femme était seule. Comme chaque fois qu'elle voyait le prévôt en tête à tête, elle était prise d'une panique incontrôlable, qui était, pour l'homme de loi, la preuve évidente de sa culpabilité. Cette fois, il lui annonça qu'il détenait contre elle un nouveau témoignage, et non des moindres puisque son propre fils Johann avait écrit noir sur blanc, dans un de ses livres, qu'elle lui avait fabriqué une potion magique permettant de voler jusque sur la Lune. Elle nia, une nouvelle fois, même si remontaient dans sa mémoire des souvenirs flous : quand Johann enfant était tombé gravement malade, au point qu'on avait cru qu'il en mourrait, elle lui avait préparé un baume selon les recettes de sa tante, puis, un soir de lune rouge, elle l'avait emmené sur la colline, pour enduire les pustules de ce petit garçon de sept ans. La Lune et le baume avaient sauvé son fils. Mais elle n'allait pas raconter cela au prévôt, même si c'était de la bonne magie.

Il reprit alors la liste complète des accusations portées contre elle. Tous deux les connaissaient par cœur. Il accusait, elle niait. Mais cette fois, l'idée que son fils ait pu écrire quelque part qu'elle était une sorcière la perturbait. Il y avait autre chose qu'elle considérait comme plus grave : la petite porteuse de briques, à qui, par plaisanterie, elle avait jeté un sort, ne s'était toujours pas remise de sa chute, elle était devenue boiteuse. Et Catherine s'était convaincue qu'elle avait ce jour-là usé involontairement de pouvoirs magiques qu'elle ignorait posséder. Quand le prévôt en vint à cette affaire, elle se troubla, faillit avouer, se retint et préféra supplier :

— Seigneur juge, par pitié, enlevez cette histoire de briques de vos dossiers !

— Tu avoues donc enfin, femme Kepler ?

— Je n'avoue rien du tout, mais... Il ne faut plus parler de cela, ça nous portera malheur à tous deux.

Elle s'embourbait. Du regard, elle chercha dans la pièce quelque chose qui puisse la sauver... Au-dessus de la cheminée, elle vit une grande coupe en argent. Un ciboire peut-être, le saint Graal en tout cas ; elle s'en saisit, tomba à genoux et gémit :

— Prenez, seigneur prévôt, prenez pour votre peine et oubliez cette histoire de briques, biffez-la de vos écritures...

La porte s'ouvrit ; le pasteur et Marguerite entrèrent.

— Que se passe-t-il ici ? Que faites-vous chez moi, monsieur le prévôt ?

— Et toi, maman, s'exclama Marguerite, relève-toi, et remets cette coupe en place. Mon cadeau de mariage offert par Johann... C'est ridicule !

S'ensuivit une explication embrouillée, d'où il ressortit que le prévôt avait désormais tous les éléments en mains pour rouvrir le procès, aggravé désormais d'une tentative de corruption.

Dès le lendemain, en accord avec Christophe Kepler, le pasteur Binder écrivit à la chancellerie ducale de Stuttgart, pour déclarer que si Catherine était inculpée de sorcellerie, sa famille laisserait la justice suivre son cours. Cependant, Marguerite bouclait le maigre bagage de sa mère. Puis elle accompagna la vieille dame jusqu'à la malle-poste en partance pour Ulm, en la recommandant au postillon. C'était la première fois depuis plus de trente ans que Catherine quittait sa ville natale. Comment réussit-elle à embarquer sur le coche d'eau ? Elle eut de la chance : bien que l'on fût au début décembre, le Danube n'était pas encore gelé.

28.

Catherine Kepler demeura neuf mois chez son fils aîné et parvint à transformer ce havre de paix en enfer. Elle s'était mis en tête de reprendre la maison en main. Elle dont l'auberge, naguère, n'était pas un modèle de propreté, fouinait maintenant partout à la recherche du plus petit grain de poussière. Elle commença par s'attaquer au cabinet de travail de son fils. Il s'était rendu à l'imprimerie pour veiller au tirage des éphémérides de l'année 1617. Suzanne, quant à elle, était partie avec les enfants à Eferding, dans la résidence d'hiver de sa sœur de lait. Johann et la comtesse de Starhemberg avaient comploté ensemble ce séjour, pour épargner les petits, en particulier Suzon qui aurait quinze ans en juillet, et dont la grand-mère avait décidé de régenter l'éducation. La gracieuse adolescente, en effet, était passionnée d'astronomie et ses parents avaient décidé de lui donner eux-mêmes un enseignement prodigué d'ordinaire aux seuls garçons. La vieille aubergiste estima que ce n'était pas comme cela qu'on lui trouverait un bon mari ; elle harcela la jeune fille tant et si bien que celle-ci, après lui avoir adressé des paroles qu'on ne prononce pas devant une aïeule, refusa toute nourriture et commença à dépérir. D'un commun accord, la comtesse et Kepler avaient décidé que Suzon vivrait chez la noble dame, le temps du séjour de la vieille acariâtre.

Le cabinet de travail de Johann Kepler était un sanctuaire. Nul n'aurait osé y pénétrer sans son autorisation.

Lui seul savait comment les choses étaient rangées, et quand Suzanne ou la bonne Greta le grondaient gentiment pour son apparent fouillis, il répondait avec de faux airs penauds que c'était un désordre ordonné. Ses « chantiers », comme il disait, étaient en ce début d'année 1617 pour le moins pharaoniques. *L'Harmonie du monde, L'Astronomie copernicienne*, un recueil d'éphémérides, sans oublier les lancinantes Tables Rodolphines et la comptabilité. S'ajoutait à cela, désormais, le procès en sorcellerie de sa mère : ce n'était pas le moindre entassement de manuscrits et de volumes.

Catherine décida donc de ranger le bureau comme le bon sens le lui dictait : les papiers d'un côté, les livres de l'autre, plumes, encre, compas et règles ailleurs, comme elle le faisait pour la vaisselle dans son auberge. Quand Kepler revint et constata le désastre, il faillit étrangler sa mère. Ils se mirent à crier plus fort l'un que l'autre, jusqu'au moment où il se souvint en un éclair des épouvantables disputes entre ses parents au temps de son enfance. Alors il la chassa de son cabinet, et entreprit de ranger à sa façon, tout en sentant monter dans son corps les vieilles fièvres qui l'avaient laissé en paix depuis son second mariage. Entra la bonne Greta, en larmes. C'était la première fois qu'elle s'aventurait ici de son propre chef.

— Que se passe-t-il encore ? demanda Kepler.

— Je m'en vais, monsieur. Je rends mon tablier. C'est elle, là, madame votre mère… Elle m'a tapée. Avec un tisonnier.

L'idée de la petite vieille rabougrie frappant cet énorme et paisible dragon aurait pu faire sourire, mais Kepler la supplia seulement d'attendre le retour de son épouse avant de prendre sa décision. Suzanne n'y put rien ; Greta retourna dans sa Bohême natale, convaincue elle aussi que Mme Kepler mère était bel et bien une sorcière.

La vieille harpie chercha alors à s'en prendre à sa bru, mais celle-ci lui opposait un mur de douceur et de patience qui la déroutait. Puis elle fugua. Au bout d'une journée de recherche, on la retrouva à l'embarcadère : elle attendait le coche d'eau pour rentrer chez elle, à Leonberg. Au mois de juillet, la mort entra dans la grande maison des remparts de Linz. Une épidémie de fièvre des marais avait frappé la ville, comme chaque été. Ce fut la petite Marguerite, l'aînée des enfants de Suzanne, qui en mourut. Sa mère plongea dans un tel état de désespoir que son mari crut qu'elle allait imiter la fin terrible de Barbara. Surtout, la vieille Mme Kepler ne calmait pas les choses, au contraire, puisqu'elle reprocha à sa bru d'avoir refusé de faire ingurgiter à la petite malade une potion de son invention. Kepler comprit qu'il fallait rapatrier sa mère pour sauver son épouse. Il avait déjà envoyé au Wurtemberg nombre de pétitions qui étaient restées sans réponse, sinon du prévôt de Leonberg qui lui communiquait, comme convenu, le double des pièces du dossier à mesure qu'elles venaient, et qui n'étaient que des témoignages de plus en plus extravagants contre Catherine. Le mieux serait de revenir sur place. Advienne que pourra.

Ce fut un voyage sans histoire ; à l'idée de revoir son cher pays, la vieille s'était calmée. À la première demande d'un fils excédé, elle cessa même son jacassement permanent. Il put lire et annoter en paix la *Démonstration harmonique* de Gioseffo Zarlino, et la vigoureuse réponse polémique de son ancien disciple Vincenzo Galilei : *Le Dialogue sur la musique ancienne et moderne*. Dans le genre littéraire du pamphlet, Galilée tenait bien de son père !

Kepler resta près de deux mois dans le Wurtemberg, entre Stuttgart, Tübingen et Leonberg, à pétitionner. La chancellerie et son avocat tentèrent de le convaincre de ramener sa mère à Linz, en échange de quoi on enterrerait l'affaire, mais lui, en roquet têtu et aboyeur, ne lâchait pas son os. Il était devenu un virtuose de la chicane, aussi habile à trouver un vice de procédure qu'à calculer le volume d'un polyèdre complexe. À la fin, de guerre lasse, et surtout ayant eu vent de l'avortement pratiqué par le chirurgien de son fils, le grand-duc Jean Ier lui-même convoqua Kepler et le prévôt Lutherus Einhorn, et leur ordonna d'enterrer le dossier, en attendant qu'on en fasse de même avec l'accusée qui, à soixante-dix ans passés, n'était pas éternelle… Catherine retourna donc chez son gendre le pasteur, et son fils repartit à Linz. Il aurait dû se sentir délivré, soulagé, mais non ! Il ressentait un sentiment amer d'insatisfaction : c'était la première fois de sa vie qu'il laissait un problème en suspens, sans en avoir trouvé la solution.

De solution, il en trouva une autre, et non des moindres. Son ami suisse Jost Bürgi, horloger de l'empereur, et l'un de ses correspondants anglais Henry Briggs, professeur à Oxford, lui avaient fourni pour cela un outil précieux : le calcul logarithmique. Kepler ne faisait pas partie de ces mathématiciens qui s'offusquent quand un des leurs invente une méthode facilitant le calcul, bien au contraire : selon lui, plus les choses devenaient simples, plus elles devenaient belles et se rapprochaient de la volonté du Créateur.

C'est donc avec ces logarithmes, dont on ne savait s'ils avaient été inventés par l'Écossais Napier, mort récemment, ou par Bürgi, resté à Prague, qu'il érigea ce qu'il croyait être le principal bâtiment du temple de la Création : *L'Harmonie du monde*. Le dernier des cinq livres de cet ouvrage était le seul à être consacré à l'astronomie, les premiers s'occupant d'autres grands domaines de la connaissance telle que la concevaient les philosophes athéniens, mais enrichie et éclairée par les découvertes modernes : polygones réguliers, figures congruentes, proportions harmoniques en musique, architecture, métaphysique, et même psychologie !

Dans l'introduction, il poussait un cri de triomphe, parfaitement immodeste. Après avoir évoqué l'inspiration qui l'avait saisi, vingt-cinq ans auparavant, avant de découvrir le *Mystère cosmographique*, puis sa quête folle, neuf ans plus tard, de la réalité physique de *L'Astronomie nouvelle*, il écrivit : « *Oui, je m'abandonne au délire sacré. Avec défi, je lance à tous les mortels cet aveu : j'ai dérobé les vases d'or des Égyptiens pour en faire un tabernacle pour mon Dieu, loin des frontières de l'Égypte. Si vous me pardonnez, je m'en réjouirai. Si vous vous en irritez, tant pis. Voici que j'écris un livre soit pour mes contemporains, soit pour la postérité. Cela m'est égal. Il peut attendre cent ans un lecteur. Dieu a bien attendu six mille ans un témoin.* »

Il avait découvert la musique céleste. Il l'avait entendue, il l'avait écoutée. Il en témoignait. Dieu avait créé un univers où musique et géométrie s'accordaient pour un sublime et éternel concert, dans un non moins sublime et éternel décor. Tout était affaire de perspective, de l'endroit où se situait le spectateur, et de ce qu'il venait voir et entendre. Si c'était la Vérité divine, il lui fallait fermer les yeux et plonger en lui-même : il contemplait alors les planètes se mouvant sur les polyèdres parfaits, émettant chacune leurs accords harmonieux.

Ce temple qu'érigeait Kepler depuis vingt-cinq ans devenait donc un théâtre. Mais cela restait aussi un labyrinthe, dans lequel il guidait patiemment son lecteur en lui racontant que lui aussi, l'architecte, s'y était parfois perdu. Le puissant souffle de l'orgue dont l'Harmonie du monde résonnait s'apaisait parfois, juste pour laisser entendre la petite musique malicieuse qui ponctuait si souvent les écrits de Kepler : il s'agissait de rappeler au lecteur que, s'il voulait comprendre le fonctionnement de la prodigieuse machine, s'il voulait connaître l'envers du décor, il lui fallait accepter que, 1) les orbites de *toutes* les planètes étaient des ellipses dont le Soleil occupait un des foyers, 2) que les aires balayées par les rayons vecteurs allant du centre du Soleil au centre des planètes étaient proportionnelles aux temps employés à les décrire. Alors, et seulement alors, il était prêt à accepter la Loi suprême, celle que Kepler venait de découvrir, et qu'il présentait ainsi :

« *C'est le 8 mars de cette année 1618, si l'on veut la date précise, que la loi est apparue dans ma tête. Mais je l'ai écartée, la croyant fausse à cause d'une erreur de calcul. Toutefois, elle me revint le 15 mai et, par un nouvel assaut, conquit les ténèbres de mon esprit, tant elle était conforme à mes dix-sept dernières années de travail sur les observa-*

tions de Tycho, et à mes études actuelles. Ainsi, il est certain et tout à fait exact que la proportion qui lie les temps périodiques de chaque couple de planètes est précisément la proportion sesquialtère de leurs distances moyennes au Soleil[1]. »

Comme, l'année précédente, les trois premiers livres de *L'Épitomé de l'astronomie copernicienne*, les cinq livres de *L'Harmonie du monde* sortirent des presses du nouvel imprimeur de Linz, Johannes Plancus.

L'empereur, cependant, connaissait bien des soucis. Matthias Ier avait dépassé la soixantaine, sa santé était chancelante. Il avait épousé sur le tard, quand son frère aîné n'avait plus les moyens de lui interdire le mariage, sa cousine qui ne lui avait pas donné d'héritier. Selon une tradition désormais bien établie chez les Habsbourg, pour imposer son successeur aux grands électeurs, il abandonna sa couronne de roi de Bohême, puis celle de Hongrie à son cousin Ferdinand, l'archiduc d'Autriche. Ces titres auraient pu être simplement honorifiques comme celui de Dauphin en France ou de prince de Galles en Angleterre. Une simple position d'attente.

Mais Ferdinand n'entendit pas rester à attendre passivement la mort de son impérial cousin. Farouche catholique, élevé par les jésuites, il ordonna la fermeture de deux temples protestants situés au cœur de son nouveau royaume de Bohême. Ce faisant, il déchirait la lettre de majesté édictée par Rodolphe II donnant la liberté de culte dans ce pays. Fermement décidée à faire revenir Ferdinand sur sa décision, une délégation de nobles réformés pénétra dans le

1. Il s'agit de la fameuse troisième loi de Kepler, qui servit cinquante ans plus tard de support aux travaux de Newton sur l'attraction universelle, et continue à être couramment utilisée aujourd'hui en mécanique céleste. En langage moderne, elle se formule ainsi : « Le carré de la période de révolution d'une planète est proportionnel au cube de sa distance moyenne au soleil, le facteur de proportionnalité étant une constante pour toutes les planètes du système solaire. »

château impérial de Prague. Depuis la mort de Rodolphe, le Hrasdshin avait été déserté par ses têtes couronnées. Trop de fantômes y rôdaient. Le comte de Thurn, qui menait cette délégation, et ses amis ne furent reçus que par deux gouverneurs, l'un représentant Matthias et l'autre Ferdinand. Ils les jetèrent par les fenêtres d'un rez-de-chaussée, en prenant bien soin que la chute des deux malheureux soit amortie, en bas, par un tas de fumier. Ce n'était qu'un acte symbolique, imitant une autre défenestration deux siècles auparavant de représentants du monarque d'alors. À cette différence près qu'en guise de crottin, ces défenestrés-là avaient fini leur chute sur des lances pointues. Sur le moment, on ne prêta guère d'attention à l'événement, tant ce genre d'incidents émaillaient la vie quotidienne, entre protestants Bohémiens et catholiques Autrichiens.

Au printemps 1619, Kepler et Maestlin fêtaient leurs retrouvailles à la foire du livre de Francfort. Le vieux professeur de Tübingen, après des décennies de silence, avait apporté avec lui un essai sur les deux comètes apparues l'an passé. Son ancien disciple le *mathematicus* impérial avait, par révérence pour son ancien maître, sursis à la publication de son propre petit traité sur les deux belles vagabondes. Surtout, Francfort allait découvrir *L'Harmonie du monde*.

On débattait donc de façon fort animée de la trajectoire et de la nature des comètes, dans la grande salle de réception de l'hôtel de ville que le bourgmestre avait mise à la disposition de ces doctes personnages. Toutes les attentions étaient tournées vers le mathématicien impérial. Soudain, les cloches retentirent du son lugubre du glas.

— La guerre ? s'inquiéta quelqu'un. La foire pourtant est depuis toujours période de trêve…

Un échevin entra, et annonça d'une voix forte pour que tous puissent entendre :

— Sa Majesté impériale Matthias Ier s'est éteinte le 20 mars dernier en sa ville de Vienne.

On retira son chapeau et on prit les mines affligées qui convenaient en ce genre de circonstance.

— Eh bien, chuchota Maestlin à l'oreille de Kepler, te voilà doté d'un nouveau patron.

— Il n'a rien de nouveau, rétorqua le mathématicien impérial. Avec Ferdinand, je me retrouve aux ordres du premier qui m'échut, quand, par ta grâce, je fus nommé dans ses États.

— Tu n'as pas eu à t'en plaindre, ce me semble.

— Mes plaintes de ce temps-là ne sont rien, sois-en sûr, à côté de celles qui vont monter bientôt de nos malheureuses contrées. Nul besoin des astres, mon maître, pour prédire ce que j'ai écrit dans mon *Harmonie* : demain, la Terre va chanter à nouveau Mi, Fa, Mi.

Mi, Fa, Mi. Misère et famine allaient désormais régner pour longtemps sur notre habitacle. Elles règnent encore.

29.

La mort de Matthias, en mars 1619, fut aussi l'enterrement de *L'Harmonie du monde*, car la foire de Francfort dut fermer ses portes en signe de deuil. Kepler avait suffisamment étudié l'histoire des hommes pour savoir qu'une succession ne se passait jamais sans quelques soubresauts. Celle de Rodolphe lui avait valu son exil à Linz. Que lui réserverait celle de Matthias ? En tout cas, avec le futur empereur Ferdinand, il savait à quoi s'en tenir. L'ancien archiduc d'Autriche et de Styrie avait été un grand persécuteur de Réformés, à commencer par son propre *mathematicus*. Il n'avait pas de raison de changer en portant une autre couronne, bien au contraire.

Kepler décida de ne rien décider. Il resta à Francfort encore un mois pour aider à la parution de son livre sur les comètes. Une fois le livre imprimé, il estima qu'il était temps de boucler sa malle et de rentrer à Linz pour attendre la suite des événements. Suzanne et les enfants lui manquaient cruellement. Comme il sortait de chez l'imprimeur, encombré d'une dizaine d'exemplaires de son nouvel ouvrage pour regagner les appartements que lui avait prêtés la Municipalité de Francfort, il vit s'avancer vers lui la noire soutane d'un jésuite.

— Père Guldin, par exemple ! s'exclama-t-il. Êtes-vous ici pour l'un de ces livres que vous nous promettez depuis des éternités ? Une bonne défense de Copernic contre vos collègues, par exemple…

— Hélas, mon cher maître, je n'en suis qu'à l'incipit de mes *Problema arithmeticum de rerum combinationibus*, et de *Problema geographicum de motu terrae exmutanione centrigravitis*. Je ne possède pas votre merveilleuse aptitude à écrire trente mille choses à la fois. Et je m'en tiens toujours au système de Tycho. Ce n'est pas demain la veille que vous me convertirez à l'héliocentrisme.

— Je ne possède pas votre merveilleuse aptitude pour la conversion, il est vrai.

Le jésuite ancien calviniste ne releva pas la pique et poursuivit :

— Je ne suis pas venu à Francfort pour un livre, mais pour un couronnement. Ferdinand se fera en effet sacrer empereur par les Grands Électeurs ici dans trois mois, et non à Vienne, car sa capitale est menacée par les troupes de Bohême menées par Frédéric du Palatinat, qui prétend lui aussi au trône impérial.

— Quel chassé-croisé ! C'est donc la guerre entre la Bohême et l'Autriche ?

— Elle ne durera pas, croyez-moi. Maximilien de Bavière a rallié la cause des Habsbourg. Son armée était déjà à Linz et…

— À Linz ? Mais, ma famille… Il faut que je parte dans l'instant !

— Rassurez-vous, cher maître, j'en viens. Et j'ai pris, en accord avec le comte de Liechtenstein, devenu entretemps gouverneur de la ville et aussi fervent catholique que moi, toutes les mesures pour la sécurité de votre charmante épouse et de vos beaux enfants. Ils n'ont rien à craindre, comme le prouve cette lettre que Mme Suzanne Kepler m'a chargé de remettre à son mari.

Kepler prit machinalement l'enveloppe sans songer à remercier le jésuite de son aide. Il était comme égaré. Et la fièvre, cette vieille compagne des moments de malheur, recommençait à faire vibrer son corps.

— Que dois-je faire ? Guldin, mon vieux, conseillez-moi !

— Je ne suis pas médecin, mais la première chose à faire est de nous rendre à l'enseigne de « l'Astronome sans nez de Copenhague », où l'on sert un petit vin blanc du Rhin qui va vous remettre sur pied. Permettez, cher maître, que je vous déleste d'au moins un de vos livres, celui qui m'est destiné par exemple. Ensuite…

Ensuite, Guldin convainquit Kepler de rester à Francfort encore deux mois pour assister au couronnement du nouvel empereur. Il lui garantissait que Ferdinand, ou du moins ses conseillers, ne feraient aucune difficulté pour le renouveler dans ses fonctions de *mathematicus* impérial, car lui, le jésuite professeur de mathématiques à Graz, s'était démené comme un beau diable auprès de la Compagnie de Jésus pour qu'il en soit ainsi…

Arrêtons-nous un instant pour examiner la reproduction d'un portrait du père Guldin, dans un âge avancé. On peut voir un religieux coiffé du tricorne noir de son ordre, au gros nez et à la barbe blanche en broussaille cherchant sans doute à masquer ses rondeurs. Par convention, l'artiste anonyme lui a donné le regard intense et sévère que tout philosophe de la nature se doit d'avoir. Que peut-on dire d'autre ? Guldin devait être un petit gros. Rien de plus. Et pourtant, cet homme-là, si banal, dont l'ambition toute temporelle avait étouffé le génie, qui s'était renié autant que saint Pierre sans attendre le chant triomphant du coq Habsbourg, abjurant sa foi, abjurant l'héliocentrisme aussi, sauva Kepler, l'hérétique, le proscrit, en aidant à le maintenir dans sa charge de mathématicien impérial, alors qu'il aurait fort bien pu l'en dessaisir à son profit. Parfois, on peut se dire que l'âme d'un jésuite est moins noire que ses habits, et que l'accord Mi Fa Mi ne chante pas aussi faux que cela…

— Et puis, mon cher maître, si malgré tous mes efforts Ferdinand vous chasse de votre poste, il vous restera la chaire de professeur à Bologne, vacante depuis le décès de notre éminent confrère Magini.

— Là, Guldin, vous m'en demandez un peu trop, répliqua un Kepler rasséréné, guéri de ses fièvres par les propos rassurants de son ami jésuite et le vin blanc du Rhin, qui était effectivement un délice.

— Allons donc ! Une petite conversion au catholicisme et hop ! le tour est joué. Notre ami Galilée aurait bien besoin d'un allié tel que vous, à portée de main.

— Faites-le donc vous-même, mon bon père ! Une petite conversion à l'héliocentrisme et hop ! le procureur du Toscan, votre cardinal Bellarmin, n'aura plus qu'à rentrer dans sa niche, je veux dire dans sa sacristie, à méditer sur le martyre de Giordano Bruno, dont il fut le bourreau. Mort, torture, bûcher… Pourquoi ces gens-là ne nous laissent-ils pas philosopher en paix sur la nature du monde ? Nous ne faisons rien de mal, à vouloir montrer la vraie beauté de l'Univers. Au contraire, même !

— Pourquoi en effet ? répondit Guldin.

Et le jésuite soupira d'un trait cette formule crétine et résignée qui aurait pu être celle de la vieille aubergiste de Leonberg, ou de feue Barbara Kepler, fille du meunier de Graz :

— Eh oui ! Qu'est-ce que vous voulez ? C'est comme ça, c'est la vie, on n'y peut rien !

Johann Kepler, quant à lui, savait qu'il y pouvait quelque chose. Mais quoi ? Il attendit le mois de juillet à Francfort pour assister au sacre de Ferdinand II. Il se tint modestement à sa place, celle du *mathematicus* impérial, que lui avait désignée le chef du protocole. Il ne fut pas reçu en audience par le nouvel empereur, mais par un obscur sous-fifre, qui lui consentit le tiers des arriérés de ce que lui devaient feu l'empereur Matthias et l'empereur Rodolphe. Il était temps maintenant de rentrer à la maison. Il avait tellement hâte de revoir Suzanne, le soleil de sa vie, sa graine de lumière, enlacer son doux corps dans ses bras maigres, et baiser les joues de ses enfants. Il entassa en vrac ses chemises et ses caleçons dans ses valises, puis ses livres et ses manuscrits dans sa malle. La femme de chambre entra :

— Monsieur Kepler, il y a en bas un soldat qui demande à vous parler.

— Dis-lui que je n'ai pas le temps. Je vais rater la poste, avec toutes ces histoires. Aide-moi plutôt à boucler ces foutus bagages.

Une voix grave dotée d'un lourd accent étranger s'éleva alors :

— Pardonnez-moi de vous importuner, maître, mais le docteur Beeckman me recommande à vous…

Kepler se releva et se retourna. Devant lui se dressait un jeune militaire à l'uniforme portant les couleurs du duc Maximilien de Bavière. Le soldat lui tendit une lettre de recommandation.

— Beeckman ? Cet athée atomiste ? Voilà une bonne recommandation. Je l'estime beaucoup. Mais vraiment, je suis désolé, mon garçon, je n'ai pas le temps. Je repars chez moi tout à l'heure. Venez donc me voir à Linz, dans quelques semaines…

— Permettez-moi d'insister, maître. Ma vie entière dépend d'un entretien avec vous. Je veux tout savoir de la nature du monde, des ellipses de Mars, de la dioptrique. J'ai lu toute votre œuvre et j'aimerais tant en parler avec vous, que j'admire comme le nouveau Ptolémée…

Kepler sentit le sang de la colère monter à ses joues. Pourquoi ne le laissait-on pas enfin en paix ?

— Jeune homme, je vous répète que je n'ai pas le temps de vous recevoir. Tout cela m'assomme ! Qu'avez-vous tous à la fin à tourner autour de moi comme des mouches sur une charogne ? Beeckman m'emmerde. Guldin m'emmerde. Francfort m'emmerde. L'empereur m'emmerde. Et vous, monsieur…

Il jeta un œil sur l'enveloppe pour y lire le nom du fâcheux :

— Et vous aussi, vous m'emmerdez, monsieur René Descartes.

30.

Mi, Fa, Mi… Prague se souleva et déposa l'empereur Ferdinand II. Celui-ci en effet n'avait pas attendu son élection pour fermer les temples et faire entrer en force les jésuites dans les facultés. Les États de Bohême offrirent la couronne au jeune prince Frédéric, grand électeur du Palatinat du Rhin. L'Union évangélique marcha sur Vienne, sûre que le peuple et les princes protestants la rallieraient sur son passage pour renverser l'empereur Habsbourg. Il n'en fut rien. On venait de s'apercevoir que l'autre empereur, choisi par les Bohémiens et qui fut sacré en ce mois de novembre 1619, était calviniste. Pour aggraver son cas, il avait épousé la princesse d'York, fille de Jacques Ier, le chef de l'Église d'Angleterre. Selon l'opinion des disciples de Luther, mieux aurait valu le fils du pape ou le Grand Turc. Certains restèrent prudemment neutres, d'autres rallièrent sans état d'âme le très catholique Ferdinand de Habsbourg, qui leur distribua en récompense des terres qu'il ne possédait plus. Cependant les neiges bohémiennes et autrichiennes commençaient à rougir de sang.

Mi, Fa, Mi. Pour ce qui restait de l'Union évangélique, la guerre qui commençait n'était jamais qu'un conflit entre la Bohême et l'Autriche. La Ligue catholique voyait les choses autrement. C'est ainsi que l'armée levée par le duc de Bavière fit sa jonction au printemps, à Linz, avec les troupes impériales venues de Vienne. Il n'y eut ni siège ni résistance : le comte Charles de Liechtenstein, qui avait pris en main le commandement de la ville, en avait ouvert largement les portes aux Impériaux et aux Bavarois. Hier luthérien, donc neutre, et pris sans doute d'une illumination, il se convertit au catholicisme et expulsa tous les réformés de la place, sauf deux : le mathématicien impérial et l'imprimeur. Kepler lui avait tant fait d'horoscopes prometteurs !

Puis Liechtenstein rejoignit les comtes de Bucquoy et de Tilly, à la tête des armées impériales et bavaroises marchant sur Prague. Il n'aurait pas longtemps à attendre sa récompense pour son frais dévouement aux Habsbourg. Dès novembre 1620, les Bohémiens seront écrasés à la bataille de la Montagne Blanche, dont les flancs rougiront de seize mille cadavres. La guerre des deux empereurs ne durera qu'un an. Liechtenstein sera nommé commandant militaire de la place de Prague, et chargé d'éradiquer l'hérésie. Il fera plus qu'accomplir sa mission, ce qui lui vaudra l'aimable sobriquet de « gouverneur sanglant ». Parmi les têtes qui tomberont sur le parvis de l'hôtel de ville, celle du recteur de la faculté de médecine, premier chirurgien à avoir donné des cours publics de dissection anatomique, l'ami de Tycho et de Kepler : le docteur Jessenius. Comme le dit la chanson bohémienne :

Les eaux de la Moldau roulent des crânes et des pierres
Prague a vu deux empereurs
Et les deux sont sous terre…

Mi, Fa, Mi… À Linz, après le bref passage des armées impériales, tout redevint comme avant. Les réformés revinrent, à l'exception du pasteur Daniel Hitzler, dont Kepler n'eut plus de nouvelles avant plusieurs années, quand il eut entre les mains une intéressante *Histoire de la musique* rédigée par son ancien excommunicateur.

Les vrais amis et les admirateurs sincères du mathématicien impérial, fort nombreux de par le monde, s'inquiétaient de ce que cet homme universel disparaisse dans la tourmente qui s'annonçait. En lui suggérant de devenir professeur de mathématiques à l'université de Bologne, place laissée vacante par la mort de Magini, le jésuite Guldin espérait par la même occasion entraîner Kepler dans ses propres reniements : il ne s'était converti au catholicisme qu'à vingt ans, après avoir été « marrane ». Proposition absurde : non seulement l'exilé de Linz n'était pas, comme il disait, un caméléon, changeant à l'occasion ses convictions religieuses, mais en plus tous ses livres étaient mis à l'Index par le Saint-Office. D'autres propositions furent faites à Kepler de trouver un refuge loin du conflit. La plus sérieuse d'entre elles venait du roi d'Angleterre lui-même et de son grand chancelier Francis Bacon.

Pour tout avouer, moi, John Askew, je ne jouais plus aucun rôle dans cette affaire. Peu avant la mort de Matthias, j'avais été rappelé en Angleterre à la suite d'un changement de gouvernement. De plus, mes investissements dans la Compagnie londonienne de Virginie commençaient à porter leurs fruits, grâce au tabac qu'avait planté dans cette colonie mon ami Thomas Harriot. Un Thomas Harriot que je rencontrais encore parfois, avec sa bouche déformée par le vert-de-gris, à nos réunions secrètes du « Collège de la Nuit ». Je m'étais marié, bien décidé à vivre désormais la vie paisible d'un gentilhomme campagnard, consacrant mes loisirs à contempler les étoiles dans mon beau télescope, quand le ciel du Lincolnshire y consentait.

Une convocation du roi m'obligea à sortir de cette retraite au début de l'été 1620. Sa Majesté me reçut en audience privée, en compagnie du grand chancelier Francis Bacon, de lord Napier, frère du fameux mathématicien décédé peu de temps auparavant, et du nouveau favori George Villiers. Jacques Ier avait donc marié sa fille à Frédéric V du Palatinat, « l'autre empereur », fort peu romain mais très germanique, celui qu'on appellerait bientôt « l'empereur d'un hiver ». Ma mission était de conseiller discrètement « l'autre impératrice », tout en préservant à l'Angleterre sa neutralité de façade dans le conflit continental qui s'annonçait. Nous avions mieux à faire, sur mer, contre les Habsbourg d'Espagne. Le roi conclut cette audience très privée en me disant :

— Je vous demanderai aussi, Askew, de nous expédier à n'importe quel prix le fameux Kepler, qui me flatte en m'appelant le nouvel Alexandre, flatterie qu'il tempère singulièrement en se nommant le nouveau Diogène. Or, je n'ai pas l'intention de lui cacher son soleil. Qu'il n'oublie pas de mettre dans ses bagages ses Tables Rodolphines. Nous risquons d'en avoir bientôt besoin.

Une fois dehors, pour me prouver que je n'aurais aucune difficulté à convaincre Kepler de venir se réfugier dans notre île, Bacon et Napier me montrèrent les dédicaces qu'il leur avait faites, pour *L'Harmonie du monde* et les *Éphémérides* de 1620. C'était effectivement, dans ce style légèrement ironique et à double sens qui lui était propre, deux appels au secours.

Arrivé sur le continent, j'allai le plus rapidement possible. En ces temps indécis, tout pouvait changer d'un moment à l'autre. Même en tuant sous moi cheval après cheval, quand j'arrivai à Linz, on se battait déjà sous les murs de Prague. En plus, la chance n'était pas avec moi. La délicieuse deuxième Mme Kepler m'accueillit avec des mines désolées. Son mari était en voyage, pour elle ne savait combien de temps : il était reparti dans sa ville de Leonberg défendre sa mère, à nouveau emprisonnée pour sorcellerie. J'hésitai un instant à revenir sur mes pas, vers le Wurtemberg. Mais non, mon devoir m'appelait à Prague. Moi, c'était la fille de mon roi que je devais défendre : Elisabeth Stuart, princesse palatine du Rhin, reine de Bohême et impératrice d'un hiver.

31.

Le prévôt Lutherus Einhorn aurait eu toutes les raisons d'être satisfait. L'ordre régnait à Leonberg, et les populations lui en étaient assez reconnaissantes pour qu'il puisse espérer la charge de bourgmestre. Des dizaines de sorcières avaient été jugées et condamnées depuis maintenant cinq ans. Satan avait quitté la ville, son faubourg, ses prés et ses bois. Nul ne se plaignait plus d'un sort jeté, d'un sabbat dans la forêt, d'un empoisonnement. Et si par hasard on s'y risquait, Einhorn savait fort bien démêler le vrai du faux, le commérage de la diablerie. Pourtant, malgré tous ses succès, il gardait au cœur un sentiment amer d'inachevé : la femme Kepler, recluse chez son gendre le pasteur, poursuivait en toute impunité ses pratiques démoniaques. Depuis le retour de la sorcière, ne souffrait-il pas lui-même, périodiquement, de mauvais élancements dans la hanche gauche ? Un centième de l'énorme dossier qu'il avait constitué sur elle aurait suffi à faire brûler n'importe qui d'autre…

Depuis deux ans qu'elle était revenue, il se rendait à Stuttgart, chaque fois qu'il croyait tenir une nouvelle preuve de sa culpabilité. Les bureaux, exaspérés par l'obstination de ce maniaque, se le renvoyaient les uns aux autres. C'était même devenu une sorte de brimade d'initiation que l'on faisait subir aux nouveaux employés.

Ce jour-là, cependant, malgré sa pensée tout envahie du nouvel élément qu'il venait de découvrir et qui allait, croyait-il, rouvrir enfin le procès, il remarqua que régnait au palais ducal une activité inhabituelle. Comme il s'en inquiétait, on lui répondit que la Bavière voisine venait de lever une grande armée pour aller envahir la Bohême, mais qu'une partie d'entre elle pourrait bien se retourner vers l'ouest, vers le Wurtemberg luthérien, pourtant resté prudemment neutre dans le conflit entre les deux empereurs. Einhorn se fichait bien de ces histoires. Ce qu'il voulait, lui, c'était juger la femme Kepler, soupçonnée de sorcellerie dans sa juridiction de Leonberg. Il finit par trouver dans un bureau un vieux magistrat, qu'il avait plus d'une fois importuné, et qui avait à son égard un peu plus de patience que les autres. Ce ne fut pas le cas cette fois-ci, car l'homme était fort inquiet pour son fils, qui finissait ses études de médecine à Prague.

— Vous ne voyez pas, monsieur le prévôt, que vous embêtez tout le monde avec vos histoires de sorcières ? Il y a la guerre, monsieur le prévôt ! Les armées bavaroises sont déjà à Linz. Alors rentrez chez vous, brûlez qui vous voulez, personne n'ira vous chicaner. Et foutez-nous la paix !

Einhorn s'en fut, satisfait : il avait l'aval de la chancellerie. Et si Linz était assiégée, le fils Kepler, redoutable adversaire, était désarmé. Il n'empêche, tout serait fait dans les règles, cela durerait le temps que cela devrait durer, mais nul ne pourrait prétendre qu'il avait en quoi que ce soit contourné la loi, ni dévié de la procédure.

Dans la nuit du 7 août 1620, quatre hommes d'armes sous les ordres d'un autre sergent que l'étameur de la ville Christophe Kepler, vinrent chercher Catherine. Son gendre le pasteur ne fit aucune difficulté à les faire entrer. Mais la vieille se mit à hurler, suppliant les miliciens en les appelant par leur nom, celui de leurs parents, invoquant le souvenir des jeux de leur enfance, les beuveries à l'auberge de leur jeunesse, les filles qu'ils allaient basculer dans les bois, en omettant toutefois de dire que deux d'entre elles avaient été brûlées… Ces solides gaillards prirent peur de ce petit bout de femme, criant de sa bouche édentée à la langue grise. Elle allait réveiller tout Leonberg. Ils la ligotèrent et la bâillonnèrent.

— Et si, sur le chemin de l'Aigle Noir, elle réussissait quand même à nous jeter le mauvais sort ? s'inquiéta le plus jeune des gens d'armes.

— Tu as raison, petit, répliqua le sergent. On ne prend jamais assez de précautions. Je réquisitionne ce meuble, monsieur le pasteur. Je vous le rapporterai demain.

Et il désigna une armoire à linge qui aurait pu largement contenir trois autres sorcières de la taille de Catherine Kepler.

— Permettez d'abord que je demande à mon épouse et à la servante de la vider, répliqua le gendre.

Mais Marguerite s'était enfuie au premier étage, horrifiée par le spectacle de sa mère ainsi malmenée. Le pasteur et les miliciens entreprirent donc de débarrasser l'armoire de ses draps, chemises, nappes, serviettes, et de les étaler sur la table avec les délicatesses des lingères de la grande-duchesse du Wurtemberg. Quand le gros meuble fut vide, le sergent prit dans ses bras une Catherine toute recroquevillée et la déposa dans l'armoire couchée sur le flanc. Ce fut le pasteur qui en referma la porte et confia la clé à l'officier. La petite troupe traversa les trois quarts de Leonberg, portant le meuble comme on porte le cercueil d'un prince, ou celui du *mathematicus* danois de l'empereur romain germanique.

Dans la salle d'audience de l'Aigle Noir, Catherine, délivrée de ses cordes pour être dûment enchaînée selon les règles, comparut devant le prévôt. Il était 11 heures du soir. Avant de commencer son nouvel interrogatoire, Einhorn lut les versets trente-deux à soixante et un du vingt-septième chant de l'Évangile selon Matthieu. Puis il ordonna :

— Greffier, veuillez constater.

Le grippeminaud se leva et s'approcha de l'accusée. Il lui toucha les paupières.

— Les yeux sont secs, dit-il en se relevant.

— Veuillez noter : l'accusée n'a pas pleuré à l'évocation de la passion de notre Seigneur Jésus-Christ.

— C'est que, seigneur prévôt, répliqua Catherine, j'ai versé tant de larmes durant ma trop longue vie que je n'en ai plus en réserve.

— Notez également la réponse de l'accusée, greffier.

Ce fut le cinquantième chef d'accusation contre la mère du plus célèbre astronome du monde : elle n'avait pas pleuré à la lecture de la Passion.

Cette même nuit, Marguerite écrivit une lettre à son frère de Linz pour l'informer de la nouvelle arrestation de leur mère. Elle la posta en secret de son pieux époux et de leur prudent cadet Christophe, qui avaient décidé de laisser la justice suivre son cours et de ne pas distraire le moindre thaler pour défendre la prisonnière.

C'est bien connu, le courrier va plus vite en temps de guerre qu'en temps de paix. L'appel de Marguerite ne mit qu'une semaine à parcourir les quatre cents lieues la séparant de son aîné. Elle parvint à Kepler, quelques jours après le départ des armées bavaroises vers Prague et son retour de Francfort. Il ne fut pas surpris. Il avait subodoré que le prévôt n'en resterait pas là. Il s'y était préparé. Il choisit de faire le voyage par la route, plus aléatoire, mais au moins il aurait l'impression, à cheval, d'agir sur la vitesse, au lieu de se laisser mener passivement comme une marchandise, par les mariniers. À Ulm, il vida l'un de ses nombreux comptes en banque, réservés en principe aux études ou à la dot de ses enfants.

Puis il alla demander l'hospitalité au proviseur du collège de cette cité libre, frontière entre le Wurtemberg et la Bavière, Jean-Baptiste Hebenstreit. Il n'aimait pas beaucoup cet homme qui avait plusieurs fois tenté de l'entraîner, de même que Fludd à Oxford, dans les fumeuses théories ésotériques de la secte Rose-Croix. Seulement, il faisait exceptionnellement froid en ce début septembre, et la maison du proviseur était dotée d'une chambre d'amis bien chauffée par un brasier central, pièce typiquement allemande qu'on appelle « poêle ». Hebenstreit était absent, mais son épouse ne fit aucune difficulté pour héberger le mathématicien impérial, à qui tout établissement universitaire devait le lit et le couvert.

Kepler s'installa donc dans son poêle, mangea distraitement la collation qu'on lui avait servie et s'apprêta à s'endormir du sommeil du juste, après la pénible cavalcade qui l'avait mené depuis Augsbourg, dont il était parti à l'aurore. Il comptait bien faire de même, le lendemain, jusqu'à Stuttgart.

On frappa à la porte du poêle. Excédé, il demanda qu'on entre. Ses joues creuses rougirent légèrement. L'importun n'était autre que le jeune Français qu'il avait éconduit si grossièrement, en juillet dernier à Francfort, René Descartes. On connaissait à Kepler beaucoup de défauts, mais il n'avait rien d'un méchant homme. Perclus de remords, lui, le mathématicien impérial couvert d'honneurs, s'excusa mille fois de sa conduite passée auprès de ce jeune inconnu de vingt-trois ans. Puis, avec ses airs charmeurs et doucement ironiques, auquel nul homme ou nulle femme ne saurait résister, il demanda à Cartesius, car ils parlaient tous deux en latin pour simplifier la conversation, ce qu'un garçon aussi bien né et aussi bien éduqué faisait dans cette malheureuse Allemagne, si loin de sa belle France, mère des Arts, des Armes et des Lois. Descartes raconta alors qu'il avait quitté Paris et ses études pour fuir les futilités, orgies et beuveries de ses condisciples, ainsi que l'enseignement scolastique de la vieille Sorbonne, afin de découvrir la vraie vie, d'abord dans les troupes protestantes du prince d'Orange, puis dans celles, catholiques, de Maximilien de Bavière.

N'importe qui d'autre, tout du moins un Anglais comme moi, aurait compris que le Français n'était qu'un affabulateur, un mercenaire, un espion cherchant aventures, plaies et bosses. Mais Kepler, convaincu de la bonté immanente de l'Homme, avait parfois des naïvetés désarmantes. Puis Descartes lui demanda ce qu'il pensait de la société Rose-Croix, vers laquelle il se sentait attiré. Kepler lui raconta qu'il n'y avait à l'origine de cette secte qu'une supercherie d'étudiants de Tübingen, et que l'écriture absconse de ceux qui y croyaient n'était là que pour masquer le vide de cet ésotérisme de taverne. Il lui résuma sa brève polémique avec Fludd.

Descartes remercia le maître de l'avoir ainsi convaincu de ne pas suivre ces chemins tortueux, débouchant sur des impasses et des précipices. Puis il lui demanda, après avoir fait un éloge exagéré de sa *Dioptrique*, qu'il n'avait pas lu, mais dont son ami le mathématicien hollandais Beeckman lui avait fait un résumé précis, vers quelles voies il orientait désormais ses recherches en philosophie naturelle. Kepler, dont toutes ces flatteries étaient comme un baume à son cœur meurtri, lui expliqua qu'il voulait chercher à comprendre quels étaient les mécanismes de la force qui attirait les planètes vers le Soleil ou les repoussait loin de lui, de sorte que ces orbites prenaient la forme d'ellipses. Était-ce comme un aimant, ou comme le tourbillon de l'eau se vidant par le trou central d'un récipient ? Le Créateur avait certainement conçu cela comme une équation pythagoricienne ou euclidienne. Il parla jusqu'à l'aurore, et fit ainsi du jeune Français un copernicien convaincu. Comme Descartes se levait pour partir, Kepler lui serra sa forte main pourtant moite et molle et lui dit :

— Un dernier conseil, Cartesius : si vous voulez poursuivre dans la philosophie naturelle, ne m'imitez pas. Ne dites pas franchement ce que vous pensez. Avancez masqué, mon petit vieux, avancez masqué !

Descartes ne parlera jamais de cet entretien. Il préférera plus tard imaginer cette nuit passée à Ulm dans un poêle, solitaire, nuit rêveuse et illuminée par trois révélations. Il l'antidata également, et la reporta au mois de novembre de la même année. Le 10 novembre très précisément. Or, ce jour-là, il était en compagnie des troupes de Maximilien de Bavière, entrant dans Prague pour y faire bel et bon massacre de protestants… Mais ses grandes admiratrices réformées, princesses hollandaises et reines suédoises, n'auraient certainement pas apprécié. Kepler non plus n'évoqua jamais sa rencontre avec le Français. Il en recevait tant, de jeunes admirateurs, sincères ou feints…

Entre Ulm et Stuttgart, il brûla la poste. Arrivé dans la capitale du Wurtemberg, et traînant avec lui son avocat, dont il n'avait nul besoin, il obtint une audience du duc, qui accepta de se défaire temporairement de trois de ses juges et de l'un de ses procureurs afin qu'ils aillent siéger à Leonberg, le temps du procès.

Einhorn était ainsi dessaisi du dossier, même s'il restait le principal témoin à charge et le magistrat instructeur de l'enquête. Quand Kepler et lui se retrouvèrent face à face dans la salle d'audience de l'Aigle noir, on eût dit deux chiens prêts à s'égorger pour le même os, babines retroussées. Le mathématicien impérial était fermement décidé à ne rien lâcher, aussi tenace et obstiné que quand il se refusait un écart d'une minute dans sa recherche de l'orbite de Mars. Il alla d'abord rendre visite à sa mère, enfermée depuis un mois dans les caves de l'Aigle Noir. Accroupie sur sa paillasse, la vieille Catherine semblait, elle aussi, un roc de détermination :

— Sors-moi de là, mon fils, je ne suis pas une sorcière.

Il n'avait jamais aimé sa mère. Il ne l'aimait toujours pas. Mais désormais, il l'admirait. Il examina méticuleusement les frais de détention qu'on lui demandait de payer. Deux gardes ! Une quantité considérable de bois de chauffage, alors que l'été avait été très chaud ! Il protesta, obtint une réduction, mais ne put prouver l'implication du prévôt dans cette affaire. Il comprit alors qu'il faisait fausse route : c'eût été mésestimer Einhorn que de le croire corrompu. Une fois cette affaire réglée, et Catherine logée dans deux pièces propres et claires, servie, blanchie et nourrie, le procès put enfin s'ouvrir. Il se résuma à la lecture, par un greffier venu de Stuttgart, des quarante-neuf articles de l'acte d'accusation, devant les trois juges et le procureur désigné par le duc. Les notables de Leonberg, qui se pressaient dans la salle, en furent pour leurs frais. Ce ne fut qu'un long catalogue monocorde, en latin, qui eut le même effet sur eux qu'une des concoctions émollientes qu'aurait pu leur préparer la prétendue sorcière de Leonberg, à base de champignons poussant sur les bouses de vache et de graines de pavot : une douce somnolence pleine de rêves merveilleux. Puis le tribunal accorda six semaines à la prévenue pour préparer sa défense. C'était bien plus qu'il n'en fallait, puisque Kepler avait déjà rédigé l'Acte de Contestation, auquel l'avocat ne trouva rien à redire, sinon quelques corrections de forme.

Kepler passa ces six semaines-là à Tübingen en compagnie de Maestlin, pour mettre la dernière main au livre IV de *L'Épitomé de l'astronomie copernicienne*, puis à Ulm, pour l'y imprimer. Il aurait préféré faire cela sous ses propres presses, pour des raisons d'économie, mais ce n'était pas l'heure de faire la fine bouche. À la mi-octobre, l'Acte de Contestation fut lu devant le tribunal. Le procureur déclara alors que, dans sept semaines, il rendrait public son Acte d'Acceptation, réfutant point par point cet Acte de Contestation soumis par la Défense.

Cependant, non loin de Prague, sur la Montagne Blanche, le docteur Jessenius, la blouse couverte de sang, allait de civière en civière, amputer une jambe, suturer une plaie, fermer les yeux d'un mort, dans le tohu-bohu des roulements de tambours, des stridences des fifres, de l'explosion sourde des canons, du claquement sec des mousquets, des cris de douleurs des blessés, de leurs prières et de leurs supplications vers un Ciel sourd et muet. En bas de la colline, sabre au clair, enivré par l'odeur de la poudre, le jeune Français René Descartes montait à l'assaut en hurlant des cris de fou, et en suivant, il est vrai de très loin, le téméraire commandant Tengnagel. Mi, Fa, Mi.

Au mois de décembre 1620, à la salle d'audience de l'Aigle Noir, après avoir écouté la lecture par le procureur de l'Acte d'Acceptation, le tribunal déclara que le procès serait suspendu jusqu'en mai de l'année suivante, date à laquelle la Défense pourrait lui soumettre son Acte d'Exception et de Défense. Les soldats durent faire évacuer la salle qui protestait : « Brûlez-la, qu'on en finisse ! À la Question, la Kepler ! Mort aux sorcières ! » Kepler repartit à Linz, pour achever enfin les livres V à VII de *L'Épitomé de l'astronomie copernicienne* et offrir un nouvel enfant à la douce Suzanne. Il pouvait laisser sa mère derrière lui, car il était assuré que la pauvre vieille passerait un bon hiver dans sa cage dorée de l'Aigle noir, d'où elle pouvait sortir chaque semaine pour communier en compagnie de son gendre le pasteur, de sa fille Marguerite et de son fils Christophe l'étameur. Johann, lui, payait.

Quant au prévôt Lutherus Einhorn, il était aux anges. Ce procès, d'une perfection absolue, horloge bien huilée dont les rouages semblaient tourner seuls, était le couronnement de sa carrière. La beauté de la Loi en marche était pour lui la plus sublime des musiques. Il se délectait à l'avance de sa Coda, quand la sorcière Kepler, masquée par sa cagoule noire, gravirait enfin l'échelle montant à son supplice, tandis que lui enfoncerait le premier brandon dans les interstices du bûcher. Alors, Satan abandonnerait pour toujours la belle et libre cité de Leonberg dont lui, Lutherus Einhorn, pourrait enfin devenir le bourgmestre pour y faire régner l'ordre et la paix, comme le voulait le Seigneur de toutes choses.

Cependant, dans une chevauchée éperdue, l'empereur d'un hiver, Frédéric V du Palatinat, fuyait. Moi, chaque fois que je le pouvais, je galopais au côté du carrosse de son épouse Elisabeth Stuart et me penchais à la portière pour tenter de la rassurer, en anglais. Dieu ! Que j'aurais aimé poser mes lèvres sur sa petite bouche si rouge et perdre mes sens dans sa longue chevelure rousse et bouclée, avant d'aller baiser d'autres jardins bien plus secrets mais plus flamboyants encore ! En réponse, elle se moquait de moi, taquine, coquette, si pleine d'esprit. Jamais de ma vie, je crois, je n'ai tant désiré une femme, et avec tant d'ardeur.

Notre armée en déroute cherchait des alliés jusque dans les plus petites principautés, mais partout on nous repoussait. Notre course s'acheva à La Haye, en Hollande, où m'attendaient de nouveaux ordres de Sa Majesté Jacques Ier, ou plutôt de son favori George Villiers, bientôt duc de Buckingham, qui m'enjoignait de rejoindre le Danemark.

Catholiques, protestants, luthériens, calvinistes, dès lors plus rien ne comptait. Des armées levaient de partout, des hobereaux s'improvisaient chefs de guerre. Pourquoi celui-ci combattait celui-là, alors qu'ils étaient de la même confession ? C'était à n'y rien comprendre. Une seule haine les unissait, celle qu'ils portaient à cet homme de marbre, figé dans ses certitudes, d'un catholicisme effroyablement régénéré, qui devrait faire ployer le monde sous le joug de sa foi : Ferdinand II de Habsbourg, maître suprême d'un Empire romain germanique fantôme. On aurait pu le dire maître du monde, mais ce monde-là n'existait plus. Copernic, Kepler et Galilée en avaient pris la mesure. Que pouvait-il faire d'autre, Ferdinand, que le couvrir de sang, ce monde qui ne lui avait jamais appartenu, ni à lui, ni à ses ancêtres, vautours qui s'étaient un jour envolés de leurs montagnes blanches pour le dépecer, ce monde qui ne voulait pas d'eux ? Mi, Fa, Mi…

Au printemps 1621, Johann Kepler revint d'un cœur léger dans son Wurtemberg natal. Les deux derniers livres de l'*Épitomé* avaient été confiés à un imprimeur de Francfort afin qu'il en fasse le tirage, en même temps qu'une réédition remaniée du *Mystère cosmographique*. Cet *Épitomé* qui, comme son titre l'indiquait, aurait dû être un simple abrégé du monde héliocentrique, était en fait la somme de toutes ses découvertes. Nul philosophe de la nature digne de ce nom ne pourrait plus, désormais, défendre une théorie autre que l'héliocentrisme, même si la preuve formelle, absolue n'en était pas encore apportée.

Mais, après tout, Kepler n'apportait pas non plus la preuve formelle que sa mère n'était pas une sorcière, avec cet acte d'Exception et de Défense qu'il allait déposer devant le tribunal. Il trouvait la coïncidence assez étonnante : il avait commencé la rédaction de cet *Épitomé* après avoir appris la condamnation par Rome de Copernic, en même temps que le prévôt de Leonberg emprisonnait une première fois Catherine Kepler. Mais était-ce bien une coïncidence ? Y eut-il, cette année-là, une certaine configuration astrale qui pesa sur la décision de ces ânes déguisés en juges, qu'ils fussent prêtres catholiques ou magistrats réformés ? L'idée l'amusa un instant, puis il soupira en se penchant par la portière pour voir au bout de la route les remparts trop connus de Leonberg :

— Copernic ne connaissait pas son bonheur d'être né orphelin.

L'Acte d'Exception et de Défense fut donc lu devant le tribunal. Puis, le procureur annonça comme prévu qu'il allait rédiger son Acte de Déduction et de Réfutation, bref son réquisitoire.

— Quand donc la communiquera-t-il, cette foutue Réfutation ? demanda Kepler à son avocat en sortant de l'Aigle Noir.

— Ça, cher monsieur, demain ou dans un an, selon son inspiration. En général, cela prend dans les trois mois, mais on ne sait jamais… Et, puisque le dernier mot est toujours à la défense, nous répondrons, avant le jugement, par notre plaidoirie, ou l'Acte de Conclusion si vous préférez. Vous avez voulu aller jusqu'au bout de la procédure, au lieu de garder votre mère bien au chaud chez vous, à Linz ? Eh bien, ne vous en plaignez pas !

— Vous n'avez pas à vous en plaindre non plus, mon cher maître, si j'en juge par vos émoluments. Si nous nous y mettions maintenant, à cette plaidoirie ?

— Ce n'est pas la coutume. Donneriez-vous la réponse avant de savoir quelle est la question ?

— Cela m'est arrivé jadis, répliqua énigmatiquement Kepler.

Les deux hommes étaient solidement protégés par une escorte de soldats, mais la foule, autour, se faisait menaçante. Et toujours les mêmes cris : « À mort la sorcière Kepler, créature du Diable ! Mort sur toi aussi, magicien des empereurs sataniques, suppôts de l'Antéchrist ! Retourne dans la Lune, dans la Géhenne d'où tu viens ! À mort, les Kepler, au bûcher ! » Les voitures transportant les membres du tribunal durent s'enfuir au galop.

Ne sachant quand s'ouvrirait la prochaine séance, et bien que Suzanne et ses enfants lui manquassent, Kepler décida de rester au Wurtemberg. Pas question de se faire héberger par son beau-frère le pasteur, dont la sottise dogmatique le mettait hors de lui. Il aurait bien logé chez Christophe, pour faire plus ample connaissance avec son cadet, mais celui-ci montrait à son endroit une telle jalousie hargneuse pour ses longues études et sa réussite, qu'il en était accablé de remords. Il décida alors de se rendre dans sa vraie famille, l'université de Tübingen, chez son vrai père, Michael Maestlin. Durant deux mois, il passa le plus clair de son temps à la faculté de droit, ce qui lui valait les railleries de son vieux maître. Un soir, il revint chez son ancien professeur en brandissant une liasse de papiers :

— J'ai trouvé, hurla-t-il, j'ai trouvé !

— Et qu'as-tu donc « euréké », Archimède de la basoche ? demanda Maestlin en riant.

— La faille ! Le vice de forme ! Selon l'article B.4 de l'alinéa 3 de…

— Pitié, épargne-moi ça ! Je te préfère encore en théologien hérétique qu'en avocat chicaneur. Jette plutôt un œil aux éphémérides de l'année prochaine, que je dois remettre en urgence à l'imprimeur…

Le lendemain, Kepler partit pour Stuttgart. Son avocat, estomaqué par les cent vingt-huit pages de plaidoirie que son client lui remit pour qu'il les corrige, lui consentit un abattement sur cet Acte de Conclusion. Puis ils se rendirent à la chancellerie.

Il fallut attendre encore quelques semaines, en ce bel été 1621, avant que le tribunal de Leonberg ouvrît à nouveau ses portes. À Tübingen, Kepler les consacra à la pêche sur les bords du Neckar en essayant, ligne patiente et stérile dormant dans la rivière, de convaincre Maestlin d'utiliser lui aussi les logarithmes, ce qui faisait fuir le poisson. Il se demandait surtout, avec son vieux maître, si les forces d'attraction et de répulsion émanant du Soleil et des planètes étaient de même nature que la lumière, et si elles pouvaient se résoudre elles aussi par une équation mathématique, comme celle qu'il avait découverte pour leur période de révolution. Puis, de retour à la maison, quand le soleil s'était couché, ils observaient le ciel derrière l'exécrable télescope que Maestlin s'était fait confectionner. Une nuit, presque repus de l'extraordinaire spectacle de la voûte céleste, ils se mirent à deviser à bâtons rompus.

— As-tu lu, dit Maestlin, le *Calendrier franconien* de ton ami Simon Marius ? Il y affirme avoir découvert les lunes de Jupiter un an avant Galilée.

— D'abord, mon maître, Marius n'est en rien mon ami. Je hais plus que tout ces gens qui croient que la nature est leur propriété. L'antériorité, tu parles ! Les satellites médicéens ne l'ont pas attendu, ni Galilée non plus, pour tourner autour de leur planète. De toute façon, Marius est un habitué de ce genre de choses. Il avait déjà cherché à s'approprier le compas du même Galilée. Tout cela me répugne. Et je ne comprends pas son acharnement teigneux à détruire le Toscan, qui aurait besoin de notre soutien à tous, nous autres philosophes de la nature… Marius se prétend également le découvreur des taches solaires.

Une étoile filante déchira un bref instant le ciel pur de tout nuage.

— Tout de même, répliqua Maestlin, je salue Marius sur un point : rebaptiser ces satellites des noms de Io, Europe, Callisto et Ganymède, voilà une jolie trouvaille. Les maîtresses et l'amant de Zeus… Plus plaisant que les patronymes courtisans de Galilée à ses maîtres Médicis, avoue-le.

— Mouais ! Heureusement que Jupiter n'a que quatre satellites. Sinon, toutes les coucheries de Zeus auraient défilé : Léda, Adrastée, Thémisto… Et imagine un instant Vénus dotée d'une lune, forcément callipyge ! Bel enseignement pour nos enfants ! Pour ma part, je m'obstine à les nommer satellites galiléens.

— Pourquoi pas mariusiens ? Après tout, l'Amérique ne s'appelle pas Colombie, n'est-ce pas ?

Alors, les deux grands savants partirent d'un rire de bachelier qui alla se perdre dans les étoiles.

Cette fois, c'était tout Leonberg qui s'était amassé devant l'Aigle Noir. Les membres du tribunal et de la défense étaient venus sous la protection d'une cinquantaine de soldats de Stuttgart. Le ciel de ce début août était chaud et lourd. L'orage menaçait de crever sur la ville. Les débats eurent lieu à huis clos, malgré les protestations du prévôt et les hurlements de la foule expulsée de la salle d'audience. Le procureur bâcla son réquisitoire. Tous, excepté Lutherus Einhorn, avaient hâte d'en finir. Au lieu de prononcer sa plaidoirie, l'avocat de Catherine déposa sur le bureau des juges une grande enveloppe cachetée au sceau du grand-duc Jean du Wurtemberg : Son Altesse dessaisissait le tribunal de Leonberg du procès de la femme Kepler au profit de la faculté de droit de Tübingen. La ville natale de l'accusée ne présentait pas les conditions requises pour la suite de la procédure : la petite et la grande question.

— C'est un déni de justice ! clama le prévôt.

Leonberg souffrait en effet de l'absence d'un bourreau et surtout de ses instruments. Telle était la faille trouvée par Kepler. Il y avait aussi un léger vice de procédure. Lors du premier procès, le greffier avait cru bon d'écrire : « L'accusée a paru au tribunal accompagnée, hélas, par son fils Johann Kepler, mathématicien. » Ce « hélas » fort peu objectif, qui montrait le parti pris du premier tribunal, fit sourire même les juges.

Ce fut à coups de sabre et de gourdin que la troupe fraya un chemin au jury, à l'accusée et à sa famille afin d'atteindre la porte Nord qui jouxtait l'Aigle Noir. Quelques jours plus tard, à la faculté de droit de Tübingen, il ne fut pas besoin de recommencer la procédure, puisque le tribunal était composé des mêmes juges et du même procureur, auxquels s'était joint le recteur de la faculté de droit, pour présider.

Seul le prévôt avait changé ; celui-ci était plus habitué à disperser les rixes entre étudiants et bourgeois qu'à brûler des sorcières, fort rares dans cette cité universitaire. La Défense et l'Accusation s'accordèrent pour convenir que le « hélas » du greffier de Leonberg ne constituait pas un vice de forme suffisant pour repartir de zéro. D'ailleurs, le grand-duc désirait qu'on en finisse au plus vite avec cette affaire. Il craignait surtout que soit fait mention quelque part du chirurgien barbier, avorteur de son fils Achille.

Après que furent lues les cent vingt-huit pages de plaidoirie rédigées par Kepler, le président du tribunal demanda que l'accusée fût soumise à la question, en recommandant toutefois de tenir compte de son grand âge, et qu'on en reste, à moins d'aveux, à la seule intimidation, la *Territio*.

Le lendemain, le prévôt de Tübingen, accompagné par deux membres du tribunal, l'avocat et un greffier, pénétra dans la cellule de Catherine. Il n'avait pas estimé utile de l'enchaîner ni de mettre deux gardes devant sa porte, comme l'avait fait son collègue de Leonberg Lutherus Einhorn, « ce crétin goitreux » comme il l'appelait. Il procéda à un nouvel interrogatoire, dit de « bienveillante persuasion ». Il relut les quarante-neuf chefs d'accusation, en demandant à la vieille dame d'avouer ses quarante-neuf crimes. Les yeux secs à la lecture de la Passion avaient été rayés de la liste. Elle nia par quarante-neuf fois. Alors il lui ordonna de le suivre. Les cinq hommes de loi et Catherine descendirent d'étroits escaliers menant dans les sous-sols. Ils pénétrèrent dans une longue salle voûtée éclairée seulement par le feu d'une cheminée et trois braseros. Un homme masqué par une cagoule, torse nu, bras croisés, les attendait.

— Voilà le bourreau, femme Kepler, à qui je serai obligé de vous confier si vous vous obstinez dans vos contradictions et dénégations.

Puis il lui expliqua l'usage des nombreux instruments dont certains étaient rougis au feu : brodequins, poire d'angoisse, chaîne, manivelles, poulies et anneaux pour l'estrapade, tonneaux, entonnoirs, tenailles pour briser les os, pinces et ciseaux pour écorcher, et autres belles inventions du fécond génie humain.

— C'est ce qui vous attend, femme Kepler, si vous ne dites pas enfin la vérité.

La vieille dame, qui était restée impassible, sans que nulle de ses rides ne frémisse, jeta un œil à l'avocat, qui hocha légèrement la tête comme pour dire : « C'est le moment. » Elle dit alors d'une voix ferme, mais d'un débit aussi rapide qu'à son accoutumée de pie jacasse :

— La vérité est celle que je ne cesse de répéter depuis tant d'années. Je ne suis pas une sorcière, je n'ai jamais jeté un sort à quiconque, ni empoisonné autrui, ni tous les mensonges qui me sont reprochés. Faites de moi ce que vous voudrez, brisez-moi les membres, arrachez toutes mes artères une à une, pelez-moi la peau comme à une pomme, faites gonfler mon ventre fécond de quatre enfants de toute l'eau contenue dans vos tonneaux, découpez en lambeaux mes vieilles mamelles qui les ont nourris, arrachez mes yeux secs d'avoir trop pleuré, je suis prête à mourir dans les plus affreux tourments, cela n'y changera rien, je ne suis pas une sorcière, je ne suis pas habitée par le démon, je n'ai jamais bu le philtre d'immortalité dans le crâne des morts, je n'ai jamais dansé avec le Diable dans les nuits de sabbat, je suis une bonne chrétienne, je suis innocente.

— Moins vite, madame, moins vite, supplia le greffier, je ne puis rien noter.

Elle se mit à genoux. Ses vieux os craquèrent. Elle joignit ses mains sèches et tavelées pour réciter un Pater Noster, dans la langue de Luther. Même le bourreau se signa, stupéfait du courage émanant de ce petit corps rabougri. Puis elle poursuivit :

— Seigneur Dieu tout-puissant, Toi qui sais lire dans les reins et les cœurs, si je suis le monstre, la possédée, la sorcière qu'ils m'accusent d'être, fais un signe, foudroie-moi dans l'instant. Que je meure enfin ! J'ai trop vécu de souffrances et de misère ! Que je meure enfin, et que Tu révèles à ces hommes qui me tourmentent, après que je

T'aurai rejoint dans Ton Paradis, parmi Tes anges et Tes bienheureux, que Tu ne m'as pas retiré le Saint-Esprit, que je ne suis que la victime innocente de l'injustice et de la violence que l'on me fait…

— Ça va, ça va, madame Kepler, l'interrompit le prévôt de Tübingen. N'en faites pas trop quand même… Veuillez ne pas noter ceci, monsieur le greffier. Écrivez plutôt : « Comme la femme Kepler persiste dans ses dénégations concernant la sorcellerie, et qu'elle demeure ferme dans sa position, je décide de conclure la procédure de *Terretio* et de la ramener dans son lieu de réclusion. Ce sera au tribunal de statuer *in fine*. » Cela vous convient-il, messieurs les magistrats ?

— Oh oui ! soupira l'un des deux juges. Qu'on en finisse, et qu'on sorte de cette cave. C'est une véritable fournaise !

Une semaine après, Catherine Kepler fut déclarée innocente des faits qui lui étaient reprochés. Les écrous furent levés après quatorze mois de réclusion. Il pleuvait sur la Forêt Noire, en ce jour du mois de septembre 1621. Sous le préau de la Faculté de droit de Tübingen, Johann Kepler, Marguerite, son mari le pasteur et leur frère Christophe attendaient la sortie de leur mère et de son avocat.

— Non, non, et non ! grondait le révérend. Il n'est pas question que je ramène maman à Leonberg. Nous nous ferions écharper par la populace. Prends-la avec toi, Johann. Elle sera en sécurité à Linz. Et nous aussi.

— Ah, mon cher beau-frère ! La reconnaissance que tu me portes pour avoir payé tous les frais de procédure me va droit au cœur, répliqua ironiquement Kepler. Mais c'est non. Maman ne viendra pas avec moi. Elle ne supporterait pas un aussi long voyage. D'ailleurs, qui te parle de rentrer à Leonberg ? L'abominable hérétique que tu me reproches d'être a encore quelques amis, figure-toi, au consistoire de Tübingen. Et son président m'a informé qu'Allmendingen n'avait plus de diacre ni d'instituteur, depuis que mon pauvre vieux Markus Gruach, qui m'a tout appris, en a été chassé pour calvinisme. Un luthérien aussi pur et dur que toi ferait bien l'affaire.

— Allmendingen, soupira alors Marguerite en prenant le bras de son époux. Oh chéri, c'est inespéré, j'y ai passé les plus belles années de mon enfance ! Maman y sera bien…

Johann regarda sa sœur, bouche bée. Allmendingen, cet enfer, les plus belles années de Margot ! Y avait-il eu quelque chose entre Gruach et elle ?

— Allmendingen, Allmendingen, grommela le pasteur. Soit, mais le consistoire est-il d'accord pour ma nomination là-bas, ou bien n'est-ce que propos en l'air entre anciens condisciples avinés ?

— Vos meubles sont déjà en route vers ta nouvelle paroisse, aimable beau-frère…

Christophe se mit alors à crier :

— Ah, vous vous arrangez bien entre vous, vous autres les philosophes, les penseurs ! Mais moi, l'ouvrier, qui ne sais que me servir de ces deux grosses mains-là, je suis tout juste bon à revenir dans mon échoppe et attendre que le prévôt Einhorn vienne me pendre !

Johann eut un élan irrésistible vers son benjamin. Il le prit par les épaules et le serra contre son cœur :

— Petit frère, petit frère, comment peux-tu croire un seul instant que je t'aie oublié ? En travaillant sur la plaidoirie de maman, je me suis aperçu que la succession de grand-papa Sebald avait été détournée indûment par nos cousins Brenz. Il ne m'a pas fallu longtemps pour récupérer la maison de nos ancêtres, à Weil der Stadt, et la pelleterie. Elles t'appartiennent désormais. Travailles-y l'étain, la fourrure, l'or ou le diamant, comme bon te chante.

— Ah, bon… et je te dois combien, pour ça ?

— Rien… Seulement ton estime et ton amour fraternel, si ce prix ne te semble pas trop exorbitant.

Catherine Kepler apparut alors au portail de la faculté de Droit de Tübingen, soutenue par l'avocat. Elle s'avança à pas menus vers sa famille qui l'attendait. Elle se jeta dans les bras de son fils pour y sangloter, toutes larmes retrouvées. Dans les bras de son fils Christophe, qu'elle appelait « Heinrich » ; pas ceux de son fils Johann, dont elle oublia à tout jamais, pour les six mois qui lui restaient à vivre, le visage et le nom.

Cependant, notre pauvre Terre persévérait à chanter Mi, Fa, Mi, de plus en plus fort, de plus en plus faux. Les armées bavaroises, menées par le terrible général Tilly, vainqueur sanglant de la Montagne blanche, pénétrèrent dans le Palatinat dont « l'empereur d'un hiver » Frédéric V avait fui pour se réfugier à La Haye, et l'offrir à son maître Maximilien de Bavière. À Prague, Wallenstein puisait dans son immense fortune pour constituer une nouvelle armée impériale, qui serait surtout la sienne. Insidieusement, la guerre prenait une tout autre allure. J'étais payé pour le savoir. Je fus envoyé en effet au Danemark pour rencontrer le roi Christian IV, non pour parler avec lui de son ancien sujet Tycho Brahé, ce n'eût pas été très habile de ma part, mais pour évoquer la situation en Allemagne. Les armées bavaroises s'approchaient dangereusement des possessions danoises du Holstein, entre l'Oder et l'Elbe. Il s'agissait d'accorder la future offensive du très protestant royaume du Danemark contre le Habsbourg d'Autriche, à celle du très anglican royaume d'Angleterre contre le Habsbourg d'Espagne. Je rencontrai à Copenhague un moine capucin de la très catholique France du roi Louis XIII, qui se rendait dans la très orthodoxe Russie afin de fixer la date de l'invasion de la Pologne, tandis que des bords du Rhin aux flancs des Pyrénées et des Alpes…

Mi, Fa, Mi. Kepler était reparti à Linz, non sans faire un détour par Francfort où la foire, cette année-là, s'ouvrait en septembre, à cause du passage au printemps des armées bavaroises. Désormais, la trêve du Livre se tiendrait pour toujours en automne. Mais les livres nouveaux s'y feraient de plus en plus rares.

32.

Il ne se consacra plus qu'aux Tables Rodolphines, déclarant à qui voulait l'entendre qu'il les avait reçues de son père Tycho Brahé, puis qu'il les avait portées et formées en lui durant vingt-deux années pleines, semblables à la semence qui croît peu à peu dans le sein d'une mère. À présent, il était tourmenté des douleurs de l'enfantement... Ce serait le fronton de son temple.

Il avança très vite. Il faut dire que, depuis le temps qu'il utilisait les observations de Tycho, il s'y sentait aussi à son aise qu'un poisson dans l'eau. En plus des logarithmes, avec lesquels il jonglait désormais, un de ses admirateurs lui avait envoyé une invention : « l'horloge à calculer », capable de faire rapidement et sans erreur des opérations simples. Il avait rencontré ce Wilhelm Schickard, professeur d'hébreu et autres langues orientales à Tübingen, à la fin du procès de sa mère. L'homme s'était montré un lecteur enthousiaste de *L'Harmonie du monde*, dont il était un des rares à en avoir compris le sens et l'importance. Puis, de fil en aiguille, Schickard lui avait évoqué cet engin, inspiré des machines à calculer chinoises, lui affirmant qu'il lui en offrirait un exemplaire sitôt qu'il l'aurait mis au point. Il tint sa promesse, et l'horloge à calculer parvint à Linz au printemps 1623.

Cette belle boîte en bois précieux et à clavier d'ivoire lui fut remise par un jeune homme timide et réservé, tout de noir vêtu. L'inconnu se présenta en bredouillant :

— J'ai là pour vous, maître, des mots de recommandation de maître Bernegger de l'université de Strasbourg, de maître Schickart et de maître Maestlin de l'université de Tübingen. Ils m'ont fait l'immense honneur de croire que je pourrais être l'assistant dont a besoin le *mathematicus* impérial.

— Je n'ai pas très bien compris votre nom, dit un Kepler d'humeur taquine.

— C'est que... maître... je n'ai pas osé ajouter mon humble patronyme à cette prestigieuse académie. Jacob Bartsch.

Tout en pensant qu'il faudrait dégourdir un peu ce nouvel assistant, Kepler lui frappa sur l'épaule et dit :

— Eh bien, vieux Jacob, ne restez pas dans le vestibule et montons dans mon cabinet.

Jacob Bartsch était né en Lusace et avait commencé ses études à Wittenberg. Insatisfait de l'enseignement traditionnel de la vénérable faculté de Melanchthon, il était parti pour Tübingen afin d'y suivre les leçons coperniciennes de Maestlin. Une fois que ce remarquable étudiant eut sa maîtrise en poche, le vieux professeur l'informa qu'une chaire de mathématiques s'était libérée à la faculté réformée de Strasbourg, son détenteur étant à l'agonie. Mais, à la rentrée de l'année 1623, le moribond, ressuscité, remontait gaillardement en chaire. Le recteur de l'université, Matthias Bernegger, humaniste féru d'idées nouvelles, traducteur du *Messager* de Galilée en allemand, et « keplérien » plus encore que copernicien, savait que son correspondant assidu de Linz cherchait un assistant pour mener à bien ses Tables Rodolphines. Pour un jeune maître ès arts comme Jacob Bartsch, venu des confins steppiques de la Pologne, servir le *mathematicus* impérial était un incroyable rêve. Persuadé que le recteur ne lui avait donné cette recommandation que pour se débarrasser de lui, il revint à Tübingen, où Maestlin y alla lui aussi de son mot élogieux, vexé quand même de n'y avoir pas pensé le premier; le professeur de langues orientales et d'hébreu, Wilhelm Schickard, l'imita, trop content d'avoir trouvé à si peu de frais un commissionnaire pour son horloge à calculer.

— Avec le blanc-seing de ces trois éminentes personnes, mon vieux Jacob, dit un Kepler paternel, je crois que je peux te faire confiance. As-tu une bonne vue ?

Ébahi par cette question étrange, Jacob bégaya que oui.

— As-tu déjà observé à travers la lunette de Galilée ?

— Maître Maestlin l'appelle la lunette de Kepler. Mais… si j'ose me permettre, la sienne n'est pas très bonne…

— Exécrable, veux-tu dire. Eh bien tu seras mes yeux. Tu seras logé, nourri, blanchi. Quant à ton salaire, il te sera versé aussi régulièrement que celui que me verse Sa Majesté impériale Ferdinand II.

À la fin de cette même année, Kepler put annoncer à Suzanne, à propos des tables : « Grâce à Jacob, j'aperçois le port. » Il en était encore loin. D'autres tempêtes levaient déjà qui allaient l'en détourner. Six mois encore, et le manuscrit fut complet. Cette énorme pile de papier noirci était une suite de tables et de règles permettant de prédire les positions des planètes. C'était aussi le catalogue des sept cent soixante-dix-sept étoiles répertoriées par Tycho, auxquelles s'ajoutaient les deux cent vingt autres relevées depuis, soit un total de mille et cinq astres fixes. Suivaient des tables de réfraction, et, pour la première fois, des tables de logarithmes. Enfin, se dressait la liste des villes du monde avec leur position géographique, par rapport au méridien de l'île danoise de Venusia, le château des étoiles de Tycho dont il ne restait rien, sinon une petite garnison veillant sur le détroit et attendant que le roi Charles du Danemark leur ordonne de partir en guerre contre l'empereur Ferdinand.

Imprimer les Tables Rodolphines était une tâche d'une méticulosité immense. Il fallait s'interdire la moindre erreur de chiffre, le moindre caractère pouvant prêter à contestation. Le modeste atelier de l'imprimeur Johannes Plancus serait-il suffisant pour fondre les caractères, composer et imprimer le très lourd ouvrage du mathématicien impérial Johannes Keplerus ? Et leurs mêmes bourses vides ne pouvaient rien pour eux. Il fallait de l'argent. Cet argent, six mille trois cents florins, se trouvait chez leur principal débiteur, l'empereur Ferdinand, à Vienne, où celui-ci s'était définitivement installé. Quand il arrivait que la cour se déplaçât, à Francfort comme pour le couronnement, ou à Ratisbonne pour les séances de la Diète, Kepler pouvait s'y rendre sans risque et y côtoyer de puissants personnages, qui tous gardaient une certaine neutralité dans le conflit qui opposait la coalition des Impériaux et des Bavarois à ce qui restait des Bohémiens et de leurs nouveaux alliés, le Brandebourg et le Danemark. Mais à Vienne, où il ne s'était jamais rendu, il se serait retrouvé en plein cœur du territoire catholique le plus dur de tout l'empire. Aussi n'eut-il d'autre ressource que de demander à Guldin de l'y rejoindre. Celui-ci accepta avec beaucoup de bonne volonté : il espérait encore, qu'en ces temps de guerre, le manque d'argent aidant, Kepler se convertirait enfin, ne serait-ce que pour défendre ses intérêts et pour protéger sa famille. Après tout, il y en avait bien d'autres, et de plus importants que lui, à jouer cette comédie, et à qui nul ne demandait de faire du zèle. C'était bien mal connaître Kepler, cet homme aussi tolérant pour les autres qu'intransigeant pour lui-même. Un saint, se disait Guldin.

Durant le long trimestre qu'il resta à Vienne, Kepler ne put obtenir la moindre audience de Ferdinand II. L'empereur, qui avait pris modèle de son ancêtre Philippe II d'Espagne, régnait seul, sans conseiller intime, sans favori, à l'exception peut-être de son confesseur. Tout, jusque dans le moindre détail, devait passer par lui ; ses ministres, ses généraux, ses secrétaires et jusqu'au plus obscur des gratte-papier, ne devant être que les exécutants de ses ordres. Méticuleux, tatillon, paperassier, Sa Majesté impériale aurait donc dû recevoir celui qui restait son *mathematicus*, ne serait-ce que pour refuser sa requête, ou le chasser de sa charge, ou encore le faire disparaître.

Kepler avait certes quelques amis et protecteurs, mais si Ferdinand avait décidé de se débarrasser de lui, jésuites, princes ou généraux n'auraient pu l'empêcher. De plus, le monarque, qui appliquait partout les directives de la Réformation catholique, savait parfaitement que les livres de Kepler avaient été mis à l'index par Rome, y compris la réédition du *Mystère cosmographique* qui lui était dédiée, et où l'auteur n'avait pu s'empêcher, comme à sa fâcheuse habitude, d'ironiser en louant par exemple les vertus pacifiques de son maître, ou en le remerciant de ses bontés au temps où il était son sujet en Styrie. Ferdinand n'avait pas lu cette dédicace irrévérencieuse, mais on ne s'était pas fait faute de la lui décrypter. Étrange magnanimité de la part d'un empereur qui n'en montra guère durant son long règne sanglant ! On ne peut l'expliquer que par le mépris : pour lui, sans doute, Kepler n'avait jamais existé.

Pendant près de quatre mois, avec sa ténacité coutumière, Kepler courut de bureau en bureau pour obtenir son dû. Pour se débarrasser de lui, on finit par lui donner quelques lettres de change à recouvrer dans les villes de Nuremberg, Memmingen et Kempten.

Le voilà reparti par les grands chemins ! Dans ces deux dernières villes, sous les premiers contreforts du Tyrol, les édiles à qui il s'adressa se déclarèrent très étonnés d'apprendre qu'ils étaient débiteurs du Saint Empire romain germanique. Il eut beau supplier, puis menacer des foudres de Ferdinand II, on le congédia avec tout le respect dû au fameux astrologue, dont on rit longtemps de sa crédulité. Après de longs jours de voyage à cheval, il parvint enfin à Nuremberg. Là, il se retrouvait en pays de connaissance. La municipalité ne fit aucune difficulté pour lui verser deux mille florins, moins d'un tiers de la somme que le Trésor impérial lui devait. Reprenant confiance, il puisa également dans des économies qu'il faisait fructifier dans cette cité et acheta suffisamment de rames de papier pour tirer mille exemplaires des futures Tables Rodolphines. C'était énorme, mais il était certain que son ouvrage s'arracherait dans toutes les bibliothèques, toutes les capitales du monde et toutes les amirautés. Puis il rentra à Linz, après une année de pérégrinations. Il croisa des troupes en marche vers le nord. Nul officier ne remarqua ce cavalier aussi efflanqué que sa monture, nul mercenaire ne songea à piller la charrette qui le suivait. Qu'aurait-on fait de tout ce papier, sinon un feu de joie ?

Comme à chacun de ses retours, sitôt ses bottes enlevées, et couché sur son lit, il eut avec Suzanne un grand entretien sur l'état de la maisonnée. Certes, ils avaient échangé nombre de lettres, mais on ne se dit pas tout par écrit, la tendresse en particulier. La famille Kepler allait au mieux. À dix-huit ans, Ludwig était l'un des plus brillants étudiants de Tübingen, où il était pensionnaire, mais il désirait devenir médecin, passionné qu'il était par l'étude des plantes. Les trois enfants survivants que Johann et Suzanne avaient eus se portaient à merveille.

— Il n'y a que Suzon qui me cause du souci, dit Mme Kepler. Il faudrait songer à la marier.

— Voyons, c'est une enfant !

— Elle a vingt-deux ans, mon ami. Et je crains que la présence permanente à la maison d'un homme jeune, savant et bien fait…

— Quoi ? Mon assistant Jacob Bartsch serait pour moi ce que Tengnagel fut pour Tycho ?

Elle partit de son rire charmant et répondit :

— Oh non ! Le bon Jacob n'a qu'un dieu, qu'une idole : toi, Johann Kepler !

— Ainsi, il serait ce que Rheticus fut à Copernic !

— Sois un peu sérieux, mon chéri ! Il s'agit de l'honneur de ta fille, tout de même. M. Bartsch, malgré son grand savoir et le zèle qu'il met à te servir, est le genre de garçon que la comtesse et moi, dans notre jeunesse, nous appelions un sot. Suzon, et tu sais que j'aime la fille de ton premier mariage comme si c'était la mienne, a beau lui lancer les œillades les plus andalouses, soupirer, languir, se passionner plus encore avec lui qu'avec toi pour la science des astres, il ne s'est pas encore déclaré. Il rougit, il baisse les paupières, il bredouille. Un sot, te dis-je ! Mais j'ai peur qu'un jour, Suzon l'entraîne de force dans son lit en le tirant par le collet.

— Eh bien, je vais avoir un sérieux entretien avec lui, avant que ses sens et la nature n'aient raison de sa timidité, ou de sa sottise comme tu dis. Mais avant, je vais tout de même prendre un peu de repos.

Une semaine durant, il ne quitta pas la chambre, malade d'épuisement. Dès qu'il fut sur pied, il s'installa avec Bartsch dans son cabinet de travail, pour y faire un bilan de l'année écoulée. Le jeune homme de Lusace n'avait pas chômé. Il avait ajouté de nombreux calculs à ce qui deviendra les *Mille Logarithmes*, révisé les Tables Rodolphines de son œil neuf qui ne laissait rien passer. Enfin, l'assistant déploya sur la table de grands rouleaux de papier. C'était une série de cartes du ciel, fruit de ses propres observations, et admirablement bien composées. Il avait défini une nouvelle constellation de l'hémisphère sud, qu'il avait baptisée le Chameau. Kepler préféra « La Girafe ». Jacob l'avait signée « Keplerus et Bartsius », son maître demanda que le premier de ces deux noms fût rayé.

— C'est que je ne suis pas Tycho, moi, pour m'approprier les découvertes des autres.

Ravi d'avoir pour assistant cette perle rare, Kepler oublia de lui demander de l'avoir aussi pour gendre. Sa première sortie fut pour son imprimerie. Le prote et ses deux ouvriers avaient commencé à fondre les caractères ; c'était du bel ouvrage, mais Kepler ne pouvait pas s'autoriser le moindre signe approximatif. Il n'était pas de tout repos d'avoir un tel maître imprimeur ! Les Tables Rodolphines devaient être prêtes pour la foire de Francfort, en octobre de l'année prochaine, 1626. Il se disait que rien ne pouvait l'arrêter, sauf la mort.

Il avait oublié la guerre. La guerre se rappela à lui. Les armées bavaroises de Tilly étaient parties vers le nord-ouest, vers le Holstein danois, tandis que les Impériaux menés, recrutés et payés par Wallenstein, marchaient plein nord vers le Brandebourg et le Mecklembourg. Maximilien de Bavière, pourtant déjà doté du Palatinat et du titre de grand Électeur, réclama et obtint pour ses frais la Haute-Autriche. Il envoya à Linz un régiment des plus mauvais de ses soldats. Suivit une troupe, moins nombreuse mais bien plus redoutable, de prêtres et de moines, conduite par un chanoine. Le temple se transforma en cathédrale, le collège fut investi par les jésuites, la campagne sillonnée par les moines mendiants, les réformés furent sommés de se convertir ou de quitter le pays. Ceux qui avaient le plus à perdre en biens terrestres, châtelains, notables, gros négociants et grands propriétaires, se firent soudain très assidus à la messe. Les autres, les plus humbles ou les plus fervents, quittèrent Linz.

Enfermé dans son imprimerie, Kepler n'avait pas vu entrer les troupes dans la cité. Il était trop occupé à ranger les caractères dans leurs casses. Et puis, à bientôt cinquante-quatre ans, il devenait distrait. Un soir, en sortant de l'atelier, à la nuit tombée, il remarqua une agitation inhabituelle, mais sa myopie et l'obscurité ne lui permirent pas d'en savoir plus. Il fut donc extrêmement surpris quand, arrivé devant sa porte, un vieux soldat lui interdit l'entrée de sa maison

— Comment ça, on ne passe pas ? s'exclama-t-il, peu impressionné par l'aspect bonhomme de la sentinelle. Je peux tout de même rentrer chez moi, ce me semble.

— Excusez-moi, seigneur docteur Kepler, mais j'avais des ordres.

Le soldat lui ouvrit la porte et le précéda jusqu'au grand salon. Un très jeune officier bavarois, doté d'une ombre de moustache blonde, se tenait debout devant une Suzanne gracieusement assise dans son fauteuil, et lui tenait des propos qui paraissaient amuser Mme Kepler. Avec un pincement de jalousie au cœur, Kepler tonna :

— Pourrait-on me dire enfin ce qui se passe chez moi ?

Les joues de Suzanne rosirent légèrement. Elle se leva, prit la main de son époux et présenta le jeune officier bavarois, qui avait à peine dix-huit ans mais de nombreux quartiers de noblesse, à en juger par la longueur de son patronyme. Celui-ci se cassa en deux en claquant des talons, loua très fort le génie de Kepler dont il n'avait sans doute jamais lu une ligne, puis lui expliqua la situation : le grand-duc Maximilien de Bavière venait d'annexer la Haute-Autriche, par la grâce de l'empereur. Pour éviter que se produisent des troubles, Son Altesse avait envoyé un régiment occuper Linz. La terrasse couverte de Kepler ayant été jugée un excellent poste d'observation, le dernier étage et les combles avaient été réquisitionnés. Deux gardes y bivouaqueraient en permanence. Puis le jeune lieutenant s'excusa au nom du général commandant la place de Linz, dont il était l'ordonnance : celui-ci n'avait pu se déplacer pour saluer en personne le *mathematicus* impérial, mais il était cloué au lit par une crise de goutte. Le lieutenant devait d'ailleurs le rejoindre et quitta les Kepler, en se désolant mille fois de ne pouvoir rester en aussi érudite... et charmante compagnie.

La première chose que fit Kepler, le lendemain, fut de déménager à l'imprimerie les appareils de mesure de son observatoire, transformé en tour de guet, dont sa lunette et son horloge à calculer. Les deux soldats cantonnés chez lui n'avaient pourtant rien de soudards, mais plutôt de braves paysans bavarois, un très jeune et un très vieux. On leur avait donné des consignes pour qu'ils se fassent le plus discrets possible, mais il était impossible à Kepler de travailler à cause de cette présence étrangère au-dessus de lui, la porte qui ne devait jamais être close, la relève jour et nuit, toujours bruyante malgré leurs précautions d'ours maladroits.

Les prêtres catholiques ne tardèrent pas à suivre les soldats bavarois, et avec eux, le choix entre l'abjuration et la proscription. Depuis la conversion, six ans auparavant, du comte de Liechtenstein, les gens de Linz, tous réformés, pressentaient d'autres tempêtes à venir, comme les oiseaux et tous les persécutés de la terre les pressentent. Les uns avaient suivi le pasteur Hitzler dans son exil, les autres avaient signé tout ce qu'on exigeait d'eux et continué à communier clandestinement selon les rites luthériens, hors la ville; les troisièmes enfin, moins courageux ou ayant plus à perdre, étaient devenus de zélés catholiques, pour la façade. Puis le temps était passé, mais cette première alerte les avait gardés sur le qui-vive. Ils avaient déjà pris toutes leurs dispositions. Beaucoup étaient déjà partis sans attendre l'entrée des premiers soldats, pour rejoindre un pays réformé où une nouvelle échoppe, une nouvelle officine, une nouvelle ferme, un nouveau château les attendait. De sorte que la ville se vida de toute sa sève : médecins, apothicaires, marchands de vin et tonneliers, maîtres d'écoles, notaires, tailleurs, barbiers, cordonniers… On ne se tromperait pas trop en affirmant que ne demeuraient encore à Linz que son imprimeur et son *mathematicus*.

Après la première fermeture des temples, la famille Kepler avait continué à communier, soit au village fortifié de Gallneukirchen, soit dans la résidence principale du comte et de la comtesse Starhemberg, à Eferding. Sous couvert d'être leur médecin personnel, le vieux pasteur continuait son apostolat, et les villageois étaient tous conviés à la cérémonie. Le comte, quant à lui, avait estimé qu'un serment fait sous la contrainte n'avait aucune valeur, et il avait juré tout ce qu'on voulait qu'il jure. Cela mettait Kepler mal à l'aise. Lui, l'hérétique autant auprès de ses frères que de leurs ennemis, aspirait parfois au martyre, non par vain souci de la postérité, mais pour tenir jusqu'au bout son rôle de témoin, comme il l'écrivait dans la préface de *L'Harmonie*.

Avec l'arrivée des troupes bavaroises, le comte Starhemberg et sa maisonnée se replièrent à Gallneukirchen. Ils auraient pu y tenir un long siège. Quant à Kepler, jugeant que s'aventurer désormais hors des remparts de Linz mettrait en péril sa famille, il décida, la mort dans l'âme mais poussant l'hérésie jusqu'au bout, de communier désormais en famille, avec celle de son prote et de ses deux ouvriers, dans la cave de leur grande maison, de peur que les soldats bivouaquant dans l'observatoire ne les entendissent chanter les psaumes.

Quand vint le chanoine et son troupeau de moines noirs, Kepler s'attendit à être convoqué à l'hôtel de ville, comme cela avait été le cas plus de trente ans auparavant, à Graz, lorsque le grand-duc Ferdinand, qui n'était pas encore empereur mais qui avait déjà de la suite dans les idées, avait décidé d'expulser tous les réformés de son fief styrien. Kepler se trompait. Le *mathematicus* impérial n'était plus « le petit prof » d'un modeste collège luthérien.

Ce fut le chanoine Koestler qui vint le visiter peu de temps après son arrivée à Linz. L'homme avait tous les traits que des auteurs malveillants et stupides prêtent parfois à son lointain homologue polonais Nicolas Copernic : timoré, papelard, à l'œil aussi chassieux que libidineux, et gras comme… un chanoine. Il était accompagné – ces gens-là ne vont jamais seuls pour pouvoir se surveiller entre eux – d'un jésuite long, verdâtre et maigre, et d'un petit moine rose et rondouillard. Le premier était sévère, l'autre hilare. Les graveurs d'almanachs n'auraient jamais osé rêver de tels modèles. On les aurait accusés d'outrer leurs caricatures.

Kepler estima que le mieux était de les accueillir dans sa bibliothèque. Le chanoine et le capucin s'assirent, tandis que le jésuite, mains derrière le dos, lisait la tranche des livres sur les rayonnages. Il dit enfin d'une voix suspicieuse :

— Vous semblez vous intéresser beaucoup aux sorcières, monsieur Kepler.

La réponse fusa :

— Ma mère en était une.

— Ah ? Bien, bien ! En effet, en effet…

Le chanoine Koestler trouva cela très drôle. Il joignit ses petites mains potelées devant sa bouche lippue et susurra :

— Le révérend père Guldin vous aime beaucoup, à ce qu'il m'a dit.

— Et je le lui rends bien ! Êtes-vous porteur de quelque message de lui ?

Le chanoine ne releva pas l'insolence et soupira :

— Vous avez, monsieur le mathématicien, de bien puissants soutiens, tant en Bavière qu'en Autriche. Mais ma fonction m'oblige à vous poser cette question : êtes-vous prêt à renoncer à l'hérésie et à revenir dans le giron de la Sainte Église apostolique et romaine ? Ne dites rien, je connais la réponse. Voilà, ma tâche est accomplie.

— Et la mienne commence, dit alors le jésuite. Vous avez là une bien belle bibliothèque, monsieur Kepler.

— Elle vous est ouverte, monsieur.

— Je vous en sais gré, mais tel n'est pas l'objet de cette remarque préliminaire. Je voudrais que, d'ici un mois, vous apportiez au collège de Linz tous les livres contenus ici qui ont été condamnés à l'Index par le Saint-Office. Ils y seront brûlés. En ce qui concerne les ouvrages dont vous êtes l'auteur, et qui sont tous hérésiarques, mes supérieurs, dans leur grande indulgence et eu égard à votre rang, vous demandent de n'en choisir qu'un seul pour cet autodafé.

— Mais… C'est comme si vous demandiez à une chienne de livrer l'un de ses petits !

— Bah ! Vous avez trente jours pour faire ce choix. Consultez donc par lettre notre ami Guldin. Graz n'est pas si loin de Linz et sa réponse sera rapide, je vous l'assure.

Kepler fit du mieux qu'il put pour masquer son soulagement. Tout cela n'était donc que pour la forme. Un peu comme la question à laquelle avait été soumise sa mère, en somme.

— À propos de livres et de flammes, dit alors le capucin d'un ton léger, vous qui êtes un homme ingénieux et inventif, sauriez-vous comment sauver d'un incendie les ouvrages d'une bibliothèque ? Celle de Linz me paraît peu sûre.

Kepler se crut transporté dans un tableau de Jérôme Bosch. Il bredouilla :

— Je… Je ne sais pas, moi… Les entreposer dans des tonneaux, par exemple, ce qui permettrait de les rouler facilement hors de portée du brasier. C'est ce que je fais à l'imprimerie avec les manuscrits.

— Remarquable ! Rédigez-moi donc une petite note là-dessus. De plus, si je puis me permettre… Bien que je ne croie pas à toutes ces choses…

— Mais comment donc ! répliqua un Kepler impassible. Donnez-moi la date et l'heure précises de votre naissance, ainsi que celles de vos parents, et je vous dresserai votre horoscope.

— Je vous paierai, naturellement, dit le capucin en rougissant.

— Moi non plus, intervint le chanoine, je ne suis pas féru de ces divinations, mais…

— Pour ma part, dit le jésuite, j'aimerais savoir comment vous procéderez à mon endroit. Simple curiosité, naturellement.

— Naturellement, répéta Kepler, qui songeait en même temps : « Les affaires reprennent ! »

33.

Au cœur de l'hiver, la révolte éclata. De toutes les vallées, les collines et les montagnes surgirent des bandes de paysans, qui n'étaient pas tous armés de faux et de fourches, mais dotés également de beaux canons, de mousquets et de bombardes, dont ils savaient fort bien se servir. Le retour des moines et des prêtres catholiques à Linz avait mis le feu aux poudres à toute la Haute-Autriche. On redoutait en effet qu'avec l'Église romaine reviennent également dîme, taxes, indulgences, interdiction de pratiquer librement son culte, bûcher, torture et Inquisition. À quoi s'ajoutait l'occupation de la capitale par les Bavarois, ennemis héréditaires des Autrichiens. Bientôt, l'armée paysanne mit le siège devant Linz.

Du haut de sa maison, Kepler pouvait voir toutes les manœuvres des assiégeants. Loin en amont du Danube, le château d'Eferding brûlait, tandis que de l'autre côté, en aval, le piton de Gallneukirchen avait été épargné, n'ayant même pas subi le moindre assaut. Et Kepler n'était pas loin de croire la rumeur qui courait en ville, prétendant que le comte Starhemberg avait pris la tête de la révolte. Mais il se disait tellement de choses. On affirmait ainsi que, telle la réincarnation de Thomas Münzer, ce serait Daniel Hitzler qui aurait fomenté cette nouvelle guerre des Rustauds, cent ans après la première.

Or, l'ancien pasteur de Linz coulait maintenant des jours paisibles à Strasbourg, à enseigner la musique. Jacob Bartsch l'y avait croisé, lorsqu'il attendait en vain que la chaire de mathématiques qui lui avait été promise fût enfin libre. Ce jour-là, Hitzler sortait comme un furieux du bureau du recteur de l'université en criant : « Je ne remettrai plus les pieds sous ce toit tant qu'y trônera ce tableau. » Il s'agissait d'un portrait de Kepler que Matthias Bernegger, en dévot de son célèbre correspondant, avait accroché face à lui.

À cause du siège, la demeure du *mathematicus* était devenue une véritable caserne : c'était en effet le meilleur poste d'observation de la ville. Malgré le chahut, les va-et-vient, le martèlement des bottes, les cris et les ordres aboyés, Kepler avait offert de lui-même au commandant de la place la totale disposition des lieux. Il poussa la sollicitude jusqu'à enseigner le maniement de son télescope aux officiers de garde ; il obtint en échange que son imprimerie fût vidée des soldats qui l'occupaient. Juste à temps, car le bataillon qui y bivouaquait commençait à se dire que le plomb des caractères serait bien plus utile fondu sous forme de balles.

Mais ce n'était pas la seule raison de son aide au régiment bavarois. Johann Kepler était un homme d'ordre. Nul n'aurait pu l'accuser d'hérésie à propos de l'injonction luthérienne : « Soumettez-vous à l'autorité du Prince. » Certes, il ne poussait pas la charité chrétienne jusqu'à vitupérer, comme le moine de Wittenberg à propos des paysans en révolte : « Il faut les pulvériser, les étrangler, les saigner, en secret et en public, dès qu'on le peut, comme on doit le faire avec des chiens enragés », mais il n'en était pas loin. Au cœur de cet empire éclaté en mille principautés et cités dites libres se gouvernant elles-mêmes, l'astronome était convaincu que seul un monarque centralisant toutes les décisions, selon le dogme en cours du *poder absoluto*, pouvait faire régner l'ordre et la paix dans son royaume. Et cela, bien sûr, dans la plus grande tolérance religieuse. Naïf Kepler ! Comment ne voyait-il pas que les monarques avaient tous pour première préoccupation de réduire les tenants d'une croyance qui n'était pas celle de l'État : Jacques Ier d'Angleterre, et désormais son fils et successeur

Charles, bannissaient ou emprisonnaient leurs puritains et catholiques ; Louis XIII de France réduisait les places fortes huguenotes ; Ferdinand de Habsbourg n'avait plus comme sujet réformé que son *mathematicus*… Là peut-être est l'explication de la fidélité sans faille de Kepler à ses trois empereurs : sa croyance au dogme de la monarchie absolue. Et la pension qui va avec, même si elle était rarement versée en temps et heure. Ni en totalité.

Le siège de Graz dura quatre mois. À la table de la famille Kepler, on commença, comme tout le monde, à manger du chien, puis du chat, puis du rat, puis du cheval, dans l'odeur de la poudre et le bruit des canons. L'armée bavaroise, qui se battait dans le Nord contre les Danois, n'envoyait toujours pas les renforts promis. Ce n'est qu'au début du printemps 1626 que Kepler put montrer, à travers son télescope, au vieux commandant de la place qu'il considérait désormais comme un ami, toute une armée descendant des collines de l'autre côté du Danube, tandis que d'autres troupes, au sud-est, s'étaient emparées de Wels et y avaient massacré toute la population. Le général Tilly, le boucher de la Montagne Blanche, avait enfin consenti à distraire deux régiments pour aller mater la révolte en Haute-Autriche. Il venait d'apprendre que son rival, le général Wallenstein, commandant les armées impériales, avait l'intention de se charger lui-même de lever le siège de Linz. Pas question que celui qu'il appelait avec mépris « le condottiere de Ferdinand » vienne empiéter sur ces terres qu'il avait si chèrement acquises.

Ce fut bel et grand massacre sur les deux rives du Danube. Pris en tenailles, les restes de l'armée paysanne n'eurent d'autre alternative que de se réfugier dans Linz et tenter d'y résister le plus longtemps possible. Ils défoncèrent une des portes de la ville et pénétrèrent dans la cité en hurlant leur désespérance, jetant des torches allumées dans les premières maisons qu'ils avaient réussi à atteindre. La cavalerie bavaroise, qui était dans leur dos, les sabra jusqu'au dernier. Parmi les quelques maisons brûlées, il y eut l'imprimerie de Kepler. Seul le papier vierge, manuscrit ou imprimé, fut épargné par les flammes, vite roulé dehors dans ses tonneaux. Mais la presse et l'horloge à calculer étaient parties en fumée, et les caractères destinés aux Tables Rodolphines transformés en une mare de plomb fondu.

La paix revint en Haute-Autriche. Dans le Nord, les Danois et leurs alliés refluaient. Wallenstein progressait vers les rivages de la Baltique. Le grand rêve de Ferdinand II semblait se réaliser : restaurer le Saint Empire romain germanique de son ancêtre Charles Quint. Le traité d'Augsbourg partait en lambeaux, dans les territoires occupés par les armées impériales où écoles, collèges, universités et temples étaient rendus au clergé catholique. Bientôt, par l'édit de restitution, l'empereur étendrait la mesure à tout l'empire. Ce serait la fin de l'extraordinaire foisonnement séculaire des arts et de la pensée germaniques, commençant avec Dürer et Copernic, s'achevant avec von Haachen et Kepler.

La situation à Linz devenait intenable. Kepler en vint à souhaiter que l'empereur le démît de ses fonctions et le délivrât ainsi de son serment de fidélité. Il pourrait alors examiner les propositions qui lui étaient faites : celle du landgrave Philippe III de la Hesse rhénane, ami des arts et de la philosophie, resté neutre dans le conflit, et à qui il avait dédié à tout hasard ses *Mille Logarithmes ;* celle du recteur de l'université de Strasbourg, son admirateur et ami par correspondance, Matthias Bernegger, et celles de quelques conseillers du nouveau roi d'Angleterre Charles Ier... Il écrivit à l'empereur pour lui demander sa mutation. Son argument était que Linz avait perdu tous ses privilèges de libre cité impériale, depuis qu'elle était devenue propriété du grand-duc de Bavière. Le *mathematicus* impérial n'avait donc plus rien à y faire. Il proposa Nuremberg ou Ratisbonne comme nouvelle résidence possible, espérant que, en croyant lui nuire, l'empereur l'enverrait à Francfort.

Ce fut Ratisbonne. L'obscur fonctionnaire qui lui répondit, mais Kepler était sûr que l'empereur avait dicté lui-même cette lettre, ajoutait que Sa Majesté ainsi que son cousin d'Espagne et le généralissime Wallenstein s'impatientaient de la publication des Tables Rodolphines, qui leur seraient d'une grande utilité pour la guerre contre les hérétiques qu'ils menaient ensemble, tant sur terre que sur mer. Le versement de la pension de Kepler dépendrait de cette publication. C'était bien la patte de Ferdinand.

Au cœur de l'hiver 1626, une lourde péniche se détacha du quai d'embarquement de Linz pour remonter lentement le Danube charriant des glaçons. Suzanne et ses trois jeunes enfants regardaient s'éloigner leur ville natale, tandis que montait de la rive le chant des haleurs. Un peu à l'écart, Jacob et Suzon, emmitouflés dans leurs pelisses, tenaient une docte discussion sur la possibilité de comparer mathématiquement la force des muscles humains à celle des chevaux. Mais la buée qui sortait de leurs bouches se mêlait comme en un baiser. Kepler, lui, s'était déjà enfermé dans sa cabine, refusant de jeter le moindre regard à cette ville où il avait passé quatorze ans de sa vie. Quatorze ans d'exil. Il faisait ses comptes.

Ratisbonne jouissait pleinement de son statut de libre cité impériale et des privilèges afférents. Elle était passée très tôt à la Réforme, mais elle était restée le siège de l'épiscopat catholique. La raison en était que c'était ici que la Diète siégeait le plus souvent, de sorte que les princes des deux religions pouvaient s'y côtoyer sans accrocs. Et on y croisait plus souvent des diplomates que des généraux. Malgré la belle maison qu'on lui avait offerte, malgré ses nombreuses relations du bon temps de Prague, réfugiées désormais dans cette enclave de tolérance, Kepler se mit à détester cette ville qui, naguère, lui avait paru si plaisante. Mais c'était le lieu que Ferdinand lui avait désigné, par malice. Dès lors, il ne pouvait que le haïr. Il visita les deux imprimeries de la ville, l'une catholique et l'autre protestante. Il jugea la seconde incapable de réaliser un travail aussi complexe que les Tables. Quant à la première… Cela aurait trop fait plaisir à Ferdinand. Ferdinand, l'empereur, cet homme qui le martyrisait, l'empêchait d'aller jusqu'au bout de son œuvre ;

il était devenu l'objet de toutes ses colères, de toutes ses fièvres, autant sinon plus que Tycho jadis. Obsédé, hanté par ce monarque qu'il n'avait jamais vu, il décida, par défi, d'aller imprimer les tables ailleurs que dans la ville où son ennemi l'avait cantonné.

Ulm ! C'était là qu'il avait recruté, pour son imprimerie de Linz, son prote et ses deux ouvriers, qui s'étaient depuis réfugiés en Suisse. Le nommé Jonas Saur, qui les lui avait proposés, lui paraissait soudain le meilleur artisan du monde. Cela ne faisait qu'un mois qu'ils étaient installés à Ratisbonne ; un froid terrible avait gelé le Danube. Suzanne et Jacob eurent beau le supplier de ne pas prendre la route dans ces conditions pour parcourir les soixante-cinq lieues le séparant d'Ulm, ils ne purent le détourner de ce projet insensé. Il partit un matin neigeux de février, menant lui-même une charrette chargée de tout ce qui était resté de l'incendie de Linz, et tirée par un cheval aussi maigre que lui.

À Ulm, Jonas Saur le reçut avec tous les honneurs dus au *mathematicus* impérial, et surtout à l'auteur immortel de *L'Astronomie nouvelle* et de *L'Épitomé de l'astronomie copernicienne*. Il fut surtout d'une patience d'ange. Kepler, en effet, fort de son expérience, se mêlait de tout, ne faisait confiance à personne et se comportait finalement comme le patron de l'imprimerie, toujours sur son dos ou celui des ouvriers. C'était exaspérant mais, vaille que vaille, l'impression des Tables Rodolphines avançait.

On était au début du printemps 1627. Kepler avait veillé tard dans la nuit, chez le proviseur du collège qui l'hébergeait, à corriger les épreuves des vingt premières pages. Il n'avait relevé que trois fautes, mais pour lui, c'était déjà trop. Il arriva donc à l'imprimerie en fin de matinée, de fort mauvaise humeur. L'imprimeur faisait des grâces devant deux visiteurs, dont les vêtements indiquaient l'importance de leur condition.

— Maître Saur, gronda-t-il, si vous perdez votre temps en mondanités, nous n'y arriverons jamais.

Les visiteurs se retournèrent. Kepler, stupéfait, reconnut le gros George Brahé et sa sœur Marie-Cécile. Les Tychonides !

— Qu'est-ce que… qu'est-ce que vous fichez là, vous deux ?

George s'avança vers lui, en se dandinant et en tendant les bras pour l'embrasser. Kepler se raidit et recula d'un pas.

— Mon cher ami, dit le fils cadet de Tycho, des gens haut placés, à la cour de Vienne, m'ont informé que vous vous étiez décidé à éditer l'œuvre de notre père, sans nous consulter. Je viens donc vous remettre cette préface que j'ai rédigée en hommage à…

— Que nous avons rédigée, corrigea Cécile.

Kepler n'avait pas osé la regarder. Elle avait mal vieilli et s'était empâtée. Elle ressemblait maintenant de façon frappante à son père. Un Tycho femelle, moustache en moins et nez en plus !

— Dans ce cas, madame, ce texte doit avoir toutes vos grâces et vos beautés. Maître Saur, pouvons-nous faire cela maintenant ?

— C'est que, répondit l'imprimeur, il va falloir repaginer tout l'avant-propos en chiffres romains, et…

— Faites donc ! Et surtout n'oubliez pas de communiquer la facture de ce surcoût au seigneur Brahé.

— Je n'oublierai pas, soyez-en sûr.

George tendit alors trois feuillets manuscrits à Kepler, que lui-même remit à Jonas Saur sans daigner y jeter un œil. Cela ne devait pas être pire que du Tengnagel. Puis il entraîna le frère et la sœur hors de l'atelier. La semaine qui suivit, Kepler ne se rendit pas à l'imprimerie, car son hôte, le proviseur Hebenstreit, lui avait demandé de faire une série de causeries devant ses élèves et les notables de la ville. Il ne pouvait refuser. Il y convia les deux Brahé, mais Cécile vint seule les deux premiers jours, puis disparut.

Le lundi suivant, en pénétrant dans l'imprimerie, Kepler vit au fond de l'atelier le gros dos de George, en train d'écrire.

— Qu'est-ce qu'il fabrique encore ici, celui-là? demanda-t-il à Jonas Saur.

— Celui-là, comme vous dites, répondit le cadet Brahé en se retournant, rédige une nouvelle préface d'exactement le même nombre de signes que la vôtre, où vous prétendez avoir amélioré les observations du grand Tycho, mon père. On ne peut améliorer la perfection, sachez-le, monsieur Kepler. Et tous vos « golarithmes » n'y changeront rien.

Kepler se mit à hurler :

— Qu'y entendez-vous, bougre d'âne, bouffissure suffisante…

L'imprimeur le retint avant qu'il n'en vienne aux mains :

— Calmez-vous, maître, laissez-moi vous expliquer…

Kepler se dégagea et cria en gesticulant :

— Vous, Saur, ne vous mêlez pas de ça! J'ignore à combien s'est monté le prix de votre trahison, mais ça ne se passera pas comme ça. Je m'en vais de ce pas à la chancellerie de Stuttgart. Nous nous reverrons devant les tribunaux, messieurs.

Vibrant de colère et de fièvre, il sortit de l'atelier, prit son cheval à l'écurie du collège et quitta Ulm par la porte du Couchant. Il fit quatre lieues au petit trot. Mais, comme toujours chez cet hypocondriaque, les trop grandes émotions se transformaient en douleurs bien réelles. Cette fois, ce fut des hémorroïdes. Impossible de tenir en selle. Il marcha donc en tenant son cheval par la bride. La brûlure ne s'en atténua pas pour autant. Après trois autres lieues durant lesquelles il crut mourir cent fois, il parvint à l'étape de Blaubeuren, et s'enferma dans sa chambre d'auberge. Au matin, il se sentit frais et dispos; il venait de prendre sa décision : rentrer à Ulm, présenter ses excuses à Jonas Saur et défier en duel George Brahé. Au crépuscule, il pénétra dans l'atelier, prêt à en découdre. Saur et ses deux ouvriers étaient à l'ouvrage.

— Où est-il? Où est Brahé?

— Il est rentré à Vienne tout à l'heure. J'ai conclu avec lui un accord : il y aura trois versions des Tables Rodolphines.

L'une sans préface aucune du seigneur George Brahé. Comme les vingt premières pages sont déjà composées, je l'ai noyé sous les explications techniques auxquelles il n'a sans doute rien compris, sauf une chose : le prix. La deuxième version sera celle où sera ajoutée la préface qu'il a écrite avec sa sœur. Et la troisième, enfin, avec son avant-propos du même nombre de caractères que le vôtre. Il n'y a à chaque fois que deux pages à rajouter, mais croyez-moi, cher maître, il a senti passer la facture !

— Dans mes bras, vieux Jonas, qui avez dompté la baleine ! Et pardonnez-moi pour ce que j'ai dit hier. Tout de même, que d'encre et de papier gâchés pour des choses que personne ne lira…

— D'encre, de papier, mais aussi de sueur et de salive.

Après trois mois de sueur, de salive, d'encre et de papier, les mille exemplaires des *Tables Rodolphines* purent partir, en septembre 1627, à la foire de Francfort. Kepler avait dessiné lui-même le frontispice de l'ouvrage. Il avait composé ainsi un chef-d'œuvre d'ironie, aux mille et un symboles cachés, résumé en somme de toute l'histoire de l'astronomie, ainsi que de sa propre vie.

Il s'agit d'un temple grec, ou peut-être d'un kiosque à musique. Le dôme est supporté par dix piliers. Ceux du fond sont en bois, ceux de devant sont de brique et de marbre, pour signifier le progrès de l'astronomie. À son sommet trône le Soleil sur son char. Au-dessus de lui plane l'aigle impérial de Rodolphe, dont le bec déverse des écus d'or. Autour de l'astre des jours, sur la corniche, les six planètes, la belle Vénus aux seins nus, Mercure tenant une balance, Jupiter autour de laquelle quatre pièces semblent suspendues, Saturne régentant le temps, puis Mars qui se contorsionne pour regarder le Soleil et tient dans sa main la lunette de Galilée, la Terre enfin, qui regarde au loin vers la droite, auréolée de lumière, tenant une boule dans sa main levée : la Lune. Sous le dôme, cernés par les dix colonnes auxquelles sont accrochés bâtons de Jacob, sphères armillaires, astrolabes et autres instruments de mesure, cinq personnages sont représentés. Un peu à l'écart, adossé à la colonne de Mars, Hipparque se tient debout, une tablette dans chaque main. Sous la colonne de Mercure, Ptolémée, assis, enturbanné comme un Oriental, écrit. Au centre, Tycho, facilement reconnaissable à ses grosses moustaches, désigne le ciel, ou peut-être la pancarte où est inscrit le titre de l'ouvrage à un Copernic assis, en lui demandant « quid ? ». Au fond, une silhouette grise. Est-ce Aristarque de Samos, dont l'ébauche du nom a été gravée sur l'un des piliers ? Le socle du temple est un décaèdre dont on ne voit que cinq panneaux. Au centre, la carte de l'île de Hven, ou Venusia. À sa gauche, deux imprimeurs à l'ouvrage ; derrière leur porte, un homme attend. Ne serait-ce pas George Brahé ? De l'autre côté de l'île, dans sa niche, Kepler est à sa table de travail, sur laquelle des chiffres sont inscrits ; dans l'impossibilité d'acheter du papier, il est obligé d'effectuer ses calculs à même le bois de la table. Éclairé par une chandelle, il regarde le lecteur, comme pour le prendre à témoin. Deux pièces déversées par l'aigle impérial viennent enfin atterrir sur la table. Mais un militaire, épée au côté, barbiche en avant, s'apprête à forcer sa porte. La guerre va pénétrer chez lui.

COPER NICUS
TYCHO BRAHE

34.

Il n'avait pas vu sa famille depuis bientôt dix mois. Il parvint à Ratisbonne à la mi-octobre, après la foire du livre de Francfort, où on s'était arraché les *Tables Rodolphines*. Il aurait dû se sentir soulagé, délivré de voir le temple cosmographique enfin érigé. Mais il n'avait sur le chemin du retour qu'une immense impression de vide, d'amertume.

Le lendemain, il reçut une convocation pour se rendre à Prague, assister à la fin du mois suivant aux cérémonies du couronnement au trône de Bohême du fils de l'empereur. Il ne pouvait se dérober, même s'il savait que côtoyer les Habsbourg d'Autriche devenait de plus en plus dangereux pour lui, le Réformé excommunié par les siens. D'autant que, les *Tables* imprimées, il leur était désormais inutile. Mais le Trésor impérial lui devait maintenant près de douze mille florins, et il comptait les lui arracher avant d'aller trouver un refuge pour sa famille et lui, loin de l'empereur.

Avant de repartir pour Prague, il maria à la hâte sa fille et son assistant. Depuis le temps qu'ils se consumaient l'un pour l'autre, mais vertueusement, ils allaient finir par tomber en cendre. Il était sûr qu'un homme aussi droit et honnête que Jacob Bartsch saurait protéger les siens s'il lui arrivait malheur.

Tous les réformés avaient été expulsés de Prague, du moins ceux qui n'avaient pas été massacrés. La belle ville, jadis brillant des mille feux de l'art et de la pensée, était devenue une caserne. Et le château royal, un couvent. Ce fut d'ailleurs un jésuite qui accourut vers Kepler alors que celui-ci montrait ses laissez-passer aux gardes interdisant les grilles du Hradschin.

— Mon cher Kepler, dit un Guldin tout essoufflé, par bonheur on m'a prévenu de votre arrivée. N'entrez pas ici, vous y seriez en grand danger.

— L'empereur chercherait-il à m'assassiner ? Belle manière de se débarrasser de ses créanciers.

— Silence, je vous en supplie, la ville grouille d'espions. Rendez-vous en hâte au palais Wallenstein. On vous y attend. Vous y serez en sécurité. Adieu, mon ami, il ne faut pas qu'on nous voie ensemble.

Kepler ne se le fit pas dire deux fois. Il n'eut pas à attendre longtemps avant que Wallenstein le reçoive dans son splendide palais bâti sur le modèle italien. Généralissime des armées impériales, grand amiral de la mer Baltique, duc de Friedland et de Mecklembourg, Wallenstein puisait dans son immense fortune pour payer ses cinquante mille soldats qui n'avaient d'impériaux que le nom. Tant au fil de l'épée que par d'habiles opérations financières et de beaux mariages, Wallenstein s'était taillé un immense territoire allant des Sudètes aux rives de la Baltique, et qu'il imaginait déjà en royaume. Cet homme-là ne s'embarrassait pas de dogmes religieux : d'une famille protestante, il s'était converti sans état d'âme au catholicisme pour faire le riche mariage à l'origine de sa fortune. En revanche, il croyait fermement que son destin était écrit dans les étoiles et s'entourait d'une poignée d'astrologues, qui allaient jusqu'à le conseiller avant la bataille. En cela, mais aussi dans son amour des arts et des lettres, il y avait du Rodolphe en lui. Mais un Rodolphe à la solide tête politique. Faute de coiffer sa couronne, il en aurait au moins le *mathematicus*.

— Monsieur Kepler, dit-il, je désirerais vous racheter à Sa Majesté.

— Me racheter, vraiment, Votre Altesse ? répliqua Kepler mi-figue mi-raisin.

— Pardonnez ma rudesse de soldat, répondit le généralissime, qui savait cacher sa vraie finesse sous des allures brusques, mais… Savez-vous que vous êtes le seul dans tout l'empire à garder une charge tout en restant réformé ? Avec le couronnement du prochain roi de Bohême, qui vous déteste encore plus que son père, je ne donnerais pas cher de votre peau.

— C'est ce qu'on m'a dit, en effet…

— Vous êtes un homme courageux, Kepler, et j'aime ça. Vous êtes aussi, comme moi, un bâtisseur. J'ai besoin de vous, pour mes projets, comme vous avez besoin de moi, pour votre sécurité. Connaissez-vous la ville de Sagan ?

— Une petite cité de Voïvodie, à cinq degrés et des poussières à l'est du méridien de Hven, si j'ai bonne mémoire… Cédée par l'électeur palatin Moritz à l'empereur Ferdinand Ier en 1549, elle fut remportée de haute main sur les Danois, par le généralissime Wallenstein il y a trois mois, c'est cela ?

— Splendide ! Kepler, si un jour je deviens le nouvel Alexandre, tu seras mon Aristote.

— … Ou votre Diogène.

— J'ai donc décidé de faire de cette modeste ville de Sagan, admirablement située à mi-chemin entre Prague et mon port de Stettin, la capitale de mon grand-duché de Friedland et du Mecklembourg. Bâtissons-la ensemble, mon ami ! Une dernière chose : je connais vos réticences vis-à-vis de l'art des prédictions astrales. Je ne vous imposerai donc pas la rédaction d'horoscopes, du moins pour ma seule personne, bien que ceux que vous m'avez dressés aient été étonnants de justesse. Je vous prierai toutefois de communiquer vos éphémérides à une personne qui n'a pas vos talents de calculateur, mais qui vous vaut bien en matière d'astrologie. Enfin, pour vous tranquilliser, je reprends à ma charge toute la dette impériale. Si l'empereur accepte de se défaire de vous, bien sûr, ce qui n'est pas encore dit…

Kepler n'avait pas le choix. La menace était trop proche pour lui et les siens. Il accepta, en se demandant s'il ne tombait pas de Charybde en Scylla. Il dut attendre trois mois, enfermé dans le palais, sous bonne garde, ne sachant pas très bien si c'était pour le protéger ou l'empêcher de fuir. Un peu fanfaron, il voulut assister au sacre du jeune roi de Bohême et aux cérémonies qui s'ensuivirent, jusqu'aux fêtes de la Nativité. Wallenstein le lui interdit. Selon lui, Ferdinand, qui se serait pourtant volontiers débarrassé de l'ultime Réformé de sa cour, prônant de plus des théories condamnées par le pape, faisait des difficultés. Le seul empereur à avoir chassé son *mathematicus* avait été Rodolphe, qui avait congédié Ursus sur les instances de Tycho. Mauvais souvenir, précédent fâcheux... Et puis, qui aurait osé remplacer Kepler, sans crainte d'affronter les hauts cris de la communauté universelle des philosophes ? Le seul qui aurait pu postuler à ce poste sans rougir aurait été le père Guldin, mais celui-ci fit son modeste, se déroba, par fidélité pour son ami, mais aussi parce que la hiérarchie de la compagnie de Jésus le savait peu convaincant, car peu convaincu, pour combattre les thèses coperniciennes et défendre celles de Tycho, astronome danois et luthérien que Rome avait converti, plus de seize ans après sa mort, en un bon Allemand fervent catholique...

Finalement, Ferdinand et Wallenstein parvinrent à un compromis : Kepler resterait en titre *mathematicus* impérial, mais serait en quelque sorte « détaché » auprès du généralissime, qui se chargerait de sa pension... et de sa créance. Il était temps. Le dégel s'annonçait et avec lui, le retour des hostilités.

Wallenstein repartit vers le Nord. Le nouveau Grand Amiral de la Baltique se devait de posséder au moins un port. Or, les Danois, ces redoutables marins aidés par toutes les cités hanséatiques, lui donnaient du fil à retordre. Il espérait qu'un homme qui, comme Kepler, connaissait aussi bien les cartes mouvantes du ciel, lui serait utile dans l'art des choses de la mer, dont son état-major et lui étaient complètement ignorants.

Il confia une forte escorte à « son » *mathematicus*, pour que celui-ci se rende à Linz y prendre sa considérable bibliothèque, sa correspondance et nombre de ses manuscrits qui y étaient restés. Puis Kepler passa par Ratisbonne pour y chercher sa famille. Depuis deux ans qu'ils avaient quitté la capitale de la Haute-Autriche, en marin des grands chemins, il n'avait vu ses enfants qu'un mois durant.

Avant de repartir, Kepler plaça quelque argent chez un banquier sûr, qui lui servit aussi de garde-meubles. Il avait ainsi essaimé partout, à Ulm, à Francfort, à Nuremberg, villes libres qui avaient gardé tous leurs privilèges. L'empereur, prudent, n'avait pas envie de voir se lever contre lui ces puissantes cités marchandes. Kepler, lui, estimait qu'elles pourraient servir un jour de refuge sur la route d'un nouvel exil.

35.

La résidence de Wallenstein à Sagan était une grande bâtisse en chantier qui paraissait monstrueusement grande dans cette plaine se perdant à l'infini, seulement ponctuée de bois et de marécages. Quant à la ville elle-même, elle n'était guère plus grande que Leonberg et portait encore les cicatrices de la guerre. Wallenstein n'était pas là pour accueillir son *mathematicus* : il assiégeait le port de Stralsund, occupé par les Danois. Mais il avait laissé ses consignes à Kepler, dont la première était de fonder une imprimerie afin d'y publier les éphémérides des six prochaines années.

Kepler installa sa famille dans la dépendance du château qui lui était réservée, et chargea Jacob Bartsch de commencer le travail. Travail grandement facilité par les *Tables Rodolphines* : partout en Europe, désormais, les éphémérides proliféraient, souvent erronées, et il aurait fait beau voir que celui qui était à l'origine de cette mode ne fût pas dans la course.

Alors, il reprit la route. Il ignorait tout de ces villes du nord. Leipzig avait sans doute de bons imprimeurs, mais il préféra se rendre en terrain de connaissance, à Ulm, où il était assuré que Jonas Saur l'aiderait à choisir le meilleur matériel. Deux mois de voyage pour l'aller et le retour, et deux semaines de séjour dans cette ville qu'il s'était pris à aimer. Mais, malgré toute sa bonne volonté, l'imprimeur des tables ne put lui trouver des ouvriers prêts à le suivre jusqu'aux confins de la Pologne et de la guerre. Ce ne fut qu'à Leipzig qu'il put enfin recruter un prote et ses deux assistants. Il s'aperçut plus tard qu'il devait leur apprendre pratiquement tout du métier. Pour faciliter leur initiation, il leur demanda de s'atteler aux premières pages du *Rêve*, plus facile à composer que les éphémérides, dont les premières parurent juste à temps : en décembre 1628, pour l'année suivante.

L'hiver fut long et pénible dans cette plaine venteuse, pour cette famille habituée à la vie citadine ou aux paysages variés de Forêt Noire, d'Autriche ou de Bohême.

— Comprenez-vous, mon maître, disait Jacob à Kepler, pourquoi j'ai quitté si tôt ma Lusace natale ?

Suzon surtout donnait des inquiétudes à son père et à son époux. Malgré son mariage d'amour, elle était tombée dans un profond état d'abattement, évoquant irrésistiblement sa mère Barbara les derniers mois de sa vie. Ils étaient seuls, repliés sur eux-mêmes. Pas de nouveaux amis à se faire, car les quelques bourgeois de Sagan parlaient un dialecte incompréhensible, ce qui leur faisait sentir combien ils étaient étrangers dans cette sinistre contrée. Wallenstein, qui pourtant n'était pas un farouche partisan de l'interdiction de la pratique réformée, avait dû malgré tout donner des assurances à l'empereur. On pouvait sans doute y communier clandestinement selon les rites luthériens, mais nul n'aurait eu l'idée d'y convier le mathématicien du nouveau seigneur, qui combattait contre leurs frères.

Vers la fin février, arriva enfin à Sagan le généralissime des armées impériales. Il fit une entrée plutôt discrète pour un homme habitué à mener grand train. Il convoqua Kepler et lui dit :

— Je vais recevoir dès demain quelques visiteurs étrangers avec qui j'aurai des entretiens qui doivent absolument rester confidentiels.

— Votre Altesse peut compter sur mon silence. D'ailleurs, vous savez que je ne m'intéresse pas aux choses de la politique.

— Eh bien vous allez vous y intéresser, puisque je vous demanderai de me dresser l'horoscope de ces personnes.

— Pourquoi ne le demandez-vous pas à vos... astrologues ordinaires ?

— Parce que vous êtes le meilleur. D'ailleurs, ce ne sont pas des prédictions que je vous demande, mais des portraits. Vous ne les leur montrerez pas et ne les communiquerez qu'à moi seul.

... C'est ainsi que, finalement, Kepler fit mon horoscope, sans que je le lui aie demandé et sans que j'en susse jamais la teneur. La chancellerie du roi d'Angleterre Charles Ier m'avait en effet demandé de me rendre à Sagan pour participer aux préliminaires secrets qui aboutiraient, quatre mois plus tard, à la paix de Lübeck entre Wallenstein et le roi du Danemark. Car c'était bien le généralissime, et non l'empereur Ferdinand II, qui négociait d'égal à égal avec Christian IV et ses alliés. Le grand amiral de la Baltique avait beau multiplier les victoires sur terre et les avancées dans le Jütland danois, il avait compris qu'il n'aurait jamais la maîtrise de la mer. D'autant que la Suède venait de déclarer la guerre à l'Empire, alors que, sur mer comme sur terre, les Hollandais taillaient des croupières aux Espagnols, avec l'aide de l'Angleterre, et que la France entrait dans la danse contre les Habsbourg d'Espagne. Wallenstein jugea alors qu'il était temps d'user de sa puissante armée à son propre compte et de se tailler un royaume à la mesure de son génie, en se retournant contre le Brandebourg, enclave gênante entre ses différentes possessions. Les royaumes et principautés en lutte contre les Habsbourg ne pouvaient que soutenir les projets du maître d'une armée aussi redoutable. C'est ce que j'expliquai à Kepler, dans le secret de son cabinet de travail, alors qu'il venait de dresser mon horoscope.

Je trouvai mon illustre ami extrêmement vieilli, comme éteint, ayant perdu sa charmante ironie qui faisait jadis briller son étrange regard de myope.

— À quelques lieues d'ici, me raconta-t-il d'une voix lasse, une enfant de dix ans va prophétisant la fin du monde.

Les pauvres gens la suivent partout, se prosternent devant elle. Je ne suis pas loin de la croire. Je ne sais ce qui se passe ailleurs dans le monde, car le courrier met des mois pour parvenir jusqu'ici. J'ignore si Wallenstein trahira ou non l'empereur, mais je sais par lui que la Ligue catholique et le grand-duc de Bavière complotent à…

Il se mordit les lèvres, croyant trop en dire…

— Ne craignez rien, cher maître, lui répondis-je, vous ne m'apprenez rien. S'il existe un colosse aux pieds d'argile, c'est bien votre nouveau patron. Mais c'est pour vous que je crains. Et je me permets de vous renouveler l'offre que vous a faite jadis lord Wotton au nom de feu Jacques Ier ; au nom, cette fois, de son fils Charles Ier. Certes, mon royaume connaît en ce moment quelque agitation avec nos puritains, mais n'y voyez pas là de la persécution religieuse. Il ne s'agit que de politique. Et vous pourrez pratiquer votre culte en toute liberté, avec vos coreligionnaires.

— Votre royaume est une île, et moi, le rustaud de la Forêt Noire, je ne crains rien tant que l'enfermement.

Je souris en songeant à la campagne autour de Grantham. La comparer à une prison ! Il poursuivit :

— Mais je ne rejette pas votre aimable proposition, loin de là. Je songe en ce moment à accepter celle de la faculté de Strasbourg. Un havre de paix, non loin de ma terre natale…

— Havre de paix trop provisoire, à mon avis. Mais je connais le recteur Bernegger. Un homme de savoir, admirable de tolérance, un vrai humaniste. Je compte bien faire le détour par Strasbourg pour le saluer, à mon retour.

Son visage perdit un instant son inquiétude fébrile.

— Puis-je vous charger d'une commission pour lui ? demanda-t-il, presque suppliant. Remettez-lui ceci…

Et il me tendit sa grosse canne en bois d'olivier et au pommeau d'ivoire représentant un sphinx, qu'il tenait de Tycho.

— Matthias Bernegger est le seul homme qui m'en semble digne, s'il m'arrivait malheur…

— Voyons, maître Kepler, vous avez encore de belles et fructueuses années devant vous, fis-je sans trop y croire.

— Prenez, prenez. Et puis, transmettez-lui ces deux vers que je viens de composer. Ce sont mes dernières volontés, à inscrire sur ma tombe…

Et il me tendit un bout de papier, sur lequel il avait griffonné à la hâte cette épitaphe :

Je mesurais les cieux,
Je mesure à présent les ombres de la terre
L'esprit était céleste,
Ci-gît l'ombre du corps.

Puis il me demanda de le quitter en hâte, pour qu'on ne trouve pas suspect cet entretien qui se prolongeait. Je glissai le papier dans une poche, dissimulai le bâton d'Euclide sous mon manteau et sortis.

Je ne devais jamais revoir Johann Kepler. Ni Matthias Bernegger. Non seulement je suis un espion, mais en plus je suis un voleur.

36.

Alors, Wallenstein signa sa paix avec le Danemark. Ce fut au tour de la Suède de prendre pied sur les côtes allemandes et polonaises de la Baltique, en s'alliant avec les princes réformés. Le généralissime ne fit rien pour les contenir. Tel Achille, il préféra se retirer sous sa tente, ou du moins dans un de ses innombrables châteaux, aux frontières nord de la Bohême.

C'est là qu'il convoqua Kepler au printemps 1630. Il s'impatientait de cartes marines qu'il avait commandées à son mathématicien. Naturellement, Kepler les lui avait dressées, mais son atelier ne pouvait les imprimer. Et le grand amiral de la Baltique se devait d'avoir les meilleurs portulans. Seuls les imprimeurs de Nuremberg pouvaient les réaliser. Kepler les avait donc envoyés là-bas, ainsi que cent vingt florins qu'il paya de sa bourse. Mais il paraissait que les graveurs de la ville de Dürer ne portaient pas le généralissime dans leur cœur : ils faisaient traîner les choses en longueur. C'est ce qu'expliqua Kepler à Wallenstein. Celui-ci était de fort mauvaise humeur. En se retirant provisoirement des hostilités, il voulait imposer à Ferdinand II la disgrâce de Tilly et prendre en main l'armée de son rival. Mais l'empereur n'avait pas encore réagi.

Wallenstein passa alors son impatience sur Kepler. Celui-ci n'étant pas non plus d'un caractère commode, il lui rappela que la dette impériale ne lui avait toujours pas été remboursée. Wallenstein rétorqua que s'il lui en versait la totalité, Kepler ferait comme les mercenaires qu'il avait sous ses ordres : il déserterait. Cela dura trois semaines. Puis Kepler s'en fut à Nuremberg pour régler par lui-même cette affaire de cartes marines. Sur le chemin du retour, il s'arrêta à Leipzig pour y recruter de nouveaux ouvriers imprimeurs, les précédents ayant fui les terribles colères de leur patron. Le doyen de l'université lui apprit que Wallenstein venait d'être renvoyé par l'empereur. Kepler quitta son hôte aussi vite qu'il put et galopa jour et nuit pour rejoindre Sagan.

Il fallait fuir. N'importe quelle armée, n'importe quelle horde de soudards, à commencer par les mercenaires débandés de Wallenstein, pouvaient surgir ici, piller, massacrer… Il donna ses ordres à sa famille affolée, tel un capitaine dont le navire est en train de sombrer. Son gendre Jacob emmènerait Suzanne et les enfants à vingt-cinq lieues de là dans sa Lusace natale, où il avait encore de la famille. Cependant Kepler irait à Leipzig pour confier à l'université ses manuscrits, ses livres et ses instruments. Puis il descendrait à Ratisbonne, où la Diète siégeait en permanence. Il y tenterait d'arracher un peu d'argent au Trésor impérial, y rencontrerait des princes et des ambassadeurs, à qui il demanderait aide et protection. Ensuite…

Ensuite, la route était longue et pénible entre Leipzig et Ratisbonne. Kepler croisait en chemin des troupes montant vers le nord. Il se félicitait alors de n'avoir pris pour monture qu'une vieille haridelle, pour bagage qu'un petit sac en toile reprisée, pour vêtements des habits élimés achetés chez un fripier de Leipzig, et en bourse, seulement cinquante florins. Comment un tel miséreux pourrait-il attirer le regard d'un de ces pillards ? Dans la campagne déserte, où parfois fumait un village incendié, entre les champs ravagés par la soldatesque, sur les chemins creusés par les roues des canons, il parlait seul, son index frappant son front puis désignant le ciel, comme pour révéler le fil qui les reliait.

Enfin, là-bas de l'autre côté du fleuve, apparurent les clochers et les toits de Ratisbonne nichés derrière les remparts.

Malgré la fièvre qui le faisait suer et trembler, ou peut-être grâce à elle, il retrouva un peu d'optimisme, un regain de goût à la vie.

Il avait cheminé vers le mystérieux palais où gisent, étincelants dans l'ombre, purs encore de tout regard mortel, vierges de tout attouchement humain, les impérissables et inappréciables secrets de l'univers. Bientôt, il serait auprès du sage landgrave Philippe III de Hesse, ou à la faculté de Strasbourg ou à celle de Tübingen, ou à la cour des rois d'Angleterre et de France, ou à l'île danoise de Venusia, reconstruisant le palais des Étoiles, ou voyageant vers la Lune dans un vaisseau de son invention en compagnie de Galilée, ou posant une nouvelle fois le pied sur Mars pour serrer Tycho dans ses bras, enfin réconciliés…

Épilogue

Le vieux sir John Askew se sentit soudain très las. C'était comme s'il avait accompagné Kepler dans son ultime voyage. Il dut faire un gros effort pour répondre à la question que lui avait posée ce jeune garçon roux au visage étonnamment grave, et qui avait écouté son récit avec une attention passionnée.

— Et ensuite, demandes-tu ? Ensuite, Kepler mourut quelques jours après son arrivée, le 2 novembre 1630, entouré de pasteurs luthériens. Plus tard, sur ordre de l'Église catholique, toutes les tombes des réformés du cimetière de Ratisbonne furent détruites, dont la sienne. Ses restes ont dû être jetés dans le Danube, comme Ramus dans la Seine.

— Et les autres ? Sa famille ?

— Jacob Bartsch, son gendre, mourut de la peste en Lusace, deux ou trois ans plus tard. Son épouse et celle de Kepler survécurent. Quant aux enfants survivants qu'eurent Suzanne et Johann, j'ignore tout de leur destin, et jusqu'à leur prénom. Le fils de son premier mariage, Ludwig, en apprenant la mort de son père, quitta Genève en grande hâte alors qu'il s'apprêtait à décrocher un doctorat de médecine. À Ratisbonne, il parvint à arracher un peu d'argent au Trésor impérial. Puis il rejoignit à Francfort sa mère, sa sœur et les survivants de la famille Kepler. Il y édita *Le Rêve* et le dédia à Philippe III, landgrave de Hesse, qui avait su rester neutre le plus longtemps possible dans les abominables guerres ravageant l'Europe. Jusqu'à sa mort en 1643, Philippe protégea la veuve et les orphelins de cet astronome qu'il admirait. Maestlin mourut dans son lit, paisiblement, si tant est que la mort puisse être paisible, à l'âge de quatre-vingt-un ans, onze mois après son disciple, dans cette Tübingen qu'il n'avait plus quittée après son aventureuse jeunesse. Quant aux plus obscurs personnages de cette histoire, ils ont disparu dans la tourmente, qui continue de faire saigner le monde. Pour ce qui concerne les princes, les rois et les empereurs… Bah ! Tu en sauras plus à l'école de Grantham, si toutefois notre joyeux Lord Protecteur Olivier Cromwell laisse encore enseigner ce genre de chose…

— Et les papiers, les livres que Kepler avait laissés dans cette ville du Nord, là…

— Leipzig. C'est encore une autre histoire. Ludwig voulut aller les chercher, mais la guerre l'en empêcha. Les troupes suédoises occupèrent toute la région, dont Leipzig. Les manuscrits et la bibliothèque de Kepler disparurent sans laisser de traces. Je doute que ce soit un de ces fiers vikings qui s'en soit emparé. On m'a raconté… Mon ami l'astronome français Pierre Gassendi, pour être exact, m'a raconté jadis qu'un de ses compatriotes, tout aussi savant que lui, suivait cette armée, par curiosité naturellement. René Descartes aimait tant assister à de belles batailles…

— Celui qui avait rencontré Kepler dans son poêle ?

— Excellente mémoire, mon garçon ! Je connaissais Descartes pour l'avoir croisé quelquefois dans les cours de France, de Hollande ou de Suède. Je suis intimement persuadé qu'il faisait le même vilain métier d'espion que moi. Je ne l'accuse pas d'avoir volé les œuvres de Kepler, mais… Mais enfin, comme par hasard, toute son œuvre philosophique, mathématique, physique, astronomique commence à partir de sa visite à Leipzig. Et c'est à peine s'il rend, dans sa *Dioptrique*, un hommage timide à son inspirateur. Comme par hasard. Bon, je suis peut-être sévère avec ce Descartes. Je me suis laissé dire que sa *Géométrie*, que je n'ai pas lue, contenait de bonnes et nouvelles choses. Mais bon sang, il est Français, et nous autres Anglais, nous devons toujours nous méfier des Français ! Tâche de t'en souvenir...

— En tout cas je le lirai, un jour. Je m'intéresse à la géométrie...

— Diable, et quel âge as-tu donc ?

— Bientôt treize ans, c'est bien assez.

Le vieil homme éclata de rire :

— Eh bien, on ne t'a guère appris la modestie ! Mais après tout, il faut quelque toupet pour réussir dans la vie...

Le garçon secoua son ample chevelure, comme agacé fugitivement par un moucheron inopportun. Puis, reprenant un air concentré :

— Et Galilée ?

— Quoi, Galilée ?

— Que lui est-il arrivé ?

— Ce diable d'homme ! Je ne l'ai jamais beaucoup aimé. Un grand esprit, sans doute, mais qui n'a jamais voulu reconnaître les découvertes de Kepler. Et puis, il n'était pas aussi rusé que ce qu'il pensait... Il a commis l'imprudence de publier un livre où, enfin, il se déclarait ouvertement copernicien. Deux ans après la mort de Kepler !

— Il ne risquait plus rien, alors ?

— Tu oublies, mon garçon, qu'il vivait en pays catholique. Le pape, qui l'avait jusqu'alors soutenu, s'est fâché tout rouge. Il y a eu procès, Galilée s'est humilié devant l'Église en abjurant ses convictions. Kepler n'aurait jamais accepté cela, je crois.

— Et ensuite ?

— Ensuite, il a été condamné à la prison à vie. Ou plutôt, assigné à résidence, comme on dit. Il a fini ses jours dans sa villa de Florence, près de ses filles qui étaient au couvent. Il est mort en 1642, si ma mémoire ne me trompe pas. Tiens, ne serait-ce pas l'année de ta naissance ?

Les yeux du garçon s'illuminèrent un instant, un large sourire de fierté éclaira son visage :

— Oui, mais moi je suis né le jour de Noël… Et Galilée, il a continué à faire de l'astronomie ?

— Non. Tu sais, il n'avait jamais été vraiment astronome. Il avait juste eu la chance d'avoir un télescope, de bons yeux et une bonne plume pour décrire ce qu'il avait vu. Et de toute façon, il est devenu aveugle. Bon, là aussi je suis un peu sévère. Galilée a quand même fait publier en secret un dernier livre, sur ce qu'il appelle une science nouvelle, la « mécanique ».

— C'est quoi, la mécanique ?

— Ah non, j'en ai assez de tes questions à la fin ! Une autre fois peut-être… Ma sieste n'attend pas. Mais, cher arrière-petit-neveu, puisque ta brave femme de mère m'a dit que tu étais de ma famille, j'ai quelque chose à te donner…

John Askew tendit la main hors de sa chaise longue et prit sa grosse canne. Il en dévissa le pommeau et vérifia si ce qu'il y avait introduit y était encore. Il craignait que sa mémoire, avec l'âge, lui jouât quelque nouveau tour. C'était un bout de papier qu'il avait découvert entre deux feuilles des lettres de Maestlin racontant la vie de Copernic, et où Kepler avait griffonné :

« *J'ai émis l'hypothèse qu'une planète deux fois plus éloignée du Soleil qu'une autre était mue par une force deux fois plus faible. Dieu, dans son infinie sagesse, a fini par éclairer les ténèbres de mon esprit : cette force est en réalité quatre fois plus faible. Je corrige aujourd'hui mon erreur, et reformule ainsi, pour la postérité, la loi que j'écrivis dans* L'Astronomie nouvelle *et* L'Épitomé : *"Les forces qui gardent les planètes sur leurs orbes doivent être comme l'inverse des carrés des distances qui séparent les centres autour desquels elles tournent." C'est ainsi que l'attraction de la Lune s'étend jusqu'à la Terre, et attire les eaux des marées. J'ai aussi comparé la force requise pour garder la Lune sur son orbe avec celle de la pesanteur à la surface de la Terre, laquelle suffit à faire tomber une pomme. J'ai trouvé qu'elles sont identiques. »*

Le vieux gentilhomme anglais revissa le pommeau et posa l'antique canne sur la tête rousse du jeune garçon, comme on arme un chevalier.

— Je te la donne. Elle est à toi. Laisse-moi, maintenant. Et reviens demain, si ça te chante.

Demain… Est-ce qu'on pense à demain, à un âge pareil ? John Askew avait fait ce don à cet étrange enfant comme on jette une bouteille à la mer.

Isaac Newton descendit l'allée centrale menant aux grilles du manoir, tel un petit soldat allant à la bataille en portant son arme sur l'épaule. Mais le bâton d'Euclide était une arme de paix.

ANNEXES

1. Table des personnages principaux

Tous les personnages qui traversent ce livre sont pris tels quels à l'histoire et aux chroniques, à l'exception de quelques comparses, et bien sûr du narrateur, John Askew, inventé pour les besoins du récit. Ce personnage fictif s'inspire toutefois des bien réels Sir Henry Wotton (1568-1639), diplomate anglais, ambassadeur à la République de Venise, espion à ses heures et scientifique amateur, qui rencontra Kepler en 1620, lui proposa de venir se réfugier en Angleterre et promut l'œuvre de Galilée dans son pays natal; Richard Hakluyt (1552-1616), diplomate anglais et homme d'affaires, cofondateur de la Compagnie de Virginie; ou encore Thomas Hobbes (1588-1679), philosophe, voyageur et scientifique amateur, également fondateur de la Compagnie de Virginie.

Les brèves notices biographiques qui suivent sont celles, véridiques, des personnages principaux apparaissant dans le roman. Elles sont destinées aux lecteurs curieux de faire la part entre la réalité historique et l'invention romanesque, et ne mentionnent que les faits directement liés aux vies de Kepler et de Galilée.

Bachaczek, Martin (1539-1612), docteur en théologie, cosmographe, recteur de l'université de Prague de 1599 à 1600 et de 1603 jusqu'à sa mort en 1612.

Bacon, Francis (1561-1626), homme d'État et philosophe anglais, l'un des pionniers de la pensée scientifique moderne.

Bartsch, Jacob (1600-1633), mathématicien et astronome de Lusace, assistant et gendre de Kepler (il a épousé sa fille Susanne en 1630). On lui doit la création des constellations de la Licorne, de la Girafe, de la Croix du Sud et de la Colombe. Il fit publier *Le Rêve* de Kepler à titre posthume en 1634, mais mourut lui-même juste avant de la peste, à l'âge de trente-trois ans.

Barwitz Johann-Anton von (1555-1620), conseiller aulique à la chancellerie impériale de Prague, puis conseiller privé de l'empereur Rodolphe II, qui l'anoblit en 1595 au titre de chevalier du Saint Empire.

Beeckmann, Isaac (1588-1637), mathématicien, physicien, médecin et philosophe néerlandais. Il entretint des relations suivies avec les grands esprits de son temps ; ce puissant chercheur ouvrit les portes du savoir au jeune Descartes, qui ne lui en fut pas toujours reconnaissant.

Bernegger, Matthias (1582-1640), recteur de l'université protestante de Strasbourg, historien et mathématicien, il s'est intéressé aux progrès contemporains dans tous les domaines culturels et a entretenu une abondante correspondance avec les plus grands savants européens. Ami de Kepler, il a suivi de près l'évolution des travaux de l'astronome, qui vers la fin de sa vie avait l'intention de s'installer à Strasbourg pour fuir les désordres du Saint Empire germanique. Bernegger s'est aussi distingué par son travail de traduction et de publication des œuvres de Galilée, commencé dès 1612.

Binder, Georg, pasteur allemand, beau-frère de Kepler, dont il épousa la sœur Marguerite en 1608.

Brahé, Tycho (1546-1601), astronome danois, connu pour avoir effectué les observations les plus précises pour son époque. Il se fit connaître par la découverte de l'étoile nouvelle apparue en 1572 dans la constellation de Cassiopée. Il put ensuite mener ses travaux grâce à l'octroi par le roi Frédéric II de Danemark d'un domaine sur l'île de Venusia, où il fit construire le mythique observatoire d'Uraniborg. Là, entouré d'étudiants, de savants et de princes, Brahé accumula pendant vingt ans des mesures à l'œil nu d'une incroyable précision, notamment sur les positions de la planète Mars. N'admettant pas le système de Copernic, il chercha un compromis et le combina à l'ancien système de Ptolémée : pour lui, les cinq planètes connues tournaient autour du Soleil, l'ensemble faisant lui-même le tour de la Terre immobile. Dépossédé de ses biens, il quitta le Danemark et, en 1599, devint le mathématicien impérial de l'empereur Rodolphe II à Prague. C'est là qu'il fut assisté par Johann Kepler, au cours d'une collaboration orageuse. À sa mort brusquement survenue en 1601, il fut enterré en grande pompe à l'église Notre-Dame de Tyn à Prague. Johann Kepler lui succéda comme mathématicien impérial et utilisa ses données pour développer ses propres théories sur l'astronomie.

Les fils de Tycho Brahé, **Tyge** (1581-1627) et **Jorgen** (1583-1640), ne tinrent pas les promesses que leur père avait placées en eux, Tyge s'occupant des finances et Jorgen d'alchimie et de médecine. Ses filles **Madeleine** (1574-1620), **Sophie** (1578-1655) et **Cécile** (1580-1640) eurent une jeunesse délurée, tandis qu'**Elisabeth** (1579-1613), mise enceinte par le secrétaire de Tycho, Franz Tengnagel, dut épouser ce dernier dans la quasi-clandestinité.

Bruce, Edmond, aristocrate anglais et voyageur européen, féru de mathématiques et d'herboristerie. En 1602 et 1603, alors qu'il se trouvait en Italie, il correspondit avec Kepler sous le nom d'Edmondio Brutius.

Bruno, Giordano (1548-1600), philosophe et théologien italien. Influencé par les travaux de Copernic et de Nicolas de Cues, il voulut démontrer la pertinence d'un univers infini peuplé d'une quantité innombrable de mondes identiques au nôtre. Accusé d'hérésie par l'Inquisition, il fut brûlé vif au terme de huit années de procès. Son exemple incita par la suite Galilée et Descartes à une certaine prudence envers les autorités religieuses.

Brunowski, Jan, cet astronome polonais, assistant de Kepler à Prague, fut le premier à observer l'étoile nouvelle apparue dans la constellation du Serpentaire le 9 octobre 1604.

Bucquoy, Charles-Bonaventure de Longueval, comte de (1571-1621), homme de guerre au service du Saint Empire romain germanique, dont il commanda les armées au commencement de la guerre de Trente Ans. Après la Défenestration de Prague, il fut chargé de la répression du soulèvement en Bohême. Allié à Tilly, commandant en chef de la Ligue catholique, il remporta la bataille décisive de la Montagne Blanche contre les armées de Bohême, le 8 novembre 1620.

Bürgi, Jost (1552-1632), horloger et constructeur d'instruments suisse. D'abord astrologue du landgrave Guillaume IV de Hesse-Cassel, il travailla avec Kepler au service de l'empereur Rodolphe. Commis à la conservation des instruments scientifiques, c'est en les réparant qu'il découvrit le moyen de les perfectionner, notamment les horloges. Les principales réalisations de Bürgi furent des tables trigonométriques et logarithmiques.

Capra, Baldassare (?-1626), astronome et médecin milanais, surtout connu pour ses démêlés avec Galilée, à qui il disputa l'invention de son compas. Il fut expulsé de l'université de Padoue après avoir publié sous son propre nom le *Traité du Compas* de Galilée.

Christine de Lorraine (1565-1637), élevée à la cour de France par sa grand-mère Catherine de Médicis, elle épousa le grand-duc de Toscane Ferdinand Ier. Extrêmement dévote, elle s'inquiéta des rapports entre science et religion. En avril 1615, Galilée lui écrivit une lettre restée célèbre, dans laquelle il expliquait que « l'intention du Saint-Esprit est de nous enseigner comment on doit aller au ciel, et non comment va le ciel ».

Clavius, Christophe (1538-1612), savant jésuite allemand, surnommé l'Euclide du XVIe siècle. Adversaire du système de Copernic, il joua un rôle de premier plan dans la réforme du calendrier grégorien. Son nom a été donné au cratère Clavius, le deuxième plus grand de la face visible de la Lune.

Copernic, Nicolas (1473-1543), astronome polonais né à Torun, mort à Frombork. Après des études de mathématiques, d'astronomie, de médecine et de droit, effectuées à Cracovie et à Bologne, il fut nommé chanoine de Frombork. Il consacra son temps libre à l'astronomie et s'intéressa, à partir de 1507, à la question des mouvements planétaires. Il mit en évidence le fait que le système géocentrique ne permettait pas de prédire correctement les mouvements. Abandonnant la théorie de Ptolémée, Copernic proposa la théorie héliocentrique, dans laquelle la Terre n'occupe pas le centre de l'univers mais tourne autour du Soleil, comme les autres planètes. Copernic expliqua aussi le mouvement diurne des étoiles par la rotation terrestre. Il publia ses théories juste avant sa mort en mai 1543 à Nuremberg, dans *De Revolutionibus orbium cœlestis*. Cette conception nouvelle, corroborée au siècle suivant par les travaux de Kepler et Galilée, favorisa l'émancipation de la cosmologie par rapport à la théologie.

Cosme de Castelfranco (1557-1621), de son vrai nom Paolo Piazza, ce peintre de l'école vénitienne enrichit les églises de Venise de divers ouvrages, puis entra dans l'ordre des Capucins. Envoyé en Allemagne par ses supérieurs, il y travailla pour l'empereur Rodolphe II.

Cosme II de Médicis (1590-1621), premier fils du grand-duc Ferdinand de Médicis et de Christine de Lorraine. Faible et maladif, il fit fermer la banque des Médicis, source de richesse de la famille. Il protégea néanmoins Galilée, son ancien précepteur, qui lui dédia les quatre lunes de Jupiter (dites médicéennes) qu'il découvrit à la lunette en 1609. À sa mort, sa mère Christine de Lorraine et sa femme Marie-Madeleine d'Autriche se disputèrent la régence, et, extrêmement dévotes, favorisèrent l'Inquisition qui condamna Galilée.

Della Porta, Giovanni Battista (vers 1535-1615), physicien, opticien et alchimiste italien, auteur d'une *Magie naturelle* dès l'âge de quinze ans. Toute son œuvre témoigne de son goût pour le merveilleux. On lui doit la découverte de la chambre noire et de nombreuses expériences d'optique. Certains le considèrent comme l'inventeur véritable de la première lunette d'approche, bien qu'il n'ait jamais essayé de fabriquer un tel instrument et qu'il faille laisser cette gloire à des opticiens hollandais comme Hans Lippershey, ou à Galilée, qui la développa et la diffusa.

Descartes, René (1596-1650), mathématicien, physicien et philosophe français, l'un des fondateurs de la philosophie moderne. Il eut une jeunesse aventureuse, s'engageant notamment dans les troupes de Maximilien lors de la guerre de Trente Ans. Il rencontra Kepler à Ulm au début de l'année 1620, puis abandonna la carrière militaire. Par la suite, il élabora un système philosophique nouveau d'une portée considérable, prônant la mathématisation des sciences physiques et la séparation du corps et de l'esprit. Selon lui, l'Univers s'étendait dans toutes les directions jusqu'à des distances indéfinies et était entièrement rempli d'une matière continue et tourbillonnaire. Toutefois, échaudé par la condamnation de Galilée, il ne laissa pas publier son *Système du monde* avant sa mort.

Ehem, Philip, médecin allemand, qui devint le gendre adoptif de Kepler en épousant Regina Mulleck.

Einhorn, Lutherus, ce bailli de Leonberg devint tristement célèbre comme persécuteur de sorcières, notamment dans le procès en sorcellerie de Catherine Kepler, la mère de Johann.

Fabri de Peyresc, Nicolas Claude (1580-1637), conseiller au parlement de Provence, scientifique, littéraire et astronome. Avec l'appui de son ami Gassendi, il entreprit, avec le graveur Claude Mellan, de dresser la première carte de la Lune fondée sur les observations télescopiques.

Ferdinand II de Habsbourg (1578-1637), archiduc d'Autriche, roi de Bohême, puis empereur du Saint Empire romain germanique en 1619. Champion de la Contre-Réforme, il favorisa la création de couvents et collèges jésuites. Son fanatisme religieux et sa haine du protestantisme provoquèrent la guerre de Trente Ans. Il fut le principal responsable des ennuis de Johann Kepler, en ordonnant la fermeture de l'école luthérienne de Graz et en lançant les persécutions contre les réformés en Styrie. Plus tard, avec son cousin Matthias, frère de Rodolphe, il complota à la déchéance de ce dernier, ce qui provoqua le départ de Kepler de Prague.

Fludd, Robert (1574-1637), médecin, astrologue et mystique anglais. On lui doit la description du premier baromètre et des découvertes sur la circulation du sang. Ses livres, magnifiquement ornés de gravures qui en résument le propos, s'attachent à présenter l'harmonie entre le macrocosme (le monde) et le microcosme (l'homme), s'intéressant aux correspondances harmoniques entre les planètes, les anges, les parties du corps humain et la musique. Rosicrucien convaincu, il fut vivement critiqué par Kepler pour ses pratiques magiques.

Frédéric V de Palatinat (1596-1632), prince-électeur du Palatinat en 1610. En août 1619, mécontents de Ferdinand II de Habsbourg (successeur de Matthias à la tête du Saint Empire romain germanique), les États de Bohême, à majorité protestants alors que Ferdinand était catholique, déposèrent celui-ci et proposèrent le titre à Frédéric V. Cet acte fut l'un des facteurs déclenchant la guerre de Trente Ans. Couronné à Prague mais abandonné par les puissances étrangères et l'Union Protestante, Frédéric V fut défait à la bataille de la Montagne Blanche le 8 novembre 1620, soit un an et quatre jours après son couronnement. Il en hérita du sobriquet de « roi d'un hiver », et passa le reste de sa vie en exil. Roi éphémère, Frédéric V n'en est pas moins l'ancêtre des plus importantes familles royales d'Europe.

Fugger, George (1577-1643), membre de la célèbre famille de banquiers, ambassadeur du Saint Empire romain germanique auprès de la République de Venise. Un mois après la parution du *Messager astral*, il écrivit à Kepler au sujet de la lunette de Galilée.

Galilée ou Galileo Galilei (1564-1642), physicien et astronome italien. Il jeta les fondements des sciences mécaniques, effectua les premières observations télescopiques, qu'il présenta en 1610 dans *Le Messager astral*, et défendit opiniâtrement la conception copernicienne de l'univers. Attaqué et condamné par les autorités religieuses, il dut abjurer en 1633 à la suite d'un long et célèbre procès. Il resta toujours méfiant envers le génie de Kepler, avec qui il eut une curieuse correspondance.

Galilei, Vincenzo (vers 1520-1591), père du précédent, musicien italien qui fut luthier, compositeur, et théoricien de la musique.

Gans, David (1541-1613), mathématicien et astronome juif ashkénaze qui étudia à Prague avec le Maharal. Il s'intéressa aux sciences de son époque, fréquenta Tycho Brahé et Kepler, et fut l'un des premiers à soutenir Copernic.

Gassendi, Pierre (1592-1655), mathématicien, philosophe et astronome français. Correspondant avec les esprits les plus éminents de son siècle – Galilée, Kepler, Descartes, Pascal, Mersenne –, il étudia entre autres le mouvement des comètes, les éclipses de la Lune, l'évolution des taches solaires, et découvrit plusieurs satellites de Jupiter. En 1621, il fut le premier à décrire scientifiquement les aurores boréales. Le 7 novembre 1631, il observa un passage de la planète Mercure devant le Soleil, que Kepler avait prédit par le calcul. Ennemi déclaré de l'astrologie, il fut un partisan ardent, mais un peu moins avoué, des théories de Copernic et de Galilée. Comme Descartes, ce n'est que dans l'intimité ou dans sa correspondance privée que Gassendi osait se déclarer franchement copernicien. Il est l'auteur de la première biographie de Tycho Brahé et de Copernic, publiée en 1655.

Guldin, Paul (1577-1643), mathématicien suisse, connu pour la découverte de deux théorèmes qui portent son nom. En 1597 il abjura la religion protestante et entra chez les Jésuites. Il professa les mathématiques à Rome, Vienne et Graz, où il succéda à Kepler comme *mathematicus*.

Hajek Thadeus, dit Hagecius (1525-1600), humaniste, astronome et médecin personnel de l'empereur Rodolphe II. On lui doit la venue de Tycho Brahé à Prague.

Harriott, Thomas (1560-1621), mathématicien et astronome anglais. Il exerça d'abord comme cartographe et participa aux expéditions américaines de Raleigh et de Drake. Il correspondit avec Johann Kepler entre 1603 et 1610. Informé des recherches de Galilée, il fut le premier en Angleterre à utiliser une lunette astronomique, avec laquelle il observa et dessina les cratères lunaires et les évolutions des satellites de Jupiter (1609-1611). Il dessina également les taches solaires, qu'il observait à l'œil nu. Adepte du tabac, Thomas Harriot manifesta en 1618 les premiers symptômes d'un cancer des fosses nasales, dont il nota lui-même l'évolution jusqu'à sa mort.

Hebenstreit, Jean-Baptiste, recteur du collège Latin à Ulm, il conseilla au jeune Descartes de rendre visite à Kepler en 1620.

Auteur d'un poème liminaire des *Tables Rodolphines*, dans lequel il donne la signification du célèbre frontispice.

Hitzler, Daniel (1576-1635), théologien et musicien, pasteur à Linz. Ce luthérien fanatique, ennemi juré de Kepler, excommunia publiquement ce dernier en 1612. Il publia par la suite un traité de musicologie, deux ans après *L'Harmonie du monde* de Kepler.

Horky, Martin (XVIIe siècle), astronome d'origine allemande, disciple du professeur Giovanni Antonio Magini à Bologne et piteux contradicteur de Galilée. En avril 1610, dans une lettre à Kepler, il rapporta une démonstration désastreuse de la lunette astronomique. En juin de la même année, il publia sans consulter son maître un pamphlet contre *Le Messager astral*, avec pour principal argument que les astres médicéens ne pouvaient pas exister car ils ne servaient à rien. Ridiculisé par les partisans de Galilée et devenu la risée de toute l'université, Horky fut finalement chassé par son maître Magini.

Jacques Ier d'Angleterre (1566-1625), fils de Marie Stuart, d'abord roi d'Écosse sous le nom de Jacques VI, puis d'Angleterre à partir de 1603. À l'occasion de son mariage avec Anne du Danemark, il visita en 1590 l'île de Hven, habita une semaine au palais d'Uraniborg, fit de magnifiques présents à Tycho Brahé et composa des vers en son honneur.

Jean-Frédéric de Wurtemberg (1608-1628), né à Montbéliard, il succéda à son père Frédéric Ier à la tête du duché de Wurtemberg. L'un de ses fils eut pour chirurgien-barbier un certain Urban Kräutlin, avorteur à ses heures, instigateur du procès en sorcellerie contre Catherine Kepler.

Jessenius, Jan Jesensky, dit (1566-1621), médecin, philosophe et homme politique. Professeur d'anatomie à l'université de Wittenberg, puis doyen de l'université de Prague, il effectua la première dissection publique d'un corps humain en 1600, en présence de l'empereur Rodolphe. C'est lui qui prononça l'oraison funèbre de Tycho, mentionnant la rétention d'urine comme cause de sa mort. Activiste protestant, il fut emprisonné après la chute des Habsbourg, et Ferdinand II ordonna son exécution avec vingt-six autres nobles de Bohême.

Kepler, famille plutôt misérable du Wurtemberg, « tas de fumier » sur lequel poussa la rose **Johann** (1571-1630). **Sebald**, le grand-père paternel, fut pelletier et bourgmestre de Weil der Stadt, alcoolique et débauché selon le portrait qu'en fit Johann. Le père, **Heinrich** (1547-après 1589), fut aubergiste et mercenaire ; alcoolique et violent, il abandonna plusieurs fois sa famille, et de façon définitive en 1589. La mère, **Catherine**, née Guldenmann (1547-1622), fut élevée par une tante qui fut brûlée vive comme sorcière. Elle-même fut aubergiste. Accusée sur le tard de sorcellerie, elle fut sauvée in extremis du bûcher par Johann, qui se fit avocat pour l'occasion. Outre Johann, Catherine Kepler avait enfanté **Christophe, Heinrich** (qu'elle préférait à Johann) et **Marguerite**. Christophe fut étameur et Heinrich soldat. Marguerite épousa un pasteur, Georg Binder.

Barbara Kepler, née Mulleck (1573-1611), épousa Johann en 1597 après avoir déjà été deux fois veuve. Sa fille **Regina**, issue d'un premier mariage, fut élevée par le couple. Elle épousa un médecin allemand en 1608 et mourut en 1627. Barbara eut avec Johann cinq enfants, dont deux moururent au berceau. Fière et acrimonieuse, Barbara harcela Johann toute sa vie, devint folle et mourut en 1611, suivie de près dans la tombe par un de ses fils, Frederich. Se retrouvant seul avec sa belle-fille Regina et ses deux enfants survivants Suzon et Ludwig (né en 1607), Johann épousa la jeune **Susanne Reutlinger** en 1613, avec qui il eut six autres enfants : Margareta Regina (1615-1617), Catherine (1617-1618) et Sebald (1619-1623) moururent en bas âge, les survivants Cordula (née en 1621), Fridmar (né en 1623) et Hildebert (né en 1625) vécurent peu longtemps. Suzon épousa l'assistant de son père, Jakob Bartsch, en 1630 ; Ludwig fit publier à Francfort *Le Rêve* posthume de son père en 1634, exerça la médecine à la cour de Pologne et mourut en 1663.

Khlesl, Melchior (1552-1630), homme d'état. De confession luthérienne il se convertit au catholicisme, devint évêque de Vienne puis cardinal, promoteur de la Contre-Réforme en Autriche. Il fut nommé chef de la police durant le règne de l'empereur Matthias, et causa quelques tracas à Johann Kepler.

Maestlin, Michael (1550-1631), astronome et mathématicien allemand. Il étudia la théologie et les mathématiques à Tübingen et se mit à voyager en Italie, où il prononça, en faveur du système de Copernic, un discours qui décida le jeune Galilée à abandonner définitivement le système de Ptolémée. Après son retour d'Italie, il enseigna l'astronomie à Tübingen. Quoique partisan déclaré du système de Copernic, il enseigna néanmoins l'immobilité de la Terre, « à cause de sa position officielle de professeur ». Il se livra particulièrement à l'étude des comètes, écrivit sur la nova de 1572, et donna la première véritable explication de la lumière cendrée de la Lune, en l'attribuant au reflet de la Terre éclairée par le Soleil. Maestlin fut le maître et mentor de Kepler, avec qui il correspondit toute sa vie, et c'est là son plus beau titre de gloire. Il parut d'ailleurs le reconnaître lui-même en déclarant que, « avant Kepler, les savants n'avaient attaqué l'astronomie que par derrière ».

Magini, Giovanni Antonio (1555-1617), professeur d'astronomie et de mathématiques à Bologne, astrologue et cartographe, publia des éphémérides en 1582 et 1599. Il entretint une correspondance avec Kepler, Tycho Brahé et Galilée, et s'opposa à ce dernier à propos des découvertes télescopiques.

Maharal, Rabbi Yeouda Loew ben Bezalel, dit (1525-1609), érudit juif de Prague, versé aussi bien dans les grands textes du judaïsme que dans les sciences profanes, en particulier les mathématiques. Il entretint des liens étroits avec Tycho Brahé, dont l'élève, David Gans, fut son assistant. Ce fut suite aux découvertes de celui-ci qu'il exprima la fameuse formule qu'en aucun cas la Torah et la science ne pouvaient être en conflit, puisque leur domaine n'était pas le même. Selon une légende populaire juive, il aurait créé le Golem, créature humanoïde faite d'argile, qui se mouvait si on lui apposait sur le front le nom ineffable de Dieu.

Maier, Michel (1568-1622). Alchimiste allemand, médecin particulier et conseiller impérial de Rodolphe II, du fait de la passion de ce dernier pour l'alchimie et les sciences occultes. Il fut l'un des principaux commentateurs des manifestes rosicruciens.

Marius, Simon (1573-1624), en allemand Simon Mayr, astronome qui rencontra Tycho Brahé à Prague et étudia la médecine à Padoue. En 1607 il fut impliqué dans l'affaire du plagiat du compas de Galilée. En 1609, il fabriqua une lunette astronomique qui lui permit d'observer Jupiter. Quatre ans après, il fit paraître les résultats de ses observations, où il prétendait avoir découvert, avant Galilée, les quatre satellites principaux de Jupiter, auxquels il donna les noms qui leur sont restés : Io, Europe, Ganymède et Callisto. Galilée l'accusa de plagiat.

Maximilien de Bavière (1573-1651), duc puis électeur de Bavière. Éduqué par les Jésuites, qui lui inculquèrent une profonde aversion pour le protestantisme, il fut l'un des principaux protagonistes de la guerre de Trente Ans. Le jeune René Descartes s'engagea dans ses troupes comme mercenaire…

Napier, John (1550-1617), plus connu sous son nom francisé de Neper, physicien, astronome et mathématicien écossais. Il établit quelques formules de trigonométrie sphérique, popularisa l'usage du point pour la notation anglo-saxonne des nombres décimaux, mais surtout inventa les logarithmes. Sa description du nouvel outil, parue en 1614, fut lue par Henry Briggs, qui le rencontra en 1615 et poursuivit son œuvre. Kepler fut le premier à en faire un excellent usage pour les calculs astronomiques.

Newton, Isaac (1642-1727). Philosophe, mathématicien, physicien et astronome anglais. Figure emblématique des sciences, surtout reconnu pour sa théorie de la gravitation universelle, l'optique, l'invention du télescope à réflexion, sa découverte des trois lois de la mécanique et, en concurrence avec Leibniz, celle du calcul infinitésimal. Il naît à Whoolsthorpe, près de Grantham. Son père meurt trois mois avant sa naissance et sa mère se remarie avec le révérend Barnabas Smith quand le petit Isaac a trois ans. Il est alors placé chez sa grand-mère sous la tutelle de son oncle, et son enfance n'est pas heureuse. Il fait ses études élémentaires au Collège de Grantham et revient à l'âge de quatorze ans dans la ferme que dirige sa mère ; mais il se montre si peu apte aux travaux agricoles et aux affaires commerciales que celle-ci décide, en 1660, de le placer à l'université de Cambridge en qualité de serviteur des écoliers. Là, il y apprend seul la *Géométrie* de Descartes et *L'Optique* de Kepler. Le reste sera conté dans le dernier volet des « Bâtisseurs du Ciel »...

Parsberg, Manderup (1546-1625), noble danois, camarade d'études de Tycho, coupa le nez de ce dernier lors d'un duel en décembre 1566. Il devint plus tard un politicien influent, membre du Rigsraad.

Reinbold, Ursule, mégère allemande, qui accusa Catherine Kepler de l'avoir rendue malade par une potion magique, ce qui déclencha son procès en sorcellerie.

Reuttinger, Susanne (1589-1636), fille d'un hôtelier d'Eferding, elle devint la seconde épouse de Johann Kepler en 1613, avec qui elle eut sept enfants, dont quatre survécurent. Leur mariage fut heureux.

Rheticus, Joachim (1514-1574), Georg Joachim von Lauchen, surnommé Rheticus (le Rhétien), astronome, mathématicien, cartographe, médecin suisse. Après l'exécution de son père à Feldkirch, il étudia les mathématiques à Zurich et à Wittenberg, où, soutenu par Melanchthon, il professa durant deux années (1537-1539). Il se rendit ensuite auprès de Copernic, à Frombork, aida l'illustre astronome, dont il fut le seul disciple, dans les calculs de ses *Révolutions*, l'incita à les publier, en revit lui-même les épreuves et propagea les nouvelles idées à travers son propre ouvrage, *Narratio Prima* (1540). Après la mort de Copernic, il mena une vie instable, ponctuée par des scandales et des affaires de mœurs. En fin de carrière il gagna sa vie comme médecin de cour, en Pologne puis en Hongrie. Avec son élève Valentin Otho, il travailla à de nouvelles tables trigonométriques.

Rodolphe II de Habsbourg (1552-1612), petit-fils de Charles Quint, roi de Bohême et de Hongrie, puis empereur du Saint Empire romain germanique de 1576 à 1612. Protecteur des arts et des sciences (Arcimboldo, Cosme de Castelfranco, Tycho Brahé, Kepler) mais introverti et mélancolique, sujet à des accès de folie. Féru d'ésotérisme, il s'entoura d'une cour de mages, alchimistes et astrologues. Son incapacité à régner fut le prélude à la guerre de Trente Ans.

Sarpi, Pietro Paolo (1552-1623), historien vénitien, érudit, scientifique, théologien consultant de la république de Venise. Il fut excommunié par Paul V. À l'université de Padoue, il rencontra Galilée, qui devint son ami.

Saur, Jonas, imprimeur à Ulm qui, en 1627, fit sortir de ses presses les célèbres *Tables Rodolphines* de Kepler.

Seiffart, Matthias, assistant de Kepler dans la première décennie du XVIIe siècle, il participa à ses travaux sur l'optique.

Schickard, Wilhelm (1592-1635), pasteur et universitaire souabe. En 1623, il inventa pour Kepler ce qu'il appela une « horloge calculante » utilisant des roues dentées, et destinée à calculer les éphémérides. Cette première machine à calculer disparut dans le courant de l'année 1624, suite aux ravages de la guerre de Trente Ans.

Sizzi, Francesco (1585-1618), astronome florentin, qui disputa contre la découverte des satellites de Jupiter par Galilée et publia en 1611 un pamphlet destiné à discréditer *Le Messager astral*.

Starhemberg, Helmhard Baron von (1572-1631), joua un rôle de leader dans les mouvements protestants de 1608 à 1620. Il fit recruter Johann Kepler comme enseignant à Linz. Son épouse, la comtesse Elizabeth, fut la sœur de lait de Susanne Reuttinger, seconde épouse de Kepler.

Tengnagel, Franz Gansneb von Camp (1576-1622), noble de Westphalie, intendant de Tycho à partir de 1595 à Hven, Wandsbeck et Prague. Intriguant, il épousa sa fille Elisabeth Brahé après l'avoir mise enceinte. À la mort de Tycho, il mena une carrière politique auprès des Habsbourg.

Tilly, Jean t'Serclaes, comte de (1559-1632), chef de guerre wallon, commandant des armées de la Ligue catholique et du Saint Empire romain germanique pendant la première partie de la guerre de Trente Ans. Allié à Bucquoy, il mit en déroute les troupes du roi de Bohême Frédéric V à la bataille de la Montagne Blanche (8 novembre 1620), un des moments clés de la guerre de Trente Ans.

Ursinus, Benjamin Behr, dit (1571-1630), astronome assistant de Kepler, qui fit avec lui les observations télescopiques des lunes de Jupiter. En 1618, Kepler se montra enthousiaste pour le nouveau calcul des logarithmes, sur lequel Ursinus écrivit plusieurs traités.

Villiers, George (1592-1628). Duc de Buckingham, important homme d'État anglais d'origine normande. Doué de toutes les grâces du corps et de l'esprit, il fut le favori de Jacques Ier d'Angleterre puis de Charles Ier. Par la suite il entraîna son pays dans des guerres désastreuses. Immortalisé par le roman d'Alexandre Dumas, *Les Trois Mousquetaires*.

Vitellion (XIIIe siècle), moine de Silésie qui se consacra particulièrement à la philosophie naturelle. Il est surtout connu par son traité d'optique, composé entre 1270 et 1278, et empruntant largement au médecin érudit arabe Alhazen. C'est essentiellement par le livre de Vitellion que les travaux d'Alhazen furent connus à la Renaissance, en particulier par Johann Kepler.

Vögelin, Gothard, imprimeur à Heidelberg, qui fit sortir de ses presses *L'Astronomia nova* de Johann Kepler, en 1609.

Wackher, Matthias (1550-1619), homme de loi réformé, converti au catholicisme en 1592. Il fut alors anobli et nommé membre du Conseil impérial à Prague. Amateur éclairé de philosophie naturelle, il supporta les vues de Kepler et de Galilée.

Wallenstein, Albrecht von (1583-1634), homme de guerre de la noblesse tchèque, le plus fameux *condottiere* au service de l'Empire pendant la guerre de Trente Ans, devenu généralissime des armées impériales. Aimant le raffinement italien, l'art et l'architecture, il se fit construire le splendide palais Wallenstein à Prague. Féru d'astrologie au point d'en dépendre sur le plan de la prévision militaire, il fut un homme d'affaires de génie. En 1628 il engagea Kepler, qui quitta Linz pour s'installer à Sagan, en Silésie, mais où, déçu, il ne resta que peu de temps. L'astronome avait précédemment fait l'horoscope de Wallenstein, et l'avait arrêté par un « violent événement » en 1634. Wallenstein fut assassiné le 24 février de cette année !

Wotton, Henry lord (1568-1639), diplomate et poète anglais, ambassadeur britannique à Venise, scientifique amateur qui rencontra Kepler en 1620 et lui proposa de venir se réfugier en Angleterre.

Zarlino, Gioseffo (1517-1590), théoricien de la musique, certainement le plus important depuis Aristoxène jusqu'à Rameau. Sa contribution théorique est notoire en ce qui concerne le contrepoint et l'accord des instruments.

2. Les systèmes du monde de Ptolémée à Kepler

Les astronomes ont depuis toujours bâti des « systèmes du monde » pour tenter de rendre compte des mouvements célestes et de l'organisation générale de l'univers, en fonction des connaissances de leur temps.

Les trois premiers diagrammes ci-dessous illustrent le système géocentrique de Ptolémée, le système héliocentrique de Copernic et le système géo-héliocentrique de Tycho Brahé, qui ont été en compétition jusqu'au milieu du XVIIe siècle, avant que ne triomphe la vision héliocentrique. Ils sont extraits d'un ouvrage de l'Anglais Edward Sherburne, *Of the cosmical system*, Londres, 1675. Le quatrième diagramme cosmologique est de Galilée ; peu original en ce domaine, le savant italien n'a fait que reprendre le système de Copernic, en ajoutant seulement les satellites de Jupiter. Il ne tient pas compte de la découverte fondamentale de Kepler concernant la forme non circulaire des orbites planétaires.

Ces quatre diagrammes supposent un univers fini, enclos par une ultime sphère, celle des « étoiles fixes ». Le passage du monde clos à l'espace infini est une révolution post-copernicienne, due à Thomas Digges (cinquième diagramme), Giordano Bruno (brûlé comme hérétique en 1600), René Descartes (qui n'osa pas publier ses conceptions cosmologiques de son vivant) et Isaac Newton.

Le sixième et dernier diagramme illustre la vision harmonique de Kepler, prenant en compte la nature elliptique des trajectoires planétaires, et sa croyance en une organisation géométrique du système solaire faisant appel aux polyèdres réguliers.

Les astres sont représentés par leurs symboles :

Terre	🜨
Lune	☽
Soleil	☼
Mercure	☿
Vénus	♀
Mars	♂
Jupiter	♃
Saturne	♄
Étoiles fixes	✵

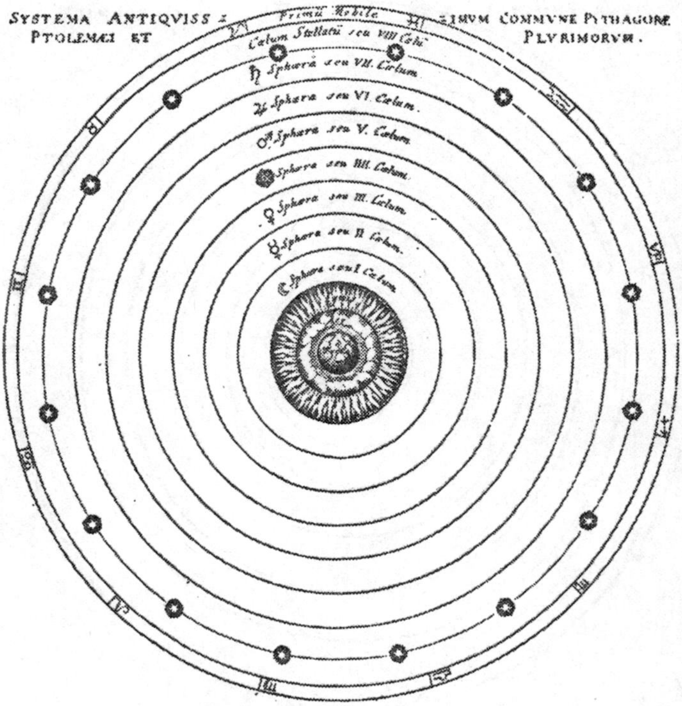

Système géocentrique de Ptolémée

Terre – Lune – Mercure – Vénus – Soleil – Mars – Jupiter – Saturne – Étoiles fixes – Premier Moteur

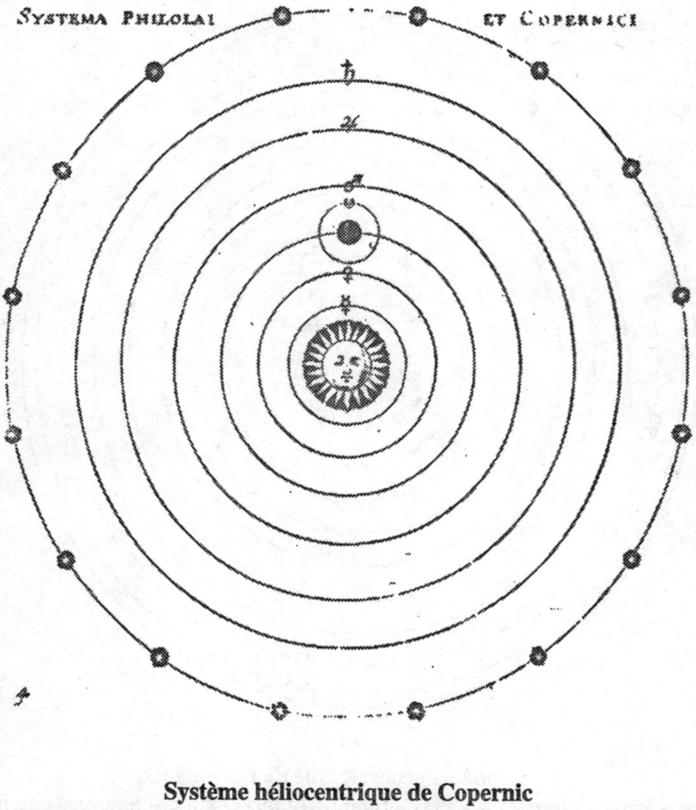

Système héliocentrique de Copernic
Soleil – Mercure – Vénus – Terre (Lune tournant autour d'elle) – Mars – Jupiter – Saturne – Étoiles fixes

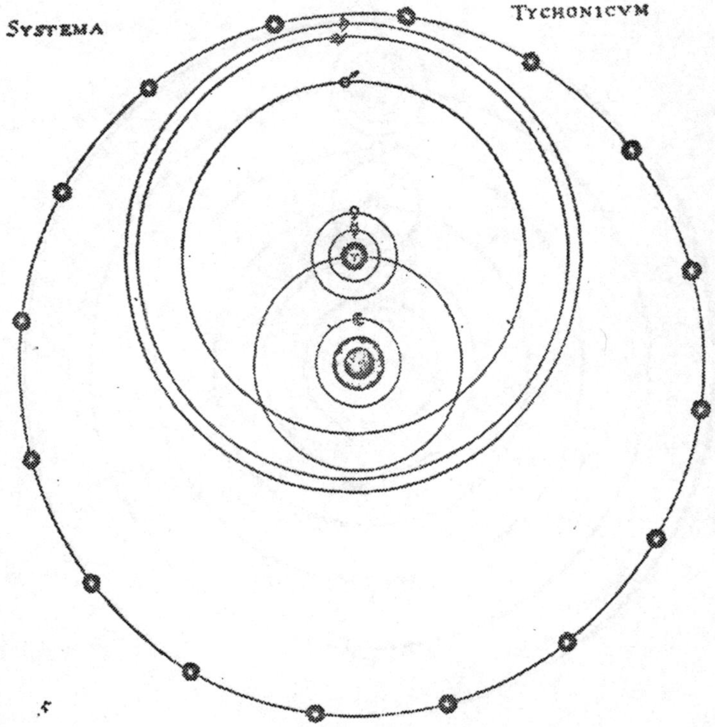

Système géo-héliocentrique de Tycho Brahé
Terre – Lune – Soleil / Mercure – Vénus – Mars – Jupiter – Saturne (tournant autour du Soleil) – Étoiles fixes

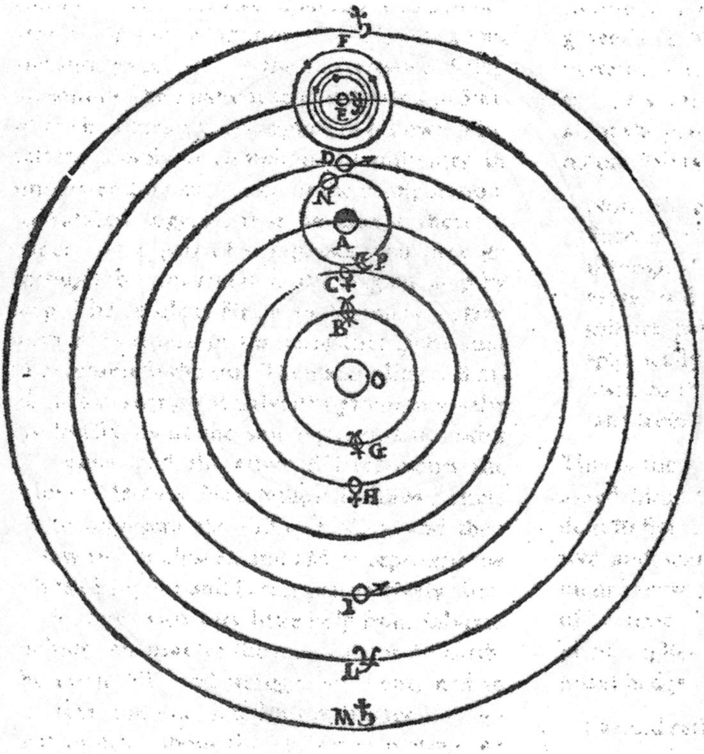

Système héliocentrique de Galilée
Identique au système de Copernic, mais Galilée ajoute les quatre lunes en orbite autour de Jupiter, qu'il a découvertes à la lunette en 1609.

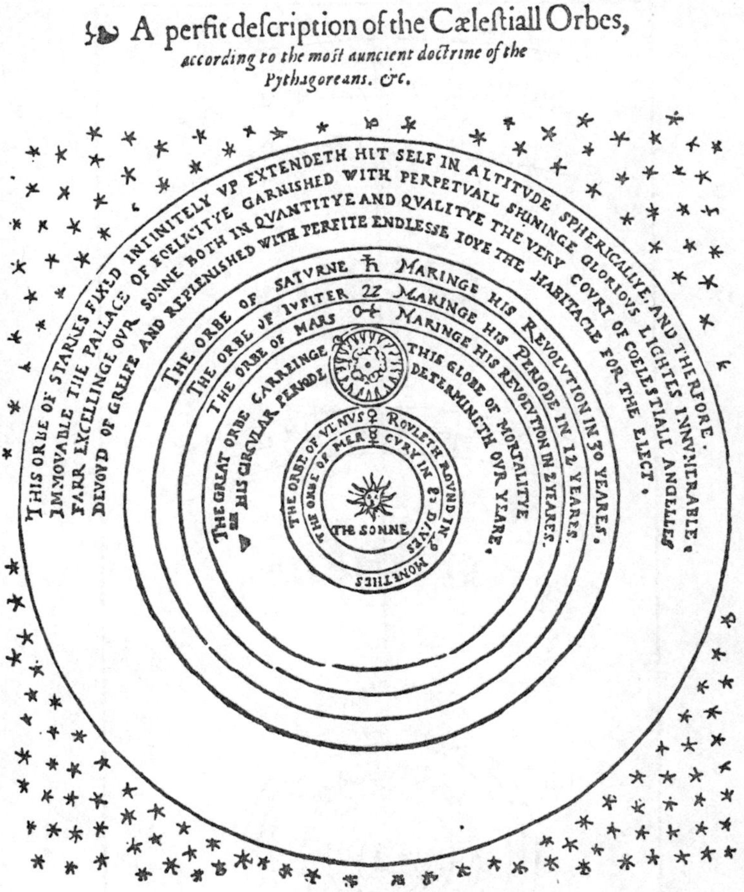

Système de Digges (1576)

Identique au système de Copernic pour l'organisation du système solaire, mais présentant pour la première fois les étoiles disséminées dans un espace infini. Thomas Digges (1546-1595) fut le premier astronome anglais à présenter et adopter le système de Copernic. Il publia ce diagramme en 1576 dans un ouvrage intitulé « Une parfaite description des orbes célestes selon la très ancienne doctrine des Pythagoriciens, récemment ressuscitée par Copernic et appuyée par des démonstrations géométriques. »

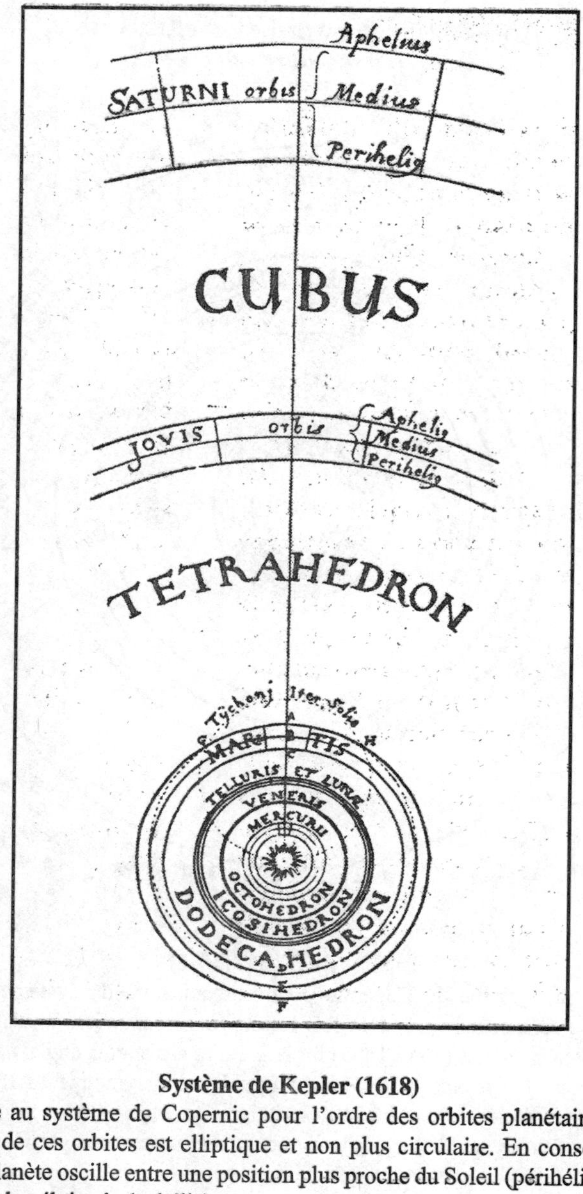

Système de Kepler (1618)

Identique au système de Copernic pour l'ordre des orbites planétaires, mais la forme de ces orbites est elliptique et non plus circulaire. En conséquence, chaque planète oscille entre une position plus proche du Soleil (périhélie) et une position plus éloignée (aphélie).

3. Notes sur l'œuvre scientifique de Kepler

L'auteur des trois lois (dites lois de Kepler) qui résument si admirablement l'organisation du système solaire occupe, dans l'histoire des sciences, une place tout à fait exceptionnelle. Avide de vérité et doué d'un génie inépuisable, Kepler avait résolu, dès ses premières recherches, de déchiffrer l'énigme de la nature. Avec une merveilleuse sagacité, une persévérance opiniâtre et, en même temps, une modestie et une sincérité sans failles, il fit, défit et refit sans relâche hypothèses et démonstrations, jusqu'à ce qu'il eût atteint la perfection, ne se laissant jamais aveugler par l'orgueil et n'hésitant pas à sacrifier l'idée de la veille, quelque peine qu'elle lui eût coûtée. La genèse de ses prodigieuses découvertes, qui renouvelèrent complètement l'astronomie, offre à cet égard un exemple édifiant de bonne foi et de désintéressement.

Aujourd'hui, la lecture des ouvrages de Kepler est particulièrement difficile, moins par leur caractère technique (au demeurant bien réel) qu'à cause de la perspective dans laquelle Kepler place ses travaux. Il est sans doute astronome, mais il est avant tout mystique, voire astrologue. Sa vision du monde et de ses agencements repose sur des bases très différentes de celles des sciences qui utiliseront les résultats auxquels il est parvenu. La vérité est que Kepler croyait au même monde que beaucoup de ses contemporains, un monde traversé d'influences occultes. Tant pis pour l'image immaculée d'un « héros de la science », tant mieux pour les historiens, qui disposent d'une occasion supplémentaire pour se délecter des formes changeantes de la rationalité au fil du temps.

Quoi qu'il en soit, jamais découvertes (et jusqu'à celles d'Einstein sans doute) n'ont été plus exclusivement personnelles ni plus fécondes que celles de Kepler. Ses principales découvertes passèrent à peu près inaperçues des autres savants de son temps, et Galilée, par exemple, qui savait si bien délimiter le domaine qui revient à chaque science, n'y fit nulle part allusion. Mais Newton, plus sensible aux approches ésotériques, en comprit toute la valeur et elles lui fournirent la base de la découverte du principe de la gravitation universelle.

Outre les trois lois astronomiques gouvernant les mouvements planétaires et l'intuition de la loi de gravitation, les travaux de Kepler ont trait notamment à l'optique, aux éclipses, au Soleil et aux comètes. Il proposa une théorie toute neuve de la vision, affirma le premier la pesanteur de l'air, fut également le premier à composer des lunettes au moyen de l'accouplement de deux lentilles convexes, expliquant ainsi le fonctionnement de la lunette astronomique. Il affirma la rotation du Soleil, attribua les taches solaires à des nuages s'élevant de sa surface et donna à cet astre une photosphère, qui, durant les éclipses totales, forme le cercle lumineux qui borde la Lune. Il devina que la queue des comètes était constituée de parcelles de leur noyau entraînées par les rayons du soleil ; il affirma aussi la possibilité de la séparation d'une comète en deux fragments suivant désormais des routes différentes (un tel phénomène sera effectivement observé par la suite).

Johann Kepler s'est enfin assuré une place parmi les grands géomètres. Il fut l'auteur du premier essai de vulgarisation des logarithmes. Il se proposa de résoudre complètement le problème du jaugeage des tonneaux, déjà abordé par Archimède, préparant ainsi l'avènement du calcul infinitésimal (qui sera développé soixante ans plus tard par Newton et Leibniz), en même temps qu'il posa les jalons de la méthode des maximas et minimas. Il développa la théorie des polygones et des polyèdres étoilés, jetant ainsi les bases de la cristallographie ; il expliqua les arrangements géométriques de certaines formes naturelles (pépins de grenade, alvéoles d'abeille, etc.), et émit une célèbre conjecture sur l'empilement des sphères dans l'espace tridimensionnel, laquelle ne fut démontrée qu'en 1998 à l'aide de l'ordinateur !

Les correspondances que Kepler tenta de démontrer entre la musique et astronomie paraissent aujourd'hui bien naïves. Cependant, Andreas Werckmeister, théoricien de la musique qui eut une profonde influence sur le jeune Jean-Sébastien Bach, établit que Johann Kepler avait posé les bases du système dit « tempéré » de la polyphonie vocale (Discours sur le Paradoxe Musical, 1707). On peut donc considérer que *Le Clavier bien tempéré* de Bach (1722) est une élaboration musicale des découvertes astronomiques de Kepler ! À noter également que le compositeur allemand Paul Hindemith a écrit en 1951 une symphonie intitulée *L'Harmonie du Monde*, agrandie aux dimensions d'un opéra en cinq actes (1956/1957) basé sur la vie de Johann Kepler, et dont les fondements harmoniques sont calqués sur les théories de l'astronome.

Ce volume a été composé par Asiatype

Impression réalisée par
CPI BRODARD ET TAUPIN
La Flèche
en décembre 2008

Imprimé en France
Dépôt légal : janvier 2009
N° d'édition : 01 – N° d'impression : 50465